도
향

사랑, 그 설렘에 취하고 향기에 물들다.

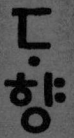

사랑, 그 설렘에 취하고 향기에 물들다.

나에게
나를
주다

너에게 나를 구다

초판 1쇄 찍음 2013년 2월 14일
초판 1쇄 펴냄 2013년 2월 20일

지은이 | 서혜은
펴낸이 | 정 필
펴낸곳 | 도서출판 **뿔미디어**

편집장 | 이재권
기획 · 편집 | 손수화
편집디자인 | 이진선
관리 · 영업 | 김기환, 임순옥

출판등록 | 2002년 9월 11일 (제1081-1-132호)
주소 | 부천시 원미구 상3동 533-3 아트프라자 503호 (우)420-861
전화 | 032)651-6513 / 팩스 | 032)651-6094
E-mail | dahyangs@naver.com
카페 | http://cafe.daum.net/dahyangs
값 9,000원
ISBN 978-89-6775-173-9 03810

너에게 인을 주다

서혜은 장편 소설 DAHYANG ROMANCE STORY

contents

프롤로그　　　　　　7

1. 또 만나다　　　　11

2. 달라지다　　　　83

3. 술래잡기　　　　131

4. 빈자리　　　　　173

5. 변화　　　　　　247

6. 좋은 당신　　　　331

에필로그　　　　　387

숟가락이 그릇에 부딪히는 소리가 크게 들릴 만큼 저녁 식사 자리는 고요했다. 장정 셋이 누워도 될 만큼 커다란 식탁 위에 구색 맞춘 산해진미가 가득 차려져 있지만, 식탁의 주인인 두 사람은 무덤덤했다.

"뭐라 말 좀 해. 밥 먹는데 얹히겠다."

진 회장의 말에 성호가 고개 들었다. 마주 보는 두 얼굴은 세월의 차이만 있을 뿐 쏙 빼닮아 있었다.

"무슨 말이 필요합니까. 억지로 밥 먹는 중에."

가시가 잔뜩 박힌 낮은 목소리였다. 진 회장의 얼굴이 험악하게 일그러졌지만 성호는 덤덤한 표정으로 바라보았다.

"아무렇게나 지껄이는 버릇은 고치지 못했구나. 요즘 부쩍 버릇이 없어서 두고 보는 중이다. 뒷일 엄하게 만들기 싫으면 눈치 있게 굴어라."

그의 일갈에 성호의 표정이 미미하게 굳었다. 뒷일이 무엇을 의미하는지는 굳이 되묻지 않아도 잘 알고 있었다. 두 사람의 식사는 다시 시작되었으나 분위기는 전보다 더 냉랭하게 변해 있었다. 그 둘을 바라보는 가정 도우미만이 안절부절못할 뿐이었다.

억지로 식사를 마친 후 2층으로 올라간 성호는 목을 조이고 있는 넥타이를 거머쥐었다. 집에 오면서 정중한 차림에 넥타이까지 매는 자신의 모습을 보며 자신이 본가에 오는 것이 어렵고 불편한 일이라는 것을 진 회장이 부디 알아주었으면 했다. 그러나 그는 한 달에 한 번 하는 식사 자리를 유지할 모양인 듯했다. 넥타이를 신경질적으로 풀어헤친 성호는 2층 테라스에 가서 섰다. 1층과 별도로 분리되다시피 한 2층은 어릴 적 성호가 머물던 곳으로 전망이 좋아 본가에 올 때면 오곤 했다. 마음 같아선 식사를 마친 후 당장 자리를 박차고 싶었지만 그랬다간 더 시끄러워질 게 뻔했다.

넥타이를 손에 쥔 채 테라스에 비스듬히 몸을 기댔다. 따뜻한 햇볕을 쬐며 선선한 바람을 쐬는 성호의 얼굴이 한결 부드럽게 풀렸다.

"꼭 하고 싶습니다!"

우렁찬 그 목소리에 하늘 어디쯤 향해 있던 성호의 시선이 아래로 향했다. 맞은편 담벼락 너머로 보이는 마당 한가운데 바짝 긴장한 채로 서 있는 여자가 보였다.

"또 시작이네."

성호는 자그맣게 중얼거리며 몸을 기댔다. 지지난 달부터였을까. 한 달에 한 번 주말에 식사하러 올 때마다 두 사람을 보았다. 여자는 하겠다고 바락바락 소리 질렀고, 그 여자의 의지를 꺾기 위해 아버지로 보이는 중년 남성은 더 큰 목소리로 소리쳤다.

"왜!"

외마디로 되묻는 그의 기세는 멀리서 봐도 흉흉했다.

"꼭 그곳에서 일하게 해 주십시오! 저는 죽어도 꼭 거기서 일하고 싶습니다! 거기 아니고는 생각해 본 적 없습니다!"

오늘 코드는 군대인 모양이었다. 일주 전에 여자는 발랑 까진 양아치처럼 말하며 반항했고, 이주 전에 여자는 한없이 비굴하게 빌면서 꼭 일하게 해 달라고 말했다.

"안 된다면 어쩔 거야!"

"안 된다면…… 사회 문제를 일으킬 겁니다."

확성기라도 대고 말하는 것처럼 두 사람의 대화는 건너편 2층 집에 서 있는 성호에게 다 들릴 정도였다.

"뭐야?"

"20대 창창한 나이에 취업 의지를 잃은 새하얀 백수가 되어……. 악!"

우락부락한 근육의 중년 남성은 커트머리 여자에게 달려들었고, 여자는 혼비백산한 채 마당 안을 빙글빙글 돌기 시작했다. 마치 어린 시절 보았던 톰과 제리의 한 장면처럼 두 사람은 한참이나 마당 안을 돌았다. 그 사이사이 여자는 '그 일' 이 자신의 천직이라며 허락만 한다면 은혜를 잊지 않겠다고 소리쳤다. 물론 그 말은 중년 남성에게 가로막혔다.

쫓고 쫓기는 지겨운 레이스가 이어졌다.

그러나 성호의 시선은 두 사람에게서 떨어질 줄 몰랐다. 정확히 얼굴도 제대로 보이지 않는 여자에게 꽂혀서 떨어지지 않았다.

하고 싶은 일이 있다고, 해야만 하는 일이 있다고, 한 가지 일에 미쳐 있었던 몇 해 전 자신 모습이 겹쳤다.

자신도 그때는 보이지 않는 것에 쫓겨 뛰었고, 그때마다 '해야만 한다' 고 소리치곤 했었다. 성호는 두 사람의 끝이 보이지 않는 레이스를 보다 희미하게 웃었다.

어쩐지 이 집에 와서 처음으로 숨통이 트이는 기분이었다.

활동하기 편한 짧은 커트머리, 하얗고 갸름한 얼굴형, 여리게만
보일 것 같은 전체적인 이미지와 다르게 눈매는 날카로웠다. 그리
고 그 눈은 지나치게 솔직했다. 약 10분 전부터 이어지는 선 자리
가 지겹고 따분해서 견딜 수 없는 눈빛이었다. 자신이 입은 원피스
를 바라보는 표정 또한 좋지 않았는데, 입기 싫은 옷이 억지로 입
혀진 어린애와 같았다.

선 자리에 나온 후로 딱 한 번 자신의 얼굴을 쳐다본 여자는 자
신의 옷과 창밖의 풍경만 정신없이 번갈아 보다가 2분 전부터는 지
겨움을 그대로 얼굴에 드러냈다.

데칼코마니처럼 자신의 표정을 고스란히 찍어 놓은 듯한 여자의
얼굴에 성호가 픽 웃었다. 성호 또한 이 자리가 달갑지 않았다. 내

놓은 자식 취급하다가 결혼 적령기가 되자 부랴부랴 아버지가 내보낸 선 자리가 마음에 찰 리 없었다. 더군다나 성호는 결혼이나 가정을 꾸려 나가는 것에 어떤 기대도 설렘도 없었다. 가능하다면 죽을 때까지 일하다가 책상 위에서 쓰러져 죽는 것이 그의 오래된 바람이었다. 다른 이들은 그런 바람을 미친 짓으로 치부했지만, 성호는 신경 쓰지 않았다. 타인의 시선을 신경 썼다면 처음부터 이렇게 살지 않았다.

성호는 감싸고 있던 잔을 내려놓았다. 이 침묵이 불편하지만 성호는 그 자리를 뜨지 못했다. 처음 보는 여자 같은데, 어디서 한 번 본 듯도 했다. 그러나 어디서 본 건지 기억이 나질 않으나 섣불리 아는 척할 수도 없었다. 성호의 머릿속이 복잡하게 돌아갈 즈음이었다.

"저기요."

무거운 침묵을 20분 만에 깨는 얇은 목소리에, 성호가 눈동자만 들어 보았다.

"저 마음에 드세요?"

정말이지 뜬금없는 물음이었다. 성호의 한쪽 눈썹이 자동적으로 치켜 올라갔다. 무슨 대답을 바라고 이 여자는 그런 질문을 하는 것일까.

"마음에 들고 말고 할 게 없죠. 이야기를 나눈 게 없으니까요."

"그러니까 좋은 것도 아니죠?"

성호의 눈이 가늘어졌다.

"네."

"다행이에요."

처음으로 마주 앉은 여자의 얼굴에 미소가 번졌다. 자신이 마음에 들지 않아 다행이라는 듯 웃는 여자를 바라보는 성호의 표정이 복잡미묘해졌다.

"사실대로 말할게요. 그쪽이 상처받지 않게끔 잘 돌려 이야기하는 방법을 아까부터 생각해 봤는데 떠오르지가 않아요. 솔직히 말해서 저는 이 자리 억지로 나온 거예요."

"알고 있습니다."

"아세요? 어떻게요?"

"모르는 게 이상하죠."

그녀의 표정은 마치 상대가 알아주길 바라듯이 노골적으로 이 자리에 흥미가 없어 보였다.

"최대한 티 안 내려고 했는데 보였나 봐요."

윤비가 미안한 표정으로 뒤통수를 긁적이다 말을 이었다.

"그럼 편하게 말할게요. 우선 죄송합니다. 저는 하고 싶은 일이 있어요."

윤비의 눈빛이 반짝 되살아났다. 선 자리에 온 후로 처음 보는 반짝임이었다. 성호의 고개가 비스듬히 기울었다. 아무리 생각해도 어디서 본 듯하다.

"결혼이나 연애보다 더 중요하게 생각하는 가치가 있어요. 다른 사람들한테는 우스운 일일지 모르겠지만 저한테는 그 꿈이 더 중요해요. 그러니까……."

"그러니까 결혼 생각 없고 마음 없으니 이쯤 하자, 이건가요?"

"반반이에요. 결혼 생각 없는 건 맞는데 이건 그쪽이 마음에 들고 말고의 문제가 아니에요."

"같은 말이네요. 마음 없는 건 맞는 말이니까."

"뭐, 그렇게 물으시니까 그렇네요."

윤비가 고개를 있는 힘껏 흔들었다. 그녀의 강력한 응답에 성호는 눈을 내리깔았다. 이렇게 직접적으로 한 번에 거절당하는 선 자리는 처음이었다. 그것도 '결혼이나 연애보다 더 중요하게 생각하는 가치가 있어요' 라는 자신과 비슷한 이유로.

"그래요. 그럼 여기서 시간 낭비 그만 하고 일어나죠."

성호가 자리에서 벌떡 일어났다. 멍하게 자신을 올려 보는 윤비를 보며 성호가 물었다.

"더 할 말 남았나요?"

"아뇨."

"그럼 시간 낭비하지 말고 자리 파하죠."

"마음 상하셨다면 죄송합니다."

몸을 돌려세우던 성호는 정중하게 사과를 건네는 윤비의 정수리를 바라보았다. 자신이 할 말을 대신 해 줘서 오히려 고마운 것은 이쪽이다. 그러나 먼저 거절의 뜻을 보인 것은 저쪽이었다. 사과는 당연한 것이기에 성호는 짤막하게 '네' 라고 답한 후 돌아섰다. 호텔 건물을 벗어나 주차장으로 향하던 성호는 울리는 휴대폰을 들자마자 인상을 와락 찌푸렸다. 주변에 스파이라도 심어 두시 건지, 아니면 위치 추적기라도 몸에 달아 놓은 건지 선 자리 파하자마자 집에서 전화가 걸려 왔다. 성호는 어깨와 귀 사이에 휴대폰을 꽂으며 자동차 문을 열었다.

"네."

—선은?

앞뒤 다 잘라 먹고 본론만 치고 들어오는 굵은 목소리에, 성호가 주변을 둘러보았다.

"스파이 심어 두셨어요? 귀신같은 사람을 심어 놨네요. 머리털 하나 보이지 않는데."

소름 끼치거나 불편할 만도 하건만 성호는 덤덤하게 답하며 자동차에 몸을 구겨 넣었다.

—장난치지 말고. 선은?

"아실 텐데요?"

—왜 벌써 끝낸 거야? 저녁도 안 먹고. 이번에도 네가 일방적으로 무례하게 선 자리를 파토 낸 거라면…….

"번지수 잘못 짚으셨어요. 이번엔 상대방이 제가 마음에 안 든대요."

—니가 얼마나 못 했으면 상대방이 초면에 그러겠어? 어? 니가…….

"스파이 다른 사람으로 바꾸세요. 제대로 설명은 안 하나 봐요? 전 한 마디 말도 안 하고 거절당했어요. 그러니까 이번 일은 제 탓하지 마세요. 결혼 생각 없다는 여자 끌어다가 제 앞에 놓은 아버지 실수니까요."

―뭐야?

"바쁩니다. 그럼 끊습니다."

통화를 끊은 성호는 휴대폰을 조수석에 던졌다. 생각할수록 당돌한 여자다. 그렇게 확고한 뜻을 가지고 있었다면 처음부터 나오지 않아도 될 텐데. 하긴 자신도 결혼할 생각은 티끌만큼도 가지고 있지 않은 주제에 선 자리에 나왔다. 누가 누굴 뭐라고 하겠는가.

주차장에서 벗어나던 성호는 빨간불 신호에 횡단보도 앞에 차를 세웠다. 무심히 시선을 돌리다 호텔 근처 버스정류소에 서 있는 여자를 보았다. 그런데 옷차림이 어느새 청바지와 티셔츠로 바뀌어 있다. 하늘거리는 푸른빛 원피스가 거추장스러운 듯 한참이나 노려보고 있더니 기어코 갈아입은 모양이었다.

처음 양복을 입고 선 자리에 끌려 나간 성호도 그랬다. 선 자리를 10분 만에 파토 내고 곧장 호텔 방을 하나 잡아서 옷을 갈아입고서 나왔다. 생각이나, 하는 행동을 잠깐 보았지만 자신과 꽤 비슷한 면모가 있었다. 그렇기에 절대로 다시 만날 일이 없을 거다. 자신과도 같은 부류는 모래 같아서 뭉칠 수가 없다.

주차장을 완전히 벗어나며 성호의 시선이 미련 없이 앞을 향했다.

❀　　❀　　❀

분명 방문을 잠그고 잤다. 단지 방문만 잠그는 걸로 부족해 어젯밤 쇠고리를 달아 숟가락까지 꽂고서 잤다. 그래서 아침까지 목숨을 연명할 수 있을 거라 생각했는데, 과신이었다. 문이 너덜너덜하다. 아버지의 힘과, 아버지의 집념과, 아버지의 광기를 잠시 잊고 있었다. 윤비는 입을 떡 벌린 채 삐끄덕 소리를 내며 힘없이 열리는 문을 보았다. 그러다가 문 너머로 보이는 죽음의 화신을 마주했다. 검은 동공이건만 붉게 보이고, 방망이로 문을 부수느라 어깨의 근육들이 일제히 부풀어 올라 있었다.

"아, 아버지……."

공포를 넘어서자 비명도 나오지 않았다. 윤비는 아주 가까스로 아버지의 호칭을 한 번 불렀다.

"내가 니 아비가 맞느냐?"

"그, 그럼요."

"근데 니가 이 아비의 얼굴에 똥칠을 해? 내가 어떻게 그 선 자리를 잡았는데! 나가자마자 한 마디도 안 하다가 선 자리를 엎어? 지금 이 회장이 얼마나 성질 낸 줄 알아? 다음 계약 때 보잔다! 어쩔 거야! 회사 망하는 게 그렇게 보고 싶어?"

"그 남자도 한 마디 안 했어요."

억울한 듯 항변했으나 아버지의 표정이 일그러지는 것을 보며 윤비는 입을 다물었다. 하지만 억울한 마음이 사라지는 것은 아니었다. 아버지 공장이 물건을 납품하는 유통 회사의 회장이 권한 선 자리라고 했다. 무척 중요한 자리라고 아버지는 신신당부했고, 자신은 최대한 예의를 갖췄다. 남자 또한 자신처럼 이 자리를 못마땅하게 여기는 기색이 역력하기에, 예를 갖춰서 먼저 자리를 파하자는 의견을 전했다. 그런데도 이런 사달이 났다. 있는 예의, 없는 예의 다 끌어다가 전했건만 이게 무슨 경우인가.

"그쪽이 한 마디 안 하면, 너라도 해야 할 거 아냐! 선 자리 나가랬지, 누가 침묵 시위하다가 오래?"

"그래서 나가기 싫다고 했잖아요. 지금 제 나이가 스물넷인데 결혼하라니요! 지금이 격동의 80년대예요? 딸 팔아서 사업하게?"

울컥한 마음에 성질을 못 이기고 대들던 윤비는 자신에게 날아드는 몽둥이를 보고선 몸을 웅크렸다.

"헉!"

자신이 앉은 침대에 꽂힌 몽둥이를 본 윤비의 눈이 커다랗게 벌어졌다. 화가 나면 말보다 몸이 빠르고, 분노 앞엔 법보다 주먹이먼저인 아버지의 성미를 아주 잠깐 잊었다.

"이리 와."

아버지가 나지막한 목소리로 그녀를 불렀다. 방으로 아버지가 들어오기 직전, 윤비는 현관으로 뛰어나갔다. 그러고는 겁에 찬 표정으로 아버지를 보았다.

"설마 스물넷인데 때리게요? 그 몸으로요? 객관적으로 아버지어깨를 한 번 봐요! 그걸로 때리면 저 죽어요!"

"안 죽어. 아무래도 이 아비가 너를 잘못 가르친 거 같다. 딸을팔아? 그따위로밖에 말 못 해? 지금 아버지 사업이 망하게 될 상황이면 머리 조아리고 반성하지는 못할망정 뭐? 그리고 니가 시집 안 가면 뭐 할 거야?"

"말씀 드렸잖아요. 저는 브랜드에 입사해서 5년 정도 일하다가 제 가게 차릴 거예요! 브랜드 분점 내도 좋고요!"

"그러니까 니 말은 4년제로 대학 졸업 다 해 놓고 식당 서빙을 하겠다, 이거냐?"

다른 건 다 참아도 자신이 하고 싶은 일을 폄하하는 것은 참지 못하는 윤비가 목에 핏대 세워 외쳤다.

"식당 서빙 아니에요! 뷔페 관리 담당일이라고요! 손님들이 편안 하게 식사할 수 있도록 돕는 거라고요! 매장 운영이 원활하게 돌아 갈 수 있도록 돕고……."

"그게 그거지!"

분노의 일갈을 한 아버지가 나비처럼 날아서 벌처럼 자신을 향 해 오고 있었다.

"나는 내 딸이 머리통을 원활하게 돌릴 수 있도록 도와야겠다! 그게 이 아비의 책임이다!"

전직 군인 출신에, 취미가 헬스고 특기가 유도인 아버지의 무지 막지한 공격을 피해 윤비는 있는 힘껏 마당으로 달아났다. 잡히면 죽는다.

신변의 위협을 느낀 윤비가 대문을 열고 도망쳤다.

"고작 한다는 게 겨우 그거야? 그러고도 니가 내 딸이냐!"

"이 일이 어때서요! 어떤 일보다 하고 싶은 일이에요! 윤리적으로도, 법적으로도 어디 하나 어긋난 것 없는 일이라고요!"

윤비가 바락 소리쳤다. 여태껏 아버지가 죽으라면 죽는 시늉을 해 가며 살았다. 하지만 세상 모든 것은 다 양보해도 이 일만큼은 포기할 수가 없었다. 다른 사람이 식당 서빙이라고, 고작 흔한 아르바이트가 아니냐고 손가락질해도 자신에겐 꿈이었다.

"그래도 이게!"

아버지의 솥뚜껑만 한 손이 허공을 가로질러 날아오는 것을 보며 윤비는 후다닥 대문 밖으로 도망쳤다. 두 사람의 의견 차는 전혀 좁혀지지 않았고, 골목길에서 벌어진 그들의 거리도 좁혀지지 않았다. 잡으려는 자, 도망치려는 자의 처절한 몸부림이 약 10분쯤 이어졌고, 결국 아버지는 다시는 이 집에 들어올 생각 하지 말라는 일갈과 함께 거칠게 대문을 닫았다. 어쨌든 살아남았다는 안도감에 가슴을 쓸어내리던 윤비는 무거운 한숨을 뱉어 냈다. 짝이 맞지 않는 슬리퍼, 휴대폰과 지갑 없이, 그야말로 혈혈단신 상태로 골목길에 버려졌다. 잠시 담벼락을 뛰어넘을까 고민하던 윤비는 사설 경비단에 연락이 간다는 사실을 깨닫곤 접었다. 그리고 지금 담벼락 넘었다간 눈 뒤집힌 아버지가 자신을 어찌할지 모른다.

대문 앞에 쭈그려 앉은 윤비가 탁한 한숨을 뱉어 냈다. 주섬주섬 주머니 안을 뒤져 보니 양말 한 켤레가 조용히 잠들어 있었다. 어젯밤 마른 빨래를 개비다가 손이 부족해 주머니에 챙겨 넣어 놓고는 깜빡한 양말이었다.

"엄마, 저 누나 봐! 거지인가 봐!"

거지. 양말을 주섬주섬 신던 윤비가 멈칫하며 천천히 고개를 들었다. 또랑또랑한 목소리를 가진 어린 남자아이는 짤막한 검지로 윤비를 가리키고 있었다. 자다 깨서 잠옷 꼴로 막 튀어나왔다지만 꽃다운 아가씨에게 거지라니. 옆에 선 엄마가 어쩔 줄 모르고 우왕좌왕하는 사이, 아이는 해맑게 웃었다.

"왜? 선생님이 불쌍한 사람은 잘해 주라고 했어."

그 아이는 빛과 같은 속도로 달려와 그녀가 무릎 위에 올려놓은 양말 한 켤레에 500원을 넣어 주었다.

"파이팅!"

지금 무엇을 파이팅하란 말인가. 저 주먹을 쥔 앙증맞은 손은 대체 무엇을 위로하고 있는 것인가. 지금 약 일곱 살쯤 되어 보이는 어린아이에게 자신의 모습은 한 떨기 꽃거지였단 말인가.

"죄송합니다. 죄송합니다. 어휴, 애가! 엄마가 모르는 사람한테 그러지 말랬지? 무서운 사람이면 어쩌려고 그래?"

슬프게도 아이를 작은 목소리로 혼내는 아줌마의 목소리가 생생하게 귀에 와 꽂혔다. 양말을 거꾸로 들어 탈탈 터니 오백 원짜리가 굴러 떨어졌다. 올해 년도가 적혀 있는 동전은 깨끗하게 빛났다.

"애라서 물가를 모르는구나……. 요새 빵도 칠백 원인데."

윤비는 긴 한숨을 내쉬면서도 동전은 주머니 안에 잘 챙겨 넣었다. 대체 남자는 선 자리 후에 집에 무슨 이야기를 한 걸까. 어떻게 이야기를 해야 저렇게 양쪽 집안 어른들이 펄쩍 뛰는 걸까. 울컥

화가 치밀어 올랐다. 동시에 지겹고, 지루하고, 피곤한 빛을 숨기지 않던 남자의 얼굴을 떠올렸다. 누가 봐도 등 떠밀려 마지못해 시간 때우기 식으로 앉아 있던 남자는 결국 자신에게 모든 책임을 떠넘기고 훌훌 떠나 버린 것이다.

그나저나 화는 둘째 치고 이제 어찌해야 할 것인가. 열심히 고민해도 답이 나오지 않았다. 이미 자신은 땡전 한 푼 없이 쫓겨났고 꽃거지 취급당했다.

윤비가 턱을 괸 자세로 넋 놓았다. 그사이 맞은편 집 검은 철문이 열리며 키가 큰 남자가 걸어 나왔다. 짧은 앞머리를 하늘로 향하게 올린 남자의 인물이 훤하게 빛이 났다. 남자를 멍하게 보던 윤비의 손이 삐끗하며 몸이 옆으로 휘청였다.

저 사람은?

"어?"

윤비가 놀란 얼굴로 자리에서 벌떡 일어났다. 대문을 열고 나온 남자도 윤비를 발견한 건지 말없이 응시했다. 그러나 윤비를 알아본 것은 아니었는지 무표정했다. 놀란 것도 잠시, 마음을 추스른 윤비가 남자의 앞까지 걸어갔다.

"저기요. 저 기억나시죠?"

기억하려고 애쓰는 건지 남자의 표정이 미미하게 구겨졌다.

"어제 선 자리요."

"아……."

윤비가 콕 집어 말하자 남자가 나른한 목소리로 탄성을 질렀다.

그러고는 집과 윤비를 번갈아 보았다.

"집이에요?"

대뜸 묻는 남자의 말에 윤비는 고개를 끄덕였다.

"그런데요?"

"여기가, 본인 집이라고요?"

믿기지 않는 듯 다시 한 번 남자가 물었다.

"그렇다니까요."

윤비는 부스스한 머리를 대충 털어 정리하며 대답했다. 그러다 갑자기 남자를 보자 울컥 화가 치밀어 올랐다. 누군 꽃거지마냥 이러고 있는데 누구는 저렇게 멀쩡하다니. 거기다가 쌍방으로 합의하다시피 헤어져 놓고 선 자리 파토의 책임을 모조리 자신에게 돌리다니.

윤비는 냉정한 표정을 지었다.

"실례지만 하나만 물어볼게요. 본인의 집에 선 자리에 대해서 뭐라고 하셨어요?"

"집엔 거절당했고, 두 번 만날 일 없다고 했죠."

"설마, 그대로 말하셨다고요?"

"왜 그러시죠? 틀린 말은 아닐 텐데요?"

"전부 저 때문이라고 하셨다고요? 대체 왜요? 똑같이 지루한 표정으로 앉아 있었던 것 같은데요. 덕분에 저희 아버지가 좀 난처한 상황에 처하셨나 봐요. 때문에 제가 더 난처한 이 꼴로 그쪽 앞에 서 있는 거고요. 지금……. 하아, 됐어요."

말을 하다 지친 윤비가 손을 내저었다. 남자의 말대로 틀린 말이 아닐뿐더러, 이미 끝난 일이다. 따지고 들어 봤자 자신의 목만 아플 뿐이다.

"후우, 저기요. 흠, 흠."

잠시 마음을 달랜 윤비가 조심스럽게 그를 불렀다. 그가 바라보자, 윤비는 손을 쭉 내밀었다.

"저기, 죄송한데요. 휴대폰 한 번만 빌릴게요. 제가 이 거지꼴인데에는 일부의 책임이 그쪽에게 있거든요."

처음 선 자리에서 보았던 것처럼 무표정으로 남자는 주머니에서 휴대폰을 꺼내 내밀었다. 휴대폰을 받아 든 윤비는 번호를 꾹꾹 누르고서 돌아섰다. 얼마 후 카랑카랑한 목소리가 휴대폰을 뚫고 나왔다.

─너, 선 자리 파토 났다며?

곁에 있던 남자도 들었는지 눈썹이 움찔했다. 온 동네방네 소문 안 난 곳이 없다. 다들 이 선 자리에 무엇을 기대한 것일까. 딱 봐도 눈앞의 남자와 자신은 전혀 어울리지 않았다. 윤비는 무안함에 큼큼거리며 말했다.

"나 좀 데리러 와."

─왜? 또 아버지한테 신나게 얻어맞고 쫓겨났니?

이제 친구는 자신이 집에서 쫓겨났음을 광고할 작정인 모양이었다. 윤비는 무안함에 눈을 내리깔며 입을 앙다물었다.

"제발 그 입 좀 조심해 줄래?"

―맞구나? 어디야? 데리러 갈게.

"여기 우리 집 앞."

―쫓거난 거 맞네. 집 앞이면. 이번에도 잠옷 꼴로 쫓겨났니?

"그래! 어! 나! 쫓겨났어! 선 자리 파토 났는데! 그게 다 나 때문
이라고 소문나는 바람에 아버지가 문까지 부수고 들어오더니 회사
망하게 될지도 모른다고 화내더라! 됐냐?"

신경을 긁는 친구의 목소리에 못 이긴 윤비가 버럭 소리 질렀다.
그리고 이내 후회했다. 싸한 바람이 불어왔고, 맞은편 남자의 표정
은 더욱 싸늘하게 식어 있었다. 윤비는 눈을 질끈 감고서 '집 앞이
니까 빨리 와라.' 라는 말을 남긴 후 전화를 끊었다. 그러고는 조용
히 남자에게 내밀었다.

"휴대폰 잘 썼어요. 감사합니다."

"도와줄 건 없어요?"

꾸벅 인사를 하고 돌아서던 윤비가 믿기지 않는다는 표정으로
돌아섰다. 그러고는 냉랭한 남자의 표정을 보고는 주변을 휘휘 둘
러보았다. 언뜻 도와준다는 이야기를 들었는데 잘못 들은 모양이었
다. 눈앞의 남자가 한 말은 아닐 테니 말이다. 고개를 갸웃거리며
돌아서던 찰나, 낮은 목소리가 들렸다.

"저 맞습니다, 이야기한 사람."

"정말요? 도와주시게요?"

"이 상황이 일어난 원인 중 일부분이 저라고 하니까 책임져야겠죠."

미안함에 대한 책임이 아닌 찝찝한 기분을 털기 위한 결정이라

는 것이 남자의 태도에서 고스란히 느껴졌다. 남자의 앞에 윤비가 똑바로 마주 섰다. 그러고는 진지한 표정으로 남자의 표정을 바라보았다. 이랬든 저랬든 돕겠다는 남자의 말을 거절할 생각 따위 없다.

"책임지겠다고 하시니까 딱 두 가지만 말할게요. 첫 번째는 집에 말씀해 주세요. 그쪽도 저한테 마음이 없었다는 의사를 확실히 밝혀 주시고 쌍방 합의 하에 선 자리가 20분 만에 파토 난 거라고 말씀해 주세요. 그리고 두 번째는……."

남자의 덤덤한 표정을 흘깃거리던 윤비가 말끝을 늘였다.

"서로 어디서 만나더라도 모르는 척해요. 저도 앞으로 그럴 테니까요. 다시 얼굴 보기 무안할 것 같아서 그래요. 별로 좋은 사이도 아니고요."

윤비를 바라보는 성호의 눈이 가늘어졌다.

눈앞의 여자는 확실히 자신과 같은 과일 확률이 높았다. 처음부터 잘못 끼운 단추는 풀지 않고 뜯어서 버리는 성격. 인간관계에 별달리 미련 없는 과.

성호의 입술이 길게 늘어졌다.

"그러죠. 그게 서로 편하니까요."

"네. 휴대폰 빌려 줘서 고마웠어요. 가 보세요."

윤비는 미련 없이 등을 돌렸다. 대문 앞에 쭈그려 앉는 것을 본 성호는 휴대폰을 챙겨 넣었다. 그러고는 윤비가 그랬듯, 미련 없이 그 자리를 떠났다.

　절친한 수희의 손에 구제된 윤비는 수희의 집에 도착해 늘어져 앉았다. 그런 윤비를 꽃거지 바라보듯 측은하게 바라보던 수희는 집에서 쫓겨난 기념으로 치킨을 시켜 주었다.

　"입사 소식은 아버지한테 말씀 드렸어?"

　수희가 데리 치킨의 닭다리를 들며 물었다. 뒤따라 양념 치킨 다리를 들던 윤비가 모호한 표정을 지었다.

　"직접 말한 건 아니고 오늘 문자 보냈어."

　"너희 아버지 또 난리 나시겠네."

　"뭐, 어쩔 수 없지."

　윤비가 덤덤하게 말하며 양념 치킨을 한 입 베어 물었다.

　언젠가부터 윤비와 아버지는 귀가 없고 입만 있는 사람들처럼 각자의 의견만 강요했다. 절대 닿을 수 없는 평행선처럼 꾸준히 자신의 뜻만을 강요하며 달렸고, 자신의 입사 결정은 아마도 거리를 더 멀어지게 만드는 결정타가 될 거다. 각오했던 일이다.

　"솔직히 아버지 말씀도 틀린 건 아니지. 우리 나이 대엔 브랜드 입사라고 하면 괜찮다고 생각할지 몰라도 아버님 세대에선 그냥 뷔페 알바잖아. 하는 일도 사실 다를 거 없고. 뷔페 정리, 정돈, 서빙하는 건 4년제 나와서 하긴 좀 그렇지 않아? 니가 못 사는 집의 외동딸도 아니고. 번듯하게 중견 기업 운영하시는 아버지를 둔 애가 들어가긴 좀 그렇지."

"거기 정직원 입사 어려워. 왜 이래? 다른 시급제 알바 고용하는 그런 가게랑은 차원이 다르다고. 그리고 하는 일은 같을지 몰라도 거기서 배울 부분이 많을 거야. 나처럼 가게 창업할 꿈을 가지고 있는 사람이라면 더더욱! 그리고 가능하다면 브랜드 분점을 차리고 싶어, 나는. 그래서 브랜드가 아니면 안 되는 거야."

브랜드는 뷔페 관리직도 서류, 인성 테스트, 면접을 통해 까다롭게 뽑았다. 초봉도 웬만한 중소기업 연봉만큼 되는데다 관리 팀장을 맡게 되면 남부럽지 않은 연봉을 받고 복지혜택 또한 우수해서 경쟁률이 치열했다. 특히 브랜드 근무 5년 이상 근무자가 아니면 분점 팀장을 맡기지 않는 제도 때문에 사람들이 많이 입사했다. 그 말은 달리 말해 브랜드 근무 우수자에게 가장 먼저 분점 팀장을 맡긴다는 소리기도 했다. 윤비가 노리는 것은 그것이었다.

"넌 왜 그렇게 브랜드가 좋아?"

수희가 불쑥 물었다.

"그냥, 좋아."

윤비가 말없이 씩 웃으며 뼈를 비닐봉지에 버렸다. 그런 윤비를 수희가 그윽하게 바라보았다. 어떤 것에도 쉽게 정을 주지 않는 윤비의 마음에 그토록 깊게 박혔다면 분명 이유가 있을 텐데, 윤비는 절대로 말하지 않았다. 그냥 말없이 씩 웃는 것으로 대신했다.

"내가 네 속을 어떻게 알겠니? 10년을 친구로 살아도 잘 모르겠다."

"그래도 내 속을 니가 제일 많이 알고 있을걸?"

"부디 그랬으면 좋겠구나. 하여튼 집 정리될 때까지 우리 집에서 지내. 자취방이 괜히 자취방이니? 그리고 첫 달 월급 나오면 용돈 빼고 고스란히 나한테 갖다 바치고."

"그래. 고맙다."

윤비가 씩 웃으며 대꾸했다. 돈을 갖다 바치라고는 하지만, 실제로 월급날 돈을 내밀면 수희는 길길이 날뛰었다. 돈을 받는 순간 친구 관계가 아니라 하숙생을 받은 것이나 다름없다는 것이 그녀의 뜻이었다. 그래서 윤비는 미안한 마음에 그녀의 부엌에 엄청난 양의 먹거리를 사재기 해 두곤 했다.

"근데 친구야……."

윤비의 조심스런 부름에, 수희의 눈썹이 한 곳에 모였다.

"왜?"

"내 옷 여기 있지? 전에 가져다 놓은 거. 버린 거 아니지?"

"너처럼 친구 집에 가출 대비용 옷을 가져다 놓는 애는 또 없을 거다. 있으니까 그거 입고 출퇴근해."

"헤헤. 고마워."

"고맙기는. 배부르다. 난 이제 그만 먹을래."

수희가 자리를 털고 일어난 후, 얼마간 홀로 먹던 윤비도 포기했다. 얼마간 재잘재잘 수다를 떨던 두 사람도 자정이 돼서는 각자의 잠자리로 향했다. 수희가 깔아 준 이부자리에 누운 윤비는 불 꺼진 천장을 바라보았다. 내일이면 당장 출근이었다. 그토록 갈망하던 곳에 출근한다고 생각하니 잠도 오지 않았다. 그중 가장 설레는 것은 브랜드 1호점 사장을 직접 만나게 될지도 모른다는 것이었다. 브랜드 1호점 사장은 어떤 매체 인터뷰에서도 모습을 드러내지 않고, 공식석상에 나타나지 않는 것으로 유명했다. 항간에는 외모 콤플렉스가 있어서 모습을 드러내지 않는다고 했다.

그런 그가 딱 한 번 인터뷰한 적이 있었는데, 홍보가 필요한 오픈 초기에 한 것이었다. 사진 한 장 없는 밋밋한 인터뷰 내용에 마음이 빼앗기게 된 것은 단 한 줄 때문이었다.

'최고의 사람을 원하기에 최고의 대우를 해 준다.'

원하는 인재상에 대해 묻는 질문에 내놓은 답이었다. 최고의 대우를 해 줄 테니 스스로 최고라고 생각하는 사람만 오라고 말하는 그 당당함이 좋았다.

"수희야, 내일이면 보겠지? 그 사람?"

국내 뷔페 브랜드 1위, 새로운 브랜드가 되겠다는 일념하에 창설했다는 브랜드의 주인. 설레는 마음으로 윤비가 말을 건넸고, 진즉에 잠에 빠진 수희는 코 고는 소리로 답했다.

윤비는 생애 처음으로 설레서 잠을 제대로 이루지 못하다 새벽녘이 다 돼서야 억지로 잠들 수 있었다. 그리고 그녀는 기아 상태로 사막을 헤매다 자신이 버린 닭뼈를 발견하고는 왜 이리 깨끗하게 발라 먹었냐며 절규하는 악몽을 꾸었다.

❋   ❋   ❋

서류, 인성 검사, 면접을 통과하는 데 한 달이라는 시간이 소요됐다. 그 한 달 동안 고생한 것들이 브랜드 간판을 보는 순간 싹 달아났다. 승리하게 된 순간, 과정은 달콤하게만 느껴지는 법이었다. 자그마한 나무 문을 밀고 들어가자 아기자기하게 꾸며진 마당 사이로 두 사람이 나란히 걸을 수 있을 만큼의 돌길이 이어져 있었다. 돌길을 지나쳐 푸른빛이 도는 두꺼운 나무 문을 밀고 들어가자 브랜드 특유의 향이 훅 끼쳐 왔다. 식욕을 자극하는 맛깔스런 음식 냄새에 윤비는 배가 부름에도 불구하고 식욕이 돌았다.

"왔어요?"

가게 안을 두리번거리는 윤비를 보며 계산대에 서 있던 우수가 아는 척을 해 왔다. 면접관이자, 합격 통보를 해 준 사람이자, 이 가게의 총괄 매니저라고 했다. 윤비는 반사적으로 꾸벅 인사를 건넸다. 답하듯이 빙긋 웃는 우수의 화사한 표정에 윤비의 긴장이 조금 풀어졌다.

"우리 식구 된 거 축하해요. 내가 윤비 씨 강력 추천했거든요."

"정말요? 감사합니다."

"네. 전 씩씩하고 활기찬 사람이 좋아요. 윤비 씨가 그래 보여서 좋았어요."

"기대에 부응하는 에너지를 보여 드리겠습니다."

윤비는 장난스런 미소를 지으며 팔을 굽혀 근육을 자랑하는 자세를 해 보였다. 우수가 싱긋 웃으며 2층으로 올라가는 계단을 가리켰다.

"사장님 계실 거예요. 올라가 보세요."

윤비의 시선이 2층으로 올라가는 나무 계단을 향했다. 사장이 직접 면접을 하지만, 급하게 잡힌 지방 출장 때문에 이번 면접만 불가피하게 불참이라 했었다. 그때 얼마나 실망했는지 하마터면 면접장에서 한숨을 내쉴 뻔했었다.

우수에게 꾸벅 인사를 한 윤비가 2층으로 올라가는 계단을 밟았다. 그러곤 감회가 새로운 듯 계단을 밟고 선 자신의 발을 바라보았다.

1층에서 식사할 때는 2층 계단을 하염없이 바라보곤 했다. 언젠가 저 계단을 밟고서 올라갈 일이 있을 거라고 생각하며 기운 내서 한 접시 더 퍼먹곤 했었다. 그런데 이제 정말로 이 계단을 밟고 있다. 딱딱한 나무 계단이 구름처럼 푹신하게 느껴져 윤비는 아랫입술을 깨물었다. 이러지 않으면 웃음이 터져 나올 것만 같았다. 2층은 직원 휴게실, 남녀 분리된 탈의실, 창고, 직원 사무실, 그리고 사장실로 세분화되어 있었다. 환한 창가 근처에 자리한 사장실의 문패를 바라보던 윤비는 깊은 한숨을 내쉬었다. 단 한 번도 얼굴을 본 적 없지만 그녀가 존경하는 유일한 사람이었다.

똑, 똑. 문을 두드리자 문 너머로 들어오세요, 라는 낮은 목소리가 돌아왔다. 사장실 문을 열고 들어선 윤비는 잠시 눈을 찌푸렸다. 커다란 창 너머로 눈이 부실 만큼 빛이 들어오고 있었다. 잠시 눈을 감았다 뜬 윤비의 입이 천천히 벌어졌다.

하늘을 향하게 올린 짧은 앞머리, 새까만 머리카락과 대비되는 하얀 피부에 쭉 뻗은 일자 눈매의 익숙한 남자가 책상에 앉아 저를 뚫어져라 바라보고 있었다.

"어……?"

저절로 윤비가 손가락으로 그를 가리켰다.

"손가락은 치우죠."

"아, 네."

"놀란 건 피차 마찬가지입니다. 나도 30분 전에 알았으니까요."

전혀 놀란 것 같지 않은 무던한 목소리였다.

"하아."

자신을 향해 반듯한 걸음걸이로 걸어오는 남자를 보며 윤비는 명치 중간을 꽉 막고 있던 한숨을 훅 뱉어 냈다. 가까이서 마주하게 되니 혹시나 하던 마음까지도 물거품이 되었다. 자신이 존경하게 된 남자와 선 자리에서 만난 남자가 같다니. 다시는 마주쳐도 아는 척하지 말자고 당당하게 말했던 자신의 입술을 꼬집어 버리고 싶었다.

"앉으시죠."

성호의 손짓에 윤비는 사장실 중간에 덩그러니 마련되어 있는 테이블로 터덜터덜 걸어가 앉았다. 맞은편에 앉은 성호는 파일을 테이블 위로 내려놓았다.

"근로 계약서 작성 전에 먼저 기회를 드리죠."

파일 끝만 바라보던 윤비가 힐긋 눈을 들었다.

"그만두셔도 됩니다. 불편하시다면요."

그의 말에 윤비는 눈을 가늘게 뜬 채 그를 바라보았다. 혹시나 나가라는 말을 돌려 말하는 것인가 살폈지만 그렇진 않은 듯했다. 그는 속뜻 없이 불편하면 나가도 좋다는 배려를 하고 있는 것이었다. 윤비는 흘러나오려는 한숨을 참고서 답했다.

"아뇨. 그만두는 일 없을 거예요. 그렇게 물렁한 마음 가지고 입사한 거 아니에요."

뜻을 절대로 굽힐 일 없다는 듯 윤비의 두 눈이 형형하게 빛났다. 덩달아 성호의 눈이 가늘어졌다. 이 정도 악연이라면 체면 때문에라도 일을 관둘 만한데, 그럴 기색이 전혀 보이지 않았다. 오히려 둘 중 하나가 관둬야 한다면 자신마저 밀어낼 것 같은 독기까지 얼핏 보였다. 서빙계의 독한 종자를 발견했다는 우수의 호들갑을 조금은 이해할 수 있을 듯했다. 성호는 파일을 윤비의 앞으로 내밀었다.

"근로 계약서입니다. 그리고 알다시피 수습 기간은 3개월이고, 월급의 80%가 지불될 겁니다. 근무 시작은 오늘부터 할 겁니다. 오늘부터 일주일간은 간단히 배울 거고, 나머지는 근무하면서 차차 익히면 될 겁니다. 월급 입금할 통장 계좌번호는 근로 계약서 아래에 기입해 주세요."

성호의 지시에 따라 근로 계약서 작성을 마친 윤비는 계약서를 성호의 앞으로 내밀었다. 파일을 챙기던 성호가 윤비의 시선을 느낀 듯 고개를 들었다.

"더 하실 말이나, 질문 있으십니까?"

"생각은 많은데 뭐라고 콕 집어 말해야 할지 모르겠네요. 정말로 이 브랜드를 처음으로 국내에서 오픈한 1호점 사장님 맞으세요?"

"네."

"생각보다 젊으시네요. 마흔 살쯤 되셨을 줄 알았어요."

"그런 말 종종 듣습니다."

"하고 싶은 말은 이게 아니라…… 그러니까…… 저는 여기 중도 포기할 생각이나, 관둘 생각은 전혀 없어요."

이 상황이 불편한지 굳은 얼굴을 하고서도 윤비는 성호의 눈빛을 피하지 않았다.

"그런데요?"

"그러니 어제 있었던 불미스러운 일이나, 선 자리에서 만났던 일은 잊었으면 좋겠어요."

"그러죠. 일할 때 사적인 감정이 불필요하게 끼어드는 건 제 쪽에서도 사양입니다. 그리고 다른 직원들이 우리의 일을 알지 않았으면 좋겠습니다."

성호가 낮은 목소리로 말했다. 전부터 느낀 거지만 성호의 말투는 정중하면서 단호했다. 거절할 수 없게끔 만드는 무언의 힘이 있었다. 윤비는 대답 대신 고개를 끄덕였다. 자리에서 일어난 윤비는 성호를 향해 꾸벅 인사를 한 후 사장실 문을 열고 나섰다.

테이블에 홀로 남은 성호는 근로 계약서에 적힌 지렁이 같은 글씨체를 보며 픽 웃었다. 다행히 자신과 필체는 많이 달랐다. 근로 계약서 뒷장을 빼내자 페이지 위로 [김윤비를 소개합니다!]라는 커다란 문구가 보였다.

서류, 인성 검사, 면접의 전 과정을 총괄하던 평소와 달리 이번만큼은 우수에게 맡겼다. 털털한 성격과 달리 일에 관해선 깐깐한 우수의 성격과 오랜 기간 브랜드의 관리를 잘 해 온 우수의 능력을 믿었다. 그런 우수의 눈에 한 번에 뜨였다는 여자. 들어올 때부터 씩씩한 데다 엄청난 아르바이트 경력을 자랑하고, 브랜드에 대한 정보를 빠삭하게 알고 있었다던 여자.

'브랜드를 향해 이 한 몸 불태우겠습니다!'

마지막에 그렇게 외치고서 시뻘건 얼굴로 면접장을 나갔다고 했던가. 그와 똑같은 문구가 자기 소개서 마지막에 떡하니 적혀 있다. 에너지가 흘러넘치는 자기 소개서를 파일에 챙겨 넣은 성호가 자리에서 일어났다.

"꼭 하고 싶다는 일이 이 일이란 말이지……."

성호는 2층에서 넘겨본 윤비의 모습을 떠올렸다. 매일, 매 순간 싸우면서도 하고 싶다고 소리 질렀던 그 일이 브랜드 일이라니.

재미있는 사람이 들어왔다.

피식. 일자로 뻗은 붉은 입술에서 뒤늦은 웃음이 흘러나왔다.

❀   ❀   ❀

오전 열 시부터 밤 열 시까지 영업하는 브랜드의 실 근무 시간은 영업 준비와 영업 종료 시간이 한 시간씩 더해져 오전 아홉 시부터 밤 열한 시까지였다. 오전조는 오전 아홉 시부터 오후 네 시까지, 오후조는 오후 네 시부터 열한 시까지였다. 윤비는 오후조로 투입된 첫날부터 매장의 전반적인 관리를 비롯해 주문 받는 방식, 컴플레인에 대처하는 방법, 서비스에 대한 교육을 받았다. 직원 사무실 내에 자리한 회의실에서 우수에게 1:1 교육을 받은 윤비는 퇴근 한 시간 전부터는 매장 내에서 실무 교육을 받았다. 그렇게 일주일을 바짝 배운 윤비는 다른 사람보다 빠르게 업무를 익혔고, 매장에 대한 넓은 시야를 가질 수 있었다.

홀에서 젖은 접시를 마른행주로 빠르게 닦던 윤비는 인기척에 고개를 들었다.

"어이."

부른 사람은 주방 식구로 입사한 지 1년 차의 한 살 많은 허훈이었다. 털털한 성격에 허허 하고 웃고 다녀서 허허 영감으로 불리기도 했다.

"네, 오빠."

"열심히 일하고 있구나."

"그래야죠."

"오늘 회식에 올 거지?"

"당연하죠!"

"자, 여기 숙취 음료. 마셔 놔라. 우리 식구들 회식 때 엄청나거든. 아무것도 모르던 나는 첫 회식 때 결국 네 발로 바닥을 기었지.

아, 사장님. 지구가 흔들립니다, 잡아 주세요. 하고 외쳤지."

허훈이 아련한 표정으로 허공을 보며 중얼거렸다.

"그때 사장님은 뭐랬어요?"

"허허, 뭐라긴. 지구 안 흔들리니까 일어나라고 담백하게 말하셨지. 결국 우수 형이 날 일으켜 줬지. 그러지 않았으면 난 집까지 기어갔을 거다. 한 마리의 짐승처럼. 그러니까 조심해라. 오전조 은지는 첫 회식 때 전봇대에 옷 걸어 놓고 바닥에 누웠다더라."

"……회식 때 대체 무슨 일이 벌어지는데요?"

윤비가 하얗게 질린 얼굴로 물었다. 무슨 짓을 해야 매장 내에서 단아하고 우아하기로 유명한 은지가 외투를 전봇대에 걸어 놓고 바닥에 눕는단 말인가.

"그건 와 보면 알 거야. 엄청나다, 우리 가게는. 허허. 어? 사장님이다."

허훈이 보는 방향으로 시선을 돌린 윤비는, 2층 계단에서 내려오는 성호를 보았다. 면바지가 멋들어지게 어울리는 긴 다리와, 눈을 내리깐 얼굴이 사람의 시선을 확 끌어당겼다. 매장 내에서 사장의 이미지는 신과 같았다. 동료들과 똘똘 뭉치기 위해 사장을 공공의 적으로 두는 다른 식당들과는 달랐다. 무관심한 척하지만 직원들을 배려하는 마음이 깊은 것으로 소문이 자자했다. 그 때문에 사장의 얼굴을 본 것만으로도 여직원들의 얼굴이 붉어지기 일쑤였다. 그것을 시기 질투하는 남직원이 간간이 있었으나 사장에 대한 미움으로 이어지진 않았다.

"이야, 사장님. 오늘도 여직원들 마음 설레게 입으셨네. 윤비, 넌 사장님 어떻게 생각하냐?"

"사장님으로요."

"그게 다야?"

"그럼요?"

"너, 남자냐? 어떻게 사장님을 보고서 안 설레냐?"

"게이예요? 오빠, 사장님 보고 설레요?"

"야! 야! 이야기가 왜 그렇게 돌아가? 아니, 그렇잖아. 다른 여자애들 말 들어 보니까 사장님 외모, 키, 재력, 학벌 뭐 하나 잘나지 않은 게 없다던데! 넌 안 끌려?"

"별로요."

윤비가 심드렁하게 답하며 마른 접시를 통에 차곡차곡 챙겨 넣었다.

"대체 왜?"

허훈이 얼빠진 얼굴로 믿기지 않는 듯 물었다.

"외모, 키, 재력, 학벌 좋으면 꼭 설레야 해요? 내 사람이 될 게 아닌가 보죠. 아무 생각 없는 걸 보면."

"하……. 지금 사장님이 머리부터 발끝까지 걸쳐 입은 게 얼만지 알아? 족히 육백만 원은 넘을 거다."

허훈의 말에 윤비의 고개가 빛처럼 돌아갔다. 그러고는 사장에게서 눈을 떼지 못하는 윤비를 보며 허훈은 그럴 줄 알았다는 듯 씩 웃었다.

"거봐, 너도 끌리지?"

"오빠."

넋이 나간 표정으로 윤비가 은밀히 허훈을 불렀다.

"왜?"

"오빠가 사장님 눈 잠시 가릴래요? 내가 신발이랑 시계 벗겨 올게요. 우리 팝시다. 중고라도 제법 받겠죠?"

"……."

이 여자, 사랑에 눈뜨기는커녕 도적질에 눈을 떴다.

"하아……."

"왜요? 내가 사장님 시선을 잠시 뺏을까요? 오빠가 사장님 신발 슬쩍 할래요?"

"은팔찌 차고서 감방 가고 싶냐?"

허훈은 못 말린다는 듯 고개를 절레절레 흔들며 주방 안으로 들어갔다.

"농담인데 도망치기는."

픽 웃으며 통에 가득 찬 마른 접시를 챙기던 윤비는 무심히 고개를 돌리다 그와 눈이 마주쳤다. 매장을 둘러본다고 하기에는 너무 정확하게 성호는 자신을 주시하고 있었다. 혹시나 하는 마음에 좌우 앞뒤를 살펴보았지만 이 방향에는 자신만이 홀로 서 있었다. 혹시 허훈과 수다 떠는 것을 질책하는 것일까. 저렇게 멀찍이서 바라보는 것으로? 놀라운 조련법이다. 혀를 끌끌 찬 윤비는 성호를 향해 꾸벅 인사하고는 통을 챙겨 돌아섰다.

"사장님, 뭘 그렇게 보십니까?"

아까 전부터 한 자리에 서서 꼼짝도 않는 성호를 보며 우수가 조심스레 물었다.

"아니. 별거 아냐."

"문제 되는 거 있으면 바로 말씀해 주십시오. 시정하겠습니다."

"아냐. 신입은 어때?"

2층으로 향하는 계단으로 올라가며 성호가 넌지시 물었다.

"일 잘합니다. 제가 봤을 땐 이쪽 일이 천직 같아요. 체력도 좋고, 싹싹하고, 얼마 전엔 상냥한 직원이라고 손님이 칭찬해 주고 가셨어요. 아무래도 아르바이트 경험이 많다 보니까 눈치도 빠른 거 같아요."

"그래?"

"네."

"마음에 들었나 봐?"

고개를 기울이며 성호가 묻자, 우수가 씩 웃었다.

"직원으로 마음에 듭니다."

"알았어. 나중에 회식 때 보자."

손을 들어 보인 성호가 사장실로 들어섰다. 하루 동안 2층에서 간간이 지켜봤다. 우수의 극찬이 연신 들려오자 호기심이 생긴 것도 있었고, 혹시나 개인적인 감정이 생겨 우수의 판단력이 흐려진 것은 아닌가 하는 우려도 있었다. 생각보다 근태가 별로면 내쫓을 생각까지 있었다.

그런데 자신의 상상 이상으로 일을 잘했다. 바쁜 타임에도 실수한 번 없이, 웃음 한 번 잃지 않고 매장을 누비는 윤비의 걸음 따라 눈동자가 자연스레 움직였다. 그러다 고비의 점심시간이 끝난 후, 칭찬해 주기 위해 내려왔다. 그러나 근처에 가지도 못한 채 되레 윤비의 인사만 받고 올라왔다.

자리에 털썩 소리 나게 주저앉은 성호는 책상 귀퉁이에 자리한 파일을 보았다.

'브랜드를 향해 이 한 몸 불태우겠습니다!'

피식 소리 내어 웃은 성호는 파일을 치울까 하다가 뻗은 손을 거둬들였다. 당분간은 그냥 둬도 될 것 같다. 성호의 시선이 다시금 책상을 가득 채운 신메뉴 마케팅 서류로 향했다.

＊　　＊　　＊

회식을 위해 빌렸다는 고급 노래주점의 특실. 소주, 양주, 맥주, 막걸리가 궤짝으로 한 벽면을 가득 채우고 있는 룸엔 11명이 자리하고 있었다. 정확히 10명은 자리에 앉아 있었고, 한 명만이 유일하게 룸 한중간에 마이크를 든 채 서 있었다. 윤비는 뒷머리를 긁적거리며 열 명의 사람들을 훑어보았다. 서 있으라고 해서 서 있기는 하는데 이게 뭐 하는 짓인가 싶었다. 이렇게 뻘쭘하게 서 있으니 노래를 부르는 게 낫겠다는 생각을 할 즈음이었다.

"자, 신입의 신상털기를 시작하겠습니다."

남은 마이크를 쥐고 있던 허훈이 MC처럼 자리에서 벌떡 일어났다. 그는 이미 회식의 중반을 달린 사람처럼 단추를 두 개 풀고 있었다.

"자, 신입! 이름은?"

"김윤비입니다."

"나이는?"

"스물넷이요."

"애인은?"

"없습니다."

"어허, 생긴 거랑 다르게 불우한 인생을 살았구만? 그럼 마지막 연애는?"

"없습니다. 24년간 솔로였어요."

"아이쿠, 어쩌다가."

허훈이 안타깝다는 듯 탄성을 내질렀지만 누가 들어도 놀리는 것이었다.

"그러게요."

그러나 윤비는 개의치 않는다는 표정으로 뒷목을 긁적일 뿐이었다. 기대하던 반응이 돌아오지 않자 허훈의 표정이 안타깝게 변했다.

"24년간 솔로로 있다 보니까 이제 솔로라는 놀림에도 무덤덤해진 거구나?"

"오빠는 애인 있어요?"

"……."

"같은 처지인 사람이 놀려 봐야 타격 없어요."

윤비가 덤덤하게 대꾸하자, 발끈한 허훈이 마이크를 쥔 채 소리 쳤다.

"야! 나랑 너랑 같은 처지로 보지 마! 이래 봬도 나는 연애 수도 없이 해 봤다?"

"전역하고 다시 솔로로 재입대하니까 어때요? 난 여기에 말뚝 박은 사람이고, 오빠는 강제 재입대 아니에요? 누가 더 불쌍한지 가늠하려고 하지 마요. 똑같은 처지끼리."

윤비는 끝까지 덤덤한 표정으로 허훈의 가슴을 후벼 팠다. 그러나 예상 밖으로 다른 몇몇 사람들이 각혈하는 소리를 내며 울먹이기 시작했다.

"으윽."

더 이상 듣고 있지 못 하겠다는 듯 허훈이 마이크를 쥔 채 장렬히 뻗었다. 거센 충격에 몸져누운 허훈 대신 옆자리에 앉아 있던 우수가 마이크를 받아 들었다.

"이야. 소개팅도 안 해 봤어?"

우수가 놀란 표정으로 묻자 사람들의 두 눈이 궁금함에 반짝이기 시작했다. 계속 보고 있다간 실명할 정도의 총명한 빛이었다. 어쩌다가 첫 회식 자리의 최대 관심사가 자신의 황무지 같은 연애사인 건가. 윤비는 난감함에 습관처럼 뒷목을 긁적이다가 중심에 앉아 있던 사장과 눈이 마주쳤다. 마치 심심한 영화 한 편을 보는 사람처럼 따분한 표정을 숨기지 않고 있었다. 여태껏 허훈이 퍼붓는 솔로 맹공격에도 상하지 않던 심기가, 사장의 지겹다는 표정 하나에 꼬이기 시작했다.

"소개팅은 아니고……."

사장의 손이 잔을 감싸 쥐었다.

"선은 봤어요, 얼마 전에."

그 순간 사장의 손이 움찔한다. 묘한 쾌감이 명치를 치고 지나갔다. 피식 웃음이 나려는 것을 참으며 윤비는 무심한 표정을 지었다. 사장이 고개를 들어 다시금 자신을 바라보았다. 표정은 여전히 테이블 중간에 차려진 건어물같이 말라비틀어졌으나 그를 동요하게 했다는 데 의의가 있었다.

"오, 그래? 그런데 잘 안 됐나 보구나. 상대가 별로였어?"

우수의 말에 방청객처럼 앉아 있던 사람들이 불쌍하다는 시선으로 쳐다보았다.

"돈 많고, 키 크고, 집 잘살고, 잘생겼어요."

"그래? 너…… 이 녀석! 첫 소개팅 자리에서 차였구나!"

그런 경험이 있었는지 우수가 크게 동요하며 울먹이기 시작했다.

"아뇨. 제가 거절했어요."

"뭐? 너…… 설마…… 커밍아웃하고 그럴 거 아니지?"

우수의 눈동자가 크게 흔들리며, 몇몇 사람들은 심호흡을 시작했다. 커밍아웃을 해야만 할 것 같은 분위기가 어느새 만들어지고 있었다.

"그리고 그쪽도 거절했고요. 서로 안 맞는 사람들끼리 만난 거죠. 그게 다였어요. 스물넷의 선 자리 이야기는요. 그런데 저 언제까지 여기 서 있어야 해요?"

"아……. 그냥 노래 한 곡 하고 들어가. 원래 신상털기는 얘 몫인데 보다시피 정신적 충격으로 누웠다."

우수가 턱 끝으로 테이블에 엎드려 눈 풀고 있는 허훈을 가리켰다.

"그럼 시원하게 한 곡 뽑겠습니다."

목을 가다듬은 윤비는 마치 이 자리만을 기다려 온 사람처럼 비장한 표정으로 기계 번호판을 꾹꾹 눌렀다. 이윽고 마이크를 쥔 윤비가 노래를 시작한 순간, 사람들의 손에 들린 잔이 낙엽처럼 툭툭 떨어져 내렸다.

노래를 내뿜는 윤비의 자태와 퍼포먼스는 화려한 로커였으나, 흘러나오는 음악은 트로트요, 그녀의 음정과 박자는 안드로메다행이었다. 탬버린을 쥔 사람은 어느 박자에 흔들어야 할지 몰랐고, 유난히 청각이 예민한 허훈의 동공은 더욱 풀렸다. 다들 정신을 놓은 표정으로 멍하게 윤비만 바라보았다. 2절에 접어들 즈음 정신 차린 사람들이 수군수군 한마디씩 뱉어 냈다.

"뭐야, 방금 초음파 쐈어? 한 소절 안 들렸어."

"저 노래가 저랬나."

"익숙한 가사에 생소한 음정이야."

"작곡가가 들으면 울겠다."

그러나 누구도 섣불리 노래를 끌 수 없었다. 그녀의 표정과 하늘

로 솟구친 마이크의 끝에서 뿜어져 나오는 기세가 흉흉해서 다가갈
수 없었다.

"돌리고! 돌리고!"

트로트에서 샤우팅이 터져 나왔다. 몇몇은 참지 못하고 슬며시
귀를 막았고, 누군가는 생에 처음으로 노래 듣다가 멀미가 일어난
다며 고개를 뒤로 젖혔다. 마의 4분이 흐른 후, 윤비는 마이크를
내려놓으며 이마에 맺힌 땀을 닦아 냈다. 그러고는 생긋 웃으며 말
했다.

"아휴, 오랜만에 부르니까 힘드네요."

"혹시…… 친구들이랑 노래방 자주 오니? 친구들이 아무 말 안 해?"

"아무 말 안 하고 나가긴 하던데요. 근데 한 곡 더 불러도 돼요?"

"아니! 아니! 그러지 마!"

"노래방한테 그러는 거 아니야! 내 청각한테 그러는 거 아니라고!"

"왜요?"

폭동의 중심지처럼 사람들이 우후죽순으로 일어나 윤비에게서
마이크를 빼앗았다.

"다들 왜 이래요?"

강제로 자리에 앉혀진 윤비의 물음에, 모두의 얼굴이 하얗게 질
렸다. 자신의 노래 실력에 대한 자각이 없는 건가.

"원래 가해자는 이 느낌을 모르지."

"네?"

"아냐. 술 마시자고! 하하!"

우수가 서둘러 윤비의 손에 술잔을 쥐어 주었다. 그리고 짠 듯이 모두들 술잔을 치켜들었다.

"윤비의 입사를 위하여! 첫잔은 원샷! 짠!"

이어 여러 구호로 술잔이 몇 번 더 오갔다. 최초로 노래 없이 술만 오가는 회식 자리가 되었다. 거하게 취한 상태에서 누군가 부르짖은 '윤비에게 거절당한 남자를 위하여!' 라는 구호에서 성호는 술잔을 들지 않았다.

❉   ❉   ❉

룸에서 나온 성호는 계산대로 걸어가 카드를 내밀었다.

"어머, 사장님. 벌써 계산하시게요?"

성호를 알아본 여주인이 인사를 건넸다. 성호가 고개를 끄덕이자, 여주인이 평소보다 더 환하게 웃었다. 아주 가끔 와서 매상을 엄청나게 올려 주고 가는 사장을 싫어할 주인은 없었다. 더군다나 보는 눈 즐겁게 만드는 화려한 마스크와 훤칠한 키를 가진 젊은 사장이라면 더더욱.

여주인이 계산하는 동안 힐끔거리는 것을 무시하며 성호는 문이 닫힌 룸을 보았다. 이미 몇몇이 뻗어 테이블에 늘어져 있고 동공을 풀다 못해 정신까지 풀어 버린 허훈만이 탬버린을 들고서 신내림 받은 무당마냥 펄쩍펄쩍 뛰어 대고 있었다. 저 수많은 사람들을 콜택시에 실어 보낼 생각을 하니 없던 두통이 생겼다.

"오늘은 회식이 빨리 끝났네요. 노래도 많이 안 부르시던데요?"

"누가 초음파를 쏴서요."

말을 하던 성호가 피식 웃었다.

"네?"

여주인이 되물었지만, 성호는 고개를 가로저을 뿐 대답하지 않았다.

"웃는 거 예쁘시네요."

여주인이 내미는 카드를 받아 들며, 성호가 무슨 말이냐는 듯 고개를 들었다.

"우리 가게 단골이신데 웃는 거 처음 봤어요. 자주 웃으세요. 웃는 거 예뻐요."

"네. 그러죠."

정중하게 답했으나 성호는 더 이상 웃지 않았다. 다시금 정중하고도 무심한 사장의 모습으로 돌아와 있었다.

"콜택시 불러 드릴까요? 몇 대나요?"

"우선 파악 후에 말씀드리겠습니다."

"사장님!"

카드를 지갑 안에 챙겨 넣던 성호가 돌아섰다.

"직원 한 명이 위로 올라갔는데 아직 안 내려와서요. 모르시는 것 같기에……."

성호의 시선이 여주인이 가리키는 문밖을 향했다. 굳이 룸 안을 떠올리지 않아도 번뜩 한 사람이 생각났다. 주는 술 꼬박꼬박 다 받아먹다가 어느 순간 바람처럼 사라진 여자. 주사가 귀가라면 다행이지만, 아닐 수도 있다는 생각에 성호가 문을 밀고 나갔다.

"으어. 으어."

쌩하니 부는 찬바람과 함께 기이한 소리가 실려 왔다. 소리를 따라 고개를 돌리자 벽에 붙어 선 여자가 보였다. 누가 봐도 술 취한 여자의 뒷모습을 하고 있는 윤비를 보며 성호가 쓰게 웃었다. 아직 안 잡혀간 게 용하다. 다가간 성호가 윤비의 등을 두드렸다.

"아, 저 집에 가고 있어요. 걱정 말고 가세요."

여전히 벽에 이마를 대고 있던 윤비가 파리 내쫓듯 팔을 휘휘 내 젓고는 제자리걷기를 시작했다. 백만 년쯤 걷다 보면 이 벽을 뚫고서 집에 갈 수 있겠지만, 불행히 이 밤에는 불가능해 보였다. 픽 웃던 성호가 그녀를 부를까 하다가 등을 두드렸다. 무슨 이야기를 하든 그녀의 귀엔 들리지 않을 것 같았다. 그 순간 확 돌아선 윤비가 사장의 팔을 탁 쳐 냈다. 그러고는 다 풀어진 눈에 억지로 힘을 주며 노려보았다.

"나는 납치당하지 않아요! 그렇게 호락호락! ……오, 사장님?"

시야가 가물가물한지 눈을 끔뻑이던 윤비가 허공에 멈춰 있는 성호의 손을 보고는 헉, 소리 냈다.

"제가 사장님 손을…… 어머나, 아휴."

윤비가 사장의 손을 덥썩 쥐었다. 그러고는 그의 손을 문질러 주었다. 성호는 난감한 얼굴로 윤비를 응시했다. 취객 중 가장 다루기 힘든 취객이, 이런 케이스였다. 적당히 말할 줄 알고, 적당히 취하고, 적당히 몸 가눌 줄 알면서, 적당히 힘이 센 이런 경우.

힘이 더 빠질 때까지 기다릴 것인가, 억지로 룸에 데리고 들어갈 것인가, 먼저 귀가시킬 것인가를 고민하는 사이 윤비가 고개를 번쩍 치켜들었다.

"사과의 뜻으로 줴가 노래 한 곡 해 드릴까여?"

"아뇨. 절대로 사양합니다."

그녀의 노래를 떠올린 성호가 단호하게 거절했다. 표현하진 않았지만 그녀의 노래를 듣고 있기 무척이나 힘들었다. 그러나 이미 윤비의 노래는 말릴 틈 없이 시작되었다.

"돌리고오오오오오우~후! 돌리고호우우!"

진지한 표정, 소울 신이 강림한 듯 풍부한 감성의 몸짓.

……이번에는 R&B였다.

❀   ❀   ❀

돌았구나, 정말.

하얀 천장 위로 사장님의 팔을 마이크 삼아 감성 필 충만하게 '돌리고'를 부른 장면이 떠오른 순간, 윤비는 혀를 깨물었다.

죽자, 죽어. 스물넷에 인생 마감해 보자.

한참이나 스스로의 혀를 깨물며 바둥거리던 윤비가 침대 위로 힘없이 늘어졌다. 첫 단추가 좋게 들어가지 않으면 두고두고 후회하는 법이었다. 자신 또한 그러했다. 진성호와는 첫 선 자리부터 불편한 만남이었다. 같이 일하는 동안에도 가끔 스치듯 지나칠 때마다 묘하게 불편했다. 그리고 어젯밤 가장 불편한 일을 스스로 만들었다. 그러나 더 불안한 것은 어젯밤 자신이 온 마음으로 돌리고를 부른 후 기억이 없다는 것이었다. 사장의 팔을 붙들고 혼절을 했든, 회귀 본능을 발휘하여 집으로 뛰어왔든 어느 것이든 끔찍한 기억이었다.

"하아, 돌겠네."

왼쪽으로 뒤척, 오른쪽으로 뒤척거리던 윤비가 자리에서 벌떡 일어났다. 주변을 둘러보다 문고리에 얌전히 걸려 있는 제 외투를 발견하고는 깊은 한숨을 내쉬었다. 휴대폰을 꺼내 확인하니 액정에서 곧바로 빛이 나왔다. 문자도, 부재중 전화도 없었다. 다행인 건지, 불행인 건지. 이런저런 생각을 하며 방문 쪽으로 걸어가던 윤비가 멈칫했다.

"잠시만. 여기 어디야?"

감수성을 살리라며 4년 전 아버지가 마련해 준 피아노, 그 피아노로 베토벤의 운명을 연주해 보겠다며 건반을 쾅쾅 두드리다가 넘어져 패인 장판, 술에 취해 들어와 누웠다가 뒤늦게 아버지에게 발각되어 사망 장소가 될 뻔한 침대. 분명 자신이 가출한 집이었다. 그리고 약 일주일이 넘는 시간 동안 냉각기였고, 열쇠 또한 소지하고 있지 않아 자발적으로 들어올 수 없는 곳이었다.

어젯밤, 대체, 무슨 일이 있었던 걸까.

어젯밤 사라진 기억을 찾아서, 라는 제목의 스릴러 같은 하루다.

윤비는 닫힌 방문을 보고서 깊은 한숨을 뱉어 냈다. 문을 열고 나가자니 아버지가 거실에 있을 시각이라 겁이 났고, 계속 머물러 있자니 출근 준비를 해야 할 시각이었다. 깊게 고민하던 윤비가 옷을 빠르게 챙겨 입었다. 수희의 자취방으로 건너가 샤워를 할 생각이었다. 그리고 막 문고리로 손을 가져가려던 찰나 방문이 활짝 열렸다.

"악!"

"억!"

비명이 동시에 터져 나왔다. 그 짧은 순간 비명에 놀란 아버지가 반사적으로 주먹을 휘둘렀다. 아슬아슬하게 코앞에 멈춘 아버지의 주먹을 보며 윤비는 숨도 제대로 쉬지 못했다. 한 발자국 물러났기에 망정이지 하마터면 비명횡사할 뻔했다.

"아, 아버지."

"문에 바짝 붙어 서서 뭐 해? 놀랐잖아!"

"저도 놀랐어요. 이제 나가려고요."

일부러 크게 놀라지 않은 척하며 윤비가 담담하게 답했다. 그러나 눈은 빠르게 아버지의 두 손을 훑었다. 무기가 될 만한 것이 없다는 것을 확인했지만 안심할 수 없었다. 인간 무기. 온몸을 무기로 활용하는 것이 자신의 아버지였다.

"어디로? 브랜드로?"

"네."

"녀석도. 왜 진즉에 말 안 했어? 진즉에 말했으면 아비가 널 밖에서 고생시켰겠어?"

"뭘요?"

윤비는 밑도 끝도 없는 아버지의 친절에 바짝 긴장했다. 이건 또 무슨 신무기일까. 며칠 안 본 새에 상대방을 방심하게 만드는 신무기를 개발한 게 틀림없었다.

그러나 생각과 달리 아버지는 전혀 공격의 기색이 보이지 않았다. 오히려 대견하다는 눈빛으로 그녀를 바라보았다.

"무슨 말씀이세요?"

"모르는 척하기는. 부끄럽냐? 알았다. 모르는 척해 주마."

"뭘요? 알아듣게 말씀해 주세요. 정말 모르겠어요."

"만난다면서?"

"누굴요?"

"누구긴 누구야. 네가 선 본 남자지."

선 본 남자. 일생에 유일하게 자신이 선을 보았던 남자. 그리고 지금은 자신의 상사인 진성호. 가지치기하듯이 이런저런 생각을 하는 동안 윤비의 얼굴이 하얗게 질려 갔다. 어젯밤부터 오늘 새벽까지 자신의 삶은 스릴러인 것이 틀림없었다.

하얗게 질렸다가, 누렇게 떴다가, 시체처럼 파랗게 물들어 가는 딸의 얼굴을 보던 아버지가 눈썹을 구기고서 물었다.

"왜 몰라? 너, 설마 여러 명 만나냐? 문어발인가 뭔가 그거야? 이 녀석이!"

"아니에요!"

윤비가 빠르게 부인하자 아버지의 굳어지던 표정이 사라졌다.

"그럼 대체 뭐야?"

"그러니까 사, 아니. 진성호 씨가 절 여기까지 데려다 줬다고요?"

"그래! 술에 떡이 되도록 마시니 알 턱이 없지. 둘이서 술 마시는 건 좋다 이거야. 그래도 그렇지. 거실에서 노래 부르면서 방방 뛰어다니고. 부끄러워서 내가 진 서방한테 얼굴을 들 수가 없더라!"

"누가 진 서방이에요! 대체 누가!"

"누구긴 누구야! 진 서방이지! 근데 어디서 눈을 부라려! 술 마시고 온 걸 봐줬더니!"

"아……. 머리야."

윤비가 흔들리는 머리를 잡았다. 아버지가 점심을 먹겠다며 부엌으로 들어가고도 한참이 지났지만 윤비는 선 자리에서 꼼짝할 수 없었다.

"빌자, 빌어."

오랜 시간 고민과 고민을 거듭하던 윤비가 마음의 결단을 내렸다. 이건 두 손을 모아 싹싹 빌어야 할 일이 확실했다. 상사의 주먹을 마이크 삼아 노래를 부르고, 스치기만 해도 불편한 자신을 이집까지 데려오기 위해 애썼을 그를 생각하니 빌지 않고는 안 될 것 같았다.

문을 열자 비장한 윤비의 얼굴 위로 칼바람이 불어쳤다.

차갑고 아픈 바람이 마치 자신의 하루 같기만 해서 윤비의 눈시울이 붉어졌다.

＊　　＊　　＊

오후 출근을 한 윤비는 탈의실에서 한 무리의 좀비를 목격했다. 목적 달성의 의지는 있어서 움직이기는 하지만 그 속도가 현저히 느리고 생각이 없는 자들. 어젯밤 술바람이 불어친 술자리를 이긴 후 상처뿐인 영광을 얻어 낸 자신의 동료를 윤비가 물끄러미 바라보았다. 자신은 어젯밤 과하게 주사 부렸으나 불행 중 다행으로 컨디션은 좋았다. 자신의 칸으로 걸어간 윤비가 목도리를 풀었다.

"윤비야."

"헉!"

저를 부르는 소리에 돌아보았다가 윤비는 소스라쳤다. 화장하지 않은 영아의 민낯이 통통 부어올라 있었다.

"어, 언니?"

"그래. 아임 유얼 언니."

"언니, 괜찮아요?"

"아니. 전혀 괜찮지 않아. 죽을 거 같아. 넌 어제 마지막에 사라졌더라? 어디 갔었니?"

"아⋯⋯. 그게⋯⋯. 술 깰 겸 밖으로 나갔다가 그대로 집에 갔었나 봐요. 정신 차리니까 집이더라고요. 하하⋯⋯하하."

윤비는 스스로 짜낸 말과 웃음소리가 지나치게 어색해 들킬 거라고 생각했다. 그러나 이미 제정신이 아닌 영아는 고개를 주억거리며 그랬구나, 라고 답했다. 유니폼의 단추를 잠그는 영아를 보며 윤비가 입술을 깨물었다. 물을까, 말까. 사장에게 엄청난 민폐를 끼친 직원은 어찌 되는 거냐고 물으려던 윤비는 이내 포기했다. 실수이자 민폐이긴 하지만 진정성 있는 사과를 한다면 잘 해결될 게 분명했다.

"얘들아, 어제 사장님한테 사고 친 사람 없지?"

어디선가 건네는 확인의 목소리에 목도리를 풀던 윤비의 손이 경기를 일으켰다. 모두들 긍정의 대답을 하는 사이 윤비가 질린 표정으로 영아를 보았다.

"언니……. 저걸 왜 물어요?"

"응? 아, 넌 처음이라서 모르겠구나. 우리 브랜드엔 전설이 내려오고 있어. 과거 일하던 여직원 하나가 술에 취해서 사장님을 껴안고서 애교 아닌 애교를 부렸대. 그리고 민폐를 끼친 그녀는 며칠만에 사장님의 압박과 사장님이 주는 굴욕을 견디지 못하고 회사를 관뒀대. 뭐, 그녀가 일을 잘 못하기는 했다더라. 하여튼 그래서 우린 회식 끝나고 미리 물어봐. 사장님한테 사고 친 사람이 없는지. 있다면 곧 그 사람의 송별회를 해 줘야 하거든."

"언니, 껴안은 거랑 손을 잡은 것의 차이는 엄청나겠죠?"

"보통은 그렇게 생각하는데, 워낙에 사람 접촉하는 걸 싫어하는 사람이 우리 사장님이라서……. 만약 사장님 손을 술에 취해서 덥썩 쥐었다라……. 글쎄? 나도 뒷일은 모르겠다. 아마도 짐 싸야 하지 않을까?"

거기에 하나 더 얹어서 그의 손을 쥐고서 그녀는 노래를 불러 댔다. 그루브하게 몸도 살랑살랑 흔들어 댔었다. 그러다 언뜻 사장의 손을 제 뺨에 가져다 대기도 했었다.

망했다.

"왜? 너 사장님한테 실수했니?"

"아니요."

하얗게 질린 얼굴로 윤비는 우선 현실을 부정했다. 주변 사람에게 이런 일을 소문낼 수 없었다. 평소라면 눈치 빠른 영아가 무슨 일이냐며 캐물었겠지만, 숙취가 덜 된 그녀는 별말 없이 탈의실 밖으로 빠져나갔다. 유니폼으로 갈아입으며 윤비는 마른침을 삼켰다. 브랜드에서 쫓겨날 수 있다고 생각하니 손끝이 덜덜 떨렸다. 단추가 자꾸 뱅뱅이 돌며 손에서 벗어났다. 절대로 그만두고 싶지 않다. 이곳은 자신의 꿈이자 희망이었다. 아주 어렵게 유니폼을 입은 윤비가 거울 속의 자신을 보며 단호하게 말했다.

"계획 변경이다. 36계 줄행랑이다."

❀　　❀　　❀

정신없이 홀을 누비며 빈 접시를 치우던 윤비가 돌아서다 멈칫했다. 2층 난간에 기대서 있는 사장과 눈이 마주쳤다. 아버지를 제외하고서 이렇게 자신을 오금 저리게 만드는 남자는 사장이 처음이었다. 윤비는 못 본 척 서둘러 고개를 숙이고는 황급히 걸음을 옮겼다. 후방 설거지통에 빈 접시를 붓던 윤비 뒤로 영아가 따라 들어왔다.

"오늘 저랑 구역 바꿀래요? 언니."

창백해진 얼굴로 윤비가 영아를 붙들었다.

"어우, 싫어."

"왜요?"

"저 구역 2층에서 너무 잘 보여. 왠지 사장님이 늘 감시하고 있을 것 같아."

"……."

그래서 바꿔 달라는 겁니다.

윤비는 뱉지 못할 말을 삼키며 돌아섰다. 자신이 맡은 구역으로 터덜터덜 걸어가던 윤비는 자신을 가로막은 남자를 보고선 얼어붙었다. 어느새 사장이 내려와 1층, 그것도 자신이 맡은 구역에 떡하니 버티고 서 있었다. 귀신을 봐도 이렇게 놀라진 않을 거다.

"사, 사장님. 안녕하세요."

놀라 굳어 있던 윤비가 서둘러 고개를 숙여 인사를 건넸다.

"김윤비 씨."

"저기요."

사장의 목소리와 직원을 부르는 손님의 목소리가 겹쳤다.

"네. 고객님. 사장님, 어쩌죠? 고객님이 부르시네요."

죄송하다는 기색이 역력했으나 위를 향하는 입꼬리까진 숨기지 못하는 모양이었다. 웃고 있는 윤비의 입매를 보던 성호가 픽 웃었다.

"가 보세요."

"네."

사장의 허락이 떨어지기가 무섭게 윤비가 웃으며 자신을 부른 손님을 향해 달려갔다. 사이다를 리필해 주고 돌아서던 윤비는 흠칫했다. 자신의 구역에 사장과 우수가 나란히 서 있었다. 사장은 우수에게 이것저것 지시한 후 윤비에게 다가왔다.

"올라가죠."

"네?"

"우수 씨가 봐주기로 했으니 올라가죠."

"아……."

"더 바쁜 일 있습니까?"

"아, 그게……."

바쁜 일을 만들기 위해 윤비가 뇌를 쥐어짰으나 없었다. 설령 바쁜 일이 떠올라 이야기한다 하더라도 사장은 우수에게 맡길 것처럼 보였다. 니가 발버둥 쳐도 결국은 2층 사장실에 올라가게 될 거다, 라는 분위기가 역력한 사장의 얼굴을 보고선 윤비가 고개를 폭 숙였다. 이 사람을 이길 수 있는 방법은 없다는 것을 인정할 수밖에 없었다.

"아니요. 없습니다."

"그럼 올라가죠."

앞장선 성호를 따라 윤비가 힘겹게 걸음을 옮겼다. 계단을 올라 사장실에 들어간 순간 숨이 턱 막혔다. 침 삼키는 소리가 고스란히 들릴 만큼 사장실 안은 고요했다. 집무용 책상에 앉은 성호가 윤비를 가만히 바라보았다. 애써 담담한 표정을 유지하고 있었으나 윤비는 초조하고 불안해 보였다.

"김윤비 씨."

"네!"

기합이 잔뜩 들어간 군인처럼 대답하는 윤비를 보던 성호가 픽 웃었다. 그와 동시에 성호의 웃음을 본 윤비의 얼굴은 하얗게 식어 갔다. 무슨 의미의 웃음일까. 어쩌면 권고사직을 요구할 수도 있었다. 동료들로부터 들어온 사장은 칼같이 냉정한 사람이었다.

"속은 괜찮아요?"

"네. 제가 간은 좋아서 숙취 해소는 빠릅니다. 걱정해 주셔서 감사합니다. 그리고 어제 아버지에게 이야기 들었어요. 저를 집까지 데려다 주셨다면서요. 감사합니다. 제가 혹시 다른 실수를 한 건 없나요? 기억이 하나도 나질 않아서요."

말이라도 걸세라 빠르게 이야기하던 윤비는 사과와 함께 오리발을 내밀기로 했다. 자신이 벌인 일들을 조목조목 사과해서 권고사직을 권유받느니, 모든 이유를 술 탓으로 넘기고 모르쇠로 일관하는 것이 나을 듯했다.

미안하지만 정말 아무것도 기억나지 않는다는 표정을 연기하는 윤비를 보며 성호가 등받이에 등을 기댔다. 팔짱을 끼고서 고개를 비스듬히 기울인 채 느릿하게 물었다.

"기억이 하나도 안 난다 이겁니까?"

"네. 하나도 나질 않아요."

"어디까지 기억납니까?"

"룸 안에 있었던 것밖에는······. 제가 큰 실수라도 했나요? 어머, 죄송합니다. 뭔지는 모르겠지만 미리 사과드려요."

윤비가 사과하는 모습을 성호가 팔짱을 낀 채 지켜보았다.

저 여자는 거짓말을 안 하고 산 모양이다. 엉성한 거짓말에 초지일관 발연기다. 성호의 입술이 길게 늘어졌다. 어젯밤 자신이 한 그 고생을 없던 일로 할 참인 모양이었다. 그렇다면 거짓말엔 거짓말로 응수할 수밖에 없다. 열어 둔 창문 틈으로 선선한 바람이 불어와 성호의 머리카락을 부스스하게 헝클어 놓았다.

"어제 내 손 잡고 노래 부른 건 기억납니까? R&B였는데."

"어, 어머. 제, 제가요?"

연기가 발연기의 정점을 찍기 시작했다.

성호의 눈이 가늘어졌다. 당황하는 윤비를 가만히 보고 있자니 재미있는지 성호의 입술이 움찔거렸다.

"기억이 안 나는구나."

갑자기 반 토막 난 말에 윤비가 의아한 표정으로 사장을 바라보았다.

"아, 이것도 기억 안 나겠구나. 어제 윤비 씨가 말 놓으라고 사정사정해서 그러기로 했어."

"그럼 혹시 저도······?"

"윤비 씨는 감히 사장님한테 말을 놓을 수 없다며 계속 높이기로 했고."

"……."

아주 진지한 사장의 표정 때문에 자신이 그런 말을 한 건 아닐까 하는 의심이 살짝 들었으나 윤비는 고개를 가로저었다. 그럴 리 없었다. 사장과 스치기만 해도 불편한데 말 놓으라는 부탁을 할 리 없었다. 자신은 사기당하는 것이 확실했다. 그것도 엄청난 사기를!

"그리고 앞으로 당분간 야간 홀 청소하기로 했는데."

사장이 마지막 꺼내 든 신의 한 수에 윤비가 참지 못하고 꽥 소리쳤다.

"누가요? 제가요?"

"어. 윤비 씨가."

사장의 단호한 목소리에 윤비의 입술이 가늘게 떨렸다. 눈 뜨고 코 베이는 기분이다.

"정말로…… 제가 그랬다고요?"

"어. 내 손을 막 잡은 죄, 나한테 진상 부린 죄, 길거리에서 노래 불러서 민망하게 만든 죄, 그 값으로 몇 달간 야간 홀 청소를 혼자 하기로 했어. 난 말렸는데 브랜드를 향한 애정을 그렇게밖에 표현할 길이 없다면서 하게 해 달라고 간곡하게 부탁하기에 허락했지."

윤비는 속으로 탄식했다. 이것이 영아에게 들었던 사장이 주는 압박과 굴욕이라는 것인가 보다. 자신을 내쫓기 위한 사장의 고단수 방법.

"그건 제가 기억이 안 나서……."

"아! 기억 안 나도 상기시켜 달라고 어제 부탁했었는데."

말을 마친 사장은 웃었고, 윤비는 얼어붙었다. 야간 홀 청소는 혼자 한다면 1시간이 넘는 고된 중노동이었다. 그 일을 혼자 하게 해 달라고 빌었을 리 없다. 그러나 윤비는 기억 안 난다고 부인한 상태였고, 실제로 뒷일이 기억나지 않았다. 이것이 사장의 계략이 자 자신을 내쫓기 위한 압박과 굴욕이라도 감수해야 하는 것은 자 신의 몫이었다.

"네. 열심히 하겠습니다."

결심한 듯 뱉는 윤비의 말에 성호가 고개를 끄덕였다.

"수고해."

가볍게 뱉는 그의 말에 윤비는 고개를 푹 숙였다.

"그럼 나가 보겠습니다."

어깨를 축 늘어뜨린 윤비가 사장실 문을 닫고 나갔다. 사장실 내 부로 차가운 바람이 불어쳤다. 그 순간 픽 하고 성호의 입술이 길 게 늘어졌다.

그런 적 없었다. 돌리고를 R&B로 가열 차게 부르던 윤비는 부 는 바람에 흔들리는 갈대처럼 뒤로 휘청거리며 쓰러졌다. 그대로 곯아떨어진 윤비는 택시 안에서도 자신에게 기대어 숙면을 취했다. 결국 그녀의 휴대폰을 뒤진 끝에 집 번호를 찾아내 그녀의 집에 데 려다 주었다. 축 늘어진 여자를 부축하여 집까지 데려다 주는 일이 힘들긴 했지만 이렇게 거짓말을 할 만큼은 아니었다. 오히려 신입 맞이 회식 자리였기에 그녀가 쓰러지는 것은 당연했다. 집에 데려 다 줄 거라곤 어느 정도 예상하고 있던 일이었고.

다만 눈을 마주쳐도 못 본 척, 자신이 쳐다보고 있으니 구석에 숨어서 나오지 않는 걸 보니 거슬렸다. 거기다가 어젯밤 일이 기억나지 않는 척 끝까지 오리발을 내미는 모습을 보고 있자니 심술 아닌 심술이 생겼을 뿐이다.

그래도 야간 홀 청소를 혼자 시킨 것은 과했다. 왜 그랬을까. 자신이 생각해도 지나친 처사였다. 잠시 스스로에게 물음을 던진 성호는 생각을 접었다. 이미 벌인 일을 꼬치꼬치 파고들려니 귀찮았다.

미안하다, 한 마디만 했으면 해결됐을 문제를 크게 만든 것은 윤비다. 그렇게 성호는 이번 일을 간단히 합리화시켰다.

✳   ✳   ✳

"당분간 야간 홀 청소는 제가 혼자 하겠습니다."

말을 마친 윤비의 얼굴은 웃어도 웃는 것이 아니었다. 우는 것보다 못한 얼굴로 윤비가 모두에게 야간 홀 청소를 공표한 후, 모두들 할 말을 잃은 얼굴로 윤비를 보았다.

"니가 정말로 혼자 다 한다고?"

"어차피 주방이 아니라 홀만 하는 거라서 혼자 할 수 있어요."

"한 시간 걸릴걸?"

"알아요."

"이런, 어쩌다가."

모두들 혀를 끌끌 차며 윤비를 동정했으나 그 누구 하나 나서서 함께 해 주겠다고 말하는 사람 없었다.

"갑자기 왜?"

다만 우수만이 물어 왔을 뿐이었다.

"어제 술 마시다 보니 그런 생각이 들어서요."

물론 술에 취해서 기억은 나지 않지만 말이다.

"어우, 어쩌나. 고마워서."

"니가 결정한 거라니까 이유가 있겠지. 수고해."

"자네, 혹시 주방 청소에 관심 있는가? 자네를 위해 주방을 비워 줄 수 있는데."

허훈이 심각한 표정으로 물어 왔다. 그러자 덩달아 심각한 표정으로 윤비가 물었다.

"오빠는 날 믿어요? 크로와상과 연어를 다 털어 먹을 거라는 생각은 안 해요?"

"그렇네. 주방에 절대 오지 마라, 너."

단호하게 말한 허훈이 냉정하게 돌아섰다. 모두가 동정과 감사의 한마디씩을 남긴 후 퇴근을 했고, 텅 빈 넓은 가게에 홀로 남은 윤비는 깊은 한숨을 내쉬었다. 야간 홀 청소를 혼자 도맡아 하기로는 했으나 막막했다. 다행히 모두들 의자는 테이블 위로 올려 주고 퇴근했으니 홀을 쓸고 닦는 일부터 하면 되었다. 청소기로 홀을 다 돌린 후 막대 걸레로 바닥을 닦던 윤비는 홀 중간에 멈춰 섰다.

빨리 하려고 할수록 바닥은 넓어 보이고 할 일은 태산 같게 느껴졌다. 조급증이 생겨 마음이 힘들어졌다. 깊게 심호흡한 윤비가 어깨를 쭉 펼쳐 가게를 둘러보았다.

느긋한 마음으로 즐기면서 일하자.

홀로 중얼거린 윤비는 노래를 흥얼거리며 바닥을 게임하듯 닦기 시작했다. 하나, 둘. 구호를 붙이니 제법 할 만했고, 노래를 부르니 마음이 한결 편안해졌다.

"돌리고~ 돌리고~"

생전 엄마가 늘 습관처럼 흥얼거리는 노래였다. 슬퍼도, 기뻐도, 엄마는 늘 같은 소절을 무한 반복하며 기분을 드러냈다. 그때 윤비는 그 노래가 지겨워서 그만 부르라며 화를 낸 적도 있었다. 그때는 오만했다. 죽을 때까지 엄마가 부르는 그 노래를 듣고 살 줄 알았다. 이렇게 빠르게 듣지 못하게 될 줄 알았다면, 엄마의 구슬픈 그 노래가 미치도록 듣고 싶어지는 날이 올 줄 알았다면 좀 더 귀담아들었을 거다.

늦은 밤, 홀로 남은 빈 공간이 주는 그리움과 외로움이 점점 몸을 짓누르기 시작했다. 조금만 더 몸을 맡겼다간 무너질 것 같아 윤비는 막대 걸레를 꽉 쥐었다. 애써 씩 웃으며 그 무게를 털어 낸 윤비가 목을 가다듬었다.

"돌리고~ 돌리고~"

흥얼거리던 노래가 바닥 닦는 막대질의 세기에 맞춰 점점 커졌다. 노랫소리가 가게 안을 웅웅 울리자, 자신이 가수처럼 느껴진 윤비가 흥에 취해 목청껏 부르짖었다.

"돌리고오! 이 곡을 하늘에 계신 엄마에게 바칩니다!"

노래의 정점을 찍은 윤비가 소리치며 두 팔을 활짝 펼쳤다. 그 순간 자신의 몸에 자잘한 소름이 돋는 것이 느껴졌다. 윤비는 난생 처음으로 가수들의 쾌감을 이해했다.

그러나 그것도 잠시, 윤비는 2층 난간에 기대서 있는 남자를 보았다. 이 시간 브랜드 가게를 유일하게 지키고 있을 사람. 자신을 이 시간까지 남겨 둔 남자. 그 남자가 턱을 괸 채 물끄러미 응시하고 있었다. 어디서부터 들은 것일까. 사장의 무심한 시선에 윤비는 두 팔을 벌린 채 돌처럼 굳었다.

"청소하랬지, 콘서트 하란 소리는 안 한 거 같은데."

"언제부터……."

"돌리고부터 엄마에게 바칩니다, 까지."

다 들었다는 소리다. 윤비는 날개처럼 활짝 펼친 민망한 두 팔을 거둬들였다. 쪽팔린다. 아니, 쪽이 팔리다 못해 매진 상태다. 대체 사장과는 무슨 악연이기에 이런 꼴만 보이는 걸까. 민망함과 치욕스러움에 온몸을 웅크려 앉은 윤비를 보며 성호가 말했다.

"오늘은 트로트 버전인가 봐."

"……아, 네."

"어제보단 낫네."

"에코 때문에요. 그리고 전 어제 어떻게 불렀는지 몰라요."

콩벌레처럼 웅크리고 앉은 상태에서도 꼬박꼬박 대답은 잘 한다. 성호가 동그란 머리를 보며 픽 웃었다. 재미있다. 하는 짓도 재미있고 툭 건들기만 해도 돌아오는 반응도 재미있다. 오뚝이처럼 씩씩한 척은 혼자 다 하다가 이렇듯 허당 짓도 심심찮게 일삼는다. 더 괴롭힐까 하다가 수북하게 쌓인 일이 떠오른 성호가 돌아섰다. 우선 이젠 시끄럽게 노래 부를 일 없을 테니 소기 목적은 달성했다.

한참 앉아 있던 윤비가 사위가 조용해지자 슬며시 고개 들었다. 사장이 자리를 뜬 것을 확인한 윤비는 사장이 있던 빈자리를 힘차게 노려보았다. 이것이 영아가 말한 사장이 주는 굴욕과 핍박인 모양이었다. 이런 식으로 사람에게 무안을 주다니. 그러나 굴하지 않을 거다. 쉽게 물러설 거라면 아버지에게 반기를 들어 가며 입사하지 않았을 거다.

윤비는 입술을 앙다물며 자신의 의지를 다졌다. 오해인 것도 모른 채.

＊　　＊　　＊

직원들도 출근하기 이른 시각, 프로방스 분위기로 꾸며진 여유로운 사장실 창가에 서 있는 성호를 우수가 뚫어져라 보았다. 반듯한 턱 선과 날카로운 콧대는 같은 남자가 봐도 멋졌다. 그러나 중학생 시절부터 10여 년이 넘는 시간 동안 성호를 봐 온 우수였다. 새삼스럽게 그의 외모를 감탄하며 구경할 리 없었다. 오전 8시 30분. 이 시간이면 서류에 머리를 박고서 바쁘게 일해야 할 사람이, 자신이 온 줄도 모른 채 10분 동안 넋 놓고 창밖만 보고 있었다.

"형."

결국 기다림에 지친 우수가 성호를 불렀다. 상념에서 깨어난 듯 눈을 깜빡이며 성호가 돌아섰다. 언제 왔느냐고 묻는 성호의 무심한 표정을 보며 우수가 깊은 한숨을 내쉬었다.

"내가 온 지 정말 몰랐어?"

"어. 부르지 그랬어."

"노크까지 하고 들어왔어."

"아……."

가볍게 탄성을 내지르며 집무용 책상에 걸터앉은 성호가 우수를 내려 보았다.

"커피 마시라고."

우수가 그에게 잔을 내밀었다. 매일 아침이면 그가 가져다주는 커피를 마시는 것이 성호의 아침 일과 중 하나였다.

"고맙다."

"오늘 어쩐 일로 일 안 해? 이상하네."

의자에 털썩 주저앉은 우수가 의아한 듯 성호를 보며 물었다. 스물여섯, 이른 나이에 물려받은 유산으로 브랜드를 오픈한 이래 성호는 단 한 번도 제대로 쉬지 않았다. 자신이 소유한 전 재산을 투자했기에 브랜드가 망하면 남은 인생이 고달파진다는 이유도 있었지만, 실제로 진성호는 일을 하면서 자신의 존재를 확인하는 지독한 워커홀릭 중 워커홀릭이었다. 그렇기에 분점의 일과 신메뉴 개발, 모든 일을 다 파악하고 지시할 수 있었다. 몸이 두 개라도 바쁜 그가 아침에 일 대신 상념을 하고 있다는 것이 의아했다.

우수가 뚫어져라 바라보는 시선에 성호의 시선이 느릿하게 움직였다.

"지겨워서."

커피 잔을 입에 가져다 대며 성호가 무심히 답했다.

"뭐가."

"일이."

"뭐? 형, 미안. 내가 뭘 잘못 들었나 봐."

우수는 귀를 후비며 몸을 앞으로 숙였다. 그럴 리 없었다. 경주마처럼 끝없이 달리던 그의 입에서 일이 지겹다니. 자신을 충격과 공포의 도가니로 밀어 넣은 사람치곤, 성호의 표정은 담담했다.

"제대로 들었을 거다, 아마."

"뭐라고? 내가 제대로 들은 게 맞다고? 언제부터? 대체 언제부터 그랬는데?"

믿기지 않는 듯 우수가 질문을 쏟아 부었다.

"꽤 됐어."

"진짜로? 진심으로 말하는 거야?"

"어."

성호의 대답에 습관처럼 웃고 다니는 우수의 표정에서 웃음기가 싹 사라졌다. 성호는 진심이라는 것을 지친 눈빛과 귀찮은 표정이 말해 주고 있었다. 우수는 난감한 표정으로 성호를 보았다. 위로를 해 주고 싶은데 마땅한 말을 찾을 수가 없었다. 그 시선이 불편한지 성호는 창밖으로 고개 돌렸다.

"니가 봐도 내가 무리해서 일했잖아?"

"그거야 그렇지. 그래도 형은 일하는 거 좋아했잖아."

"좋아하는 일도 하다 보면 지쳐."

"대체 언제부터 지친 건데?"

"얼마 전부터."

놀라운 일이었다. 몇 시간도 아니고 얼마 전부터 지쳐 있었다니. 그러나 우수는 성호에게 왜 그러냐고 물을 수 없었다. 어느 날 과로사해도 이상할 게 하나 없을 것처럼 그는 가열 차게 일에만 집중했다. 사랑도, 친구도, 친척도, 가족도 모두 뒷전으로 한 채. 그러니 지칠 만했다. 하지만 브랜드는 곧 진성호였고, 진성호는 곧 브랜드였다. 그런 그가 스스로에게 환멸을 느낀 표정을 지었다. 우수는 덜컥 겁이 났다. 성호가 느끼는 환멸감이 브랜드로 이어질까 봐서.

"그래. 형은 좀 쉬어야 해. 좀 쉬고 나면 일 생각이 돌아올 거야."

"그럴까."

"어. 그럴 거야. 아니, 그래야지. 지금 브랜드에서 일하는 직원이 얼마고, 그에 따르는 가족이 또 얼마며, 브랜드를 애용하는 고객들이 얼만데. 그 믿음을 저버리면 안 되지. 형은 책임감 있는 사람이니까 충분히 잘할 거라 믿어. 급한 일만 끝내고 당분간 쉬어. 여행도 다니면서."

우수의 말에 성호는 아무런 대답도 하지 않았다.

"어? 형? 대답 좀 해."

"아홉 시다. 나가."

성호에게 내쫓기다시피 자리에서 일어난 우수는 문고리를 쥐고도 한참이나 서성였다.

"형."

"아홉 시 넘었다."

아홉 시가 넘으면 형 동생 사이에서 사장과 직원 사이로 변하는 것이 그들의 오랜 습관이었다.

"사장님."

"왜."

성호가 건성으로 답했다.

"연애하시는 건 아니죠?"

"뭐?"

"형의 애정이 브랜드가 아니라 다른 데로 향한 건 아닌가 해서요. 물론 그럴 리 없겠지만요. 그래요. 그럴 리 절대 없겠죠. 휴우."

얼마 전 선 자리를 20분 만에 파토 내고 돌아온 후로, 성호는 칩거하다시피 브랜드에만 갇혀 있었다. 여자는커녕 여자의 손 구경한 지도 오래됐을 게 분명했다. 우수는 자신이 말하고도 그럴 리 없다는 듯 머리를 설레설레 흔들며 사장실 밖으로 나섰다.

사장실 내부가 고요했다. 브랜드를 건축할 때 사장실의 방음에 유난히 신경 썼다. 그때는 바람 소리 하나 제대로 들리지 않는 이 고요함이 좋았는데, 지금은 숨이 막힌다. 성호는 손을 뻗어 창문을 열어젖혔다. 바람 소리와 함께 외부 소리가 물밀듯 들이쳤다. 사장실 내부를 서걱서걱 베어 가는 겨울 칼바람. 그나마 숨통이 트이는 기분에 성호는 숨을 훅 뱉어 냈다.

'연애하시는 건 아니죠?'

연애는 아니더라도 재미있는 건 발견했다. 그나마 자신을 브랜드에 머무르게 하는 재미있는 오뚝이. 픽 웃던 성호는 쌓인 서류를 펼치며 중얼거렸다.

"오늘은 콘서트 안 하려나."

❀   ❀   ❀

두꺼운 자켓을 걸친 후 빨간 목도리를 둘둘 말자 코 아래까지 덮였다. 이 정도는 입어 줘야 길거리를 걸을 수 있을 만큼 날씨가 추워졌다. 빈 집에서 나온 윤비는 주머니에서 길게 진동하는 휴대폰을 꺼내 들었다.

수희

가출한 자신을 먹여 살려 준 은인이자, 오랜 친구의 이름이 액정에 떠올랐다.

"여보세요."

―어디야?

"이제 집에서 나왔어. 너희 집 앞으로 갈게."

―그래. 기다릴게, 자기.

기분 좋아지면 수희는 곧잘 자기라고 불렀다. 얼마 전 짝사랑하
던 남자에게 고백을 받아 구름을 밟고 사는 기분이라더니 아직까지
즐거운 모양이었다. 낙엽이 떨어진 골목길을 벗어나 버스 정류소가
있는 곳으로 터덜터덜 걸어가던 윤비가 고개를 치켜들었다.

"아, 좋다."

춥긴 하지만 새파란 하늘이 어여쁘고, 부는 칼바람이 상쾌하다.
있는 힘껏 숨을 들이마신 윤비는 짝사랑과 연애라는 단어를 곱씹어
보았다. 하늘처럼 푸르고 청량한 단어건만 자신에겐 아직 와 닿지
않았다. 해야 할 일이 많고, 하고 싶은 일이 많아 연애는 늘 3순위
4순위에 미루어 두었다. 특히 아버지의 결혼 강압이 시작된 올해부
턴 연애라면 치를 떨었다. 그런데 친한 친구가 살맛난다며 즐거워
하는 모습을 보니 궁금하긴 했다. 고개를 갸웃거리던 윤비가 도착
한 버스에 올라탔다.

열흘 만의 휴일이었다. 본래는 주 5일 근무로 평일에 이틀 쉴 수
있었지만 연말이 닥치다 보니 손이 부족했다. 그 때문에 윤비는 알
아서 휴일을 반납하고 근무를 뛰었다. 비록 개인적인 시간은 없었
으나 특별 근무 수당 때문에 주머니는 두둑해졌다.

골목을 꺾어 들어가니 익숙한 여자가 서 있었다. 붉은 원피스 위
에 매니시 풍의 검은 자켓을 걸쳐 입은 수희가 다리를 동동 굴리고
있었다. 윤비는 오래된 자신의 친구를 향해 환히 웃으며 인사를 건

넸다.

"니가 얼어 죽으려고 작정했구나! 옷이 그게 뭐야."

"그게 인사냐, 인사야? 응? 패션은 추위 앞에서 굴복해선 안 되는 거야. 그러는 넌 옷이 그게 뭐야? 아빠 외투 입고 왔니?"

"아니. 내 스타일이야."

"아, 네."

수희가 능청스럽게 답하며 윤비의 팔짱을 꼈다. 두 사람은 약속 장소인 곳에서 주희를 만났다. 수희와 윤비가 중학교 때 만난 친구 사이라면, 주희는 고등학교 때 두 사람과 친해졌다. 수희와 주희 이름이 비슷한 데다 외모도 닮아서 자매냐는 이야기를 곧잘 듣곤 했다. 물론 두 사람은 서로 개명하라며 권유하긴 했지만.

"어디 가지?"

"어디 갈까?"

인사가 끝나자마자 윤비와 주희가 동시에 말했다. 여자들이 만나면 식당 정하는 것도 일이었다. 파스타를 먹자니 어제저녁 주희가 먹었다고 반대했고, 찌개를 먹으러 가자니 수희가 반대하고 나섰다. 결국 칼바람 추위에 지친 주희가 인상을 찌푸린 채 말했다.

"그냥 브랜드 가자. 뷔페 가서 각자 먹고 싶은 스타일로 먹어."

"윤비가 지겹지 않나?"

수희가 발을 동동 굴리며 윤비의 눈치를 슬그머니 보았다.

"아니. 난 좋은데. 사장이 짬을 못 먹게 해."

"짬이 뭐야?"

"영업 마친 후 남는 음식. 다 버려. 절대로 못 먹게 하더라."

"왜?"

"경영 방침이랜다, 사장이."

"웃긴다. 그 사장."

새침하고 직설적인 성격의 주희가 톡 쏘아붙였다. 그 말에 윤비의 얼굴에 화색이 돌았다.

"주희야. 그 말 사장 앞에서 그대로 좀 해 주라. 성격도 좀 이상하거든."

"못할 거 뭐 있어. 고객 자격으로 컴플레인 걸 테니까 가자. 브랜드."

당당하게 앞서 걷는 주희를 윤비가 듬직하게 바라보았다. 사실 말하진 않았지만 서러웠다. 야간 홀 청소를 시키는 그의 교묘한 압박과, 자신의 노래를 가만히 듣고만 있던 능청스러움, 그리고 한가득 남은 짬에 손도 못 대게 하는 것 등등. 셀 수도 없을 만큼 수많은 것들이 떠오르자 윤비는 괜히 울컥했다. 목 끝까지 차오른 말들을 을이라는 위치 때문에 참고 버렸다. 부디 톡 쏘는 그 성격을 주희가 사장 앞에서 발휘해 주길 바랐다.

"이주희, 파이팅!"

윤비의 응원에 주희는 무리를 이끄는 리더처럼 당당하게 소리쳤다.

"나만 믿어! 따라와!"

❀   ❀   ❀

"어머, 사장님. 완전 멋지다."

의자에 늘어져 앉은 윤비가 두 눈을 초롱초롱 빛내는 주희를 멍하게 바라보았다. 믿는 도끼에 발등 찍힌다더니. 브랜드에 들어와 착석한 후 한 접시 비우기도 전에 사장이 내려왔다. 손님들은 그가 사장인지 모르지만, 직원들은 사장이 계단 밟는 소리만 들어도 알아챘다. 윤비는 주희의 팔을 툭툭 치며 사장을 알려 주었고, 새침하고 도도한 표정으로 함께 욕해 줄 거라 생각했던 주희는 사장의 외형에 속아 무한한 호감을 드러냈다. 윤비는 혀를 끌끌 차며 수희의 팔을 툭툭 쳤다.

"주희 표정 봐 봐. 야, 너까지……."

삼 일에 한 번씩 전화해서 사장의 욕을 함께 한 수희마저도 사장의 멀쩡한 외형에 속아 넘어갔는지 설레는 표정을 짓고 있었다.

"윤비야. 니가 욕할 만큼 사장님 이상해 보이지 않는데? 너무 멋지다. 저런 사람이 이런 가게도 운영하고 있다니. 넌 저런 사장님 밑에서 일하는 걸 감사하게 생각해야 해."

"야, 너까지……. 넌 애인도 있는 게."

믿을 사람 하나 없다더니. 사장에게 온 신경을 집중한 두 사람을 둔 채 윤비는 자리에서 벌떡 일어났다.

"어디 가? 사장님 인사시켜 주게? 어우, 야. 그러지 않아도 되는데."

잠시 잊고 있었다. 주희가 새침한 성격의 여우과라는 것을. 윤비는 보란 듯이 고개를 설레설레 내저었다.

"아니. 음식 좀 더 퍼 오게."

윤비는 아쉬운 소리 내는 두 친구를 등진 채 B구역에서 나왔다. 그러고는 모자를 푹 눌러쓴 채 사장과 가장 멀리 떨어진 곳에 섰다. 여전히 브랜드는 좋고, 브랜드 음식도 좋지만 사장에게 정을 붙이진 못 했다. 나날이 쌓여 가는 민망한 상황과 틈틈이 눌러붙는 악감정에 이젠 사장의 얼굴도 보고 싶지 않았다.

빈 접시를 들어 음식을 하나씩 담는데 주방 식구들이 하나둘 아는 척을 해 왔다.

"윤비."

"어쩐 일이야? 윤비?"

"쉬는 날까지 여길 오다니. 독한 녀석! 나라면 브랜드에서 가장 멀리 떨어진 곳으로 갈 텐데!"

"배고파서요."

"배고픈데 왜 여길 와?"

"같은 가격에 제 배를 채워 줄 곳은 여기밖에 없어요."

중저가의 뷔페 중 가장 질이 좋고 음식 가짓수가 많은 곳이 브랜드였다. 윤비는 건성으로 답하며 음식을 하나둘 펐다. 맛깔스러운 볶음밥, 치킨볼, 크림 파스타와, 게살 샐러드를 담고 나니 한 접시가 가득 찼다.

"아…… . 더 먹고 싶다."

윤비는 미처 더 담지 못한 음식들을 아쉬운 눈으로 바라보았다.

"조금 있다가 올게."

음식들에게 손을 휘휘 내저은 후 돌아서던 윤비는 기겁하며 한 걸음 물러섰다.

"히익."

"어쩐 일이야."

마주하기 싫어서 도망쳤더니 사장이 코앞까지 와 있었다.

"밥 먹으러 왔습니다."

"아아."

일부러 길게 대답하는 사장을 보곤 윤비가 비스듬히 짝다리를 짚었다. 왠지 고객의 위치에 서니 어깨에 힘이 들어가고, 사복을 입고 있으니 없던 용기가 샘솟았다. 그래서 평소보다 사장의 웃음과 말투가 마음에 들지 않았다. 윤비는 주희의 새침한 표정을 떠올려 따라 짓고는 도도하게 물었다.

"더 하실 말씀 있으세요?"

"아니."

"배고픈 고객 계속 세워 둘 거 아니죠?"

직원으로서는 절대 할 수 없는 반항적인 태도를 취했다. 자신의 이 태도로 사장의 표정이 좀 굳어졌으면 했다. 그러나 사장은 여전히 웃음을 머금은 채 한 걸음 물러서 주었다.

"맛있게 식사하세요, 고객님."

윤비는 대답 대신 도도한 걸음으로 친구들이 있는 테이블로 향했다.

"사장님이 뭐래?"

주희가 목을 앞으로 쭉 빼며 물어 왔다.

"아무 말 안 해."

"그런데 니 표정은 왜 이렇게 심드렁해?"

"난 사장 싫어하거든."

"왜애?"

전혀 이해할 수 없다는 듯 물어 오는 주희를 보며 윤비가 탁 소리 나게 포크를 내려놓았다. 웃음기라곤 전혀 없던 사장이 어느 날부터 자신만 보면 빙긋 웃고 있는 게 싫다, 자신이 싫어하는 사람과 자신이 존경하는 사람이 같아서 싫다, 고 하면 친구들은 이해할까.

"에효, 말을 말자."

윤비는 다시금 포크를 집어 들었다. 아마 자신의 친구들은 절대로 이해 못 할 거다. 오히려 멋진 사장을 알아보지 못하는 자신을 탓할 게 분명했다.

"실례하겠습니다."

정중한 말투에 고개를 홱 든 윤비가 허리를 비스듬히 굽히고 서 있는 우수를 보았다. 그러나 윤비의 눈은 우수의 손을 향했다. 커다란 쟁반 가득 그릇당 4만 원이 넘는 스테이크를 세 접시가 담겨 있었다.

"오빠! 뭐 이런 걸 다 해 줘요! 고마워요!"

"내가 아니라 사장님이 보내셨어."

스테이크를 보며 입 쩍 벌리며 웃던 윤비가 김샌 표정을 지었다.

"사장님이요? 이거 먹어도 되는 거 맞아요? 월급에서 차감되는 건 아니죠?"

"그럴 리가. 부담 갖지 말고 먹어."

"부담 되는데요."

"걱정 마. 사장님 와이셔츠 한 장 값도 안 나와."

"아무래도 사장님 신발이랑 시계를 털어야겠어요."

윤비의 눈빛에서 진심을 읽은 우수가 흠칫했다.

"에, 에이. 농담은. 곧 에이드 가져다줄게."

"에이드도 줘요? 괜찮아요."

"아냐. 사장님이 무조건 챙겨 주래. 그러니까 기다려."

우수가 한쪽 눈을 찡긋거린 후 빈 쟁반을 쥔 채 멀어졌다. 윤비
는 긴 한숨을 내쉬었다. 그러고는 스테이크에서 눈을 못 떼는 친구
둘을 바라보았다.

"사장님 완전 멋지다."

"사장님 대박."

윤비는 제 편 둘을 잃었음을 담담히 인정해야 했다.

2. 달라지다

"형."

우수의 부름에 서류에 파묻혀 있던 성호가 고개 들어 시간을 확인했다. 정확히 밤 11시 1분. 직원과 사장에서 벗어나 형 동생 사이가 될 시간이었다. 칼같이 지키는 우수를 보며 성호가 턱을 괴었다.

"왜."

지친 표정을 지은 채 성호가 건조하게 물었다.

"윤비 언제까지 야간 홀 청소 혼자 시킬 거야?"

"걔가 그래? 내가 시켰다고?"

"아니. 자진해서 하겠다고 하던데."

"그럼 자진해서 한 거겠지."

능구렁이 담 넘어가듯 어물쩍 넘어가려는 성호를 보며 우수가 눈살을 찌푸렸다.

"내가 형을 몰라? 형이 직원 혼낼 때나 쫓아내려고 할 때 쓰는 수법이잖아."

"그런데?"

"왜 윤비가 그걸 당하고 있어야 하는데? 성실하게 일하는 직원 쫓아내는 거, 아무리 사장님이라도 그냥 못 넘어가."

"쫓아내려고 한 적 없는데. 봐서 알겠지만, 쫓아낸다고 나갈 애도 아니잖아."

성호의 눈은 정확했다. 브랜드를 향한 윤비의 애정은 집착에 가까웠다. 브랜드에 얽힌 무슨 사연이라도 있는 사람처럼 때때로 우수보다 더 과한 애정을 표해 낼 때 있었다. 멱살 잡고 건물 밖으로 내던지지 않는 이상, 윤비는 제 발로 브랜드를 걸어 나갈 사람이 아니긴 했다. 별 관심 없는 척 굴더니 어느새 윤비에 대해 파악을 마친 모양이었다.

"그럼 왜 저걸 시켜?"

"말했잖아. 자진한 거라고."

"하아, 말을 말자. 내가 아무리 졸라도 입 다물고 있을 모양인데 됐어. 차라리 윤비한테 물어보고 말지. 나 퇴근해. 형도 일찍 들어가."

성호는 대답 대신 손을 들어 보였다.

"아! 그리고 창문 좀 닫아. 사장실 너무 춥다."

지친 걸음으로 문밖으로 나서는 우수를 보던 성호가 창밖으로 고개 돌렸다. 춥긴 하지만 창문을 닫을 수가 없다. 창문을 열어 놓지 않으면 답답해서 여기서 버틸 수가 없었다.

성호는 창문 너머로 들어오는 칼날같이 날카로운 바람을 깊게 들이마셨다.

❀　　❀　　❀

재벌가가 밀집되어 있는 구역 중 성호의 본가는 가장 거대한 크기를 자랑하고 있었다. 그곳에서 여느 때와 같이 식사를 한 후 2층으로 잠시 올라왔을 때였다.

'이 일이 어때서요! 어떤 일보다 하고 싶은 일이에요! 윤리적으로도, 법적으로도 어디 하나 어긋난 것 없는 일이라고요!'

열린 창문 너머로 우렁찬 목소리가 흘러 들어왔다. 한눈에 봐도 엄청난 체격을 자랑하는 남자의 우악스러운 손길을 한 여자가 미꾸라지처럼 빠져나가고 있었다. 그러면서도 제 고집은 꺾을 수 없는지 여자는 바락바락 대들었다.

'저한텐 그게 최고의 일이에요! 이거 말곤 없단 말이에요!'

'아니, 그래도 저게! 목소리 안 낮춰? 동네 망신 다 시킬 거야?'

'동네 망신보다 이 일이 더 중요하다고요! 그리고 아버지 목소리가 더 크거든요?'

동네 망신보다 중요한 일. 최고의 일. 그 일은 뭘까.

처음으로 슬럼프와 일에 대한 권태로움을 느끼고 있던 성호는, 열정을 품은 그녀가 부러웠다. 누구에게 당당하게 소리쳐 말할 수 있는 '당당한 일'. 그런 그녀를 반하게 만든 그 '일'이라는 것도 부러웠다. 문득 얼마 전 선 본 여자와 비슷한 말을 하는 그 여자가 떠올랐다. 사람을 잘 기억 못하면서 왜 그 여자는 지워지지 않는 지. 자신을 냉정하게 밀어낸 여자가 처음이라 그런 모양이었다.

선 본 여자와 일이 좋다며 소리치는 여자를 떠올리며 성호가 대문을 열고 나섰다.

그리고 바로 후 두 사람이 동일 인물이라는 것을 알았다.

창밖의 풍경만 무심히 바라보던 성호의 눈빛이 초점을 찾았다. 책상에 너저분하게 늘어져 있으나 눈에 전혀 들어오지 않던 서류를 대충 정리했다. 자리에서 일어난 성호가 사장실 문을 열고 나섰다.

"돌리고. 돌리고!"

픽. 돌처럼 굳어 있던 성호의 입술 새로 바람 빠지는 소리가 새어 나갔다.

포기할 줄 모르는 집념의 여자다. 민망함에 어쩔 줄 몰라 하던 게 엊그제 같은데 어느새 다시 노래를 시작하고 있었다. 단, 사장실에 들리지 않을 만큼 작은 크기였다. 소리 죽인 걸음으로 2층 난간에 기대선 성호가 시선을 떨어뜨렸다. 넓은 홀 가운데를 막대 걸레 하나 들고서 누비는 윤비가 보였다. 고된 일에 지칠 만도 하건만 막대 걸레질엔 힘이 넘쳤다.

자신도 저랬던 적이 있던가. 억지로 떠맡은 일임에도 콧노래를 부르며 하던 때가, 당당하게 누군가에게 가장 좋아하는 일이라고 말하던 때가.

성호의 눈빛이 짙게 물들었다.

계단을 밟고 내려서던 성호는 삐그덕 나무 틀리는 소리에 걸음을 멈췄다. 동시에 윤비가 고개를 번쩍 쳐들었다. 그러고는 노골적으로 불편한 표정을 지었다. 언젠가부터 눈만 마주치면 저 표정을 짓는 윤비였다.

괜히 이유 없이 섭섭해져 성호의 눈이 가늘어졌다.

"청소 최대한 빨리 하겠습니다, 사장님. 혼자 하려니까 조금 힘들어서요."

"콧노래 부르는 거 보니까 안 힘들어 보이던데."

"그럴 리가요. 그래도 이왕 맡은 일 즐겁게 하려고 노력하는 거죠."

심드렁하게 답한 윤비가 다시 힘주어 바닥을 닦기 시작했다.

"브랜드가 왜 좋아?"

고요하던 가게를 울리는 낮은 목소리에 윤비가 다시금 고개를 들었다. 계단 위에 서 있는 사장을 물끄러미 바라보던 윤비가 덤덤하게 답했다.

"추억이 있어서요."

"무슨 추억?"

"꼭 대답해야 하는 거예요?"

"아니. 그런 건 아니고."

성호가 가볍게 어깨를 으쓱거렸다. 대답하지 않을 거라 생각했다. 쉽게 이야기할 거였다면 애초에 자기 소개서에 적어 놨을 거다. 브랜드를 향한 무한한 애정의 이유를.

"그럼 얼마만큼 좋은데?"

"분점 내고 싶을 만큼요?"

"뭐야, 그게. 분점이 목표야?"

"네."

참으로 당당하게 말한다. 분점을 목표로 일하는 사람은 무수히 많았다. 실제로 우수를 제외한 대부분의 사원들은 분점을 목표로 하고 있다고 해도 과언이 아니었다. 브랜드에서 5년 이상 근무하지 않은 자는 분점을 내주지 않는 룰 때문이었다.

"돈 벌고 싶은 거구나."

성호가 작게 중얼거렸다. 밤톨 같은 여자의 무한한 힘의 이유가 돈이었다고 생각하자, 성호는 힘이 빠졌다. 대단한 이유는 아니더라도, 돈만큼은 아니었으면 했다.

"추억을 만들어 주고 싶은 건데요."

가차 없이 돌아서던 성호의 발이 움찔하며 멈췄다. 돌아서자 자신을 뚫어져라 보고 있는 윤비의 날카로운 눈이 꽂혔다.

"이왕이면 내가 추억을 얻어 간 브랜드라는 가게 안에서 다른 사람들도 추억을 가져가길 바라서요."

"……."

"그런데 전 아직 누군가에게 즐겁고 맛있는 추억을 갖게 할 만

큰 좋은 가게를 만들 능력이 안 돼요. 그래서 노력하고 있는 거고, 이 순간이 즐겁고, 행복해요. 한때 사장님을 모르던 때에 존경도 했어요. 우연이든 뭐든 브랜드를 만들어 준 사람이니까요."

"……."

윤비에게서 빛이 났다. 일을 즐기고, 꿈을 꾸는 사람만이 가질 수 있는 그런 빛이었다. 언젠가 자신도 한 번쯤은 갖고 있었을 법한 그런 빛. 아래서 내려 보는 것은 자신인데, 되레 윤비를 올려 보고 있는 기분이 드는 것은 무엇일까.

"그러니까 단순히 돈 때문이다, 라고 치부하진 않았으면 해요. 뭐, 제가 할 말은 이게 끝입니다. 일 보세요. 우수 오빠 말 들으니까 사장님 일이 엄청 많다던데요."

돌아서는 윤비의 등을 보며 아쉬움을 느끼던 성호가 불쑥 말했다.

"야식 먹을래?"

막대를 움켜쥐던 윤비가 생각지 못한 권유에 멈칫했다.

"야식요? 아뇨. 괜찮아요."

잠시 고민하던 윤비가 고개를 내저었다. 얼마 전, 브랜드에서 사장이 준 스테이크를 먹고서 배탈이 났다. 함께 먹은 친구들은 멀쩡했기에 무서운 사장이 자신의 음식에 주술을 걸었다고 판단했다.

"돼지고기."

"괜찮아요."

"소고기."

"돼, 돼, 됐어요."

아주 어렵게 유혹을 뿌리친 윤비가 심장 어귀를 감싸 쥐었다. 소고기를 거절하다니! 아마 잠자리에 누워 벽을 내리치고 이불을 걸어차며 후회할 게 분명했다.

"한우."

"콜."

윤비가 빛보다 빠르게 답했다. 배탈이 나서 이틀을 앓아눕는 한이 있더라도 한우만큼은 포기할 수 없었다. 없어서 못 먹는 게 한우다. 사장과의 어색한 동행과, 불편하게 마주 보는 것쯤은 거뜬히 견딜 수 있었다. 한우 앞에서 못할 게 무엇인가.

빛보다 빠르게 답하는 윤비를 보며 성호가 픽 웃었다.

"그래. 30분 줄 테니까 마저 정리해."

2층으로 올라가는 성호의 뒷모습을 보던 윤비가 홀 안을 느릿하게 둘러보았다. 빨리 해도 40분 안에 마칠까 말까 한 청소를 30분 안에······.

"아, 저 악마. 그래도 한우 때문에 참는다. 카드 한도의 끝을 보여 주마."

홀로 중얼거린 윤비가 이를 악물며 바닥을 닦기 시작했다.

❀   ❀   ❀

윤비의 어린 시절은 무척이나 가난했다. 온 벽지에 곰팡이가 가득한 좁은 방 한 칸에서 세 식구가 살았다. 가난해서 신발은 해지고 겨울엔 난방 한 번 하지 못했다. 그렇게 어렵고 힘들게 살다 살림살이가 편 것은 윤비가 2차 성징을 겪을 무렵이었다. 주변 사람의 도움을 받아 회사 설립 이래 5년 만에 처음으로 흑자로 돌아섰다. 이후 대기업의 수주를 따내어 계약 업체를 제외한 사람들에게 아쉬운 소리 한 번 한 적 없이 살았다. 그럼에도 윤비는 흔히 말하는 있는 집 자식처럼 살지 못했다. 어릴 적부터 못 먹고 못 입고 살아온 아버지에게 쇼핑과 사치는 남의 일이었고, 윤비가 고등학생이 되던 해까지 그 흔한 외식 한 번 하지 못했다. 나가서 밥을 사 먹는 것을 경멸하다시피 하는 아버지 탓에 어머니와 윤비는 늘 집에서 밥을 먹어야 했다. 그러다 우연히 삼촌의 집에 놀러 갔다가 얻어먹은 한우 한 점은 윤비를 육식 세계로 이끌어 주었다.

그리고 몇 해 만에 처음으로 윤비는 한우를 입에 넣었다. 윤비는 사장이 자신의 코앞에 있다는 것도 잊은 채 눈물을 글썽였다.

"맛있어?"

픽 웃으며 던지는 사장의 말에 윤비는 찡해 오는 코끝을 문질렀다.

"죽을 거 같아요."

"행복해서?"

"네. 정말 행복해서 죽을 거 같아요."

"많이 먹어."

"후회하실 건데요? 주머니에서 먼지 날릴지도 몰라요."

"생애 처음으로 후회라는 걸 해 보겠네."

"처음이요?"

"난 후회한 적 없어."

"사장님, 이런 말 실례 안 된다면 해도 될까요?"

"실례라고 생각하면 하지 마."

재수 없이 말하는 법 특강 듣고 다니세요, 라는 물음을 윤비는 한우와 함께 씹어 삼켜야 했다. 대신 불만스런 표정으로 사장을 흘 깃 노려보고는 불판만 빤히 노려보았다. 사장이 데려온 한우 식당 은 도축장에서 갓 가져온 신선한 한우만을 제공하는 곳으로, 밤 11 시가 되면 마감하지만 단골인 사장의 부탁으로 특별히 자정까지 열 어 두는 것이라 했다.

"외식업계 종사하면 타 업체도 한 번 훑어보는 여유를 가지지 그래?"

고기를 뒤집으며 성호가 말했다. 언뜻 보이는 핏기와 육즙에 정 신을 놓을 무렵 윤비가 퍼뜩 고개를 들었다.

"아, 네."

사장의 말에 급하게 깨우친 듯 윤비가 고개를 돌렸다. 고급스러 운 인테리어와 종업원들의 깔끔한 유니폼 착용, 서비스와 친절이 돋보였다. 그러다 우연히 벽면에 걸린 살치살 1인분당 6만 원이라 는 가격표에 헛기침을 터트렸다. 1인분 가격이 일당에 조금 못 미 쳤다. 세다. 가격이 너무 세서 한 대 얻어맞은 기분이었다.

"새삼스럽게 손 떨 필요 없어. 이미 먹은 거만 4인분 넘어가니까."

"……."

"마저 염치없어도 된다는 거야. 내가 먹자고 한 거니까 상관없잖아."

"혹시 제 월급에서 차감된다거나……."

"적어도 돈 가지고 치사하게 굴진 않아."

"아, 네."

사장의 깔끔한 말에 안심한 윤비는 입에 물고 있던 젓가락으로 불판 위의 고기 한 점을 집어 들었다. 뜨거운 온도와, 씹힐 때마다 터져 나오는 육즙, 부드러운 목 넘김. 윤비는 한우에 한없이 감동했다. 온몸을 부르르 떨던 윤비가 젓가락을 바삐 움직였다.

"날 왜 싫어해?"

한우 한 점을 입에 막 집어넣던 윤비가 멈칫했다. 한우 넣기 전에 말하던지, 삼킨 후에 물을 것이지. 묻는 타이밍이 참 예의 없는 사장이었다.

"삼키고 말해."

"……."

큰 배려 해 준다는 듯이 던지는 사장의 말이 더 무서웠다. 집게를 든 채 불판만 보고 있는 사장은, 시치미 뚝 떼고 있었지만 자신을 신경 쓰는 기색이 역력했다. 이미 자신이 싫어한다고 확정 지은 모양이었다. 최대한 감정을 숨긴다고 숨겼는데 들켰다. 윤비는 어떻게 해야 납득이 잘 되게, 그리고 사장의 빈정이 상하지 않게끔 설명할 수 있을까를 고민했다.

"고기 녹여 먹어? 왜 이렇게 오래 걸려?"

그러나 사장은 윤비가 고민할 시간을 넉넉하게 주지 않았다. 역시 재수 없게 말하는 특강을 받은 것이 틀림없다. 결국 입안에서 굴리던 살치살 한 점을 꿀꺽 삼킨 윤비가 깊은 한숨을 내쉬었다.

"저는 첫 만남이 중요해요. 그래야 두 번째 만남도, 세 번째 만남도 좋을 확률이 높거든요. 그런데 사장님이랑 저 알다시피 그다지 좋은 첫 만남은 아니었잖아요? 더욱이 두 번째 만남도 그랬고요."

"세 번째 만남은 좋았던 걸로 기억하는데."

"존경하는 사람을 만나러 갔는데, 그곳에 선 본 남자가 서 있어요. 그게 좋은 만남은 아니잖아요?"

"그러니까 세 번째 만남도 별로였다, 이건가?"

"굳이 대답 안 해도 되죠?"

윤비가 조심스럽게 대꾸했다.

"흐음."

알 수 없는 긴 신음을 흘리던 성호는 그 후로 아무런 대답도 하지 않았다. 갑자기 앉은 자리가 가시방석이 되었고, 분위기는 끝없이 침체되었다. 한우 굽는 소리만 아니었다면 침묵에 질식했을지도 모를 일이었다. 분위기에 눌려 더 이상 못 먹겠다는 생각에 젓가락을 내려놓을 때였다.

"먹어. 아직 많이 남았어."

"더 먹다가 체할 거 같아요."

"왜? 방금 대화 때문에? 걱정하지 마. 뒤탈은 없을 거니까."

사장의 말에 윤비는 용기 내어 젓가락을 다시 들었다. 사장의 말
대로 아직 굽지 못한 소고기가 한가득 쌓여 있었다. 저것들을 먹지
않고 집에 간다면 후회 때문에 밤잠을 설칠 것 같았다. 윤비는 한
참 말없이 먹었고, 사장은 말없이 한우만 구웠다. 몇 인분인지 셀
수 없을 만큼 접시들이 오갔다. 슬슬 배가 차오르고, 겸해서 먹던
술 때문에 알딸딸해진 윤비가 용기 내어 물었다.

"그러는 사장님은 절 어떻게 생각하시는데요?"

사장의 눈동자가 스륵 움직였다. 눈을 가늘게 뜨고서 바라보는
사장의 시선이 꽤 묘했다.

"재미있어."

괜찮다, 혹은 싫다는 대답을 들을 거라는 기대와 달리 뜬금없는
답이었다. 젓가락으로 파무침을 집어 올리던 윤비가 황당하다는 듯
되물었다.

"재미있다고요?"

"어."

"재미있어서 지금 한우 사 주는 거예요?"

"내가 재미있는 거에 약해. 날 재미있게 하는 게 좀 희귀하거
든."

"하아."

종잡을 수 없는 사장이다. 그래서 절대로 웃지 않던 사장이 어느
순간부터 자신에게 그토록 잘 웃어 주었던 것인가. 무언가 결심한

듯 윤비는 젓가락을 탁 내려놓았다.

"치워?"

"아뇨! 아직 멀었어요. 이렇게 맛있는 거 사 주셨는데 재미있게
해 드려야죠. 제가 뭐 때문에 재미있으신데요?"

"말하면 해 줄 건가?"

사장의 입술이 비스듬히 기운다. 이상하게 사장의 웃음을 보고
있노라면 알 수 없는 감정이 스멀스멀 기어올랐다. 윤비는 애써 찌
푸려지는 미간을 빳빳하게 펴며 답했다.

"한우에 대한 자그마한 보답은 해야죠."

"그럼, 보자."

사장이 턱을 괸 채 윤비의 얼굴을 빤히 쳐다보았다. 이마에서 턱
끝까지, 왼쪽 뺨에서 오른쪽 뺨으로. 그러고는 알 수 없는 웃음을
지은 채 눈을 똑바로 바라보았다. 늘 냉기만 돌던 사장의 눈빛이
부드럽게 변하는 걸 보며 윤비는 마른침을 꼴깍 삼켰다. 괜히 기분
이 이상해진다. 사장의 고개가 비스듬히 기울었다.

이 여자가 재미있을 때라……

"소리 지르는 거?"

대문에서 나오며 일에 대한 열정을 소리칠 때.

"아니면 상대방 앞에 두고서 창밖만 보고 있는 거?"

선 따윈 관심 없다는 표정으로 창밖을 응시할 때.

"그것도 아니면 내 손 잡고 노래 불러 주는 거?"

한 맺힌 목소리로 돌리고, 를 열창할 때.

모두 다 재미있었다. 창가에 서 있다가 픽 하고 웃음을 터트릴 만큼 우스운 기억으로 남아 있었다. 김윤비와 함께 한 기억들은.

아련한 표정으로 무언가를 짚어 가는 사장과 달리 윤비는 황당한 표정을 유지했다.

"……여기서요? 소리 지르면서 창밖을 보다가 사장님 손잡고 노래 불러 주면 돼요? 정말로 사장님 괜찮겠어요? 단골 가게라면서요. 미친 여자 데려온 사장이라는 별명 얻고 싶어요? 사장님이 괜찮다면 이 한 몸 불살라 보죠. 흠, 흠."

"그냥 있어."

"……."

스스로 생각해도 부끄러움이 솟구치는 모양이었다. 윤비는 다행이라며 속으로 한숨을 뱉었다. 그런 윤비를 보며 사장은 불판으로 시선을 옮겼다.

"그냥 있어도 재미있어."

아니, 저 사람이.

"어서 먹어. 탄다."

"어? 그건 안 되죠. 귀한 애들 태우면 안 되죠."

윤비는 서둘러 젓가락질을 하기 시작했다. 그런 윤비를 보며 사장의 입꼬리가 소리 없이 위로 향했다.

❋   ❋   ❋

차를 타고 집으로 향하는 동안, 윤비는 시트에 몸을 파묻고서 창밖을 바라보았다. 늦은 밤 거리가 눈동자 위를 빠르게 스쳐 지나갔다. 차 안을 꽉 메운 침묵이 답답했으나 할 말이 없었다. 사장은 이미 자신의 집을 알고 있으니 집 가는 길을 알려 줄 필요도 없었고, 대화는 식사 중 다 나누었다. 그렇다고 재잘재잘 수다를 떨 만큼 즐거운 사이도 아니고, 설령 그렇다 해도 피곤해서 더는 대화 거리를 짜낼 수도 없었다.

이럴까 봐 택시를 타고 가겠다고 고집 피웠건만, 사장은 절대로 안 된다며 강경하게 나왔다. 사장으로서 늦은 밤 여직원 혼자 집으로 보낼 수 없다는 게 그의 의견이었다. 그러나 이렇게 상상 이상으로 어색하고 부담스러울 줄 알았다면 택시 타고 귀가할 걸 그랬다.

윤비는 슬쩍 핸들을 쥐고 있는 사장을 보았다. 앞을 바라보고 있는 사장의 옆모습이 가로등 불빛에 젖어 꽤 분위기 있어 보였다. 객관적으로나 주관적으로나 잘생긴 얼굴임은 확실했다. 그의 재력도, 학벌도, 분위기도, 외모도 모든 것이 다 상위급이었다. 그래서 동료들이 그랬던 것처럼 윤비도 아주 잠깐 흔들리기도 했다.

그러나 결론은 그와 가깝게 지내고 싶지 않다, 였다. 가깝게 지내고 싶다고 해서 곁을 내어줄 사람도 아니지만, 그는 본의 아니게 사람에게 상처 줄 사람이었다. 자신의 분야가 확실한 사람, 자신의 테두리를 명확하게 그어 놓은 사람은 본의든 아니든 주변 사람을 아프게 하는 법이었다.

자신의 아버지가 그렇듯이.

그리고 그의 피를 물려받은 자신이 그러하듯.

그녀는 더 이상 누군가로 인해 아프기도 싫고, 누군가를 아프게 하고 싶지도 않다.

"왜."

시선을 느꼈는지 성호가 불쑥 물어 왔다. 윤비는 고개를 설레설레 내저었다.

"아뇨."

"할 말 있으면 해. 고백은 빼고."

"그럴 생각 없어요."

"그래?"

사장은 픽 웃으며 더는 묻지 않았다. 다시금 무거운 고요가 내려앉았고, 윤비는 창밖으로 시선을 돌렸다. 어서 집에 가고 싶다. 폭신한 침대에 누워 오늘 하루 열심히 일했다며 스스로를 칭찬한 후 잠들고 싶었다. 침대를 생각하던 윤비의 눈이 스르륵 감겼다.

"다 왔어."

깜빡 졸던 윤비가 사장의 목소리에 파르르 떨며 상체를 곤추세웠다.

"아, 감사합니다. 조심해서 가세요."

"커피 한 잔 하고 가세요, 혹은 차 한 잔 하실래요? 라는 물음은 없어?"

"집에 아버지 계시는데요. 이 오밤중에 차 한 잔 하겠다고 들어

오시겠다고요?"

"예의상 물으라는 거야. 나도 거절할 생각이었어."

까다롭고 이상한 사장이다. 윤비는 안전벨트를 풀다 말고 자신을 향해 빙긋 웃고 있는 사장의 얼굴을 빤히 쳐다보았다.

"지금 웃고 있는 이유도, 제가 재미있어서예요?"

"어."

"제 얼굴만 봐도 웃음이 막 나오세요?"

"어. 말했잖아. 내가 재미있는 거에 약하다고."

표정 가득 노골적으로 '너 좀 이상한 사람 같아' 라는 뜻을 드러 낸 자신의 표정이 재미있단 말인가. 역시 사장은 이상한 사람이 틀림없었다. 윤비는 쥐고 있던 안전벨트를 놓으며 차에서 내렸다. 대문으로 뛰어가던 윤비가 걸음을 되돌렸다. 그러고는 창문에 팔 하나를 걸쳐 놓고 앉아 있는 사장의 앞에 멈춰 섰다.

"사장님."

대답 대신 성호의 고개가 뒤로 젖혀졌다.

"사장님 집 저기 맞아요?"

윤비의 손짓에 따라 성호의 고개가 돌아갔다. 윤비가 가리킨 곳은 자신의 본가였다.

"어. 그런데 여기서 안 지내."

"그럼요?"

"따로 살아."

"아아."

"왜?"

"생각해 보니까 이 집에서 몇 년이나 살았는데 사장님을 한 번도 본 적이 없어서요. 그래서 지켜봤는데 사장님 모습은 코빼기도 보이지 않았어요. 늦은 밤이든, 새벽이든."

"나, 기다렸어?"

사장의 입가에 다시금 웃음이 떠오른다. 무슨 의미의 웃음일까. 자신의 말 한 마디에, 자신의 표정 하나에 웃음 짓는 사장이 이상하기만 하다.

윤비는 고개를 설레설레 내저었다.

"그럴 리가요. 제가 이 동네 한 오지랖으로 유명한데, 이웃 주민 하나 몰라서야 되겠어요? 단지 그뿐이었어요. 그러니까……."

"김윤비!"

이제 막 이별 인사를 하려 했다. 그러니까 운전 조심히 집에 잘 들어가세요, 라는 말을 하려던 찰나 동네를 쩌렁쩌렁 울리는 목소리에 윤비의 솜털이 곤두섰다.

몽둥이가 잘 어울리는 남자, 이 동네에서 확성기라 불리는 남자, 그의 목소리가 들린다.

윤비가 주춤거리며 돌아섰다. 역시나 이 추운 겨울 런닝 한 장 걸친 채 대문을 박차고 나온 아버지의 모습이 보였다. 콧김을 내뿜으며 뛰어오는 아버지가 한 마리의 코뿔소처럼 보여 윤비는 침을 꼴깍 삼켰다.

윤비는 입술을 붙인 채 복화술 했다.

"사장님, 당장 출발해요. 어서요."

"……."

"어서요. 오해 사기 싫으면 어서 시동 걸라고요."

이를 꽉 깨문 채 사장을 재촉했다.

"이 시간에 대체 뭐 하는 거야! 어? 이 늦은 밤에, 남자 놈 등에 업혀 왔던 걸로 모자라서 이젠 아예 차를 얻어 타고 와? 내가 너를 그렇게 가르쳤냐!"

"안녕하십니까."

사장의 목소리가 곁에서 들렸다. 윤비는 어느덧 자신의 옆에 나란히 선 사장의 모습을 보며 입을 떡 벌렸다. 남자를 들이박을 것처럼 성큼성큼 걸어오던 아버지의 걸음이 뚝 멈췄다.

"아이고, 진 사장."

급하게 온화한 미소를 짓는 아버지의 표정에 윤비의 입이 또 한 번 벌어졌다. 이렇게 이중적일 수가. 아버지는 성호를 향해 한 손을 내밀었다. 그 손을 맞잡은 성호가 정중한 미소를 지으며 인사를 건넸다.

"오랜만에 인사드립니다."

"아이고, 내 딸이 또 신세를 졌나 보지요? 전엔 등에 업혀 오더니…… 허허. 오늘은 진 사장의 차를 얻어 타고 온 모양이구려. 데이트라도 했나 봐? 집에 들어와서 차 한 잔 하고 들어가요. 늦은 밤엔 좀 쉬었다가 운전해야지 사고가 안 나요."

"아버지!"

윤비가 재빠르게 소리 질렀다.

"그러죠."

그러나 두 남자에게 윤비의 의사는 반영되지 않았다. 성호가 누른 버튼에 자동차가 잠금 설정 되었다. 아버지와 성호가 나란히 걸어가는 것을 보며 윤비의 표정이 하얗게 질렸다. 죽어도 사위 삼고 싶어 하는 성호를 만났으니 아버지는 무슨 말을 할 것이며, 사장은 또 무슨 망언을 쏟아 낼지.

"하아."

가능하다면 다시 소고기를 토해 내고 싶은 윤비였다.

물론 토해 내라고 하면 절대로 하지 않을 그녀지만.

❀ ❀ ❀

"녹차, 커피 있는데. 진 사장은 뭘 마시겠어요?"

손님 접대용 목소리를 내는 아버지를 보며 윤비가 얼굴을 굳혔다. 저 정중한 목소리는 들을 때마다 적응이 안 된다.

"녹차 주십시오."

"그래요. 윤비야, 녹차 두 잔!"

다방에서 커피 시키세요? 윤비는 가자미눈을 뜬 채 아버지를 바라보았다. 초대한 건 아버지인데 손님 접대는 왜 자신의 몫인지 따지고 싶었다. 그러나 윤비는 말없이 녹차 두 잔을 쟁반에 담아 거실로 향했다. 사장 앞에서 쥐어 터지는 꼴은 보여 주고 싶지 않았다.

"요새 우리 딸이랑 자주 붙어 다니던데. 무슨 사이인가?"

"쿨럭, 쿨럭. 아버지, 쿨럭. 쿨럭. 그런 거, 쿨럭, 묻지 마요. 쿨럭."

잔을 내려놓던 윤비가 성호의 눈치를 보며 기침 사이사이마다 제 뜻을 담아 아버지를 막았다.

"윤비야, 잔 내려놓으면서 기침하면 어쩌니? 입 막고 해야지. 아비가 그렇게 가르쳤니?"

마음 같아선 두 사람의 대화를 중단시킬 수만 있다면 각혈이라도 하고 싶은 윤비였다.

아버지를 말리기 위해 진땀 빼는 윤비와, 그런 딸의 의사를 싹 거절하는 아버지를 번갈아 보던 사장의 입술이 길게 늘어졌다. 두 사람은 어떤지 몰라도 보기엔 재미있는 부녀였다. 고집 세고, 자신의 뜻은 절대로 굽히지 않는 면이 닮기도 했고.

"넌 씻고 잘 준비나 해."

"아뇨. 여기 있을래요."

윤비는 1인용 소파를 끌고 와 털썩 소리 나게 앉았다. 그런 딸을 영 마뜩찮게 바라보던 아버지가 흠 하고 불편한 기침을 뱉어 냈다.

"그래. 아까 물은 질문에 대한 답 해 주겠어요?"

"지금은 사장이랑 직원 관계입니다. 그리고 말 편하게 하십시오."

"아아, 그래. 그건 알고 있어. 지금은, 이라는 건 앞으로 발전 가능성이 있다는 말인가? 알겠지만 내 딸은 진 사장한테 마음이 있어서 그러네. 진 사장의 마음이 어떤가 궁금해서 말이네."

"아버지!"

얼굴이 백지장처럼 새하얗게 질린 윤비가 피를 토하듯 소리 질렀다. 동시에 성호의 입술 끝에 미소가 더욱 진해졌다.

"윤비 씨가요?"

"아, 몰랐나? 내가 괜한 말을 했나 보구만. 허허. 내 딸이 진 사장 보러 출근한다고 해서 나도 그다지 말리지 않았던 거네. 뭐, 내가 실수한 것 같구만. 두 사람이 서로 아직 어떤 말도 오가지 않은 모양이군. 내가 너무 급했네. 허허."

"아버지, 시간이 너무 늦었어요. 사장님 내일 새벽에 출근하셔야 하거든요? 그러니까 대화는 이쯤 하고 다음에 하시죠."

"그래? 어, 그렇구만. 벌써 새벽 1시가 다 되어 가는구만. 급한 마음에 내가 실수를 한 것 같구만. 이런 질문도 너무 급했고. 차 마시다가 가게. 나는 내일 새벽 일찍 나가야 해서 잘 준비를 해야겠어."

"네, 아버지. 주무세요. 어서 주무셔야 주름 한 줄이라도 덜 늘죠. 거기서 주름 더 생기면 환갑인 줄 알아요."

"이 녀석이!"

"지금 손님 계시는데요."

꿀밤을 먹이기 위해 무지막지한 주먹을 치켜들던 아버지가 움찔하며 멈췄다. 그러고는 손님이 있음을 악용하는 영악한 제 딸을 노려보고는 방으로 들어갔다. 윤비는 닫힌 안방 문을 바라보며 긴 한숨을 내뱉었다. 돌아서야 하는데 돌아설 수가 없다. 사장의 얼굴을 어떻게 봐야 할지.

그래도 이미 저질러진 일, 수습해야 한다.

윤비가 긴 한숨을 다시 뱉은 후 돌아설 때였다.

"사장님."

"어."

"이익!"

자신의 바로 등 뒤에 서 있던 사장을 본 윤비가 소스라쳤다.

"놀랐다면 미안. 찻잔 어디 갖다 놓으면 돼?"

"거, 거, 거기 가만히 두세요."

윤비가 말을 더듬으며 한 걸음 물러섰다. 사장은 가볍게 고개를 끄덕이며 들고 있던 찻잔을 거실 테이블에 가져다 놓았다. 그 순간 안방 문이 벌컥 열렸다.

"윤비야, 손님 배웅 잘 해 드려라! 진 사장, 조심히 가게!"

"네, 사장님. 다음에 제대로 인사드리겠습니다. 오늘 실례 많았습니다."

"실례는 무슨, 회장님께 안부 좀 잘 전해 줘요."

"네. 그럼 쉬십시오."

성호가 깍듯하게 인사를 건넨 후 신발을 꿰어 신었다. 아버지의 눈치에 윤비가 성호의 뒤를 따라나섰다.

"사장님."

윤비의 부름에 마당을 가로질러 나가던 성호의 걸음이 멈췄다.
대답 대신 자신을 그윽하게 바라보는 사장의 눈길에 윤비가 헛기침
을 터트렸다.

"아버지가 한 말 있잖아요. 그게…….."

"거짓말이라고?"

"네?"

윤비가 깜짝 놀란 표정으로 비스듬히 서 있는 성호를 바라보았
다.

"브랜드 출근을 저지하는 아버지를 설득시킬 힘은 없고, 그래서
날 팔았다는 거 아냐?"

성호의 정확한 판단력에 윤비의 입이 작게 벌어졌다. 경영자의
능력에 신기도 있는 것인가.

성호의 등에 업혀 온 회식 이후, 아버지는 브랜드의 사장이 진성
호라는 것을 알았다. 성호와 자신의 딸 사이에 별 진전이 없다는
것을 마뜩찮게 느끼던 아버지가 외출 금지 명령을 내렸고, 윤비는
출근하기 위해 원치 않던 거짓말을 한 것이다.

'사장님과 관계가 좋아지고 있으며, 나도 호감 있으니까 당분간
내버려 두세요.' 라고.

"어떻게 알았어요……?"

멍한 표정을 하고 있던 윤비가 물었다. 주머니에 손을 넣고 서
있던 성호가 가볍게 픽 웃었다.

"넌 날 싫어하니까."

"……."

"그리고 넌 브랜드를 좋아하고, 아버님은 니가 브랜드 출근하는 걸 싫어하시는 눈치였거든."

"아……."

윤비의 입에서 긴 탄성이 흘러나왔다. 너무도 정확했다. 더는 덧붙일 말도 없을 만큼. 윤비는 '넌 날 싫어하니까'라는 말을 하고도 싱긋 웃고 있는 사장을 말없이 바라보았다. 괜히 마음이 무거워졌다. 자신이 싫어하는 것을 알고도 소고기를 사 주고, 웃으면서 '넌 날 싫어하니까'라고 말하는 사장에게 미안해졌다. 돌이켜 생각해 보면 사장이 자신에게 실수한 것은 없었다. 단지 시기상 좋지 않은 만남이었고, 대부분 자신이 실수했고, 자신이 사장을 거부할 뿐이었다.

바싹 마른 입술을 혀로 핥았다. 찬바람이 서걱 혀끝을 베어 갔다. 혀가 아파 온다.

"사장님…… 그게……."

"미안해하지 않아도 돼."

"……."

"브랜드를 열정적으로 좋아한다면 계속 고용할 거야. 브랜드 직원을 뽑은 거지, 내 사람을 뽑은 건 아니니까."

"……."

"그리고 날 싫어해도 돼. 내가 널 재미있게 보는 이유 중 하나니까."

"……."

"내일 늦지 말고 출근해. 그리고 오늘 야식은 다른 사람들한테 모른 척하고. 그걸로 나도 오늘 있었던 일 없던 걸로 쳐 줄 테니까."

사장의 덤덤한 목소리에 윤비는 입술을 꾹 깨물었다. 혀끝이 계속 아파 와서 무슨 대답을 해야 할지 모르겠다. 돌아서서 멀어지는 사장의 모습이 이내 문틈 사이로 사라졌다. 이어 조용한 동네를 가로지르는 자동차 소리를 들으며 윤비가 낮은 한숨을 뱉어 냈다.

싫어해도 된다는 말이 고맙고, 미안하다.

밤을 정신없이 휘젓는 칼바람 따라 마음도 이리 휘청, 저리 휘청 정신없이 흔들린다.

윤비는 닫힌 대문을 다시 한 번 흘깃 본 후 돌아섰다.

※　　※　　※

8시 30분. 커피 한 잔을 쥔 우수가 사장실 문을 열고 들어서다 멈칫했다. 전처럼 창밖을 넋 놓고 바라보고 있으리라 여겼던 성호는 집무용 책상에 앉아 있었다. 그것도 골칫거리라며 미루어 두었던 분점 관리 시스템 변경 서류를 잡고 있었다. 혹시 자신이 아는 진성호가 아닌가 싶어 우수가 조심스레 그를 불렀다.

"성호 혀엉?"

"왜."

돌아오는 대답이 냉랭한 것이, 분명 진성호다. 성호의 책상 끄트머리에 커피 잔을 올려 둔 우수가 놀란 표정을 지었다.

"한동안 슬럼프에서 못 헤어 나올 것 같더니 생각보다 빨리 빠져나왔다? 어제까지만 해도 여전하더니, 하루 만에?"

"아직 못 벗어났어."

여전히 서류에 시선을 둔 채 성호가 답했다.

"그럼 억지로 일하는 거야?"

"아니."

"그럼 뭐야? 슬럼프에서 벗어나지 못한 것도 아닌데, 억지로 일할 만큼은 되는 거야?"

"어."

성호의 덤덤한 대답에 우수가 전혀 모르겠다는 표정을 지어 보였다.

"왜? 내 상태에 대해 구구절절 서술이라도 할까?"

고개를 든 성호가 불쑥 물어 왔다.

"아니."

우수가 고개를 가로저었다. 성호가 자세히 설명한다고 하더라도 이해할 수 없을 것 같았다. 예상한 대로 우수가 반응을 보이자 성호가 옅게 웃었다.

"그럼 형의 상태는 한 수 접어 두더라도 변한 이유는 뭔데? 나도 권태기 올 때 써먹자."

"권태기가 아니라 슬럼프겠지."

"아! 그래. 그거."

"내가 하는 일이, 내 생각보다 더 가치 있는 일이라는 걸 알았거든."

"갑자기?"

"어. 갑자기."

"아, 그래."

우수는 성호를 이해하려던 노력을 접었다. 그에게 하룻밤 사이에 극적인 변화가 있었던 것이 틀림없었으나, 성호는 그것을 설명하려 하지 않았다. 그러니 자신이 성호를 이해할 리 없었다.

"내가 형을 무슨 수로 이해해? 형은 전생에 수수께끼거나 미로였을 거야. 그렇지 않고서야 이렇게 속이 안 보일 리가 없어. 아주 깜깜해."

"봐서 뭐하게."

"그래야 이해를 하고 납득을 하고 커뮤니케이션을 하지."

"난 지금도 충분해."

"아, 네."

선을 그어 버리는 성호의 말에 질린다는 표정으로 우수가 고개를 주억거렸다. 무슨 말을 해도 진성호를 이길 수가 없다. 타인을 궁금해하지 않는 사람, 타인에게 관심이 없는 사람, 즐거움이란 성취를 제외하곤 전혀 없을 것 같은 사람. 그런 사람이 가족형 뷔페인 브랜드를 창립한 것은 아이러니였다.

"저는 나가 봅니다, 사장님. 수고하세요. 그리고 오전 회의는 10

시 30분, 오후 회의는 4시 30분으로 변경되었습니다. 잊지 마세요!"

우수가 당부의 말을 남긴 후 사라졌다. 쿵, 하고 닫히는 문소리에 성호의 고개가 천천히 들렸다. 자리에서 일어난 성호가 닫혀 있던 창문을 열어젖혔다. 창문 틈으로 몰아치는 바람에 당돌한 목소리가 함께 실려 왔다.

'추억을 만들어 주고 싶은 건데요.'

'이왕이면 내가 추억을 얻어 간 브랜드라는 가게 안에서 다른 사람들도 추억을 가져가길 바라서요.'

'그런데 전 아직 누군가에게 즐겁고 맛있는 추억을 갖게 할 만큼 좋은 가게를 만들 능력이 안 돼요. 그래서 노력하고 있는 거고, 이 순간이 즐겁고, 행복해요.'

단 한 번도 생각해 본 적 없는 이야기.

단순히 즐거운 식사 자리가 아닌 누군가의 추억이 될 수 있다는 말.

열정과 자부심을 되찾게 만든 열쇠.

창밖을 바라보는 성호의 눈빛이 따뜻하게 변했다.

✽　　✽　　✽

몇 걸음 못 가 윤비의 상체가 앞으로 고꾸라졌다. 출근하면 괜찮겠지 하고 버텼건만 시간이 흐를수록 배가 콕콕 쑤시고 장이 꼬이는 기분에 제대로 서 있을 수가 없었다.

"왜 그래? 무슨 일 있어?"

마침 지나가던 우수가 윤비의 등을 툭 치며 물었다. 하마터면 윤비는 들고 있던 냅킨을 후두둑 다 떨어트릴 뻔했다.

"윽. 오빠, 누르지 마요."

윤비가 힘없이 손사래 쳤다. 우수가 황급히 손을 치웠다.

"왜 이래? 우리 철인이?"

"배탈 났어요. 어제 오랜만에 고기 먹어서 탈 났나 봐요."

오만상을 찌푸리고 있던 윤비가 배를 잡았다.

"고기? 퇴근하고 고기 먹었어? 그 늦은 시간에 누구랑?"

"그게 사……. 아니, 친구랑요."

흐린 정신에 사장님이랑 먹었다고 이실직고할 뻔했다.

"그래? 지금 저녁 시간 오려면 한 시간 정도 남았으니까 휴게실 가서 30분만 쉬다가 와. 약은 먹었지?"

"네. 약은 먹고 왔어요. 죄송해요. 오빠. 올라가서 조금만 쉬다가 내려올게요."

자신을 걱정스럽게 바라보는 우수를 등지고서 윤비가 돌아섰다. 눈이 마주치는 직원들에게 배탈이 나서 그러니 30분만 쉬고 오겠다는 말을 남긴 후 2층으로 올라갔다. 직원 휴게실에 들어가 온돌 바닥에 엎드려 누웠다. 쿡쿡 쑤셔 오던 배가 천천히 잠잠해졌다.

어젯밤 사장의 소고기 유혹에 넘어가는 게 아니었다. 그러지 않았다면 불편한 일도 없었을 거다. 그리고 이렇게 배탈 날 일도 없

없을 거다.

'넌 날 싫어하니까.'

담담하게 뱉은 그 말이 가시처럼 머리에 박혀 떨어질 줄 몰랐다.

"후우."

한숨을 푹 내쉬던 윤비가 세차게 고개를 가로저었다. 이미 엎어진 물이니 고민해 봐야 답이 없었다. 자신이 사장을 싫어하는 것은 사실이고, 사장도 덤덤히 인정했다. 또한 사장도 자신을 좋아하는 게 아니라 단순히 재미있다고 했을 뿐이다.

그런데 대체 재미있다는 건 뭘까.

윤비는 사장에게 우스운 이야기도, 개그도 친 적 없었다. 그저 인상을 찌푸렸고, 술주정을 부렸으며, 딱딱하게 대답했을 뿐이다. 그런데 재미있다라. 고민이 옆길로 샜다. 엎드려 누워 이런저런 생각을 하는 사이 조심스럽게 여자 휴게실 문이 열렸다.

"저기, 윤비니?"

팔에 얼굴을 파묻고 있던 윤비가 고개를 들었다. 여자 휴게실에 들어오는 것이 민망한지 허훈은 허리를 구부정하게 숙인 채 서 있었다.

"오빠?"

윤비의 부름에 허훈의 얼굴에 안도가 서렸다. 휴게실 안에 다른 사람은 없나 살피던 허훈이 윤비의 곁으로 다가가 온돌에 걸터앉았다.

"너 배탈 났다며? 그러기에 혼자 뭘 그렇게 먹고 다니다가 탈까지 난 거야? 먹으려면 이 오빠도 같이 불렀어야지."

"찾아오는 잔소리 서비스면 그만 나갈래요?"

"쯧. 약 주러 왔어. 자, 여기. 나도 이틀 전에 배탈 났었거든. 과
식으로. 그때 남은 약이야. 챙겨 먹어."

"약 먹었어요."

"그래도 6시간 후엔 한 번 더 복용해. 약 한 번 먹는다고 배탈이
완쾌되는 건 아니니까."

"고마워요. 그래도 약 챙겨 주는 건 오빠뿐이네요."

허훈이 내민 약봉지를 받아 들었다. 허허 영감 명색에 걸맞지 않
게 허훈의 표정이 딱딱하게 굳어 있었다. 툭 치면 딱 소리를 내며
깨어질 만큼.

잠시 뒷머리를 긁적이며 어색함을 달래던 윤비가 무언가 생각난
듯 고개를 치켜들었다.

"오빠!"

"아, 깜짝이야. 왜?"

"나 하나만 물어도 돼요?"

"두 개 물어도 돼. 병자니까 특별히 세 개까지 허용해 준다. 허
허."

"저기, 어떤 사람이 누구보고 재미있다고 말하잖아요? 그거 칭
찬일까요? 욕일까요?"

"글쎄. 그 말을 한 어떤 사람이 어떤 종류의 사람인지부터 알아
야겠지?"

"차갑고, 좀 냉정하고, 칼 같아요."

"사장님 같은 류구나?"

뜨끔한 윤비가 입술을 앙다물었다. 그러나 다행히 고민에 빠진 허훈의 시선은 허공을 헤매고 있었다.

"뭐, 확정 지을 순 없지만 그런 사람이 재미있다고 말한 건 냉소적인 표현인 거 같은데? 긍정적이고 좋은 뜻만은 아닐 거 같다. 왜 주로 같잖은 사람이나 우습거나 만만한 사람을 만났을 때 '야, 너 좀 재미있네?' 라고 말하기도 하잖아. 실제로 사장님이 일 엉망으로 하는 직원들한테 오싹한 웃음을 지으시면서 말하지. '일 참 재미있게 해 놓으셨네요?' 라고. 나 옛날에 사장님 앞에서 그릇 쌓아 놓은 거 깬 적 있었거든. 그때도 사장님이 나한테 그러셨어. '허훈 씨, 재미있네요.' 라고. 그때 내가 얼마나 손을 떨었는지. 후우. 아마 사장님 같은 부류의 사람이 그런 표현을 쓴 거라면 비웃음이라고 본다."

허훈의 한마디 한마디가 해머처럼 그녀의 뒤통수를 쾅쾅 때려 댔다.

"그래도 오빠. 그 사람 말로는 소고기도 사 주고 그런다던데요."

"가지고 노는 거 아니야?"

"가지고 놀아요? 그 비싼 소고기를 사 주면서요?"

"좀 이상하긴 하네. 그래도 뭐, 전혀 불가능한 소리는 아니지. 예를 들어 그 사람에겐 소고기가 전혀 비싸지 않을 만큼 부자라던가, 아니면 소고기를 먹이면서까지 놀리고 싶은 사람이거나. 그것도 아니라면 정말 재미있는 사람이겠지. 뭐, 자세한 상황은 모르겠지만 내 판단으로는 우습거나 만만하거나 같잖게 본다고 생각한다."

허훈의 말이 이어질수록 윤비는 충격의 도가니에 빠졌다. 그는 한우가 전혀 비싸게 느껴지지 않을 만큼의 부자였고, 흔히 볼 수 없는 재미있는 케이스라고 했으니 소고기를 먹이면서까지 구경하고 싶은 사람일 가능성이 높았다.

"우습거나 만만하거나 같잖거나……. 하."

목 끝까지 차올랐던 미안함이 썰물처럼 빠져나갔다. 저절로 윤비의 표정이 퍼석퍼석하게 말라 갔고, 미간에 내천자로 주름이 잡혔다.

"어이, 어이. 너 표정이 왜 점점 황무지로 변하냐? 왜 그래? 설마 니가 들은 말이냐?"

"아뇨. 아니에요."

부인했지만 윤비의 표정은 살벌하게 굳었다. 확정 지을 수 없지만 허훈의 말대로 자신을 우습고 만만하게 볼 확률이 높았다. 실제로 사장이 '재미있다'는 표현을 그런 경우에 쓴다면 거의 백 프로에 가까웠다. 그럴 만했다. 첫 만남은 파토 났고, 두 번째 만남은 꽃거지 꼴이었으며, 세 번째 만남은 직원과 사장의 관계였다. 그후 말도 안 되는 술주정을 부렸다.

결국 그는 '나한테 이런 진상을 부린 건 니가 처음이야'라는 마음으로 자신을 재미있게 여겼던 것뿐이다. 그런 감정을 가진 사람 때문에 자신은 열두 시간 넘게 꼬박 죄책감에 시달렸다. 어이없고 당황스럽고 민망한 감정이 교차했다.

윤비가 마른안주를 씹듯 제 아랫입술을 질겅질겅 씹어 댔다.

"표정 봐라. 가관이다. 어? 오후 회의 시간이다. 내려가 봐야겠다."

"먼저 가세요."

"표정 풀고, 꼬인 장도 풀고 내려와라."

"네. 가세요."

"그래."

손을 휘휘 흔들며 걷던 허훈이 걸음을 멈추더니 휙 돌아섰다.

"왜요? 뭐 놓고 갔어요?"

"아냐. 아니다."

"싱겁네요."

윤비의 말에 허훈은 씩 웃으며 여자 휴게실에서 벗어났다. 휴게실 안 홀로 남은 윤비는 애꿎은 약봉지만 꽉 쥐었다.

그에게 술주정을 하는 것도, 그에게 업혀서 집에 가는 것도, 그에게 싫다는 제 마음을 들키는 것도 아니었다. 이렇게 여지를 준 것은 명백히 자신의 실수며, 사장과 가까이 있었던 자신의 과오였다.

"반경 5m 내에 오기만 해라. 대화도 않으리라."

윤비는 이를 바득바득 갈며 다짐 위에 다짐을 얹었다.

＊　　＊　　＊

"4시 30분. 5분 미팅을 하겠습니다."

1조, 2조로 나뉘어 2층에서 간단한 공지 통보와 회의를 했다. 성호도 오전, 오후 2번씩 네 번 참석하긴 하지만 회의 통보는 주로 우수가 맡았다.

"좋은 소식이 있습니다. 작년 한 해 정산 결과 재작년에 비해 매출이 15% 증가했습니다. 이 불경기에 힘써 주신 우리 브랜드 직원 분들에게 다시 한 번 감사의 말씀을 드리며, 이번 월급은 전에 말씀드린 대로 월급에서 10% 추가 인센이 지급될 예정입니다. 올 한 해도 꾸준한 애정과 사랑 부탁드립니다."

우수의 말에 여기저기서 환호성이 터져 나왔다. 윤비 또한 비록 한 달간 근무했지만 브랜드에 경사가 생겼다는 소식에 뛸 듯이 기뻐했다. 옆자리에 있던 영아와 박수를 짝짝 치며 환하게 웃던 윤비의 표정이 급하게 굳었다. 우수 뒤에 서 있던 성호와 눈이 마주친 탓이었다. 언제부터 보고 있었는지 성호의 시선에 흔들림이 없었다. 입가에 보일 듯 말 듯한 사장의 미소를 보던 윤비는 와락 인상을 찌푸리며 고개를 반대편으로 돌렸다.

이어 몇 가지 공지 사항을 통보한 후 오후 회의는 해산되었다.

"사장님 무슨 일 있나?"

계단을 내려가며 영아가 물었다. 그 말에 호은이 호들갑 떨며 답했다.

"언니! 나만 느낀 거 아니죠? 언니도 느꼈죠?"

"응. 너도 봤어?"

"저야 사장님 바라기니까요. 사운드는 우수 오빠 껄로, 화면은 우리 사장님으로 설정해 놓거든요. 사장님 얼굴만 신나게 봤었죠. 근데 오늘 표정 평소랑 많이 달랐어요."

"그러니까. 사장님 늘 무표정하게 서 있지 않나? 그런데 오늘 분명히 처음엔 웃고 있었어. 아냐, 인센티브 이야기할 때까지만 해도. 그런데 갑자기 정색하시더라. 그렇게 기분이 급변하는 사람은 아니잖아?"

"그러니까요. 사장님이 물 같은 사람이지 순식간에 달라지는 불같은 사람은 아닌데 말이에요. 갑자기 안 좋은 일이 생각났나? 이상하네. 윤비, 너는 이상한 거 못 느꼈어?"

영아와 호은의 대화를 묵묵히 듣고 있던 윤비가 무표정하게 대답했다.

"글쎄요. 웃는 건 봤는데 인상 쓴 건 못 봤어요."

"그래? 하여튼 오늘 이상했어."

싫어해도 된다고 해서 싫어하는 티를 내 줬더니 정색한 모양이다. 어느 장단에 맞춰야 할지. 윤비는 불편한 표정을 지으며 1층으로 향했다. 물론 손님들을 향해서는 환한 미소를 지었지만.

✳　　✳　　✳

늦은 밤인 11시 30분. 사장실 문을 열고 나온 성호는 불이 꺼진 1층 홀을 내려 보았다. 보통 홀 청소는 1시간이 걸린다. 빠르면 40분 정도.

벌써 다 한 건가.

2층 불빛에 의지해 1층 홀로 내려간 성호가 익숙하게 버튼을 찾아 누르자 조명이 하나둘씩 켜졌다. 테이블 위를 손끝으로 닦아 보니 먼지 한 톨 묻어 나오지 않는다. 바닥 또한 물기로 닦여 있었다. 수저 또한 모두 정리되어 있었고 길게 연결되어 있는 가죽 소파도 깨끗했다. 결국 삼십 분 만에 이 넓은 홀을 모두 청소하고 갔다는 소리다. 혼자 청소하다 보니 속도가 붙은 건지, 아니면 마주치기 싫은 사람 때문에 빛과 같은 속도로 해치우고 간 건지 구분이 되질 않았다.

"인사도 없이 갔단 말이지."

긴 손가락으로 테이블 위를 스치며 저벅저벅 걷던 성호가 잠긴 브랜드 문을 보았다. 도망 간 건 이번만이 아니었다. 처음 1차 공지 때 윤비는 자신과 눈이 마주치자마자 고개를 핵 돌렸다. 이후 오후 2차 공지를 끝내고서 난간에 서서 전체적인 상황을 내려 보다 눈이 마주쳤을 때도 윤비는 자신을 보자마자 인상을 굳힌 채 고개를 돌렸다. 마치 너랑 눈 마주치기 싫다는 듯.

그런 윤비의 태도에 오기가 생겨 바쁜 일 젖혀 두고 30분간 쳐다보았지만, 윤비는 끝끝내 고개를 들지 않았다. 그 후 늦은 저녁 시간 일부러 직원들이 밥 먹는 곳에 찾아갔지만 윤비는 식판에 코를 박은 채 본체만체했다.

싫어해도 된다고 했더니 노골적으로 싫어하는 티를 낸다. 이건 재미를 넘어서서 발칙할 정도다. 사람 신경 쓰이게.

슬며시 성호의 잘 뻗은 눈썹이 구겨졌다.

탁 소리와 함께 1층 홀이 소등되었다.

"내일도 있으니까."

서늘한 목소리와 함께 삐끄덕, 삐끄덕, 성호의 계단 밟는 소리가 빈 가게 안을 울렸다.

❋　　❋　　❋

12월 31일 가게에서 간단히 연말 파티를 한 후 집에서 자고 일어나니 어느덧 신정이었다. 신년이라고 해서 특별하게 맞이할 생각은 없었지만, 이렇게 허무하게 맞이할 생각도 아니었다. 침대에 걸터앉아 넋을 놓고 있던 윤비는 창문을 환히 열어젖혔다. 살을 에는 찬바람에 잠옷 귀퉁이가 팔랑거렸다. 제법 길어진 커트머리가 부스스 날리자 조금씩 정신이 돌아왔다.

어젯밤 침대에 눕지 말고 억지로 책상에 앉아 1년을 정리해 볼 걸 그랬다. 마침표를 찍지 못한 채 한 해를 끝낸 것만 같아 찝찝해진 윤비가 이미 작년이 되어 버린 한 해를 돌이켜 보았다.

난생처음으로 보게 된 선, 처음으로 감행한 가출, 어렵사리 통과한 브랜드, 그리고 존경하던 이가 선 본 남자라는 충격적 사실까지. 다이나믹한 한 해였다.

작년 초 '한 해 부지런히 보내라'라는 뜻에서 수희가 선물한 달력을 물끄러미 바라보던 윤비는 볼펜을 쥐었다. 볼펜의 끄트머리로 달력 위에 둥그런 표시를 그렸다. 그리고 그 아래에 악필로 무언가를 끄적거렸다.

'참 잘 했어요. 올해는 좀 더 본받하는 한 해가 되길 바라요.'

자신에게 보내는 문구를 보며 빙긋 웃던 윤비가 달력을 돌돌 말았다. 이제야 어느 정도 작년 한 해가 말끔히 정리되는 듯했다. 달력을 피아노 뒤편에 쿡 쑤셔 박은 후 곧장 샤워실로 향했다. 작년과 이별했으니 이제 현명하고 올바르게 새로운 한 해를 맞이해야 한다.

"너, 진 사장이랑은 잘 지내고 있는 거야?"

샤워를 마친 후 젖은 머리를 툭툭 털던 윤비의 손이 움찔하며 멈췄다. 얼마 전 백 번 넘게 고민한 끝에 마련했다던 가죽 소파 위에 비스듬히 앉아 있는 아버지를 보았다. 신문을 보고 있는 척하지만, 샤워실에서 나온 자신을 주시하고 있는 게 틀림없었다.

"네, 뭐."

"건성으로 대답하지 말고 제대로 답해. 진 사장이랑 잘해 본다는 말 때문에 출근시키고 있는 거야. 마음 같아서는 브랜드인지 브래드인지 확 다 때려치우게 하고 싶구만."

"거기 때려치우고 뭐 해요?"

"뭐 하긴 뭐 해. 시집가야지."

"시집요?"

픽 하고 웃자 윤비의 입꼬리가 비스듬히 기울었다. 비웃음이 역력한 윤비의 표정에 아버지의 숯검뎅이 같은 눈썹이 휙 하고 위로 치켜 올라갔다.

"웃어? 그럼 니가 뭘 할 거야? 잘하는 게 있어? 그게 아니면 니가 아들이라서 내 사업을 물려받을 수 있어? 딴 짓만 하고 다니는 니 앞길 고민하느라 내가 하루에도 1년씩 늙어, 이것아!"

"시집가면요? 그땐 뭘 해야 하는데요?"

"뭐 하긴. 남편 부양하면서 토끼 같은 자식들 키워야지."

"뭘 위해서요."

"뭐?"

신문지가 파삭 소리를 내며 구겨졌다. 덩달아 윤비의 표정도 싸늘하게 변했다. 이래서 아버지와 마주치지 않으려고 소리까지 죽여가며 씻었던 건데. 눈만 마주쳐도, 옷깃만 스쳐도 이와 발톱을 드러내는 사이라도 신정만큼은 피하고 싶었다.

"시집가서 엄마처럼 살라고요?"

엄마, 라는 말에 당장이라도 테이블을 뒤집어엎을 것처럼 굴던 아버지가 움찔하며 하던 행동을 멈췄다. 아버지의 흔들리는 시선을 보던 윤비는 차마 더는 못 보겠다는 듯 시선을 돌렸다. 아버지에게 일말의 양심이 있다는 것을 확인하고 싶지 않았다. 아버지의 흔들

124

리는 모습은 위선이다. 가해자가 피해자인 척하는 그런 위선.

싸한 침묵이 집 안을 내리눌렀다. 윤비와 아버지 사이는 거실에서도 가장 먼 대각선의 거리에 있었다. 늘 이랬다. 오랜 시간 서로의 말들에 상처 입어 파이고 닳은 관계는 서로가 보이는 한에서 가장 먼 거리를 유지하며 지냈다. 그러다 우연히 닿는 날이면 다시금 날카로운 이와 발톱을 드러내며 서로의 가슴을 뜯어내느라 바빴다.

언제부터, 어떻게, 왜 이렇게까지 되어 버렸을까.

"들어가 볼게요."

"……."

"그리고 결혼은 걱정하지 마세요. 하고 싶은 일만 자리 잡으면 어디든 팔려갈 테니까."

방문을 닫기가 무섭게 아버지의 거친 고함이 들렸지만, 윤비는 대답 대신 방문을 잠갔다. 목울대가 오르내리며 가슴 깊게 쌓인 서러움을 억지로 끌어내렸다. 용서하고 싶지만 용서할 수 없는 사이가 있다. 이해를 하려고 노력해도 이해보단 분노가 앞서는 그런 사이. 서로가 서로에게 그저 아픈 기억이고 원망일 수밖에 없는 사이.

방문에 기대선 채 방문 너머로 들어오는 찬바람을 한참이나 쐬던 윤비는 잠옷 단추를 하나둘 풀었다. 외출복으로 갈아입고 나오자 아버지는 거실에 없었다. 안도의 한숨을 뱉으며 윤비는 털신을 꿰어 신었다. 그러고는 최대한 빨리 집에서 멀어지기 위해 바삐 걸었다.

"안녕하세요."

늦은 오후, 2층으로 올라서던 윤비가 계단 앞을 가로막고 있는 우수에게 꾸벅 인사를 건넸다.

"어. 그래. 1년이 지나도 네 얼굴은 변함이 없구나. 허훈이는 그새 폭삭 늙었던데."

"허훈 오빠는 늘 늙어 있어서 상관없죠. 오빠도 변함없이 젊네요."

"그래. 난 변함없어야지. 그래야 날 보러 여성 팬들이 꾸준히 방문하지."

우수가 싱그러운 웃음을 지으며 말했다. 실제로 그의 푸릇하고 청량한 이미지를 좋아하는 여성 팬들이 꽤 많았다. 계산하고 나가며 더러 번호를 물어보거나 선물을 강제 투여할 정도로. 우수의 웃음에 윤비는 날카롭게 곤두서 있던 마음이 차분히 내려앉는 것을 느꼈다. 윤비의 날카롭게 뻗어 있던 눈매가 부드럽게 휘었다. 우수는 그런 윤비의 눈을 신기한 표정으로 바라보았다.

"늘 느끼는 거지만, 네 눈은 참 신기해."

"왜요?"

"평소엔 날카로운데, 웃으면 초승달처럼 휘니까. 얼굴 이미지가 확 달라져."

"에이, 그건 오빠도 그래요. 어? 오빠. 속눈썹에 뭐 묻었어요."

"어디?"

"이리 와 봐요. 조금 더 내려와요."

윤비의 손짓에 우수가 고개를 앞으로 숙였다. 윤비의 손이 우수의 속눈썹을 털어 냈다. 가까워진 윤비의 얼굴을 보던 우수의 두 뺨이 붉어졌다. 사내자식인 줄 알았는데 가까이서 보니까 영락없는 여자애였다. 그것도 꽤 예쁜 여자애다. 옅게 보이는 속쌍꺼풀과, 하얗고 갸름한 얼굴이 사내자식 같은 커트머리에 가려져 있었을 뿐이다.

"다 됐어요. 오빠."

"고, 고, 고맙다."

"오빠, 근데 어디 아파요?"

"어? 왜?"

윤비의 손이 불쑥 우수의 이마에 닿았다.

"얼굴이 빨게요. 그리고 뜨거운데요."

"아, 아냐! 갑자기 고개 숙였더니 피 쏠려서 그런가 보다. 하하."

"그래요?"

"뭐 합니까, 거기서."

불쑥 끼어드는 목소리에 돌아보니 팔짱을 낀 사장이 둘을 번갈아 보고 있었다.

"두 사람 다 내 말 안 들립니까?"

표정은 다정한데 목소리는 시베리아 벌판 얼음 덩어리 같다. 시베리아 벌판의 찬바람이 여기까지 불어오는 듯해 윤비는 온몸을 부르르 떨었다.

"아닙니다. 사장님. 저는 먼저 내려가 보겠습니다."

가볍게 목례를 한 우수가 빨개진 뺨을 감싸며 1층으로 후다닥 뛰어 내려갔다. 발 빠른 우수 때문에 2층엔 원치 않게 사장과 윤비가 단둘이 남게 되었다. 윤비는 잠시 낭패라는 표정을 짓다가 습관처럼 뒷머리를 긁적거렸다.

"안녕하십니까."

사장 피하기 미션 실행 중인 윤비는 꾸벅 인사를 한 후 서둘러 자리를 뜨려고 했다.

"내가 뭐 하냐고 물었을 텐데요, 김윤비 씨."

그런데 사장이 이름까지 콕 집어 불러 세웠다. 거기다가 무섭게 존댓말이라니. 잠시 괴로운 표정을 짓던 윤비가 돌아서자마자 거짓말처럼 환하게 웃었다.

"잠시 직원 간의 친목을 돈독히 하고 있었습니다."

"얼굴 맞대고서?"

"마음을 담은 대화는 눈을 마주하고서 해야죠."

"그럼 나랑도 그 대화 좀 해 볼까?"

사장이 손님에게만 보인다는 웃음을 빙긋 지어 보였다.

아, 시베리아 벌판이 웃는다. 더 춥다.

"하하. 죄송한데, 제가 좀 바빠서요. 옷 갈아입어야 하거든요. 그럼."

"아직 대화 안 끝난 것 같은데."

돌아서던 윤비의 표정이 다시 한 번 일그러졌다. 삼 일간 열심히 사장을 피해 왔다. 야간 홀 청소도 야간수당을 나눠 주겠다는 말에 돈이 급한 영아와 허훈이 하겠다고 나서서 위기를 모면했다. 셋이서 홀 청소를 하다 보니 20분이면 끝났고, 혹여 그사이에 사장이 나오더라도 노려보기만 할 뿐 별다른 말을 걸진 않았다. 그렇게 힘겹게 피해 다녔는데 이렇게 어이없이 마주할 줄이야.

"하실 말씀이라도?"

전과 다르게 거리를 두려 애쓰는 윤비를, 성호가 가만히 바라보았다. 마주치지 않기 위해 애쓰는 노력은 가상하지만, 상대를 잘못 골랐다.

피하려고 할수록 더 괴롭히고 싶어진다는 걸 이 여자는 모르는 걸까.

마른침을 삼키며 도망칠 준비를 하는 윤비를 보며 성호가 저벅저벅 걸어갔다. 그러고는 우수가 그랬듯 성호는 허리를 숙여 윤비를 코앞에 바라보았다. 윤비의 시야로 성호의 얼굴이 꽉 들어찼다. 갸름한 얼굴과, 높은 콧대, 선명한 눈매까지. 윤비는 더 이상 마른침도 삼키지 못했다. 시간이 멈춘 것 같았고, 공기의 흐름마저도 멎은 듯했다. 사장의 작은 얼굴만이 시야가 가득 찬다는 건 그런 신기한 기분을 느끼게 해 주는 일인 모양이었다.

윤비가 넋을 놓은 사이 웃음을 머금고 있던 사장의 붉은 입술이 벌어졌다.

"야간 홀 청소 혼자 해. 수습 끝날 때까지. 추억 운운하며 사람 일하게 만들어 놓고 혼자 도망치지 말고."

"……."

"만약 지키지 않으면 브랜드에서 나가야 할 거야."

"……."

"난 약속 안 지키는 사람이랑은 같이 일하지 않거든."

"……."

사장이 허리를 세우자마자 윤비는 참았던 숨을 몰아쉬었다. 조금만 더 늦었다면 눈 뜬 채 질식사할 뻔했다. 그러나 다시 한 번 사장이 고개를 숙인 탓에 윤비는 헛바람을 집어삼켰다.

"헉!"

전보다 더 가깝다. 자칫하다간 코끝이 스칠 판이었다. 긴장으로 빳빳하게 굳은 윤비와 달리 성호는 느긋한 웃음을 지으며 말했다.

"나 술래잡기에 취미 없어. 도망갈 생각 하지 말라고. 알았지?"

성호가 고개를 비스듬히 기울이자 은은한 향기가 코끝을 툭 치고 달아났다. 뚜벅뚜벅 발소리가 들린 지 얼마 되지 않아 쿵 하고 사장실 문이 닫혔다. 사장이 사라진 것을 확인한 윤비는 비틀거리며 벽면을 짚고 섰다. 그러고는 참았던 숨을 길게 뱉으며 중얼거렸다.

"저 악마 새끼가……. 사람을 홀려."

    브랜드 영업시간 대부분이 바쁜 편이지만, 그중 가장 바쁜 타임은 오후 다섯 시부터 여덟 시 사이였다. 테이블 만석에 휴일일 경우엔 대기 테이블 수가 10개를 넘어가기에 몸과 마음이 바쁜 직원들이 가장 예민한 시간이었다. 그중 가장 테이블 회전이 빠른 B구역을 맡은 윤비는 평소보다 더 예민했다. 어린아이들을 데리고 오는 주부들은 대부분 까다로웠다. 육아에 지친 데다 넓은 공간에서 아이를 케어하면서 식사를 해야 하기 때문이었다. 그 스트레스가 직원에게 불똥이 튀는 경우도 더러 있었다. 그런데 그런 주부들로 B구역 테이블이 가득 찼다. 바짝 긴장한 윤비는 테이블마다 빠르게 나오는 접시들을 트레이에 담았다.

    "저기요. 여기 냅킨 없어요."

"물티슈 좀 주세요."

"아이 놀이방은 없나요?"

"애들이 아직 어려서 그런데 음식 좀 떠 주시면 안 되나요?"

"그릇 좀 치워 주세요."

짧은 시간 내에 물밀듯 밀려오는 요청에 윤비는 몸이 두 개라도 부족했다. 좋아하는 일이고, 일을 하는 동안 행복하긴 하지만, 오늘은 난코스 중에 난코스였다.

"네. 고객님."

씩 웃으며 대답한 윤비는 접시가 가득 찬 트레이를 후방으로 가져가 설거지통에 담근 후 냅킨과 물티슈를 두 손 가득 챙겨 나왔다. 테이블마다 냅킨과 물티슈를 나눠 주고 나니 어느새 접시가 한가득 차 있었다. 저절로 한숨이 훅 삐져나왔다. 그것도 잠시, 기합을 준 윤비가 몸을 틀었다.

"저기요."

"네. 고객님."

반사적으로 윤비가 웃으며 돌아섰다. 한눈에 봐도 피곤한 기색이 역력한 여자는 짜증난 표정이었다.

"테이블 좀 한 번 닦아 주시겠어요? 애가 먹고 흘려 놔서요."

"네. 알겠습니다."

인상을 바짝 쓴 고객에게 웃으며 인사를 한 후 돌아선 윤비는 깊은 한숨을 내쉬었다. 테이블 위에 놓인 접시 두 개를 트레이에 담고서 돌아서던 윤비가 멈칫했다. 달려온 무언가가 종아리에 들이박는가 싶더니 윤비의 몸이 옆으로 휘청거렸다. 그 순간 자신의 발치에 있는 아이를 확인한 윤비가 몸을 최대한으로 틀었다.

"호준아!"

"윽."

여자의 비명에 윤비의 신음이 묻혔다. 그 짧은 순간 빈자리로 몸을 틀었으나 손에 들고 있던 쟁반이 떨어지면서 접시가 와장창 깨어졌다. 엄청난 소음에 일순 가게 안이 조용해졌다. 발이 붙잡힌 터라 옆으로 넘어졌고, 바닥에 직접적으로 부딪힌 팔부터 다리까지 저려 왔다. 고통, 민망함, 난감함이 몰려왔다. 그러나 윤비는 억지로 무표정한 얼굴로 고개를 들었다.

"애기야, 괜찮니?"

윤비가 자신의 종아리에 부딪혀서 주저앉은 아이를 보며 물었다. 멍하게 윤비를 보던 아이는 입술이 씰룩거리다 으앙 울음을 터트렸다. 방금 전까지 윤비가 치우던 테이블에 앉아 있던 아이의 엄마는 서둘러 아이를 껴안고서 다친 곳이 없는지 확인했다.

"괜찮아? 호준아? 응?"

"아이는 괜찮나요?"

비틀거리며 몸을 일으킨 윤비가 아픈 허리를 붙잡으며 물었다. 아이의 상태를 이리저리 살피던 아이의 엄마가 홱 고개를 돌렸다.

"접시 옮길 때 조심하라는 교육도 안 받아요?"

"……네?"

날카로운 목소리에 당황한 윤비가 저도 모르게 되물었다.

"하마터면 애가 다칠 뻔했잖아요! 애 머리 위에 접시라도 떨어졌으면 어쩔 뻔했어요? 책임질 거예요?"

윤비는 잠시 눈앞이 아득해지는 것을 느꼈다. 분명 식사 전 어린아이가 돌아다니지 않도록 주의해 달라고 요구했고, 그 요구를 어기고서 아이를 풀어 놓은 것은 부모의 실수였다. 더욱이 달려와 자신의 종아리에 들이박은 것은 아이였다. 전혀 자신의 실수가 없다고 볼 순 없지만 대부분의 문제는 아이와 그 가족이었다.

그러나 윤비는 입술을 꽉 깨물며 참았다.

"……죄송합니다. 아이는 다친 곳 없나요?"

"어디 손대요? 더러운 손 저리 안 치워요?"

윤비의 손길을 세차게 뿌리친 아줌마는 독기 서린 눈으로 자리에서 벌떡 일어났다. 그러고는 윤비의 어깻죽지를 꾹꾹 눌렀다.

"이렇게 직원이 주의 없이 움직여서야 누가 아이를 데리고 밥 먹으러 오겠어요?"

"죄송합니다."

"죄송하다는 말밖에 할 줄 몰라요?"

손바닥이 저릿저릿했다. 잠깐 보니 손가락 끝에서 핏방울이 드문드문 떨어져 내렸다. 다친 게 이쪽이라도, 우선 고객의 아이가 다칠 뻔한 상황이었다. 날카로운 부모의 마음을 헤아려야 한다고 생각하며 윤비는 억지로 고개를 숙였다.

"죄송합니다."

"됐고, 변상해요."

"그 부분은 담당자 분과 상의한 후 알려 드리겠습니다."

"당신, 미쳤어? 우리 애가 다칠 뻔했다고! 당장 가서 세탁비, 정신적 피해 보상비를 가져오지 못할망정 뭐? 담당자랑 상의를 해? 우리 애가 다쳤는데 대체 나 말고 누구랑 상의해? 우리 애 다쳤으면 어쩔 뻔했어. 진짜 머리가 모자라는 거야, 뭐야?"

"고객님, 우선 흥분을 가라앉히세요."

"내가 가라앉게 생겼어? 말귀까지 못 알아들어?"

"죄송합……."

"무슨 일입니까."

가슴 밑바닥부터 들썩거리는 화를 꾹꾹 눌러 밟으며 윤비가 다시 한 번 사과를 하려 할 때, 불쑥 끼어든 목소리가 그녀의 사과를 막았다. 오늘 출근할 때 맡은 사장의 향기가 은은하게 전해졌다. 사장에게 이런 모습 들킨 것이 부끄럽고, 민망했다.

왜 하필 우수도 아니고 사장일까.

"누구신가요?"

"이 가게를 관리, 운영하는 사장입니다."

아줌마의 눈이 천천히 사장의 아래위를 훑었다. 훤칠한 키에 반듯한 마스크를 한 미남자를 보자 아줌마는 낮게 헛기침했다. 그러고는 한결 누그러진 목소리로 쏘아댔다.

"저기 저 직원이 우리 애 머리 위에 접시를 떨어트릴 뻔했어요. 하마터면 밥 먹으러 왔다가 우리 애 죽을 뻔했다고요. 어디 무서워서 앞으로 식사하러 오겠어요? 식사도 더는 못 하겠어요. 배상하세요. 우리 아이 세탁비랑 오늘 식사 값이요."

모두 윤비의 탓으로 돌리는 걸로 부족해 한몫 뜯어내고자 하는 아줌마의 말에 여기저기 테이블에서 수군대기 시작했다.

"왜 엄한 직원을 잡아? 이런 데서 애가 달리게 내버려 둔 지 잘못은 생각 안 하고."

다 들으라는 듯이 중얼거리는 옆 테이블의 여자를 아줌마가 홱하니 노려보았다.

"뭐라고요? 지금 말 다 했어요?"

"아니, 내가 틀린 말 했어요? 안 본 것도 아니고 뻔히 다 봤는데. 이런 식당에서 애가 뛰어다니게 내버려 두면 어떻게 해요? 접시 치우는 직원한테 달려들어서 박은 게 애잖아요. 직원은 애 안 다치게 하려고 피하려다가 넘어지기까지 했구만."

"아니, 그쪽이 애가 없어서 그런가 본데⋯⋯."

"미안한데, 내 애가 초등학생이거든요? 애가 다친 건 첫 번째로 부모 과실이거든요. 이런 데서 애가 뛰어다니게 내버려 둔 게 잘못이지! 그리고 방금 그쪽 애가 칠리 새우 하나 들고 다니다가 내 신발에 떨어뜨리고 간 거 알아요? 애라서 참았더니, 보아하니 집안 교육이 덜 됐구만?"

"뭐라고요?"

격양되어 싸우는 두 여자 사이를 사장이 불쑥 가로막았다.

"죄송합니다만, 모두가 식사하는 공간입니다."

"흠, 흐음."

"흥!"

사장의 말에 당장이라도 머리채를 잡을 것처럼 붙어서 으르렁거리던 두 사람의 사이가 벌어졌다. 사장은 무표정한 얼굴로 아이를 안아 들고 있는 아줌마를 내려 보았다.

"우선 저희 직원의 불찰을 사과드립니다. 어쨌든 저희 직원의 실수가 있는 것으로 보이니 아이의 식사 비용은 받지 않겠습니다만, 세탁 비용 지불은 불가능한 것이 저희 가게의 규칙이니 양해 부탁드립니다."

"그런 게 대체 어딨어요? 내 식사는요? 그리고 우리 애 옷이 엉망이라니까? 새 옷인데!"

"세탁 비용 변상을 원하신다면 잠시 기다려 주십시오. CCTV부터 확인하겠습니다. 가게 들어올 때 아이 옷 상태와 저희 직원의 과실이 100%라는 것을 파악한 후에 변상을 결정하겠습니다. 한데 만약 아이가 저분의 신발에 칠리 새우를 떨어트린 장면도 확인되면, 손님께서 저분의 신발을 변상하셔야 할 겁니다."

"네? CCTV요? 뭐 그렇게까지……."

"부담스러워하실 필요 없습니다. 어차피 음식을 무단으로 몰래 담아 가시는 분들 확인차 CCTV를 돌려 봐야 하거든요."

사장의 정중한 말에 아줌마의 얼굴이 하얗게 질렸다. 고개를 들어 CCTV의 위치를 확인한 아줌마는 자신의 가방을 힐끔거렸다. 그런 아줌마를 향해 사장은 정중한 미소를 짓고 있었다.

"돼, 됐어요! 이까짓 일이 뭐라고! 어차피 가려고 했어요! 넌 그

137

만 울어!"

부랴부랴 가방을 챙기던 아줌마는 울고 있는 자신의 아이 등짝을 후려친 후 서둘러 계산대로 향했다. 아줌마가 사라진 후 사람들의 시선이 뿔뿔이 흩어졌다.

성호가 돌아섰다. 자신의 뒤에 서 있던 윤비의 얼굴이 딱딱하게 굳어 있었다. 한눈에 보기에도 안쓰러워 성호의 표정이 흐려졌다.

"사장님."

뒤늦게 상황을 듣고 달려온 우수가 조용히 성호를 불렀다. 미간을 찌푸린 성호가 돌아서서 우수를 냉정하게 바라보았다.

"잠시 저 좀 보죠. 우수 씨."

"네에."

앞서 걷는 사장의 뒤를 따르던 우수의 표정이 굳었다. 1층 후방으로 들어온 성호가 우수와 마주 섰다. 깜깜한 후방 벽면에 선 성호의 표정이 날카롭게 변했다.

"B구역에 진상 들어온 거 몰랐어?"

브랜드 총괄 관리가 성호라면, 1층 홀 고객 관리는 우수였다. 블랙리스트라고 불리는 진상이나 VVIP가 오면 미리 직원에게 언급을 해 주는 것도 우수의 일이었다. 사장의 질책에 성호가 고개를 푹 숙였다.

"죄송합니다. 워낙 대기 인원이 많은데다가 테이블 오더가 꼬여서 미리 윤비에게 언급하지 못 했습니다."

"내가 올 때까지 어디서 뭐 했어?"

"잠시 C구역에 있었습니다."

"내가 너한테 왜 평직원보다 3배나 많은 월급을 주는지 잊지 마라."

칭찬과 공로는 평직원에게 돌리고, 문제가 생겼을 때는 나서서 수습하고, 대신 욕먹는 것이 우수의 또 다른 일이기도 했다.

"죄송합니다. 사장님. 요즘 평온해서 제가 안일해졌나 봅니다. 다시는 이런 일 없도록 하겠습니다."

우수의 사과에도 성호는 화난 표정을 풀지 않았다. 한 번만 귀띔해 줬더라도 이런 사달이 나진 않았을 거다. 경각심을 갖게 하기 위해 일부러 우수를 몰아세운 성호가 후방 문을 밀다 말고 행동을 멈췄다. 성호의 뒤를 따르려던 우수의 걸음도 덩달아 멈춰 섰다.

"오늘 CCTV 영상 따 놔. 그 진상 다시 오면 증거물로 보여 주고."

한 번 찔러 본 말에 파르르 떠는 여자를 본 성호는 확신했다. 여자의 가방에 뷔페 음식이 있을 거라는 것을.

"그 후에는 어떻게 할까요?"

"경찰서에 신고하지 않는 대신 앞으로 전국구 브랜드 체인점에 출입 금지라고 말해."

성호의 뒷모습을 보며 우수가 난처한 표정을 지었다.

"사장님, 뷔페 음식 도난은 경찰서에서 신고 처리가 곤란할 수도 있습니다."

"알아."

"네?"

"경찰서라는 말 들으면 겁나서 안 올 거야. 그런 부류는 위에서 조금만 눌러도 알아서 도망치니까."

후방 문에 달린 조그마한 유리문 너머로 들어오는 빛에 성호의 옆모습이 서늘하게 빛났다. 내리깐 눈이 얼마나 냉정한지 굳이 보지 않아도 알 수 있었다. 진성호는 이런 사람이었다. 자신이 경황이 없어 얼떨떨해하는 사이 앞으로의 대처 방안까지 다 생각해 놓는 사람. 지나친 서비스 정신에 입각해 고객의 분노에 일단 납작 엎드려 봉처럼 휘둘리는 다른 식당과 달리 허점을 정확히 찍어 역공하는 사람.

다시 한 번 우수는 성호가 자신과 전혀 다른 부류의 사람이라는 것을 알았다.

"알겠습니다. 사장님."

우수의 대답을 듣고서야 성호는 후방 문을 밀고 나섰다. 2층으로 올라가려던 성호의 걸음이 뚝 멈췄다. 방금 무언가를 본 것 같은데. 윤비는 B구역 바닥을 막대 걸레로 문지르고 있었다. 그러나 성호의 시선이 닿은 곳은 냅킨으로 둘둘 말린 손이었다.

"이거 뭐야."

"헉. 아, 사장님."

윤비의 외침에 잠시 주변을 둘러보던 성호가 윤비의 손목을 덥썩 붙잡았다. 냅킨을 벗겨 낼 것도 없이 저절로 스르륵 떨어져 내렸다. 냅킨이 붉어서 이상하다 싶었더니 아니나 다를까 손바닥을

가로지른 긴 상처가 보였다. 날카롭게 벌어진 상처 사이로 핏방울
이 방울방울 맺힌 걸 봐선 깨진 접시 파편에 그인 모양이었다.

"최우수 씨."

상처에 시선을 둔 채 성호는 등 뒤에 다가온 우수를 불렀다.

"네. 사장님."

"여기 잠시 맡아요. 김윤비 씨는 내가 잠시 데려갈 테니까."

"네."

성호의 등 뒤에 서 있던 우수가 B구역으로 들어섰다. 멀뚱멀뚱
우수의 등만 바라보던 윤비가 잡아당기는 힘에 휘청거리며 2층으
로 딸려 올라갔다. 대답을 할 타이밍도, 따져 물을 시간도 없었다.
정신을 차려 보니 2층 사장실 중간에 자신이 서 있었다.

"사장님."

윤비의 부름에 성호는 대답 대신 서랍에 들어 있던 구급상자를
꺼내 소리 나게 테이블 위에 올려놓았다.

"필요한 거 꺼내서 써."

가게 내에 생긴 소란 때문에 사장의 심기가 예민해진 모양이었
다. 그래도 다친 자신보다 사장이 더 화내는 것은 이해되질 않았
다. 윤비가 잠시 멍하게 있는 사이 성호는 구급상자를 거칠게 열어
젖혀 속에 담겨 있던 물건들을 와르르 쏟아 냈다.

"소독약, 붕대, 연고, 반창고, 가위, 더 필요한 거 있어?"

"아뇨."

"그럼 당장 치료해."

"……"

"왜 보고만 있어? 내가 치료까지 해 줘야 해?"

서늘한 성호의 눈과 윤비의 눈이 마주쳤다. 쨍하니 얼어붙는 분위기를 견디지 못한 윤비가 먼저 시선을 돌렸다. 평소처럼 눈썹을 삐쭉 세우거나, 능청스럽게 웃는다던지, 도도하게 무표정을 하지 않았다.

"그건 아니고요."

오히려 축 늘어진 윤비가 소독약을 들어 뚜껑을 열었다.

"……죄송합니다, 사장님."

자그맣게 들려오는 소리에 가까스로 냉정을 찾아 가던 성호의 얼굴에 퍼석 하고 금이 갔다. 죽을힘을 다해 자신을 피해 다니는 김윤비보다, 상처 입고도 사과하고 있는 힘없는 김윤비가 더 미워지는 성호였다.

"그 말, 하지 마."

"네?"

"뭐가 죄송해? 억울하고 분하면 우수를 부르던지 나를 불렀어야지. 그 몰골로 왜 거기서 계속 미안하다고만 하고 있어."

사장실을 울리는 성호의 목소리에 윤비의 눈이 크게 벌어졌다. 들이마신 숨이 흘러나오지 않았다. 무표정하거나 웃던 사장이었다. 이렇게 인상까지 구기고서 소리치는 사장의 모습은 처음이었다. 윤비는 마른침을 삼키며 가까스로 말을 꺼냈다.

"그거야……. 우선 제 실수도 있고, 또 서비스를 제공하는 입장

142

에선 고객의 편의를 우선시해야 한다고 배웠으니까요."

"그래. 니 말대로 우리는 고객이 지불한 돈만큼 서비스를 제공하는 사람들이지 노예처럼 무조건 빌어야 하는 사람들 아니야."

"……."

"고객이 과한 요구를 하거나 잘못한 부분이 있으면 분명히 짚고 넘어가. 그게 올바른 상황 대처고 올바른 판단이야. 알았어?"

"그러다 고객이 다시는 이 가게 안 오면……."

"그 고객 한 명 안 온다고 가게 안 무너져."

윤비는 자신을 내려다보는 성호의 눈빛이 서늘해짐을 느꼈다. 싸한 분위기가 사장실 안을 꽉 채웠다.

"치료하고 내려가."

"전 그렇게 생각 안 하는데요."

사장실 문고리를 쥐던 성호가 비스듬히 돌아섰다. 자신이 들은 말이 믿기지 않는지 그의 눈매가 날카롭게 위를 뻗어 있었다.

"뭐?"

"비록 잃은 고객이 하나일지 몰라도, 그 고객이 말하고 다니면요. 열 고객, 인터넷에 올리면 고객 백 명도 잃을 수 있어요. 저라고 자존심 없겠어요? 그래도 억지로 자존심 굽혀 가면서 그랬던 건 그 손님 하나가 귀해서가 아니라 백 명을 잃기 싫어서예요."

윤비의 눈빛이 형형하게 빛났다. 자신의 신념이 옳다고 판단하는 이의 눈빛은 저런 빛을 품고 있었다. 그러나 성호는 그 눈빛을 비웃었다.

"한 번도 경영이라는 걸 해 본 적 없는 일명 경영전문가들이 떠들어 놓은 글에서 본 말이네."

"……."

"착각하지 마. 방금 니가 한 짓은 브랜드를 위한 행동이 아니라, 브랜드 가치를 떨어트리는 짓이었으니까. 그런 말도 안 되는 고객 앞에 내 직원이 비굴하게 머리 숙이는 거 난 못 봐. 나를 대신해 서 있는 사람들이니까 그 정도 자존감은 있었어야지."

냉소적으로 윤비를 비웃던 성호가 이내 쾅 소리 나게 문을 닫고서 나갔다. 사장 없는 사장실에 구급상자와 덜렁 남겨졌다. 잠시 닫힌 문을 보며 윤비가 허탈한 웃음을 흘렸다. 그러다 시간을 확인하고는 구급 소독약을 꺼내 제 상처 위에 발랐다. 따끔거리는 통증에 두 눈이 질끈 감겼다.

그러나 자신이 믿고 있었던 서비스 정신이 실은 비굴한 짓에 지나지 않았다는 그 말이 더 따가웠다.

들고 있던 소독약을 내려놓은 윤비는 대충 밴드로 상처 위를 가렸다. 손도 아프고, 자존심도 아프고, 마음도 아프다. 스스로가 바보 같다는 생각은 단 한 번도 해 본 적 없었는데 오늘은 그 누구보다 멍청해 보였다.

비록 마음에 안 드는 사장이지만, 그의 말이 맞았다. 서비스를 제공하기에 앞서 직원으로서의 자존감까지 내려놓을 필요는 없었다. 인격 비하까지 당하면서 그 자리에서 사과를 할 필요까진 더더욱 없었고.

책상 토론이나 할 줄 아는 사장이라 생각했는데 한마디 한마디
가 가시보다 더 날카롭고 따갑다.

"하아."

윤비의 입술에서 긴 한숨이 새어 나갔다.

❋   ❋   ❋

소독약을 바르고 밴드를 붙였음에도 지혈이 되지 않아 윤비는
결국 근처 병원 응급실로 향했다. 생각보다 상처가 깊어 세 바늘을
꿰맸다. 링거까지 맞고서 한숨 자고 일어나니 어느새 아홉 시가 훌
쩍 넘어 있었다. 병원 문을 밀고 나오자 까만 밤하늘에서 하얀 눈
송이가 쏟아져 내렸다. 울적한 분위기에 눈까지 내리니 환상의 조
합이었다. 윤비는 조금 더 울적한 기분을 만끽하기 위해 외투의 깃
을 세우고서 우울한 표정을 짓다가 휘청거렸다. 잠시 얼굴이 붉어
질 정도로 민망해졌다. 그러나 윤비는 다시 진지한 표정으로 눈이
오는 밤거리를 걸었다.

"악!"

"억!"

눈이 올 거라 예상 못한 탓에 킬힐을 신은 여자들이 하나둘씩 낙
엽처럼 거리 위에 나뒹굴기 시작했다.

"아악! 오빠!"

"준희야!"

그중 한눈에 봐도 굽이 12cm 높이 정도로 보이는 여자는 미끄러져 바닥에 대자로 누웠고, 그런 그녀의 머리를 껴안은 남자는 준희라는 이름을 울부짖었다.

"준희야아! 우어!"

둘 다 술 한 잔 걸친 듯 시뻘건 얼굴이었다. 여자는 민망함에 일어나려고 몸부림쳤으나, 남자는 이미 로미오에 빙의되어 주님까지 찾기 시작했다.

그 커플들을 보며 킥킥거리고 웃던 여자 하나도 휘청하며 탈춤한 자락을 보여 주었다.

"하아."

이 동네는 분위기를 잡고 싶어도 틈을 안 준다. 눈 한 번 오니까 개그 본능을 숨기지 못하는 동네 주민들을 바라보며 윤비는 세웠던 깃을 조용히 내렸다.

몸도 다치고, 분위기도 잡지 못한 패배자의 기분에 휩싸인 윤비는 힘없는 걸음으로 브랜드 직원 출입구 문을 열고 들어섰다. 직원이 외출할 때 입는 공용 외투를 벗어 옷걸이에 걸어 둔 후 머리를 툭툭 털며 가게 안으로 들어섰다.

"오빠. 나 때문에 고생했죠? 미안해요."

B구역 빈 테이블을 치우는 우수를 보며 윤비가 미안한 얼굴로 말했다.

"고생은 무슨. 괜찮아. 손 다친 니가 고생이지. 미안하다. 내가 진즉에 진상이라고 이야기했어야 하는데."

"진상요?"

"어. 흔히 블랙리스트라고 하는데 가끔 뷔페에 와서 별거 아닌 걸로 트집 잡아서 밥값 안 내려고 하는 아줌마들 있어. 음식에 일부러 철 수세미 일부분 뜯어서 넣어 놓고 가게를 뒤집는 거지. 미리 말해 줬어야 했는데 내가 오늘 정신이 없어서 깜빡했다. 미안."

"괜찮아요. 좋아하는 일 한다고 해서 매 순간이 행복할 수 없다는 거 알아요. 이런 날도 있고, 저런 날도 있는 거죠. 오늘 이런 일을 겪었으면 내일은 행복한 일이 있겠죠."

"저기…… 몇 살이세요? 연세가? 제 동생뻘이 쓸 말은 아닌 거 같은데……."

우수의 장난에 윤비가 큭큭거리며 웃었다. 올라가서 쉬라는 우수를 B구역에서 몰아낸 윤비는 빈 테이블을 정리했다. 평일 밤 9시가 넘어가면 구역마다 한두 테이블밖에 손님이 없었다. 그마저도 오늘은 10시가 되자 텅 비었다. 예고 없이 내리는 폭설 때문인 듯했다. 일찍 가게를 마감한 후 야간 홀 청소를 돕겠다는 직원들도 모두 내쫓은 윤비는 빈자리에 주저앉았다.

아무리 노력해도 가라앉은 기분이 돌아오질 않았다. 단지 오늘 있었던 불미스러운 일 때문에 상한 기분이 아니었다. 이유가 뭘까. 윤비는 습관처럼 뒷목을 긁적거렸다. 그러나 한참 고민해도 떠오르는 답이 없어 윤비는 생각을 접었다.

후방 창고에서 청소기를 꺼냈다. 이어 막대 걸레 두 개를 깨끗이 빨아 와 바닥도 닦고, 테이블 위도 닦아 냈다. 정신없이 청소를 다

한 후 지친 표정으로 고개를 든 윤비는 행동을 그대로 멈췄다. 왜 하루 종일 기분이 가라앉아 있었는지 이유를 찾았다. 저 사람 때문이었다. 2층 난간에 기대서서 전처럼 옅게 웃고 있는 사장.

자신과 다를 바 없다고 느꼈던 사장이 실은 보기보다 꽤 똑똑한 사람이라는 점, 이제 와 새삼스럽게 다시 존경하기엔 불편해진 관계에 대한 슬픔, 저 사람에게 인정은커녕 자신은 그저 재미있는 인간에 불과하다는 점. 그 모든 것들이 가슴에 아프게 꽂혔다.

갑자기 손바닥에 난 상처가 아프게 쑤셔 왔다.

"왜 피해."

고개를 돌리자마자 성호의 낮은 목소리가 울렸다.

"피하는 거 아닌데요."

"그럼?"

"청소 마쳐서 뒷정리하는 거예요."

"병원은?"

"다녀왔어요."

윤비는 고집스럽게 청소용품만 보며 대꾸했다. 저벅저벅 걸어오는 발소리에 윤비가 빠르게 물품을 밀며 창고로 향했지만, 늦었다. 발 빠른 사장이 어느덧 제 앞에 버티고 서 있었다. 뭐예요, 라고 퉁명스런 질문 대신 윤비는 말없이 사장을 쳐다보았다.

"손."

사장이 내미는 하얀 손을 윤비가 잠시 멍하게 바라보았다. 개가 된 것 같은 이 기분은 뭔가.

"자요."

사장의 손바닥에 손을 올리는 대신 윤비는 손을 번쩍 들어 보였다. 손바닥은 하얀 붕대로 싸여 있었다.

"볼일 끝나셨죠? 그럼 이만."

"내가 도망치지 말라고 했을 텐데. 술래잡기 같은 거 취미 없다고."

"착각하시는 모양인데 도망치는 게 아니라 볼일이 없을 뿐이에요. 사장님이랑 저랑 마주 보고 단란하게 나눌 대화 있어요? 없죠? 저도 없어요. 그러니까 길 좀 비켜 주실래요? 오늘 하루 무척 고단해서 집에 가서 쉬고 싶어요."

"말 잘하네."

열심히 말한 끝에 돌아온 사장의 간결한 대꾸에 윤비의 어깨가 축 늘어졌다. 역시 사장은 재수 없다. 윤비는 대답 대신 용품을 밀며 창고로 향했다. 그러나 다시 한 번 사장이 길을 가로막고 섰다. 온몸이 까탈스러워서 구두마저도 수제라는, 그 갈색 구두를 미친 척 청소용품으로 깔아뭉개 버릴까 생각했다.

"비싼 신발이야."

신기 있는 경영자는 윤비의 눈짓 한 번만으로도 속내를 손쉽게 알아차렸다. 이젠 별로 놀라울 일도 아니었다. 자신이 도망치고 있다는 것도 한 번에 알아챈 사람이니까.

"알아요. 제 월급 정도 되겠죠."

"그것보다 조금 더 비싸."

"하."

빈부 격차를 구두로 보여 주는 이 남자를 어째야 하나.

윤비는 정색한 얼굴로 성호를 똑바로 쳐다보았다.

"그 구두보다 비싼 제 시간이지만 기꺼이 할애해서 묻겠습니다."

비장하게 청소용품을 탁 내리치며 묻는 윤비를 보며 성호가 대답 대신 팔짱을 꼈다. 어디 한 번 해 보라는 식의 그 태도에 윤비의 표정이 더 진지해졌다.

"사장님, 저한테 관심 있으세요?"

"큭."

질문과 대답이 거의 동시에 이루어졌다. 어떤 말보다 더 직설적이게 대답하는 사장을 보며 윤비는 입술을 꽉 깨물었다.

"저, 지금 무척 진지하거든요?"

"미안."

"그게 아니라면 왜 자꾸 사람 따라다니세요? 딱 봐도 제 표정이 사장님을 존경하고 사랑하는 표정은 아니잖아요? 그런 사람을 이런 식으로 계속 쫓아다니는 건 둘 중에 하나 아니에요? 좋아하거나, 아니면 이상한 사람이거나."

흥미롭다는 표정으로 윤비의 말을 듣고 있던 사장이 피식 웃었다.

"그것도 아니면 따라다닐 만큼 신기하고 재미있다거나."

"……."

"말했잖아. 너 재미있다고. 날 싫어하는 것도 그 재미 요소 중

하나라고."

"단지 그게 다예요?"

"실망했다면 미안하지만, 그게 다야."

"하, 대체 사장님은……."

……뭐 하는 사람입니까? 외계인이에요? 아니면 변태?

윤비는 뒷말을 표정으로 고스란히 드러낸 채 성호를 올려 보았다.

"난 남자 같은 여자, 머리 짧은 여자, 상냥하지 않은 여자, 여자로서 성적이든 이성적이든 매력 없는 여자, 날 싫어하는 여자, 집안으로 엮인 여자, 내 직원인 여자는 사양이야. 넌 그 모든 조건을 다 갖춘 보기 드문 여자야. 그런 널 내가 좋아한다면, 난 정말 이상한 놈이겠지."

남자 같은 여자, 여자로서 성적이든 이성적이든 매력 없는 여자…….

충격 먹은 얼굴을 고스란히 드러내며 윤비가 얼어붙었다.

"그런 오해를 하고 있을 거라곤 추호도 생각 못 했어. 사장실에서 있었던 일 사과하려다가 장난기가 생겼을 뿐이야. 다시는 그런 오해 하지 않도록 조심할게."

사장이 웃는 얼굴로 씨알도 먹히지 않는 사과의 말을 건넸다. 있는 충격, 없는 충격 다 먹여 놓고, 정작 가해자는 2층 난간에 서 있을 때 얼굴과 똑같이 웃는 얼굴로 돌아섰다. 저벅저벅 멀어져 가는 사장의 뒷모습을 바라보던 윤비의 표정이 싸하게 얼어붙었다.

실수하셨어요, 사장님.

툭 소리와 함께 청소용품이 바닥에 떨어지기가 무섭게 이성 잃은 윤비가 달렸다. 윤비는 계단을 밟고 올라가던 성호를 벽으로 밀었다. 생각지 못한 반동에 벽에 머리를 부딪힌 성호가 표정을 찌푸리며 자신의 앞에 선 윤비를 노려보았다.

"뭐 하는 짓이야."

"남자 같은 여자가 벌이는 박진감 넘치는 짓?"

고양이처럼 날카로운 윤비의 눈매가 위를 향해 뻗었다. 갑자기 돌변한 윤비의 표정에 성호의 눈이 가늘어졌다. 새빨간 입술을 벌여 미소 짓던 윤비가 천천히 성호에게 다가갔다. 그러고는 두 손으로 성호의 얼굴 양쪽을 가로막아 움직일 수 없게 만들었다. 남녀가 바뀌어도 한참이나 바뀐 자세에 얼떨떨했지만 더 얼떨떨한 것은 윤비의 표정이었다. 방금까지만 해도 선머슴으로 보이던 윤비의 표정이 묘하게 변했다. 훅 하고 밀려오는 알 수 없는 기분에 성호가 표정을 와락 찌푸렸다.

"지금 뭐 하는 짓이야!"

"재미있는 여자가 하는 재미있는 짓이요."

"너……."

성호의 입술이 윤비의 손가락에 의해 가로막혔다. 키스할 것처럼 천천히 다가가던 윤비는 아슬아슬하게 성호의 얼굴을 스쳐 지났다. 그러고는 성호의 귓가에 입술을 가져다 댔다. 뛰어오느라 약간은 거칠어진 숨소리가 성호의 귓가에 닿았다. 잘 뻗은 성호의 목울대가 빠르게 오르내렸다.

"사장님."

훅 하고 밀려오는 숨소리에 가느다란 목소리가 함께 뒤섞였다.

"착각하고 있나 본데, 사장님도 내 취향 아니에요."

"……."

"거기다가 재미까지 없어. 그러니까 말도 안 되는 오해 하지 마
요."

"……."

"재미있죠? 오늘 밤에 내 모습 생각날 거예요. 물론 난 사장님
생각 안 할 거고요."

달착지근한 목소리에 섞인 말이 독하다. 느릿하게 얼굴을 떼어
내며 윤비는 픽 하고 웃었다. 위를 향해 날카롭게 뻗어 있던 눈이
초승달처럼 휘었다. 동시에 붉은 입술도 초승달처럼 휘었다. 세 개
의 초승달이 뜬 하얀 얼굴을 바라보던 성호의 숨이 멎었다.

"그럼 수고하세요."

한 걸음 물러서자 다시 선머슴 김윤비로 돌아와 있었다. 윤비는
꾸벅 인사를 한 후 떨어뜨렸던 청소용품을 챙겨 후방으로 향했다.

"하."

후방 문이 닫히고, 직원 출입구 문이 닫히는 소리까지 아련하게
들린 후에야 성호의 입술 새로 뜻 모를 한숨이 흘러나왔다. 아직도
초점을 잡지 못한 눈빛이 흔들렸다. 난생처음 있는 일이었다. 여자
에게, 그것도 자신의 가게에서 벽에 밀쳐지는 일은. 말 못 하게 입

술을 막고, 귓가에 여자의 숨소리가 노골적으로 닿은 것 또한.

"내가…… 술래, 아니었나."

넋이 나간 나른한 목소리가 스스로에게 되묻는다. 그러나 누구하나 대답해 주는 이 없었다. 뒤늦게 서늘한 바람이 불어쳤다. 가슴에 한 번, 머리에 한 번 닿았으나 열기가 내려가질 않는다.

11시 32분.

진성호, 재미 삼아 잡으려고 했던 술래잡기 상대에게 잡혀 버렸다.

❋　　❋　　❋

미쳤다. 자신은 미친 것이 틀림없다.

가끔 견딜 수 없을 만큼 화가 나면 이성이 끊어지는데 그럴 때면 꼭 자신이 감당할 수 없는 일을 벌이곤 했다. 오늘이 그런 날이었다. 몸에 상처를 입고, 자신감에 생채기가 생겼으며, 마음도 다쳤다. 좋아하는 일을 한다고 해서 매 순간이 행복할 수 없음을 알고 있음에도 그 말이 위로가 되지 않는 순간. 끝 모를 피곤함과 괴로움이 마음을 번잡하게 만드는 그 순간, 사장이 불을 질렀다.

여자로서 일말의 관심이 없다며 비웃는 사장의 얼굴을 보는 순간 자존심이 뻑 소리를 내며 갈라졌다. 너는 뭐가 그렇게 잘나서? 라는 반감도 일었다. 그래서 무작정 달려가 그를 밀치고 한없이 비웃었다. 자신 역시 그쪽에게 관심도 없고, 재미를 느낄 수도 없다고. 그렇게 해야만 자존심을 되살릴 수 있을 것처럼. 물론 사장에게 그렇게 무례하게 군 것을 후회하진 않았다. 실수는 그가 먼저 한 것이기에.

다만, 그러나 다만.

"악! 너무 오글거려."

표정, 억양, 제스처, 사장을 밀친 행동, 목소리, 그 상황, 분위기.

그 어느 것 하나 부끄럽지 않은 게 없다. 손발이 비틀어지고 정신이 희미해질 지경이다. 아무리 머리끝까지 차오른 화 때문에 정신을 잃었다고 하지만 맨정신으로 입 밖에 낼 만한 말은 아니었다.

"어흑, 엄마. 엄마아."

"대체 오밤중에 이게 무슨 소란이야?"

늑대마냥 늦은 밤 울부짖는 딸의 방을 거칠게 열어젖히던 아버지는 흠칫하며 한 걸음 물러섰다. 자신의 눈으로 보고 있는 것을 믿을 수가 없었다.

"이게 대체 무슨……."

자신의 딸이, 비록 한없이 기가 세고 이따금씩 말도 안 되는 짓을 하긴 했지만 적어도 이런 짓은 하지 않았다. 방 한가운데 주저앉아서 울면서 다리미로 제 손을 펴고 있다니! 다행히 콘센트를 꽂지 않아 열기 없는 다리미였지만 믿을 수가 없었다.

"……미친 거냐? 내 딸이? 내 딸이 미친 거야?"

"아아, 손발이 펴지질 않아요! 나 어쩔 거야."

"그래. 널 어째야 할지 모르겠다. 뭐 하는 짓이야!"

"내가 너무 부끄러운 짓을 해서 손발이 오그라들어요. 그래서 이러다간 내일 아침에 구운 오징어마냥 온몸이 들러붙어 있을 것 같아서 펴고 있어요. 흐엉."

"……."

아버지는 인상을 찌푸린 채 그대로 굳어 버렸다. 이유를 들어도 납득이 되질 않는다. 부끄러운 짓을 했는데 손발이 왜 오그라진단 말인가.

"그냥 오늘은 내버려 두세요. 내일은 멀쩡해질 거예요. 허엉."

"확실해? 내가 봤을 땐 내일도 이상할 거 같은데."

"그땐 병원 보내시던가요."

"혹시 술 마셨냐?"

"아뇨."

"술도 안 마시고 맨정신으로……. 돌았네, 돌았어."

잠시 멍한 표정으로 자신의 딸을 바라보던 아버지는 도저히 맨정신으로 지켜볼 수 없다며 방문을 닫고 나갔다. 어떤 정신적 충격을 받았는지 알 길 없으나 내일 아침까지 저 상태라면 병원 진료를 예약해야겠다고 생각했다. 그리고 자신의 딸을 이렇게 만든 자를 찾아 뼈와 살을 분리시키겠다고 다짐하는 그였다.

아버지가 나간 후 윤비는 마른 눈물을 흘리며 제 손발을 다리미로 죽죽 폈다. 오늘 밤에 있었던 일을 생각하면 자꾸만 손발이 안으로 말려들었다.

"내일 어떻게 출근하지? 사장 보면 뭐라고 해야 하지?"

사장을 벽에 밀치고 그를 한없이 비웃었으니 관둬야 할지도 모른다. 아직 자신은 언제든 불량한 근무 태도로 사직당할 수 있는 수습사원이었으니까. 자신의 상황을 살펴본 윤비의 표정이 암울해 졌다. 오늘 한 행동을 후회하진 않으나, 일을 잘리게 될지도 모른 다고 생각하니 씁쓸했다.

아주 어렵고도 힘들게 들어간 브랜드. 한 달이 넘는 시간 동안 동료들과 정도 많이 들고 일도 익숙해졌는데.

그렇다고 자신의 그런 오만한 태도를 용서해 줄 사장도 아니고…….

재미를 넘어서서 충격 받은 얼굴이었으니까.

잠시 다리미질을 멈추자 손발이 안으로 오그라들었다. 다시 눈물을 글썽이던 윤비는 다리미를 치켜들었다.

"아악!"

그러고는 비명을 내지르며 어느새 주먹을 쥐고 있는 제 손을 열심히 다림질하여 펼쳤다.

❋   ❋   ❋

브랜드 직원 출입구 앞에 선 윤비는 주머니에서 손거울을 꺼내 들었다. 단정한 커트머리, 비비크림만 옅게 바른 피부와 분홍빛의 입술이 완벽했다. 사장에게 소환당해 혼이 나든, 출근하자마자 권고사직을 당하든 떠나는 뒷모습조차 완벽해야 한다는 게 윤비의 지론이었다. 밤새 다리미로 손발을 펴며 깊게 고민한 끝에, 자신이 아는 사장은 어젯밤 일어난 일을 묵과하지 않을 게 분명했다. 브랜드는 자신이라 여기며, 업무에 관한 부분만큼은 칼처럼 냉정한 남자다. 그러니 자신이 잘릴 게 확실했다.

이런저런 생각을 하던 윤비의 낯빛이 어둡게 변했다.

"후우."

직원 출입문을 열고 들어간 윤비는 곧바로 2층으로 올라가 캐비닛을 열었다. 유니폼으로 옷을 갈아입고 나오던 윤비는 사장실엔 눈길도 주지 않은 채 재빠르게 1층으로 뛰어 내려갔다. 그러다 미어캣처럼 우뚝 서 있는 우수를 보았다.

우수가 주로 있는 계산대와 가장 가까운 곳이 B구역으로 상대적으로 다른 직원에 비해 윤비와 자주 마주쳤다. 우수는 자신의 속눈썹에 묻은 먼지를 윤비가 털어 준 다음 날부터 그 점이 눈물 나게 고마웠다.

"윤비야. 안녕?"

목까지 가다듬고 활기차게 인사를 건넸건만, 윤비는 풀 죽은 얼굴로 꾸벅 인사를 하곤 쌩하니 B구역으로 들어섰다. 들어 올린 손이 무안해졌다. 주춤거리며 손을 다시 내린 우수는 매장을 둘러보다 B구역을 한 번, 다시 매장을 보다가 B구역을 다시 한 번 흘깃 보았다. 그렇게 한참이나 목이 빠져라 고개를 돌리던 우수는 웽 하고 우는 휴대폰을 들어 보였다.

사장님

무전기가 아니라 전화였다. 잠시 고개를 갸웃거리던 우수가 고객의 시선이 닿지 않는 구석으로 가서 휴대폰을 받았다.

―목 빠지겠다. B구역에 뭐 있나?

나른한 듯하면서도 힘 있는 목소리. 분명 성호였다.

"사장님? 어디 계세요?"

―2층 난간.

"거기서 뭐 하세요?"

―매장 둘러보고 있지.

"아, 네."

잠시 침묵이 흘렀다. 통화가 끊긴 건가 싶어 액정을 확인했지만 통화 시간은 계속 흘러가고 있었다. 성호가 전화한 의도를 알 수가 없어서 성호가 조심스레 그를 불렀다.

"사장님?"

―김윤비는, 출근했어?

사장의 목소리가 높아진다고 느껴지는 건 기분 탓일까. 다시 고개를 갸우뚱거리던 우수가 대답했다.

"네."

―안 보이는데?

"안에 있어서 안 보이는 모양입니다. 방금 전에 B구역으로 들어가는 거 봤습니다. 사장실로 올라가 보라고 전할까요?"

―아냐, 됐어. 그냥 안 보여서 물어본 거야. 하던 일 마저 해. 나중에

회의 시간에 보자.

"네."

참으로 싱겁게 통화가 끝났다. 다시금 매장이 가장 잘 보이면서도 입장하는 손님이 가장 잘 보이는 자리에 서 있던 우수의 눈이 가늘어졌다. 언제부터 사장이 직원을 직접 명시하기 시작했지? 보통 직원이 보이지 않더라도 '매장 구역 인원 부족하지 않습니까' 라고 둘러 물어보는 능구렁이였다.

그러나 얼마 후 무리 지어 입장하기 시작하는 손님 때문에 바빠진 우수는 생각을 접을 수밖에 없었다.

❀   ❀   ❀

"회의 시작하겠습니다. 오늘은 바쁘니 3분 내로 끝내도록 하겠습니다. 아무래도 추운 겨울이라 코트 입고 오시는 분들이 많으십니다. 혹시나 비싼 옷이라고 개별 관리 부탁한다는 고객님들 계시면 받아서 1번 구역으로 가져다주십시오. 1번 구역에서 관리하겠습니다. 물론 귀중품은 개별 소지 부탁드린다고 말씀드려 주세요. 그리고……."

한 계단 높은 곳에 올라선 우수의 공지가 이어졌다. 귀에 쏙쏙 꽂히는 깨끗한 목소리임에도 윤비는 하나도 들을 수 없었다. 얼굴이 타들어 갈 것 같았다. 우수의 뒤에 서서 다른 공지 사항을 전달하기 위해 서 있다는 사장은 어째서 자신만 보고 있는 것일까. 다른 직원들이 윤비를 힐끔거릴 만큼, 사장은 노골적으로 윤비만을 뚫어져라 바라보고 있었다. 결국 윤비가 견디다 못해 슬금슬금 다른 직원의 옆으로 걸어갔으나, 사장의 시선은 떠나질 않았다.

눈빛으로 압박해 자진 사퇴를 받아 내겠다는 마음인가. 그러나 안타깝게도 윤비는 먼저 자진해서 이곳을 떠날 생각이 없었다. 쫓아낸다면 어쩔 수 없이 나가야겠지만. 말실수를 한 것은 사장이 먼저였다. 되갚아 준 것일 뿐이니 자신의 죄가 크지 않다는 결론을 내렸다.

"다음 사장님의 공지 사항이 있겠습니다. 사장님. 사장님?"

우수의 얼굴이 시야를 불쑥 막고서야 성호가 고개를 들었다. 누가 봐도 넋 놓고 서 있던 모습이 분명했다. 공지를 전달하는 시간에 사장이 넋을 놓다니. 브랜드 오픈 날부터 지금껏 함께해 온 몇몇 사람들의 입이 떡 벌어졌다.

초점을 되찾은 성호가 모두의 앞에 섰다.

"신메뉴 개발 중이라는 거 다들 아실 겁니다. 브랜드 요리사 분들이 반년간 뜻을 모아 만든 신메뉴 몇 개가 있습니다. 맛 평가를 위해 오늘 밤 남을 수 있는 사람들은 남아서 시식해 달라는 부탁의 말을 드리고자 이 앞에 섰습니다. 모두들 힘들게 일하시는 거 알고 있습니다. 이번 명절 두 손 무겁게 돌아가실 수 있도록 준비하겠습니다. 그럼."

사장의 말에 다들 낮게 감탄을 내지르며 소리 없는 헛박수를 쳤다. 2층의 상황을 모르는 1층 사람들을 위한 배려였다. 공지가 끝난 후 해산되었다.

"윤비야, 너 사장님한테 뭐 실수한 거 있니?"

터덜터덜 계단을 내려오던 윤비가 곁에 다가선 영아를 흘깃 보았다.

"언니 눈에 그렇게 보여요?"

"어. 사장님 눈에서 레이저 나오던데. 난 그렇게 사장님이 누구 하나 콕 집어서 태울 듯이 노려보는 거 처음 봤어. 사장님 표정이 냉하긴 하지만 저렇게까지 살벌하진 않잖아?"

"그냥…… 제가 실수 좀 했어요. 야간 홀 청소할 때."

"그래? 무슨 실수?"

사장의 뒤통수를 아프게 한 실수? 사장을 두 손으로 가둔 죄? 사장에게 관심도 재미도 없다고 말한 죄? 섹시하게 웃으려고 노력한 죄?

"으윽."

어제 일을 생각하자 갑자기 힘들여 펴 놓은 손발이 다시 오그라지려 했다. 윤비는 오그라진 손을 주머니에 쑤셔 넣으며 고개를 절레절레 흔들었다.

"별거 아니에요. 먼저 갈게요."

차마 어젯밤 일을 발설할 자신이 없던 윤비는 서둘러 1층으로 내려갔다.

"왜 저래?"

뒤따라 내려가던 영아가 멍한 얼굴로 중얼거렸다.

※　　　※　　　※

탁.

보던 서류철을 덮은 성호가 두 눈을 질끈 감았다.

"돌겠다, 진짜."

서류 위로 김윤비가 자신을 밀치고서 웃는 얼굴이 떠오른다. 마냥 사내자식같이 생겼다고 여긴 그 얼굴에 야한 웃음이 서린다. 날카롭게 위를 향해 있던 눈도 초승달처럼 휘어진다. 피부는 또 왜 그렇게 하얀 건지. 음식 가게에서 일하면서 근처에서 나던 그 달달한 향은 또 뭐고.

그 덕분에 서류도 눈에 들어오질 않고, 시간은 어젯밤에 멈춘 듯했다. 여전히 자신은 김윤비의 두 팔에 갇혀 있고, 자신을 가둔 그 김윤비는 자신을 향해 참 야하게도 웃는다. 그러고는 작은 목소리로 속삭인다.

오해하지 말라고, 그쪽은 재미조차 없다고.

독한 말이 가슴을 찌른다.

"하아……."

얼굴을 두 손으로 비비던 성호의 입술 새로 묵직한 한숨이 흘러나왔다. 미쳐 버릴 것 같다. 결국 창문을 세차게 열어젖혔다. 불어 들어오는 칼바람을 고스란히 맞고 있자 얼굴이 하얗게 질리며 눈동자가 붉어졌다. 그럼에도 성호는 고집스럽게 그 바람을 맞았다. 그래야 견딜 수 있을 것처럼.

한참이나 한 자리에 서 있던 성호는 습관적으로 커피 잔을 들었다가 빈 것을 확인하곤 휴대폰을 들었다. 잠시 우수에게 전화를 할까 하다가 바쁜 시간이라는 것을 확인하곤 직접 가기로 했다. 문을 열고 계단을 밟고 내려오던 성호의 걸음이 뚝 멈췄다. 생각보다 한가한 모양이었다. 그러니 저렇게 한가하게 머리를 맞대고 서서 손을 꼭 붙들고 있지.

"많이 나은 거 같다."

"그렇죠? 의사 선생님도 깜짝 놀라더라고요. 빠르게 회복된다고요. 짐승녀라고 했어요."

반창고를 떼어 상처를 보여 주며 윤비가 신난 듯 환하게 웃었다. 덩달아 웃던 우수의 얼굴이 붉게 물들었다. 동시에 성호의 표정이 서늘하게 식었다. 갑자기 없던 안면 홍조증이 생긴 것도 아닐 테고. 성호는 우수의 얼굴이 붉어진 것에서 묘한 어떤 것을 감지했다.

"짐승녀?"

"네. 짐승녀요. 짐승만큼 회복이 빠르대요. 욕인지 칭찬인지 헷갈리긴 하는데 뭐, 칭찬으로 듣기로 했어요."

"그래? 그거 정말……."

"냅킨, 포크 정리, 메뉴 확인, 테이블 정리, 다 했습니까?"

환하게 웃던 우수의 목덜미가 서늘해졌다. 웬만한 건 내려 볼 정도로 큰 키인 우수가 유일하게 고개 들어 보는 남자가 정색한 채

서 있었다.

"사, 사장님."

사장의 살벌한 기세에 밀린 우수가 저도 모르게 말을 더듬었다.

"다 했냐고 물었습니다."

잠시 테이블을 둘러보던 우수가 아랫입술을 깨물었다. 냅킨을 확인하지 못 했다. 몇몇 테이블 냅킨이 빈 것을 보며 우수는 눈을 내리깔았다.

"죄송합니다. 당장 하겠습니다."

"실내에서 직원 간의 사적인 잡담은 최대한 피하세요. 고객님들 보기에 좋지 않습니다."

"시정하겠습니다."

오늘따라 냉정하고 칼 같은 사장의 말에 우수가 좀 더 고개를 푹 숙였다. 냉기가 철철 흐르는 사장의 시선이 우수의 옆에 서 있던 윤비에게 닿았다. 눈이 마주친 순간 찔끔한 윤비가 눈을 내리깔았다. 지은 죄가 있는데다가 할 일을 미뤄 두고 노닥거린 꼴이 되어서 성호의 얼굴을 볼 자신이 없었다.

"김윤비 씨."

"……네."

대답을 했음에도 한참이나 돌아오지 않는 말에, 윤비가 사장의 관심이 다른 데로 쏠렸나 싶어 슬쩍 고개를 들었다. 그러나 여전히 냉기가 철철 흘러내리는 눈은 자신을 향하고 있었다. 이건 또 무슨 신종 고문인가. 눈으로 사람 하나 죽이는 건 예삿일도 아닌 듯했다.

"됐습니다."

직원들이 사장의 존재를 알아채고 하나둘 시선을 흘깃댈 즈음, 성호가 일갈하며 돌아섰다. 차라리 화를 내세요, 라고 윤비가 표정으로 소리쳤다. 그러나 이미 성호의 걸음은 주방으로 향하고 있었다.

"하아."

성호가 2층으로 모습을 감춘 후 윤비가 긴 한숨을 내쉬었다. 냅킨을 정리하는 윤비에게 우수가 슬그머니 다가왔다.

"기죽지 마. 오늘 사장님 기분이 안 좋아."

사장의 저기압에 큰 공로를 세운 윤비는 입을 꾹 다물었다.

"오늘 아침부터 제정신이 아니었어."

제정신이 아닐 만큼 화가 난 건가. 윤비는 냉랭했던 성호의 눈빛을 떠올리며 마른침을 꼴깍 삼켰다. 적어도 사장을 벽에 밀치는 짓까진 하지 말았어야 했다. 벽에 쾅 하고 들이박던 사장의 뒤통수를 떠올리자 눈앞이 캄캄했다.

"내일이면 괜찮아질 거야."

그럴 일 없어 보인다. 성호의 냉랭한 눈빛과 서늘한 표정이 녹기까진 꽤 오랜 시간이 필요할 듯했다.

"오빠."

"응?"

한참이나 대답 없이 가만히 있던 윤비를 걱정스레 바라보던 우수가 반색하며 답했다.

"사장님의 신체에 상해를 입힌 자의 최후가 어떻게 되는지 아나요?"

"신체에 상해를? 고의로? 아니면 실수로?"

"고의 반, 실수 반, 무 많이. 아니, 이게 아니라. 하여튼 고의 반, 실수 반이요."

월급 받고 점심때 죽도록 닭만 먹었더니 입에 붙어 버렸다. 반반 무 많이.

윤비의 조심스런 질문에 우수가 낮게 침음했다.

"내가 아는 사장님은 말이다, 자신에게 해를 가한 자를 잊지 않아. 죽기 전까지, 혹은 눈앞에 보이지 않기 전까지 괴롭히겠지."

"……."

"부디 그런 사람이 우리 직원은 아니길 빌어야지."

"하아."

"왜? 사고 쳤어?"

"……아뇨."

잠시 이실직고할까 고민하던 윤비가 손을 내저었다. 우수에게 말해 봐야 어떤 것도 해결되지 않는다.

아직까지 해고 통보가 없는 데다, 사장의 개인 면담 요구도 없는 걸 보니 잘릴 일은 없어 보였다. 그렇다면 사장의 꼼수는 분명했다. 제 발로 나갈 때까지 괴롭히겠다는 것. 쉽게 말해 말려 죽이겠다는 무언의 통보였다.

"하아."

어깨를 늘어뜨린 윤비가 땅이 꺼져라 한숨을 내쉬며 B구역으로 들어섰다.

바쁜 시간이 끝나고 가장 한가해지는 시간인 10시쯤 우수는 성호의 호출을 받았다. 부랴부랴 바쁜 걸음으로 2층 사장실로 향한 우수는 제 눈을 의심했다. 캐리어는 웬 말이며, 그 안에 물건을 넣고 있는 사장의 모습은 무엇이란 말인가.

　　"……사장님."

　　"왜."

　　"우리 망했어요? 야반도주……?"

　　멍하게 묻는 우수를 힐긋 본 성호는 웃기는커녕 건조한 표정으로 고개를 가로저었다.

　　"당분간 너랑 철호랑 교대해서 가게 잘 지켜. 난 요…… 아니, 출장 좀 가야겠다."

　　하마터면 요양이라고 이실직고할 뻔한 성호가 서둘러 말을 고쳤다.

　　"출장요? 이렇게 갑자기요? 이번 달 스케줄 짤 때만 해도 그런 말 없었잖아요. 외근도 아니고 출장이라니요?"

　　"매출 순위 최하위 매장 몇 군데를 돌아다니면서 뭐가 문제인지 알아봐야겠어. 매장 간 매출 간극이 너무 커."

　　"그게 하루, 이틀 일도 아니고……."

　　"하루, 이틀이 아니니까 알아봐야지. 고질적인 문제잖아. 이번 년도 목표 총 매출액 작년보다 훨씬 높아. 이루려면 내가 할 수 있는 만큼 해야지."

이미 사장은 강경했다. 상의가 아니라 통보이자 명령이었다.

"그럼 얼마나 출장 가시는데요?"

"적어도 다섯 군데는 돌 거야. 일주일 정도 예상해."

"일주일요?"

난생처음 있는 일이다. 브랜드 본점에 진성호가 일주일이나 자리를 비우는 일은. 아파도 사장실에서 아프고, 링거를 맞아도 사장실에서 맞던 성호였다. 믿기지 않는 표정으로 우수가 짐을 챙기고 있는 성호를 보았다.

"그, 그럼 언제부터 출장 가시는 건데요?"

"내일."

"내일요? 당장 내일? 형!"

기어코 우수가 형을 부르짖었다. 사장실 문을 쾅 닫고 들어선 우수가 성호의 가까이에 다가섰다.

"형, 갑자기 왜 이래? 일주일이라니? 왜? 슬럼프 극복했다며? 그런데 갑자기 왜 안 하던 짓을 해? 사람이 안 하던 짓을 하면 어떻게 되는 건 줄 알아? 날 받아 놓은 거야. 저승 갈 날."

"슬럼프가 왜 나와. 일하러 간다니까."

캐리어 지퍼를 잠그며 성호가 덤덤하게 답했다. 화낸 사람 기가 쭉 빠질 만큼 성호의 얼굴은 평온했다.

"오늘 윤비도 이상하고, 형도 이상해. 어젯밤에 무슨 일 있었어?"

"김윤비가 그래?"

"아니."

"그럼 아니겠지."

"무슨 말이 그래?"

"별일 없었어. 그러니까 신경 쓸 거 없어. 그리고 예전부터 출장 갈 거라고 이야기는 했을 텐데?"

"그렇긴 하지만……."

"급하게 스케줄 잡아서 미안하지만, 이것부터 바로잡아야 할 것 같아서 급하게 잡았다. 힘들겠지만 이해해라, 니가."

독단적이고 독재적일 것 같은 외형과는 달리, 성호는 대부분은 상의하고 결정했다. 비록 매장에 잘 내려오지 않지만 직원들 의견을 수렴하기 위해 갖은 방법을 다 동원하고, 스케줄 변동이 생길 때는 적어도 일주일 전에 양해와 동의를 구하는 그였다. 그런 그가 부탁으로 포장한 명령을 내린 것이다. 거절 못하게 정색한 표정으로. 분명 설명하진 않았지만 개인적인 일이 있을 거라 판단한 우수는 느릿하게 고개를 끄덕였다. 성호가 당장 일주일간 가게를 비운다고 해서 가게 운영이 힘들 만큼 차질이 생기진 않았다. 다만 마음이 다를 뿐이었다. 사장이 있는 것과 없는 것의 차이는 직원들의 마음가짐과 행동까지 다르게 만든다.

"알겠어. 조심히 다녀와. 오늘 신메뉴 시식회는 참석할 거지?"

"아니."

"그것도 참석 안 해?"

"오늘 밤에 울산으로 내려갈 거야."

"아아. 그래. 알았어."

"신메뉴 감상평은 니가 대신 듣고 메일로 보내 줘."

"응."

"말 높여라."

"네에."

"그만 가서 일 봐."

"네에."

일부러 말끝을 늘여 답한 우수가 까딱 고개를 숙인 후 사장실 밖으로 나섰다. 쿵 하고 문 닫히는 소리에 바쁘게 움직이던 성호의 손이 축 늘어졌다. 성호의 씁쓸한 시선이 창밖을 향했다. 그러나 오히려 까만 차창에 자신의 모습만 또렷하게 비쳤다. 차창에 비친 남자는 출장을 가는 게 아니었다.

출장으로 포장된 요양이자 도망이다.

김윤비가 없는 곳으로의 요양, 김윤비가 있는 곳으로부터의 도망.

우수와 떠들고 있는 김윤비에게 실내에서 사적 대화를 삼가라는 말조차 따끔하게 하지 못했다. 자신을 흘깃 보고서 시선을 떨구는 김윤비를 보자마자, 자신은 그때로 돌아갔다. 자신을 두 팔로 가두던 김윤비가 있던 어젯밤으로. 김윤비의 시선, 김윤비의 말투, 숨결, 목소리, 어느 것 하나 퇴색되지 않고 고스란히 남아 있었다.

그러나 그보다 더 심각한 문제는 야한 김윤비보다, 자신의 눈을 흘깃 보고 고개를 떨구는 김윤비가 더 야해 보인다는 거였다. 목이 바짝 타는 갈증과, 온몸을 파고드는 생소한 감정.

김윤비와 한 공간에 있다는 것조차 위태롭다고 느낀 순간, 돌아섰다.

그리고 의문이 생겼다. 우수를 강하게 몰아세운 것이 실내에서 떠든 것 때문인지, 아니면 윤비와 떠든 것 때문인지.

직원을 공평하게 대할 수 없다면 관리자의 입장에서 실격이다. 그리고 김윤비가 있는 한 당분간 자신은 실격이다.

그렇다고 근무 태도와 친화력이 완벽해서 동료로부터 극찬 받는 김윤비를 내쫓기엔 관리자로서 명분이 없었다. 사적으로 불미스러운 일을 트집 잡기엔 자신이 먼저 도를 넘었다.

그래서 도망가기로 했다. 너무도 성급하게.

그러나 차창에 비친 까만 실루엣을 한 진성호가, 진성호를 슬쩍 비웃었다.

김윤비로부터 물리적으로 도망치더라도 어젯밤 그 순간으로부터는 어떻게 도망칠 거냐고.

그리고 이미 각인되듯 새겨진 생소한 감정에선 또 어떻게 도망칠 거냐고.

4. 빈자리

  사장이 출장을 떠났다. 그것도 유례없이 일주일씩이나.

  우수의 공지에, 오랜 시간 브랜드에 몸담았던 직원들은 깜짝 놀랐다. 한인 거리 브랜드 분점 건 때문에 중국과 일본에 갔을 때도 최대 삼 일을 넘기지 않았다. 엄청난 스케줄을 소화해 얼굴이 반쪽 된 채 귀국한 사장이 가장 먼저 찾은 곳은 브랜드의 사장실이었다. 그래서 한동안 사장실 어딘가에 엄청난 금은보화가 들어 있을 거라는 루머가 돌았을 정도였다. 그렇게 엄청난 회귀 정신을 발휘하는 사장이, 직원들끼리 사장이 과로사하면 관을 사장실에 묻어야 하는 거 아니냐는 농담까지 돌게 만드는 그 사장이, 일주일이나 자리를 비우다니. 혹시 큰일이 있는 거 아니냐는 직원의 조심스런 물음에 우수는 차분하게 설명했다. 브랜드 지점마다 매출이 극명하게 차이를 이루어서 원인 조사차 지역에 있는 브랜드 분점을 돈다고 말이다. 그 말에 누군가 감탄 어린 목소리로 '암행어사 출두네.' 라며 중얼거려 몇몇이 웃음을 터뜨렸다. 윤비도 그때는 그렇게 웃었다. 근처에 있다는 것만으로 신경 곤두서게 만드는 사장이 당분간 눈앞에 보이지 않는다고 생각하니 기쁘기까지 했다. 분명 그때는 그랬다.

툭, 빈 가게를 울리는 시끄러운 소리에 멍하게 바닥을 보던 윤비가 흠칫 몸을 떨었다. 방금 전까지 손에 쥐고 있던 청소기가 바닥에 떨어져 있었다. 자신도 모르는 사이에 넣을 놓은 모양이었다. 허리를 숙이던 윤비는 도로 일어나 빈 의자에 털썩 주저앉았다. 어디서부터 어디까지 청소를 했는지 기억 안 나는 판에, 청소기를 도로 손에 쥐어 봤자 말짱 도로묵이다. 어깨를 축 늘어뜨린 윤비가 바닥을 멍하니 바라보았다.

사장이 없던 첫날, 오후반 홀 직원 몇몇이 윤비의 청소를 돕겠다며 나섰다. 그러나 윤비는 어차피 야간수당과 교통 수당비를 넉넉하게 받고 있으니 걱정 말라며 모두를 보냈다. 그때는 혼자 청소해도 신났다. 갑자기 불쑥 나타날 사람도, 시비를 걸 사람도, 괜히 재미있네 마네라는 말로 사람 성질을 박박 긁는 사람도 없다는 사실 때문에.

그래서 바닥을 쓸 때는 노래를 불렀고, 바닥을 닦을 때는 랩을 했으며, 테이블을 닦을 때는 춤을 췄다. 혼자 드넓은 공간을 콘서트처럼 이용하며 신나게 청소를 마쳤다. 그렇게 이틀, 삼 일이 지났다. 그런데 이젠 더 이상 신이 나질 않는다. 힘을 내려고 어깨에 힘을 주는 순간 누군가 청소기로 몸에 있는 기운을 다 빨아 간 것처럼 온몸이 흐물거렸다. 멍하게 바닥을 보던 윤비가 미세하게 들리는 소리에 고개를 퍼뜩 치켜들었다.

혹시나 일에 미친 사장이 다시 돌아온 건 아닌가 싶어서 2층 난간을 보았다. 그러나 불이 꺼진 2층의 모습이 을씨년스럽다. 그래도 혹시 사장실에 숨어 있나 싶어 온 신경을 청각으로 돌렸으나 역시나 들리는 소리는 없었다.

이 넓고 넓은 가게에 사장이 없다. 당장 어제까지만 해도 즐겁던 일이 오늘은 왜 이렇게 이상하단 말인가. 꼭 팥 없는 찐빵을 받아든 기분이요, 수영복을 입고 갔다가 물 없는 수영장을 만난 기분이요, 머리에 샴푸 칠 다 해 놨는데 단수 되는 기분이었다. 꼭 필요한 구성 요소가 빠진 듯한 황량한 기분을 숨길 수가 없었다.

이래서 오늘 오전부터 몇몇 직원들이 사장을 찾았나 보다. 우수와 철호가 최선을 다해 가게 균형을 잡으려 유지하고 있으나, 직원들은 동요하고 있었다. 별것도 아닌 일에 사장이 없어서 이런 일이 생긴 거라며 투덜거리기 일쑤였다. 수요일 오후 네 시, 점심 손님들이 빠져나가고 저녁 식사를 준비할 시각이라 손님이 없는 게 당연하건만 몇몇은 사장이 없어서 손님이 없는 것 같다는 투정을 부리기도 했다.

아무것도 하지 않는 것처럼 보이던 사장이 없다는 것만으로도 이런 파장이 일어나다니. 사장의 존재감은 대체 어느 정도였던가.

2층에 앉아 머리 위를 꾹 누르고 있는 압박감이 사라지고 나니 사람들은 왜 이렇게 우왕좌왕하는 것인가.

그리고 왜, 그 사람들보다 더 심하게 자신은 흔들리고 있는가.

오늘만 해도 접시를 두 개나 깼다. 누구보다 빠른 속도로 많이 먹기로 유명한 자신이 저녁을 걸렀다. 그리고 방금은 손에서 청소기까지 떨어트렸다. 속 긁는 사람이 없어서 편해야 하는데 허전하다. 찬바람이 가슴 중간을 왔다 갔다 하는 기분이 들기까지 했다.

설마, 그사이에 미운 정이라도 생긴 건가.

윤비는 무릎을 모아 품에 끌어안았다. 돌이켜 생각해 보면 사적인 관계에서 만난 사장은 악연이었다. 그러나 브랜드를 이끄는 사장의 모습은 자신이 본 그 어느 남자보다 대단했다.

브랜드 분점이 각 지역에 120개가 넘어간다. 대기업이 통솔하기도 힘든 그 분점을 사장은 각 지역에 분배되어 있는 몇몇 믿을 만한 팀장과 함께 끌어 가고 있었다. 신메뉴 개발도 직원들이 만들게끔 하여 거금의 개런티를 주어 주방의 사기를 증진시켰고, 신메뉴 개발을 위한 재료 투자 비용을 아끼지 않았다. 그렇다고 홀에 소홀한 것도 아니었다. 서비스 우수 직원에겐 합당한 보상을 했고, 산재 처리만큼은 확실히 하려고 노력했다. 많은 혜택을 직원에게 분배하려 애쓰는 사장, 버는 만큼 새로운 개발에 투자하는 사장, 1차 산업 증진에 조금이라도 돕기 위해 각지 마을과 계약을 체결해 후한 가격으로 농작물을 사는 사장.

빌딩을 세울 만큼 돈이 많으면서도 직원들과 가까이서 소통하고

호흡하는 게 자신의 일이라며 브랜드 본점을 떠나지 않는 사장.

넓은 안목과 식견을 가지고 있는 그는 존경해야 마땅할 사람이었다. 그래서 칼같이 냉정한 모습에도 불구하고 브랜드 사람들은 사장을 그토록 찾는 모양이었다.

"하아."

윤비가 모은 무릎 위로 이마를 가져다 댔다. 그러고는 땅이 꺼져라 깊은 한숨을 내쉬었다.

이렇게 심심하고, 무기력하고, 무의미라니.

"김윤비."

"사장님?"

빛보다 빠른 속도로 윤비가 소리쳐 외쳤다.

"사장님 기다렸어?"

직원 출입구를 통해 들어오던 우수가 주춤거리며 어색하게 웃었다.

"아……."

"실망했어?"

"아니요."

그러나 말과 달리 윤비의 표정은 빠르게 생기를 잃어 갔다. 시무룩한 윤비의 표정을 보며 우수는 멋쩍은 표정으로 턱을 긁적였다.

"사장님 많이 기다렸나 보네."

"아니에요. 안 기다렸어요. 어쩐 일이에요?"

"그냥. 약속이 취소돼서 잠시 들렀지."

어물쩡 둘러대는 우수의 말이 이상했지만, 어떤 낌새도 느끼지 못한 윤비는 무심한 얼굴로 고개만 끄덕였다.

"네."

"청소 도와줄까?"

"제가 할게요. 야간수당 제가 받잖아요. 오빠는 건들지 마요."

"그래도 이 넓은 데를 어떻게 혼자 해?"

"벌써 혼자 한 지 몇 주째예요, 오빠."

"아아."

우수가 민망한 듯 씩 웃었다. 외꺼풀의 큰 눈과, 예쁜 입술 탓에 우수의 웃는 얼굴이 참 예뻤다. 보는 사람을 편하게 만들어 주는 그 싱그러운 웃음에 윤비는 무겁던 마음이 조금 편안해지는 걸 느꼈다. 다시 힘내어 청소기를 집어 들며 윤비가 그를 불렀다.

"오빠."

"응."

"할 거 없으면, 나랑 술 한 잔 할래요? 청소 빨리 할게요."

"술?"

우수의 얼굴에 환한 웃음이 피어났다. 생각지 못한 엄청난 수확이었다. 단둘이 술을 마실 기회라니. 애초부터 약속 없었다. 퇴근 후 잠시 서성거리다가 얼굴이나 한 번 더 보려고 들어온 터였다.

"별로 안 끌려요? 아님 혼자 마시죠, 뭐."

"아냐. 아냐! 나야 좋지. 어차피 나도 약속 취소돼서 할 거 없었거든. 거기다가 내일 휴무고. 넌 휴무 모레잖아. 술 마셔도 괜찮아?"

"네. 오히려 술 안 마시면 안 괜찮을 것 같아요."

오늘 밤 왠지 맨정신으로 귀가하면 천장만 멀뚱멀뚱 바라볼 것 같았다. 그리고 한없이 무거워지는 몸을 느끼며 사장 생각만 한없이 곱씹겠지. 이럴 때는 술 한 잔 입에 털어 넣고 잠드는 게 현명한 방법이었다.

"그래. 그러자. 청소 도와줄게. 거절하지 마. 빨리 술 마시기 위한 방법이니까."

우수는 환하게 웃으며 말릴 틈 없이 테이블을 닦을 젖은 행주와 마른행주를 집어 들었다. 술 이야기 안 꺼냈으면 울었겠다. 윤비는 떨떠름한 얼굴로 고개를 끄덕였다. 저 끝에 있는 테이블로 뛰어가는 우수의 뒷모습을 보며 윤비는 작게 중얼거렸다.

"의외로 술 엄청 좋아하나 보네."

자신을 좋아할 거라고는 추호도 생각 못 하는 윤비였다.

❋　　❋　　❋

가장 매출이 낮은 지점은 유동 인구가 얼마 없는 소지역의 번화가였다. 본래 브랜드가 자리한 곳이 가장 큰 번화가였으나, 얼마 전 다른 장소에 백화점이 생기면서 번화가의 인구가 이동한 탓이었다. 그러나 매출이 낮은 이유는 단지 장소의 부적합성 때문만은 아니었다. 태만한 직원 관리와 자재의 부적합한 관리, 형편없는 직원 서비스 때문에 성호는 그곳에서 이틀이나 발이 묶였다. 진즉에 와

보지 않은 것이 실수라면 실수였다. 성호를 따라다니며 구질구질한 변명을 늘어놓던 점장은 사장이 유통 기간을 3시간 넘긴 우유통을 바닥에 집어 던진 후에야 입을 다물었다. 터진 우유통 새로 우유가 꿀렁이며 흘러나왔다. 주방에 있던 사람들의 입이 쩍 벌어졌다. 그 후로 직원 그 누구도 말을 꺼내지 못했다. 조금만 더 떠들었다간 자신이 우유통 신세가 될 게 분명했다.

주방부터 홀, 점장실까지 꼼꼼하게 가게 안을 살피던 성호는 겁 먹은 채 얼어붙은 점장을 향해 싸늘한 목소리로 잘못된 점을 지적했다. 그러고는 한 달 내로 사람을 파견했을 때 단 하나라도 시정되어 있지 않을 시 이 지역 브랜드는 폐점하겠다며 단호하게 못을 박았다. 그 말에 찔끔한 점장은 당장 시정하겠다고 바닥에 머리를 박을 것처럼 고개 숙였지만, 사장은 그 인사를 받지 않았다.

'말은 아무나 합니다. 행동이 그렇지 않을 뿐.'

오히려 냉정하게 대꾸한 후 예약해 둔 호텔로 들어섰다. 한 면이 통유리로 되어 있는 고층의 룸에 들어선 성호는 녹초가 된 몸으로 침대 위에 쓰러졌다. 진즉에 내려와 확인했어야 했다. 3시간을 남겨 놓은 것도 화가 날 판에 3시간 넘긴 우유라니. 손 세정제도 없고, 음식 재료의 보관과 양념의 유통 기간도 표시해 두지 않았다. 다시금 최악의 가게를 떠올리던 성호는 얼굴을 와락 찌푸렸다. 앞으로는 틈틈이 내려와 지점을 훑어봐야겠다고 생각하며 잠에 들려던 찰나였다. 시끄럽게 울어 대는 휴대폰 소리에 감은 눈으로 주섬주섬 자켓 주머니를 뒤졌다. 액정을 본 성호의 눈이 구겨졌다. 몸을 세워 침대에 걸터앉은 성호는 일부러 한참 후에 휴대폰을 귀에 가져다 댔다.

"네. 진성호입니다."

—아비라고 빤히 떴을 텐데 뚫린 입이라고 그따위로 답하는구나. 차라리 누구냐고 묻지 그러냐.

걸걸한 목소리가 무섭게 그를 쏘아 댔다. 주눅 들 만도 하건만 이골이 난 듯 성호의 표정은 무심했다.

"그럴 걸 그랬네요."

—그따위로 말하는 거 대체 어디서 배운 거야?

"피는 못 속인다는 말이 있죠."

—이 새끼가, 그냥! 앞에 있었으면 죽었어! 이놈의 새끼!

"아버지를 위해서 얼른 4D 통화가 나와야 할 텐데요. 그래야 제 얼굴에 주먹질도 하시고 발길질도 하시면서 운동 좀 하시죠."

—누가 네 얼굴 같지도 않은 걸 보기나 한데? 그딴 거 나와도 난 너랑 그런 거 할 생각 없다.

"제 얼굴에 대해 논하자고 전화하신 건 아닐 텐데요."

—선 뵈라.

"싫습니다."

말이 끝나기가 무섭게 받아치는 성호 때문에 휴대폰 너머에서 엄청난 고함 소리가 터져 나왔다. 타이밍을 놓쳐 조금 늦게 휴대폰을 떼어 내는 바람에 귀가 찡해 왔다. 인상을 확 찌푸린 성호는 훅, 하고 강하게 숨을 몰아쉰 후 휴대폰을 반대편 귀에 가져다 댔다.

이미 고함 소리를 집어먹은 귀는 쨍하니 아무 소리도 들리지 않았다.

—지금 니가 입고 있는 옷, 받고 있는 폰, 하물며 니 몸까지 다 내 손을 안 거친 게 없다. 넌 내 씨고, 니가 누리는 모든 것들이 다 내 돈에서 나왔다는 걸 잊은 게야? 그래서 그리 오만방자 하늘 높은 줄 모르고 찢어진 입을 나불대는 거냐?

"너 같은 새끼는 죽은 셈 칠 테니 유산 받고 꺼지라고 했던 건 아버지고, 그 유산은 넉넉하게 세 배로 갚아 드렸을 텐데요? 먹고, 키워 준 값까지 다 포함해서 그 금액 받아 가져 놓고 이제 와서 다른 소리 하시면 안 되죠."

—니가 요새 돈 좀 번다고 눈에 아비가 아비로도 안 보이는 모양이구나. 꼴랑 음식 몇 접시 파는 녀석이 나한테 겁도 없이 덤벼? 아주 브랜드 망하는 게 보고 싶은 모양이구나?

"……."

아무리 연을 끊고 산 경멸스런 아버지라 해도, 여기서 더 도를 넘으면 안 된다. 브랜드를 망하게 한다고 했을 때 홧김에 '그러시든가요'라고 답했다간 당장 내일부터 손쓸 수 없는 일들이 벌어질 거다. 그리고 결국은 본인의 뜻대로 브랜드를 보란 듯이 먼지처럼 뭉개 버릴 거다. 그게 대한민국 0.1% 재벌의 권력이고, 돈의 힘이었으니까. 결국 성호는 입을 꽉 다물었다.

—이제야 좀 얌전하구나. 네놈은 입 다물고 있을 때 그나마 볼만해. 선 봐라. 그게 싫으면 결혼을 할 처자를 데려오던가. 길게는 안 기다린

다. 딱 석 달이다. 석 달까지 데려오지 않으면 그 브랜드인가 뭔가 없애 버릴 줄 알아!

뚝. 대답 따윈 필요 없다는 듯 전화가 끊어졌다. 자리에서 일어 난 성호는 룸의 조명을 모두 소등한 채 유리 앞에 섰다. 유리창 틈 새로 새어 나오는 찬 기운을 느끼며 검은 야경을 바라보던 성호의 표정이 무겁게 가라앉았다.

※　　※　　※

성호가 스물 되던 해였다. 어머니 장례를 치른 다음 날 새어머니 가 들어왔다. 그리고 새어머니의 배는 불러 있었다. 곧 동생이 생 길 테니 형으로서 모범이 되라고 아버지가 말했던가.

어머니를 떠나보낸 휑한 가슴을 끌어안지도 못 했는데.

아직 어머니 자취가 남아 있는 집인데.

자신은 아무것도 정리하지 못 했는데 아버지는 너무도 태연했다. 단 한 번도 사랑한 적 없는 여자라 해도, 남남처럼 살아서 정이 없 다 하더라도 인간일진대 아버지는 어머니와 자신에게 예의가 없 다. 그러나 화낼 힘도, 울 힘도, 따져 물을 힘도 없었다. 그저 그대 로 집에서 나갔다 한 달 만에 들어가 독립하겠다고 통보했을 뿐이 다. 절대로 안 된다며 강경하게 나올 거라 생각했던 아버지는 생각 외로 순순히 승낙했고, 그 곁에서 새어머니는 여우처럼 웃고 있었 다. 누가 봐도 새어머니는 아버지를 사랑하지 않았다. 그러나 성호

183

는 그것을 귀띔해 주지 않았다. 이미 자신과는 상관없는 사람들이었다.

그렇게 대학을 다니고, 군대를 다닐 동안 성호는 본가에 발길을 끊었다. 본가가 주는 돈도 받기 싫어서 뷔페 아르바이트, 결혼식 아르바이트 등 수많은 아르바이트를 하며 공부를 했다. 그렇게 본가와 남처럼 살던 성호는 간략하게나마 자신의 자취방에 제사상을 차려 놓고 홀로 외로운 제사를 지냈다.

재벌가 사모님이라 불리면서도 정작 변변찮은 사진 한 장 갖고 있지 않던 어머니. 자신의 부족함 때문에 남편의 사랑을 받지 못하는 거라며 자학하던 어머니. 그래서 거울도 제대로 보지 않으려고 했던 어머니. 남편을 닮아 가는 아들에게 무한한 애정을 쏟아 부었던 어머니. 그리고 일방적으로 애정을 쏟아 붓다가 결국 스스로 생을 포기한 어머니.

절대로 울지 않는 성호가 유일하게 우는 딱 하루였다. 그리고 그날 아버지와 그 여자가 자취방에 들이닥쳤다. 놀랄 틈도 없이 아버지는 곧장 제사상을 때려 엎었다. 이미 절에서 제사를 지내는데 불길하게 집에서 제사상을 차려 놨다는 이유였다.

유일하게 남아 있던 흐릿한 어머니의 사진이 담긴 액자가 깨어졌다. 좁은 자취방 안에서 아버지가 폭군처럼 날뛰는 동안, 성호는 현관문 너머에서 웃으며 서 있는 새어머니의 얼굴을 보았다. 전처를 완벽하게 부정하는 제 남자를 보면서 느끼는 희열. 결국 아버지를 전부 차지했다는 행복함에 젖어 있는 그 여자를 본 순간 성호는 스탠드를 벽으로 집어 던졌다. 벽에 부딪힌 스탠드가 와장창 깨어지는 순간 자취방에 정적이 휘감았다. 믿기지 않는 듯 눈을 부릅뜬 아버지가 성호를 노려보고 있었다.

방금 무슨 짓을 한 거냐는 질문에 성호는 냉정한 얼굴로 말했다. '다 죽이기 전에 나가.' 라고.

아버지의 우악스러운 손이 날아들었으나 성호는 그 손을 잡아채 뒤로 꺾었다. 그리고는 핏발 선 눈으로 아버지의 얼굴을 내려 보며 작게 읊조렸다.

'내 어머니 제사야. 당신 같은 불한당이 날뛸 곳도, 저 더러운 여자가 드나들 곳도 아니야.'

발버둥 치며 제 화에 못 이겨 온몸을 부들부들 떨며 어쩔 줄 모르는 아버지를 방으로 집어 던지다시피 밀어 넣은 후 성호는 방문을 닫았다. 열지 못하게 문고리를 쥔 성호가 부들부들 떨고 있는 여자를 무심한 눈으로 보았다.

'뭐 해? 나 미친 거 안 보여? 죽고 싶은 거 아니면 뛰어.'

'아. 아버지를 어쩌려고 그래! 네 아버지잖아!'

'아버지는 무슨.'

'주, 죽일 거야?'

'아니면 내가 왜 이러고 있겠어?'

성호의 얼굴에 묘한 웃음이 번진 순간 오싹함을 느낀 여자가 비명을 내지르며 달리기 시작했다. 성호에게선 감당할 수 없는 광기가 흘러나오고 있었다. 그렇게 여자가 도망친 순간 한없이 덜컹거리던 문이 더 심하게 요동쳤다. 성호는 그 상태로 삼십 분을 더 버텼다. 그리고 정확히 사십 분이 지난 순간, 방문 너머가 조용했다. 성호는 그러고 이십 분을 더 기다렸다. 성호의 손이 문고리를 놓았다. 삐끄덕 소리를 내며 느릿하게 열리는 문틈으로 아버지가 고개 숙인 채 서 있는 모습이 보였다. 그의 얼굴이 충격으로 굳어져 있는 것을 보며 성호는 피식 웃었다.

'한 시간 지났어. 이게 뭘 뜻하는 건지 알지?'

'……'

'당신이 그렇게 사랑하던 여자가, 나간 지 한 시간이나 지났는데 신고를 안 해. 살인마랑 남편이 같이 있는데 말이야.'

'……'

'지금쯤 아버지의 재산을 떠올리고 있을 거야. 그리고 또 모르지. 돈 욕심이 많은 여자니까 아버지 모르게 보험 몇 개 넣어 놨을지.'

'……'

'대단해. 우리 엄마는 그쪽 살리겠다고 한쪽 팔까지 희생했는데 말이야.'

미미하게 짓고 있던 성호의 웃음이 한순간 사라졌다. 공식행사에 참석하러 가던 중 빗길에 차가 미끄러졌고, 돌길 아래로 떨어졌다. 여자는 그 와중에 남자를 감쌌다. 남자는 살았지만, 남자를 감싼 여자의 팔은 뭉개졌다. 그렇게 여자는 팔 하나를 잃었다.

'죽을 때까지 알려 주지 않으려고 했어. 그쪽은 여자를 사랑하는 거 같았는데, 여자는 그쪽을 사랑하지 않는 거 같았거든. 죽기 전까지 속으면서 살라고, 사랑이 아니라 물주로 이용당하다가 죽으라고 생각했어.'

'……'

'근데 마음이 바뀌었어. 한 번 절절하게 느껴 봐. 믿었던 사람에게 당하는 배신을.'

아주 어렸을 때부터 성호는 아버지에게 애정이 없었다. 본 거라곤 아버지의 뒤통수였고, 얼굴은 늘 화난 얼굴이었다. 그리고 그 화난 얼굴로 천사 같은 엄마를 괴롭히는 악당에 불과했다. 그래도 마음 구석으로 믿었다. 사춘기를 겪으면서 아버지가 엄마를 사랑하지 않음을 깨달았지만, 적어도 예의는 지킬 거라고. 어머니를 보낸 후 조금은 마음 아파할 거라고. 아주 가끔은 그런 여자가 있었음에 우는 날도 있을 거라고. 그 작은 믿음이 깨어진 날 성호는 아버지라는 존재를 마음에서 놔 버렸다.

'……내가 널 용서할 것 같아?'

충격을 먹은 와중에도 아버지는 적의를 드러냈다. 성호가 그런 그를 보며 픽 웃었다.

'그러는 나는 그쪽을 용서할 거 같아?'

반 토막 난 말, 더 이상 아버지라 부르지 않는 호칭. 이미 아버지로서 실격당했음을 성호는 노골적으로 드러냈다. 아버지가 충격 먹은 채 자취방을 나간 지 두 달 만에 성호는 아버지의 변호사를 만났다. 구구절절 돌려 설명했으나 요지는 하나였다.

'벌인 짓은 괘씸하나 어머니의 희생 때문에 유산은 물려주겠다. 대신 부자 관계는 여기서 끝이다.'

정말이지 아버지 같은 발상이었다. 돈으로 어머니의 희생을 퉁치겠다는 발상은 어떻게 하는 건지. 성호는 그 돈을 받아 챙겼다. 그리고 그 삼 주 후, 아버지의 이혼 소식이 들려왔다.

그렇게 4년째 남처럼 지내던 어느 날, 브랜드의 위상이 높아만 가던 1년 전 아버지에게서 갑작스런 연락이 왔다. 그러더니 선을 강요하며 언제 그랬냐는 듯 아버지처럼 간섭하기 시작했다. 그리고 그 간섭을 무시하거나 격렬하게 거부할 때는 늘 브랜드를 담보로 요구해 왔다. 그럴 때면 성호는 아무 말도 하지 못 했다. 어머니의 희생 값으로 지어진 브랜드다. 브랜드만큼은 무너뜨릴 수 없기에 성호는 아버지의 간섭으로부터 완벽하게 자유로울 수 없었다.

단편적으로 끊어지는 기억들을 떠올리던 성호의 눈빛이 짙어졌다. 시간이 흘러도 퇴색되지 않는 기억들. 성호는 목을 조이는 셔츠 단추를 세 개 정도 풀며 까만 밤하늘로 시선을 옮겼다. 그러곤 브랜드 창립 전 했던 다짐을 덤덤하게 읊었다.

"브랜드를 성공시킨다."

그 누구도 무시할 수 없도록.

"결혼하지 않는다."

죽는 그 순간까지 책임질 수 없을 테니까.

"아버지가 좋아할 일은 하지 않는다."

거기에 아버지가 권한 선이라면 최악이다.

"직원은······ 건드리지 않는다."

이건······.

성호의 눈빛이 가늘게 흔들렸다. 아버지가 권한 선 자리에 나온 김윤비, 직원인 김윤비. 다짐에서조차 걸리는 김윤비.

결국 눈을 질끈 감은 성호가 쿵 하고 유리창에 이마를 박았다.

❋　❋　❋

일주일 만에 성호가 가게로 돌아왔으나 어째서인지 머리털 하나 볼 수 없었다. 경영 방침을 바꾼 건지 매장에 발길을 뚝 끊었다. 들리는 소문으로는 신메뉴 오픈 후 반응을 확인하고 지역별 분점 상황에 대한 데이터 작성 때문에 바쁘다는 것이었다. 그러나 그보다 더 바쁠 때에도 성호는 하루에 4번씩 매장을 둘러보는 것을 빠트리지 않았다.

확실히 사장이 달라졌다. 무슨 일이 생긴 건가 싶어 윤비는 슬쩍 우수를 떠보았으나 모르겠다는 답변만 돌아왔다. 커피를 이유로, 매장을 둘러본다는 이유로 한 번쯤 발길을 할 만도 하건만.

삐끄덕 계단 밟는 소리에 어깨를 축 늘어뜨린 채 테이블 위 냅킨을 정리하던 윤비가 재빠르게 고개를 돌렸다. 그러나 사장이 아니라, 2층으로 올라가는 우수였다. 윤비가 맥 빠진 한숨을 흘리며 고개를 푹 숙였다.

2층으로 올라간 우수는 명패를 보았다. 똑똑, 문을 두드리는 노크 소리에 문 너머로 네, 라는 짧은 답이 돌아왔다. 문을 열고 들어간 우수는 손으로 눈을 문지르고 있는 성호를 보았다. 한 번으로 부족한지 맞비벼 열을 낸 두 손을 다시 눈두덩이로 가져다 댔다.

"눈이 침침하십니까?"

"조금."

목소리만으로도 우수인 것을 알아챈 성호가 짧게 답했다. 성호는 지친 기색이 역력했다. 당장 눕히면 기절하듯 잠에 빠질 것 같은 얼굴이었다. 갑자기 평소보다 더 무리해서 일하는 이유를 알 수가 없었다. 우수의 불만스런 표정에도, 성호는 가만히 우수를 바라보았다. 할 말 있으면 하라는 뜻이었다.

"요즘 무리하십니다. 퇴근도 새벽 1시 넘어서 하신다면서요."

"나한테 위치 추적 장치 달아 놨어?"

"굳이 그거 달지 않아도 보안 장치 보면 마지막 문 잠긴 시간 나옵니다."

시위라도 하듯이 우수의 말에 삐쭉삐쭉 가시가 돋아 있다. 자신을 걱정해서 저러는 것을 알기에 성호는 픽 웃었다.

"잔소리는."

"진짜 아무 일 없습니까? 직원들이 걱정합니다. 사장님 보이지 않는데 어디 아픈 건 아니냐 등등."

"누가? 상 줘야겠네. 사장 건강도 신경 쓰다니."

"오늘도 여러 명 물었습니다. 주방 식구들도 묻고, 윤비 씨도 묻고, 은지 씨도 묻고……."

윤비. 술술 넘어가던 우수의 말 중 그 이름 하나가 아프리만큼 귀에 걸렸다. 가시에 찔린 사람처럼 뜨끔했으나 능청스럽게 감추며 성호가 턱을 괴었다.

"그거 물으러 올라온 거면 다시 내려가."

"아닙니다."

우수는 들고 있던 서류철을 성호의 책상 위에 올려놓았다.

"뭔데?"

"이번 달 우수 사원입니다."

서류철을 펼치던 성호의 시선이 A4 용지 한가운데 적힌 이름 석 자에 꽂혔다. 오늘은 운수 좋지 않은 날인 모양이었다. 삼 일간 열심히 피해 다닌 그 이름을 듣는 걸로 부족해 보기까지 하는 걸 보니.

"12월 우수 사원으로 뽑힐 만한 자격 있어, 김윤비 씨?"

손에 쥔 볼펜을 돌리던 성호가 건조하게 물었다.

"네. 일 잘합니다. 직장 동료들도 윤비 씨를 좋아하고, 실제로 우수 사원 고객의 소리함에 가장 많은 칭찬 글이 있었습니다. 칭찬 연령대도 다양합니다. 주부, 아저씨, 불량 학생들까지요."

"그럼 자를 수도 없겠네."

"자르다니요. 오랜만에 들어온 외식업계의 빛나는 별인걸요."

"왜 이렇게 극찬이야?"

"네? 아, 뭐. 그게…… 같이 술 마시면서 이런저런 이야기 해 보니까 가치관이나 관념이 확실하게 잡혔더라고요."

"둘이서만?"

물어보는 성호의 목소리에 날이 선 것처럼 느껴지는 것은 기분 탓일까. 실제로 성호의 잘 뻗은 한쪽 눈썹이 신경질적으로 치켜 올라간 것처럼 보였다. 갑자기 모골이 송연하다.

"네?"

"둘이서만 술 마셨냐고."

"아, 네. 무슨 문제라도……."

"자주 마시나?"

"뭐, 일주일에 한 번씩?"

"……사귀나?"

"아뇨! 절대로 아니에요!"

펄쩍 뛰는 우수를 성호가 뚫어지게 바라보았다. 거짓말이라도 하면 눈에서 레이저가 나올 기세에 우수는 팔까지 크게 휘저었다.

"그냥 좋은 동생이에요! 그런 거 아니에요!"

"그래. 그만 흔들어. 팔 빠지겠다."

성호가 눈을 내리깔고서야 우수는 조용히 팔을 내리며 조용히 한숨을 뱉었다. 점내에 직원끼리 교제가 금지되어 있는 것은 아니지만 성호는 좋아하지 않았다. 개인적인 감정 때문에 근무 분위기가 흐려질 수 있다는 것이 그 이유였다.

우수가 안도하며 가슴을 쓸어내리는 사이, 성호의 미간은 좁혀졌다. 우수 사원 시상만큼은 직접 해야 하는 일이었다. 결국은 김윤비를 코앞에서 보는 걸로 부족해, 악수를 해야 하며, 사진까지 찍고서, 함께 회식 자리까지 참석을 해야 한다는 말이었다.

확실히 오늘은 운이 없는 날이다.

"알겠으니까 내려가 봐."

"네. 그럼 나중에 뵙겠습니다."

우수가 깍듯하게 인사한 후 나갔다. 서류철을 한쪽으로 밀어 치우려다가 다시 펼쳤다. 고개를 비스듬히 기울인 채 A4 용지 한중간에 적힌 [12월 우수 사원 : 김윤비]라는 글자를 빤히 바라보았다. 그러고는 손을 뻗어 그 이름을 가렸다. 다시 손을 치워 이름을 빤히 바라보았다. 이름을 보는 것만으로도 기분이 이상해지는 건 사기다. 스스로가 황당한 듯 실없이 웃던 성호가 A4지를 넘겼다. 그 뒤로 실제 손님들이 넣고 간 엽서들이 가득했다. 총 열다섯 장이었다. 5년간 가장 많이 받은 칭찬 엽서 수가 열두 장이었던 것을 생각하면 열다섯 장은 엄청난 수였다.

한 장, 한 장 훑어보던 성호의 손이 마지막 한 장에 머물렀다. 직원명, 방문 날짜, 서비스, 친절도, 청결도 모두 만점을 준 아래에 '고객의 한 말씀'이라는 코너에 지렁이 같은 글자가 적혀 있었다. 악필이라 제대로 읽히지 않는 그 글씨를 읽기 위해 성호의 미간이 구겨졌다.

누나!! 엄청 예뻐요!

우수가 말한 불량 학생 엽서가 아마 이거인 모양이었다. 픽 웃은 성호가 엽서를 다시 서류철에 밀어 넣으며 중얼거렸다.

"나도 알아, 인마."

＊　　＊　　＊

영업을 마감한 밤 10시, 주방과 홀 직원들이 한가운데 모여 앉았다. 주방에선 관계없는 일이지만 친절 우수 사원이 뽑히는 자리를 축하해 주기 위해 남았다. 화장실을 갔다가 뒤늦게 직원들이 모인 자리로 간 윤비는 계단에서 가까운 구석에 자리를 잡고 앉았다. 뒤따라 나오던 영아가 윤비의 맞은편 자리에 앉았다. 그러고는 두 눈을 초롱초롱하게 빛냈다.

"이번 달은 누가 될까? 내 생각엔 말이지."

뜸을 들이며 끝말을 길게 늘이는 영아의 말에 윤비가 궁금한지 집중한 표정으로 그녀를 바라보았다.

"너일 거 같아."

"에이."

"맞잖아. 오후반이라는데. 요새 너 매일 칭찬 먹고 살잖아. 얼마 전엔 할머니가 예쁘다고 니 엉덩이도 두드려 줬다면서?"

"그거야 손녀 닮아서 그런 거고요."

"그래도. 내가 그런 쪽은 좀 있거든. 니가 확실해!"

이미 확정 짓고 있는 영아의 말에 긴가민가하던 윤비는 가슴에 공기라도 찬 것처럼 들떴다. 브랜드에서 이달의 친절 사원으로 뽑힌다라……. 된다면 좋을 것 같았다.

"윤비야, 너 남자 친구 없다고 했지? 여태껏 사귄 적도 없다고 그랬고. 선 한 번 본 게 다라고 그러지 않았나?"

영아가 회식 날 들은 이야기를 돌이키며 말했다.

"맞아요. 선 본 게 다였죠."

"이상하다. 왜 너 같은 애가 남자 친구가 없지?"

영아의 말에 윤비는 말없이 턱을 괴었다. 애인이 없으면 이상한 세상. 왜 없냐고 반문하며 이유를 찾으려고 하는 세상. 윤비는 단 한 번도 이성에게 설레 본 적 없으며, 흔들린 적도 없고, 애인을 꼭 만들어야 할 필요성도 느끼지 못했다. 아주 가끔 가을바람이 불어와 옷깃을 스치고 지나갈 때면 외로움이 솟았지만, 그 외로움은 다른 감정들과 같이 한 때면 스쳐 지나가는 것에 불과했다.

"너, 눈 높지?"

"전 일이 좋은데요."

"거짓말한다. 꼭 솔로인 애들이 대충 그렇게 둘러대더라."

일이 좋아서 애인을 만들지 않는다는 이유는 거짓말로 치부되었다. 윤비는 묵직한 한숨을 흘리며 어디 한 번 해보라는 식으로 영아를 바라보았다. 따지고 들 힘이 없었다. 며칠째 머리털 하나 보이지 않는 사장 생각만으로도 벅찼다.

"이상형이 뭔데?"

"음……."

"설마 이상형도 없다고 둘러댈 건 아니지?"

"있어요. 이상형."

"뭔데?"

"못생기고, 안경 낀 평범한 중산층의 남자요."

"……뭐야, 그 이상하고도 애매한 기준은."

영아의 표정이 와락 구겨졌지만, 윤비는 아랑곳하지 않았다. 비록 연애와 결혼에 대한 생각은 조금도 없지만 해야 한다면 그런 남자와 하고 싶었다. 그래서 윤비는 전보다 더 당당하게 말했다.

"다른 여자가 흔들릴 일 없도록, 혹은 다른 여자에게 다른 마음을 품지 않도록 못생긴 남자. 그리고 그 못생긴 얼굴을 적당히 가려 줄 안경. 가난하면 감당하기 버겁고, 부자면 부담스러우니까 적당한 집안의 평범한 중산층 남자를 만나고 싶어요."

"허허. 영아 너 얼굴이 왜 이래?"

허허 영감 허훈이 지나가다 말고 인상을 찌푸린 채 윤비만 보고 있는 영아를 불렀다. 영아는 그 표정 그대로 고개 들어 허훈을 바라보았다.

"오빠. 우리 윤비 이상형이 좀 이상해."

"윤비 이상형이? 뭔데?"

"못생기고, 안경 낀 평범한 중산층의 남자래."

"뭐? 허허. 허. 허허허허허허허. 허허, 푸하하하하하!"

허허 영감의 체통을 지키지 못한 채 허훈이 박장대소했다. 윤비는 온몸을 휘청거려 가며 웃어 대는 허훈의 뒤통수를 보며 뒷목을 긁적였다. 저렇게 웃을 만한 이야기던가. 허훈의 웃음소리에 둘러

앉아 있던 직원들의 시선이 하나둘씩 허훈에게로 모였다.

"뭔데 그렇게 혼자 재미있게 웃어?"

"쿨럭, 쿨럭! 아, 나 엄청난 걸 들었어. 우리 철벽녀 윤비 이상형
이 뭐라는 줄 알아? 못생기고, 안경 낀 평범한 중산층의 남자란다!
우와! 난 저렇게 디테일하면서 반전 있는 이상형은 처음 들어 봐!"

허훈의 큰 목소리에 몇몇 직원들은 웃었고, 그 외의 몇은 되레
'김태희가 이상형인 너보단 현실적이다!' 라고 맞받아쳤다.

막 꽃다발과 케이크를 챙겨 2층에서 내려가던 우수가, 실내를
쩌렁쩌렁하게 울리는 허훈의 목소리에 걸음을 멈췄다.

"못생기고 안경 낀 평범한 중산층의 남자. 못생기고 안경 낀 평
범한 중산층의 남자."

외우듯이 중얼거리던 우수의 어깨를 성호가 툭 쳤다.

"뭐 해."

"아니에요. 아무것도 아니에요."

우수가 고개를 가로저었다. 아마도 사장은 듣지 못한 모양이었
다. 설령 들었다고 해도 김윤비의 이상형은 사장과 전혀 관계가 없
으니 상관없었다. 우수가 급한 걸음으로 내려가는 사이 성호가 그
뒤를 느릿하게 따라갔다.

❀   ❀   ❀

우수사원증, 꽃다발, 케이크, 상품권 10만 원, 현금 10만 원, 브

랜드 식사권 4매. 직원들의 부러움 섞인 환호.

기쁨에 들떠 뜬 눈으로 지새도 부족할 밤이건만, 침대에 누워 천장을 보고 있는 윤비의 표정은 썩 좋지 않았다. 오히려 그 순간의 일을 곱씹으면 곱씹을수록 표정이 점점 험악하게 변해 갔다.

자신을 호명한 사장은 우수사원증과 꽃다발을 건네주었다. 그리고 축하한다는 말과 함께 악수도 청했다. 하지만 윤비는 분명히 보았다. 자신을 절대로 보지 않는 사장의 눈을. 그것을 증명이라도 하듯 사장의 고개는 미묘하게 비스듬히 꺾여 있었다. 옆으로 돌려도 돌린 게 아닌 각도였다.

사진을 찍을 때도 어깨에 팔을 두르기는커녕 나란히 서 있는 데 면데면한 자세였다. 이어진 회식 자리에서도 마찬가지였다. 일부러 윤비는 치열한 경쟁을 뚫고서 성호의 옆자리를 차지해 앉았다. 성호는 정중했다. 다른 직원들의 컵을 챙겨 주면서 윤비의 컵도 함께 챙겨 주었고, 멀리 있는 직원들이 안주를 쉽게 먹을 수 있게끔 그릇 배열에도 신경을 썼다. 윤비의 잔이 빌 때면 술도 따라 주었다. 심지어 윤비가 묻는 사소한 질문에 단답형이긴 하지만 답하기도 했다. 누가 봐도 모두에게 공평하게 대하는 것처럼 보였다. 그러나 그는 다른 직원과 대화할 때와 다르게 끝까지 윤비의 얼굴을 보지 않았다. 팔짱을 낀 채로, 대부분의 시간을 앞만 주시하다 잔을 들어 하루의 공을 치하해 주는 정도의 인사말만 할 뿐이었다. 그러다 어느 순간 홀연히 사라졌다. 사장의 행방을 묻자 우수는 30분 전에 회식비를 준 후 나갔다는 말만 전했다.

확실했다. 진성호는 김윤비를 피하고 있었다. 그것도 전력을 다해서.

대체 왜. 분명 단순히 재미가 떨어져서가 아니었다. 그랬다면 저렇게 전력을 다해 피할 필요 없었다. 눈에 보여도 보는 둥 마는 둥 하면 될 일이었다. 그것이 실제로 윤비가 바라는 최상의 관계이기도 했다.

윤비는 이불을 목 끝까지 올리며 곰곰이 생각했다. 출장 간 동안 '다리미로 손발을 펴야 했던 그 일'을 곱씹다가 화가 난 걸까? 아니면 알아서 브랜드를 나가라는 압박? 아니면 둘 다?

답이 나오지 않는 문제를 한참이나 곱씹던 윤비는 자정을 넘기고서 스르륵 잠에 빠졌다.

❀　　❀　　❀

유리창을 통해 겨울 햇살답지 않은 뜨거운 열기가 전해졌다. 블라인드를 쳐야 하나 잠시 고민하던 성호는 노크 하는 소리에 고개 들었다.

"네."

대답하자마자 문을 열고 우수가 들어섰다. 팔짱을 낀 채 우수를 가만히 보던 성호의 눈이 관찰하듯 가늘어졌다.

"뭐야, 그거."

성호의 손가락질에 우수가 머쓱한 표정으로 뿔테 안경을 들어 보였다. 사각 모형의 뿔테는 턱이 각진 우수에게 어울리지 않았다.

"아, 뭐, 요새 눈이 나빠진 것 같아서요. 그래서 하나 맞췄어요."

"그래? 렌즈로 하지 그랬어."

"그래요? 좀 안 어울리죠? 못생겨 보이죠? 엄청 평범해 보이죠?"

"니가 눈이 세 개야, 발이 네 개야? 원래 평범하게 생겼어."

"그래요? 앗싸!"

성호의 덤덤한 반응에 우수의 표정이 환하게 폈다.

"커피나 내려놔."

성호의 집무용 책상에 커피를 내려놓으면서도 우수는 싱글벙글이었다. 그러다 우수는 책상 앞으로 몸을 기울인 채 고개 들고 있는 성호를 보았다.

"왜요? 왜 그렇게 봐요?"

빤히 쳐다보는 성호가 부담스러운 듯 우수가 한 걸음 물러서며 물었다. 그러나 성호는 대답 대신 웃었다.

"왜 웃어요? 웃길 정도로 안 어울려요? 그건 좀 곤란한데."

"요즘 안경 렌즈 기술이 독보적으로 발전했나 봐? 안경알이 없는 것처럼 보이네."

"······네?"

멈칫한 우수가 떨떠름한 표정으로 되물었다. 그러고는 속마음을 들킨 것처럼 허둥대던 우수는 안경을 벗다 실수로 손가락을 통과시켰다. 제 손으로 확인 사살을 한 우수가 하얗게 질렸다.

"아, 형. 이건 말이야. 패션 아이템으로……."

"안경 쓰는 거까지 나한테 허락 받을 필요 없어. 나가 봐."

"네. 그럼 나가 보겠습니다, 사장님."

더 이상 캐묻지 않는 성호를 보며 안도한 우수가 깍듯하게 인사하곤 사장실 밖으로 나섰다. 쿵, 묵직하게 문이 닫히는 소리에 사장실 안이 쥐 죽은 듯 조용해졌다. 책상에 앉아 서류를 향하고 있던 성호의 눈이 스르륵 감겼다.

못 본 척했어도 될 일이었다. 우수의 설레는 표정도, 우수가 끼고 온 안경알 없는 안경도. 그리고 안경으로 드러난 우수의 마음까지도.

'못생기고, 안경 낀 평범한 중산층의 남자래.'

그 말을 듣는 게 아니었다.

문 너머에서 들리는 시끄러운 소리에 성호의 상념이 깨어났다. 꽤 길게 이어지는 실랑이 소리에 성호가 자리에 일어난 순간, 노크 소리가 겹쳤다.

"네."

짤막하게 답하자 사장실 문이 벌컥 열렸다. 그 틈으로 방금 전까지 제 마음을 소란하게 만들던 그 여자가 서 있었다. 오늘은 휴무였던 걸로 기억하는데. 잠시 당황한 성호가 마른침을 삼켰다. 그러나 그 감정 표현도 미미하여 윤비는 알아채지 못 했다.

"무슨 일이야."

"잠시 대화 가능하세요? 꼭 여쭤 보고 싶은 말이 있어서요."

침착함을 유지하려 하지만 윤비의 손끝엔 바짝 힘이 실려 있었다. 그 너머로 창백한 얼굴을 한 우수가 보였다. 아마도 방금 전 그 소음은 두 사람의 실랑이였던 모양이었다.

　"문 닫고 들어와."

　문을 닫고 들어선 윤비는 성큼성큼 걸어 성호가 가리킨 소파에 앉았다. 그러고는 비장한 표정으로 다가오는 성호를 바라보았다.

　"사장님."

　성호가 앉기 무섭게, 윤비가 그를 불렀다.

　"차 마실래?"

　"아니요. 바쁘실 테니까 용건만 하고 가겠습니다."

　"그래. 그럼."

　"사과드리러 왔어요."

　"무슨 사과?"

　"그때 사장님을 벽으로 밀친 거요."

　윤비의 덤덤한 말에 성호의 손끝이 미세하게 움찔했다. 아주 잠시, 우수 때문에 잊고 있었던 그 일이 되살아났다. 하얀 얼굴, 날카롭게 뻗은 눈매, 그리고 붉은 입술. 찬찬히 윤비를 훑어 내리던 성호의 시선이 빠르게 다른 곳으로 향했다. 아무리 마음을 다잡아도 김윤비에겐 내성이 생기질 않는다.

　그러나 자신의 소란스런 속도 모른 채 김윤비는 붉은 입술로 계속해서 말을 이었다.

　"그리고 주제넘은 소리를 한 거요. 바깥도 아니고, 사장님 공간인 가게에서 그랬던 건 제 실수였어요. 자존심이 상해서 저도 모르게 그랬어요. 그때는 죄송했습니다."

"그 말 하러 여기까지 온 거야?"

"네. 이 말 하려고 밤새 고민하다가 잠들었고, 오늘 아침 눈 뜨자마자 고민했어요. 아무리 고민해도 제가 할 수 있는 게 이것밖엔 없는 것 같아서 찾아왔고요."

다시 한 번 성호의 시선이 윤비를 향했다. 여태껏 김윤비는 진성호와 같은 종류의 사람이라 생각했다. 사람에 연연하지 않고, 싫고 좋음이 지나칠 정도로 뚜렷한 그런 류. 그러나 지금껏 착각하고 있었나 보다. 진성호는 지금의 김윤비처럼 자신의 감정을 솔직하게 드러내는 용기와 사람 관계의 개선을 위한 노력 같은 건 갖고 있지 않았다.

김윤비에게 쏠리는 관심은 오로지 자신과 같은 부류를 향한 일종의 호기심이라 생각했었는데. 그리고 사장과 직원이라는 애매한 관계가 된 순간도 단지 그게 재미있을 뿐이라 여겼는데. 그것도 착각인 모양이었다.

김윤비가 자신과 다른 부류라는 걸 눈으로 확인한 순간조차도, 김윤비가 좋다. 부류에 상관없이 그저 김윤비가 좋은 거라니. 최악의 줄거리다.

"사장님?"

긴 시간 동안 자신을 바라보기만 할 뿐, 아무 대답 없는 성호를 윤비가 조심스레 불렀다. 상념에서 깨어났는지 성호의 눈에 초점이 잡혔다. 눈을 내리깐 성호가 두 손을 깍지 끼며 말했다.

"그날 일은 서로 암묵적으로 잊기로 한 거 아닌가."

"잊고 계셨어요?"

"어."

거짓말. 한순간도 잊지 않았다. 도망치다시피 출장을 떠나, 다시 브랜드로 돌아올 때까지 잊지 못했다. 그리고 지금 차마 마주 보지 못하고 눈을 내리깐 순간까지도.

"제가 다른 실수한 거 있나요?"

"아니."

"그럼 절 왜 피하세요?"

"왜 그렇게 생각해?"

"오후반 공지도 안 하고, 안 내려오고, 회식 자리에서 눈도 안 마주치고, 야간 홀 청소할 때도 절대로 나오지 않으시잖아요. 제가 있는 시간만 피하시잖아요."

"오전반 공지는 내가, 오후반 공지는 우수가 하기로 했어. 분점 관리 때문에 바빠서. 그리 굳이 내가 회식 자리에서 김윤비 씨 눈을 마주할 이유가 있나? 야간 홀 청소 때도 내가 감시해야 하고?"

"그건······."

······아니다.

잠시 말문이 막힌 윤비가 당혹스런 표정을 지었다. 쫙 펼친 두 손바닥을 느리게 문지르며 성호는 옅게 미소 지어 보였다.

"내가 윤비 씨 재미있다는 이유로 잠시 따라다녔던 거 사과할게.

내 실수로 김윤비 씨 오해하게 만든 거 같으니까. 앞으로 오해하게 할 일 없을 거야. 김윤비 씨가 재미있다는 이유로 사적인 만남을 제안하는 일도, 공적인 장소 외에서 우연이라도 따로 만나는 일은 없도록 할 거야. 윤비 씨도 이게 무슨 말인지 알아들을 거라 생각해. 협조, 부탁해."

협조와 부탁해 사이에 그는 잠시 숨을 골랐다. 마치 준비한 대본을 읽듯 완벽한 자세와 목소리로 말을 한 그를 보며 윤비가 느리게 눈을 깜빡였다. 잠시 먹먹한 침묵이 사장실 안에 들어찼다.

오해. 단지 그뿐이었다. 성호는 단지 관심, 호기심, 재미를 거둬들였을 뿐이다. 그것을 인정하기 싫었던 자신은 착각했던 거고. 원치 않게 제 감정에 속아 구질구질한 일을 벌여 버렸다. 사장의 입에서 '오해하게 만든 것 같아 미안하다' 라는 말을 듣게 되다니.

윤비가 픽 하니 웃었다. 동시에 성호의 미간이 좁아졌다.

"아, 사장님 때문에 웃은 거 아니에요. 단지 제가 우스워서요. 죄송합니다. 제가 사장님 말대로 오해했나 봐요. 저도 앞으로 사장님에게 이런 민폐 끼치지 않도록 주의하겠습니다. 그럼 수고하세요."

자리에서 일어난 윤비는 꾸벅 인사를 한 후 돌아섰다. 그러고는 언제 웃었냐는 듯 서늘하게 식은 표정으로 사장실을 나섰다.

윤비가 나가는 모습을 놓치지 않고 바라보던 성호가 집무용 책상으로 돌아가 앉았다. 억지로 신경을 서류에 집중해 보려 하지만 한없이 분산됐다. 다시금 펜을 쥐었다. 그러나 이내 펜이 손에서 떨어졌다. 펜을 쥐었고, 또 떨어졌다. 가슴이 휑하니 뚫린 것 같은 생소한 감정에 성호는 제 가슴을 더듬어 보았다. 다행히 아침에 걸쳐 입은 흰 와이셔츠 아래로 제 몸이 만져졌다. 무한 증식하려는 제 감정이 두렵고, 힘겨워서 성호는 이를 꽉 깨물었다.

자신은 누군가를 사랑해선 안 되는 사람이었다. 자신의 지독한 워커홀릭 정신은 늘 곁에 있는 사람들을 견딜 수 없는 외로움 속으로 내몰았다. 자신의 어머니가 오랜 시간 처절하게 느꼈던 그 외로움이 어떤 것인지 잘 알기에 성호는 감히 자신의 곁에 누군가를 둘 수 없었다.

감정은 언젠간 변질되고 식는다. 참아 내면 이내 언제 그랬냐는 듯 마음에 평온이 찾아올 거다. 그러니 흔들리는 감정 때문에 책임지지 못할 일을 벌이는 건 안 될 일이었다.

특히 자신의 가게에서 일하는 직원이자, 아버지가 권한 선 자리에 나온 여자는 더더욱.

성호는 서랍을 열어 귀퉁이에 자리한 안경집을 꺼내 들었다. 그러고는 가차 없이 쓰레기통으로 내던졌다.

＊　　　＊　　　＊

항시 바쁜 브랜드지만 연말, 연시, 명절을 제외한 기념일은 유독 바빴다. 특히 1월엔 칼바람과 추위를 피해 식사와 음료를 함께 할 수 있는 브랜드를 찾곤 했다.

오후 다섯 시쯤 단체 예약 고객들을 치르고 난 후 쉴 틈 없이 밀려드는 개별 고객들을 맞이하느라 B구역을 맡은 윤비는 분주했다. 고객들이 쌓는 접시를 치우고 떨어지지 않게 물티슈와 냅킨을 챙겨 주는 한편, 빈 테이블은 새롭게 세팅을 하는 틈틈이 무전으로 가게 전반적인 상황에 대해 숙지해야 했다. 한바탕하고 나니 어느새 시간이 아홉 시를 훌쩍 넘어가고 있었다. 아홉 시 이후부턴 손님이 드문드문 오기 때문에 테이블 위에 가지런히 놓여 있는 포크, 숟가락, 나이프는 거둬들여 수납장에 챙겨 두었다.

마른행주로 의자를 닦아 낸 후 일어선 윤비가 허리에서 들리는 뚝 소리에 멈칫했다. 의자 등받이를 쥔 채 숨을 고른 윤비의 표정이 어둡게 변했다. 무리했다. 잡생각 하는 게 싫어 접시 10개를 들어도 두 팔이 뻐근한데 스무 개씩 들고 다니고 우수도 버거워하는 포크통과 나이프 통도 번쩍번쩍 들고 다녔다. 몇 걸음 걸어 다니며 허리 상태를 확인하던 윤비가 다행히 통증이 가신 것에 안도하며 가슴을 쓸어내렸다.

─B구역에 손님 두 분 가십니다.

귀에 꽂은 이어폰으로 들리는 우수의 말에 윤비가 구역 앞에 섰다. A구역을 지나쳐 들어온 남녀 고객을 보며 윤비가 환한 미소를 지어 보였다.

"어서 오세요. 브랜드입니다. 두 분 맞으세요?"

"안녕하세요."

윤비의 인사말에 막 스물을 넘긴 여자가 아는 척 인사를 건네 왔다.

"아! 안녕하세요."

여자를 알아본 윤비가 환하게 웃으며 다시 한 번 인사를 건넸다.

언젠가 그릇을 치우는 윤비를 보며 여자는 '언니는 참 친절해서 좋아요. 언니 때문에 여기 와요. 일주일 전에 고객의 소리에 엽서도 넣었어요.' 라고 말했었다. 조금 지쳐 있던 윤비는 그 말이 너무도 고마워 고객의 앞에서 소리 내어 울 뻔했다. 그 일을 생각할 때면 윤비의 코끝은 매번 찡해졌다. 그때부터 서로가 서로를 알아보고 인사를 나누었다.

"안내해 드리겠습니다."

"네."

여자는 윤비의 한마디, 한마디에 고맙게도 친절히 대답해 주었다. 늘 존중하고 배려하고 서비스해야 하는 입장에선 그 한 마디도 고마웠다.

"주문 바로 하시겠어요?"

"네. 커플 바 2인으로 할게요."

"네. 주문 확인해 드리겠습니다. 커플 바 2인 맞으신가요?"

"네."

"바로 이용 가능하십니다. 더 필요한 거 있으면 말씀해 주세요. 감사합니다."

정중하게 물러선 윤비가 주문을 포스에 직접 입력한 후 빌지를 테이블로 가지고 갔을 때 이미 두 사람은 없었다. 테이블 아래 빌지를 챙겨 넣은 윤비는 할 일을 찾아 두리번거리다 멈췄다. 할 일도 없고, 더 무리하면 허리에 통증이 올 것 같아 잠시 쉬기로 했다.

샐러드 바를 향해 걸어가고 있는 커플이 보였다. 잠시 걸어가는 그 틈조차도 떨어지기 싫은지 손을 꼭 쥐고 있었다. 여자는 음식을 담는 동안 틈틈이 남자의 눈을 바라보며 이야기를 꺼냈고, 그때마다 남자도 여자의 얼굴을 사랑스럽다는 눈길로 바라보았다.

우수에게 들은 바로는 브랜드에 자주 오는 단골로, 꽤 오랫동안 사귄 커플이라고 했다. 3년 전부터 보았다고 했으니 어쩌면 그보다 더 오래된 커플일 수도 있었다. 3년, 혹은 그 이상. 그 긴 시간 동안 만나면서 서로를 저토록 사랑하는 눈길로 바라볼 수 있다니. 지인들의 말에 의하면 연애 유전자 결여 인간인 윤비로선 특히 세계 7대 불가사의 버금가게 신기한 일이었다.

그 후로도 윤비는 티 나지 않게 흘깃댔다. 얼마 전부터 커플을 바라보면 신기하고, 호기심이 생겼다. 연애라는 것이 얼굴에 웃음이 떠나지 않을 만큼 좋은 일일까, 식사 중에도 극이 다른 자석처럼 끌려가듯이 서로의 손을 잡게 되는 일일까.

처음으로 윤비는 연애하는 그들이 조금 부러워졌다.

✿　　✿　　✿

일을 마친 후 윤비는 청소용품을 한 번에 꺼냈다. 청소기, 바닥 닦는 밀대, 그리고 깨끗이 빨아 놓은 마른행주, 물에 적셔 놓은 행주.

오늘따라 거대해 보이는 홀을 한 번 죽 훑은 윤비는 두 팔을 걷어붙였다. 이제 이 일을 혼자 할 날도 머지않았다.

"한 번 해 보자!"

씩씩하게 청소기를 들고서 홀을 밀며 청소한 후, 윤비는 깨끗하게 빨아 놓은 밀대 두 개를 집어 들었다.

"청소기는 현대적인데, 밀대라니. 전근대적이야. 걸레 계에도 혁신이 필요해."

윤비는 밀대를 의미심장한 눈으로 바라보며 혼잣말로 중얼거렸다. 그러고는 다시 흥얼흥얼 노래를 부르며 신나게 홀을 닦으며 달렸다. 돌리고, 돌리고— 흥얼거려 보기도 하고, 요즘 유행한다는 노래도 불러 보고, 브랜드 매장 내에 수시로 나와서 입에 붙은 팝송도 불렀다. 인간 주크박스처럼 수많은 노래를 부른 끝에 매장 닦는 일도 끝났다.

"하아."

행주를 쥐던 윤비의 손이 축 늘어졌다. 혼잣말로 농담도 하고, 신나게 노래도 부르고 뛰어다니면서 청소했는데도 기운이 쭉 빠진다. 더 부를 노래가 없어서인지, 아니면 창가에서 들리는 겨울 칼바람 소리가 을씨년스러운 탓인지 모르겠다.

어쩌면, 아주 어쩌면 저 사람 때문일지도. 윤비의 시선이 2층 사장실로 향했다. 사탕 빼앗겨 징징대는 어린아이의 마음처럼, 자신의 마음도 그랬다. 이런 자신이 어이없고 황당하기만 하다.

옷걸이에 걸린 옷처럼 축 늘어져 있던 윤비가 다시 한 번 묵직한 한숨을 흘렸다. 그러고는 힘없이 테이블을 묵묵히 닦기 시작했다. 꽤 긴 시간이 끝난 후 청소용품을 정리해 놓은 윤비는 2층으로 올라가다 멈칫했다. 마치 봉인된 것처럼 열릴 줄 모르던 사장실 문이 열리고 있었다. 그 틈으로 사장이 걸어 나왔다.

키가 저렇게나 컸던가. 얼굴은 또 저렇게나 작았고?

흰 와이셔츠가 감싼 넓은 어깨와 단호한 성격을 고스란히 보여 주는 눈매가 도드라졌다.

늘 못돼 보이고 장난스럽기만 했는데 오랜만에 본 사장님은 요 근래 본 사람 중 가장 멋져 보였다. 자신을 보고 멈춰 선 사장을 보던 윤비가 아무렇지 않은 척 씩 웃었다. 그러고는 꾸벅 인사를 건넸다.

"안녕하세요."

"네. 안녕하세요."

못 본 새에 남처럼 대하기로 작정이라도 했는지 말도 올렸다. 재미를 줬다 뺏은 사장이 얄밉기도 하고, 자신만 답답한 것 같아서 억울하긴 하지만 윤비는 티 내지 않았다. 자신의 사사로운 감정을 숨기지 못하면 어른이 아니다. 이런 감정을 티 내면 티 낼수록 못난 쪽은 자신이다.

"퇴근하시는 길인가 봐요. 조심히 가세요. 저는 사물함에 지갑을 놔두고 와서요. 그럼."

고객을 대하듯, 그보다 더 깍듯하게 인사를 건넨 윤비가 여자 탈의실로 들어갔다. 쿵 하고 문이 닫히기가 무섭게 윤비의 얼굴이 어

듭게 변했다. 사장의 얼굴을 보면 괜찮아질 줄 알았는데, 오히려
더 마음이 번잡하다. 사물함에서 지갑을 꺼내 야상 점퍼 주머니에
쿡 쑤셔 넣은 후 거울 앞에 선 윤비가 씩 웃었다.

기죽고, 힘없고, 지친 김윤비는 김윤비가 아니다. 그리고 이유
없이 흔들리고, 고민하고, 괴로워하는 것도 김윤비가 할 일이 아니
다. 집에 가서 외식업계 잡지를 훑고 외국 레스토랑 논문을 살펴봐
야겠다고 생각하며 탈의실에서 나섰다. 아무도 없을 거라 생각했던
곳에 성호가 서 있었다. 아주 잠시 자신을 기다린 건가 생각하던
윤비는 스스로의 생각을 비웃었다. 자신을 기다릴 이유도, 그렇게
할 사람도 아니었다. 흥미 다 떨어진 재미없는 인간을 위해 누가
기다린단 말인가. 아마도 사장실에 들어갔다가 무언가를 가지고 나
온 게 틀림없었다.

윤비는 픽 웃으며 무표정하게 서 있는 사장에게 꾸벅 인사를 건
넸다.

"저는 먼저 가 보겠습니다. 수고하세요."

"데려다 줄게. 같이 가."

계단을 밟으며 내려가던 윤비의 걸음이 뚝 멈췄다. 피식. 감정을
숨기고 있던 윤비의 딱딱한 표정 위로 웃음이 새어 나왔다. 불쏘시
개로 한바탕 쑤셔진 기분이다. 갑자기 무슨 심경 변화란 말인가.
방금 전까지 말 올리더니 그새 말을 낮추다니. 홱 돌아선 윤비가
아직 그 자리에 머물러 있는 사장을 보았다.

"왜요?"

"시간 늦었어. 여기서 집까지 멀잖아."

"그래서 택시비 주시잖아요. 야간수당도 두둑하게 쳐 주시고요. 여태껏 두 달 넘게 잘 다녔으니 걱정 마세요."

윤비는 울컥하고 치미는 감정을 꾹꾹 눌러 밟으며 최대한 아무렇지 않은 척 답했다.

"그래도 타고 가. 어차피 그 방향으로 가니까."

"사장님."

윤비가 성호의 말을 가로막았다. 웃고 있던 것이 거짓말인 것처럼 윤비의 얼굴이 서늘하게 변했다.

"사장님. 제가 사장님 존경하는 거 아세요?"

뜬금없는 윤비의 말에 성호의 눈이 가늘어졌다. 마치 속을 꿰뚫어 볼 것처럼 주시하는 성호의 시선을 마주하며 윤비는 또박또박 말을 이었다.

"아, 모르실 수도 있겠네요. 그럼 잘 들으세요. 저한테 브랜드는 추억이 있는 공간이고, 소중한 가게고, 더없이 좋은 제 직장이에요. 이 브랜드를 애정하는 만큼, 사장님을 존경하고 있어요. 비록 안 좋은 일이 많았지만 그 마음에는 변함이 없고요. 그러니까 이 존경하는 마음, 지킬 수 있게 해 주세요."

"……."

"거리를 두기로 작정하신 거라면, 확실히 두세요. 고생한 직원을 집까지 데려다 주는 친절 같은 것도 저한테는 보이지 마세요."

"……."

"사탕 줬다 뺏듯이 관심 줬다 뺏는 거도 사람 신경 쓰이게 만들거든요. 여기서 사장님이 장난이든 친절이든 뭐든 보여서 신경 쓰이게 만들면…… 더는 사장님을 존경하지 못 하게 될 거 같아요. 제가 보시다시피 휘둘리는 걸 좋아하는 사람은 아니라서요."

윤비가 픽 하니 웃어 보였다.

"먼저 가 보겠습니다."

윤비는 꾸벅 인사를 한 후, 돌아섰다. 쿵쿵쿵, 계단 밟는 소리가 이어진 후 창고 문이 닫히는 소리, 아득히 먼 곳에서 직원 출입구 닫히는 소리가 들렸다. 완전히 홀로 남겨진 성호의 시선이 느리게 아래로 향했다.

직원을 위한 배려라는 억지 변명까지 써 가면서 함께 있어 보려는 자신의 뜻을 김윤비는 너무도 정확히 알아챘다.

"그래. 휘두르는 스타일이지."

마음도, 정신도, 그리고 자신의 하루까지도.

성호가 허탈한 웃음을 흘리며 눈을 감았다 떴다.

❀　　❀　　❀

밤잠을 설치다시피 한 윤비는 이른 시각 집에서 나섰다. 아버지가 집에 머무르는 일요일은 싸우지 않기 위해서라도 일찍 외출해야 했다. 보통 하릴없이 거리를 방황하거나, 도서관에서 책을 읽는 일요일 오전답지 않게 윤비는 집 앞 전봇대 앞에 서서 추위에 다리를 떨었다. 다리를 약 백 번쯤 떨고 나니 약속 시간에 맞춰 수희가 차를 몰고 나타났다.

"윤비야!"

창문을 스르륵 내리고서 자신을 향해 손을 흔드는 수희의 옆에는 난생처음 보는 남자가 앉아 있었다. 누구냐고 눈짓으로 묻자, 수희가 싱긋 웃으며 '남자 친구!' 라고 외쳤다. 윤비는 황당한 표정으로 수희에게 조용히 말했다.

"미리 말이라도 하지 그랬어?"

"문자 넣었는데 못 봤어?"

"아휴, 이걸 그냥."

윤비는 남자 친구가 들을 수 없는 아주 작은 목소리로 수희를 타박하곤 뒷자리에 올라탔다.

"안녕하세요."

자리를 채 잡기도 전에 앞좌석에서 들리는 굵직한 목소리에 윤비가 '아, 네.' 라며 답지 않게 소극적인 대답을 건넸다.

"제가 끼여서 실례는 아닌지 모르겠네요."

"실례까진 아니고 놀라긴 했어요. 궁금했는데 이렇게라도 뵙게 되네요."

윤비의 서글서글한 말에 앞좌석의 남자가 웃는 목소리가 들렸다. 잠시 어색한 분위기가 감도는 동안 윤비는 조수석에 앉은 남자의 뒷모습을 찬찬히 살폈다. 키가 크다더니 앉은키가 꽤 컸다. 깔끔한 뒷머리와 든든한 어깨를 보자 윤비는 내심 안도하여 하마터면 '내 친구를 맡길 만하구만!' 하고 소리칠 뻔했다.

윤비 출근을 배려해 브랜드에서 가장 가까운 카페로 향한 셋은 잠시 계산대에 서서 음료를 하나씩 주문했다. 아침을 먹지 못한 윤비와 수희를 위해서 샌드위치 두 개도 골랐다. 남자 친구가 잠시 화장실을 간 사이, 수희는 그새를 참지 못하고 윤비의 손을 덥석 쥔 채 여우 같은 웃음을 흘렸다.

"뭐? 어떻냐고? 진부한 그 질문을 던지려는 거니?"

"당연하지. 진부하지만 계속 나오는 데에는 그만한 이유가 있는 법이거든."

"말이라도 못하면."

"그럼 더 밉겠지. 요즘 같은 세상에 말 못하면 얼마나 주변 사람들이 속 답답한 줄 아니?"

"너 화장한 걸 다행이라고 생각해. 민낯이었으면 볼 꼬집었다."

"안 돼! 내가 이 화장 하느라고 3시간 걸렸단 말이야!"

"눈 말곤 달라진 것도 없구만 3시간이래."

윤비는 혀를 끌끌 차며 고개를 가로저었다.

"아, 그래서 어떻냐고!"

"괜찮아. 사람 인상도 서글서글하고, 특히 니가 좋아하는 키 큰 남자네."

"그렇지? 괜찮지?"

원하던 대답이 나오자 수희가 뿌듯한 표정을 지으며 어깨를 쪽 펼쳤다. 어디 한 번 마음껏 부러워해 보라는 표정이었다. 그러나 어떤 감흥도 없는 윤비는 카라멜마끼아또를 한 모금 마시며 그런 수희를 동물원 원숭이 바라보듯 구경했다.

"아, 맞다. 너…… 연애 거부 인자지?"

"거부 인자는 뭐야, 또. 그새 별명 만들었어?"

"어. 넌 뭐랄까. 연애 세포가 말라비틀어진 정도가 아니라 그냥 연애를 거부하는 종자인 거 같아. 얼마 전에 나랑 주희랑 만나서 의견을 모았지. 넌 그런 애라고."

"그렇게 생각하는 적합한 근거는?"

"너희 사장님 보고도 멀쩡했다며."

"……그런데?"

생각지 못한 단어가 불쑥 나오자 윤비의 목소리가 착 가라앉았다. 얼마 전부터 사장님이라는 말만 들어도 심기가 불편해지고 마음이 심란해졌다. 그래서 그녀는 시청률 40%가 넘어간다는 '사장님, 사장님, 우리 사장님'이라는 드라마도 보지 못하고 있었다.

"사장님이 좀 괜찮니? 난 한 번 보고도 심장 떨리던데. 야, 그 눈 높은 주희가 오죽했으면 자다가 꿈까지 꿨다고 그러겠어? 너한테 소개시켜 달라고 하려다가 직원이 주선하는 소개팅에 나올 만한 인사가 아닌 것 같아서 접었다고 하더라."

"아마 그럴 거야."

윤비는 수희의 말을 인정하듯 고개를 끄덕였다. 자신의 부모님이 주선한 선 자리에서도 무심하고도 지루한 표정을 숨기지 않던 그다. 직원이 주선한, 특히 재미있다 없어진 직원이 주선하는 소개팅 자리엔 나올 리 없었다. 갑자기 그 생각을 하자 속이 답답해진 윤비가 뜨거운 카라멜마끼아또를 쭉 빨아마셨다가 켁켁댔다.

"어머, 자기."

선머슴 같은 목소리는 오간 데 없이 들리는 간드러지는 목소리가 윤비의 한쪽 눈썹이 치켜 올라갔다. 자신의 친구 목소리는 대체 왜 저렇게 변한 것인가.

"어. 늦었지? 전화 한 통 받느라고. 샌드위치는 안 먹어? 배고프다며."

남자의 말에 수희의 웃는 얼굴에 애교 가득한 목소리로 대꾸했다.

"이제 먹어야지. 자기랑 같이 먹으려고. 윤비야, 너도 어서 먹어."

목소리가 실처럼 가느다래서 한 대 치면 툭 끊어져 버릴 것 같았다. 황당한 표정을 지으며 윤비가 응응 대답했다. 수희의 목소리가 어이없고, 이어지는 수희의 앙탈도 난감하고, 이 상황이 점점 민망해져 갔지만 윤비는 그래도 안도했다. 수희를 바라보는 남자의 눈에서 사랑이 뚝뚝 흘러내렸다. 그 사랑을 받으며 수희의 얼굴엔 행복한 웃음이 번졌다. 서로 좋아서 손도 못 떼고, 서로 좋아서 눈도 못 떼는 그런 커플이 또 있다니. 턱을 괸 채 두 사람을 바라보던 윤비의 얼굴 위로 흐뭇한 미소가 피어올랐다.

이젠 사랑이 좀 궁금하기도 하다.

"나 잠시만 실례."

수희가 혀를 살짝 내밀며 자리에서 일어났다. 화장실 간다는 말도 못 할 만큼 아직은 서로가 부끄럽고 조심스러운 모양이었다. 수희가 사라진 후 테이블 위로 막막한 침묵이 휘감았다. 어색함에 뒷머리를 긁적이던 윤비가 먼저 말문을 열었다.

"수희랑 사귀신 지 한 달 되셨죠?"

"네. 오늘이 딱 한 달째입니다. 이야기는 많이 들었습니다. 수희가 정말 많이 좋아하고 아끼는 친구 분이라고요."

"그래요? 요새 자주 안 만나 줘서 섭섭하다고 욕……이 아니라 주옥같은 투정을 부리더니, 그래도 칭찬하고 다니나 봐요."

"그럼요. 궁금했는데 반갑네요. 수희 친구 분이라 그런지 예쁘고 성격도 좋아 보이세요."

"하하. 굳이 양심을 속이면서까지 하는 아부는 듣고 싶지 않아요. 양심은 소중한 거니까요."

윤비가 활짝 웃으며 대답하며 무심히 시선을 옮기던 끝에 눈이 마주쳤다. 이 건물 바로 맞은편에 보이는 브랜드 사장님과.

"5,800원입니다."

직원의 말에 카드를 내밀면서도 성호의 시선은 꿋꿋하게 윤비와 테이블을 향하고 있었다. 우수의 휴무일이다 보니 커피 배달해 줄 사람이 없어서 직접 사 마시러 나온 모양이었다. 이렇게 마주칠 줄 알았더라면 여기 오지 않았을 텐데. 이미 눈이 마주친 터라, 윤비는 성호를 향해 꾸벅 인사를 건넸다. 평소의 무표정보다 훨씬 더 냉담한 표정을 짓고 있던 성호는 꾸벅 인사를 한 후 나온 커피 잔을 들고서 돌아섰다.

"어머! 저기 나가는 남자, 너희 사장님 아냐?"

잘생긴 남자는 귀신같이 알아본다는 수희가 자리에 돌아오기가 무섭게 말을 꺼냈다. 윤비는 대답 대신 고개를 끄덕였다.

"좀 일찍 나와 볼걸."

"우리 수희, 친구 가게 사장님한테 흑심이 좀 있나 봐? 목소리가 아쉬워 보이는데?"

"어, 어머! 아니야! 내가 무슨! 내 흑심은 오로지 오빠를 향해 있어. 알면서!"

꼴값을 떤다.

윤비는 도를 넘은 친구의 애정 행각에 한숨을 푹 내쉬며 고개를 돌렸다. 그러다 횡단보도 앞에 서 있는 남자와 눈이 마주쳤다.

횡단보도를 건너려면 앞을 보고 있어야 할 텐데, 그는 왜 횡단보도를 등진 채 이곳을 보고 있었을까. 그리고 왜 하필이면 자신을 보고 있었을까. 인사까지 하고 돌아선 마당에 대체 왜.

심란해진 윤비는 사장의 시선을 피해 다시 고개를 돌렸다.

"아잉! 우리 오빠가 세상에서 제일 멋있고 최고지!"

"내 눈에도 우리 수희가 제일 예쁘고 사랑스러워."

하, 여기도 심란하다.

눈 둘 곳 없어진 윤비는 깊은 한숨을 속으로 삼키며 천장을 바라보았다.

＊　　＊　　＊

"정직원 된 거 축하한다!"

"이야! 우리 브랜드에서 얼마 만에 나오는 정직원이냐?"

"조만간 열심히 해서 3등급으로 올라와라!"

"녀석!"

수습 3개월이 끝나자, 어느새 겨울도 끝나 가고 있었다. 그리고 그 기념으로 윤비의 등짝은 브랜드 직원들의 거센 축하 손길에 불이 나고 있었다. 정직원이 된 직원을 축하하기 위한 브랜드의 오랜 전통이라는데 윤비는 믿을 수가 없었다. 아니, 믿기 힘들었다. 한 대만 더 맞으면 정직원 된 날 관 짜겠다 싶어 '그릇된 전통은 바로잡아야 합니다! 올바른 축하 문화를 지향합니다!' 라고 외쳤다가 열 대 더 얻어맞았다.

"아, 등이야."

석쇠에 올려진 마른 오징어처럼 제 등을 쓰다듬는 윤비의 몸이 기괴하게 엉망이 되었다. 모든 일과를 마감한 11시까지도 계속해서 아팠다. 금색 이름표 위에 수습사원임을 나타나는 푸른 띠 대신 초록색 띠가 둘러졌다. 그리고 B구역 담당자 수습사원 김윤비가 아니라, B구역 담당자 김윤비가 되었다. 수습 3개월간 하겠다던 야간 홀 청소도 이로써 끝이었다. 10시가 넘은 시각 모두가 힘 모아 청소를 하자 10분 만에 끝이 났다. 자신의 구역만 청소하니 시간이 별로 걸리지 않았다.

수습사원 끝난 기념으로 술 한 잔 하자는 모든 제의를 내일 약속으로 미룬 윤비는 근처 마트로 들어가 맥주 한 병, 소주 한 병, 종이컵, 마른안주를 샀다. 터덜터덜 걸어와 브랜드 직원 출입구 바로 옆에 자리한 벤치에 몸을 동그랗게 말고 앉았다. 외부 직원 휴게실이자 내부 창고로 부족할 때 물품을 가져다 놓는 곳으로 나무 그늘과 간이 천막 탓에 생각보다 따뜻했다.

종이컵에 소주와 맥주를 황금 비율로 섞은 윤비가 하늘을 향해 잔을 번쩍 치켜들었다.

"자축 기념 원샷!"

그러고는 곧장 한 컵을 홀랑 다 비웠다. 이어 두 잔, 세 잔 빠르게 들이키던 윤비는 자신이 입고 있는 유니폼을 바라보았다. 휴대폰을 꺼내 제 가슴께를 비춰 초록색 띠를 보던 윤비가 씩 웃으며 유니폼 초록색 띠를 조심스럽게 문질렀다.

좋다.

좋아서 가슴이 뜨겁다.

좋아서 가슴이 뜨겁고, 코끝이 찡해진다.

그래서 유니폼도 갈아입지 않고서 청소했고, 퇴근했다. 그리고 오늘 같은 날은 집에 바로 들어가고 싶지 않아 홀로 남았다.

술기운이 돌자 눈앞이 흔들리고 머리가 멍해졌다. 추위도 못 느낄 만큼 온몸이 저릿저릿한 기분이 점점 더 몰려왔다. 술을 한 잔 더 비운 윤비가 막 마른 오징어를 입에 물고서 우물댈 때였다.

입구에 검은 그림자가 진다 싶더니 익숙한 실루엣이 문을 가로

막고 있었다. 퇴근하는 건지 가방까지 들고 있었다. 저게 직원들 사이에서 유명한 600만 원짜리 한정판 명품 가방이었던가.

"뭐 하는 거야, 이 시간에."

착 가라앉은 성호의 목소리에 윤비가 먹던 오징어를 입에서 빼냈다. 갑작스런 사장의 등장에 놀라긴 했지만 윤비는 티 내지 않고 답했다.

"정직원 된 기념으로 술 마시고 있습니다요."

"왜 그걸 여기서, 혼자 마시고 있어?"

"안 돼요?"

"어. 안 돼."

혼자 술 취해서 길거리 돌아다니다간 잡혀가기 쉬운 세상이라는 걸 이 여자는 모르는 걸까. 성호의 눈썹이 삐쭉 치켜 올라갔다.

눈에 안 보일 때는 궁금하고, 눈에 보이면 사람 힘들게 하는 여자라니.

당장 술병 들고서 틱틱대며 집에 갈 거라는 예상과 달리 윤비가 두 손을 모았다.

"10분만 있다가 가면 안 돼요? 오늘…… 오늘 좀 중요한 날이거든요. 딱 12시까지만 있다가 갈게요. 네? 한 번만 봐주세요."

가로등 불빛에 붉게 물든 윤비의 불쌍한 표정을 보던 성호는 창고에 들어섰다.

"그럼 오늘은 데려다 준다는 부탁 거절하지 마. 이건 휘두르는 게 아니라 취한 직원을 위한 사장의 특단 조치니까."

그건 마뜩찮은지 윤비의 표정이 어둡게 변했다. 그러나 사장의 제안을 수락하지 않으면 당장 내쫓길 것 같아 윤비는 마지못해 수락했다.

"그러세요, 그럼."

윤비는 손에 들고 있던 술잔에 입을 가져다 댔다. 앞만 보고 있던 성호의 눈이 스르륵 윤비를 향했다. 아주 오랜만에 윤비를 보았다. 생각지 못한 곳에서, 생각지 못한 시간에 만나자 더 반가웠다. 너무 반가운 나머지 윤비의 얼굴에서 눈이 떨어지지 않았다.

머리부터 발끝까지 신기한 여자 같으니.

"사장님."

한 마디 대화 없이 20분 정도 시간이 흐른 후에야, 윤비가 술에 취한 목소리로 조용히 그를 불렀다.

"왜."

"······고마워요."

"뭐가."

"5년 전에 오픈 기념 반값 할인 이벤트 해 줘서요."

"그게 왜 이제 와서 새삼스럽게 고마워?"

"지금껏 잊지 못할 만큼 고마운 거죠."

"그때 처음으로 밥 먹은 사람처럼 말하네."

"맞아요."

"······."

잠시 허공에 머물렀던 성호의 시선이 스르륵 윤비를 향했다. 여전히 멍하게 앞을 바라보고 있던 윤비는 이미 취했는지 눈 감았다 뜨는 속도가 현저히 느렸다. 그렇게 멍한 머릿속으로 무엇을 보고 있는지 그녀의 입술 끝은 올라가 있었다.

"5년 전 오늘이었어요. 가족끼리 한 첫 외식."

"……."

"그리고 마지막으로 한 외식."

"……무슨 소리야?"

팔짱을 낀 채 삐딱하게 앉아 있던 성호의 눈이 가늘어졌다.

"고등학교 졸업식에도 못 한 외식을, 브랜드 가게 반값 할인 행사 문구 때문에 하게 됐어요. 가족들 성화에 지친 짠돌이 아빠가 반값인데다 뷔페니 더 돈 나올 일은 없다고 생각해서 내린 결정이었던 거죠. 처음으로 온 뷔페가 참 신기했어요. 모든 게 다 빛나고, 모든 게 다 맛있어 보이고, 또 모든 게 다 화려했으니까."

"……."

"그리고 가난한 집에서 팔리다시피 결혼한 엄마가 처음으로 행복해 보였으니까."

"……."

10년도 더 된 낡은 코트와, 그보다 더 낡은 구두를 신고서 뷔페에 들어온 엄마는 윤비보다 더 좋아했었다.

'우리 엄청 부잣집 여자들 같다. 그치? 여기 공주님이 오는 가게 같아. 너무 예쁘고 좋다. 그러니까 우리 윤비도 예쁘게 앉아서 많이 먹어.'

기껏해야 중저가 뷔페에서, 그것도 반값 행사라 발 디딜 틈 없이 사람들로 가득 찬 가게에서도 엄마는 세상 그 누구보다 행복해했다. 엄마도 우아함을 즐길 줄 아는 여자였으며, 엄마도 누리는 것을 좋아하는 사람이었다.

"그때 처음으로 우리 집도 다른 집이랑 다른 게 없다고 생각했어요. 소리 내어 웃는 아버지, 차려입은 엄마의 고상함, 처음으로 꽤 잘사는 집처럼 느껴졌어요. 그리고 처음으로 행복해서 죽을 것 같다고 생각했어요. 그게 마지막일 줄 알았으면, 그랬으면, 더 열심히 더 오래 먹었을 텐데……."

절대로 사라지지 않을 거라 믿었던 엄마의 죽음은 무척이나 빨랐다. 뷔페에서 식사를 하던 그 순간조차도 엄마의 몸엔 암세포가 있었다고 했다. 기껏해야 남은 수명은 두 달. 정신적인 충격으로 더 빠른 죽음을 맞이한 엄마.

"한 번 더 브랜드에 가자고 약속했었어요. 병원에선 더 이상 손쓸 수 없다며 퇴원하라고 했었거든요. 퇴원하고 오는 길에 와서 밥 먹기로 했었어요. 근데……. 그게……. 그렇게 됐네요."

윤비의 차가운 뺨 위로 비처럼 눈물이 뚝뚝 떨어져 내렸다. 고개를 숙이자 더 빠른 속도로 후두둑 눈물이 떨어져 내렸다.

"그래서 고마워요. 우연이든, 마케팅이든, 뭐든 그래도…… 덕분에 가족 외식이라는 걸 했어요."

"……."

"한 번이라도 우리 엄마가 공주님처럼 보이게 해 줘서…… 고마워요."

제 손등으로 대충 눈물을 닦던 윤비는 벽에 머리를 댄 채 천장을 바라보았다. 바람에 뒤섞여 들리는 윤비의 자그마한 목소리를 듣고 있던 성호는 한참 만에 참고 있던 숨을 뱉어 냈다.

듣고만 있어도 아프다.

전혀 다른 이야기지만 윤비의 어린 시절 속에 언뜻언뜻 자신의 어린 시절이 보인다.

엄마의 미소를 보며 마주 웃어도 아파했을 어린 김윤비와, 그리고 어린 진성호가 보인다.

엄마를 상실하고서 몇 안 되는 좋은 추억을 잘게 곱씹었을 어린 김윤비와, 그리고 어린 진성호가 보인다.

씩씩한 척, 아닌 척, 괜찮은 척 굴면서도 아직 어린 시절의 상처를 떼어 내지 못한 김윤비와 진성호가 보인다.

천천히 고개를 돌리던 성호는 어느새 눈물을 그렁그렁 매달고서 잠든 윤비를 보았다.

그 추억 하나 때문에 브랜드에 집착하다시피 애정을 쏟은 거였나. 그래서 '누군가에게 추억이 생길지 모른다' 고 당당하게 외쳤던 건가.

성호는 손을 들어 잠든 윤비의 눈 끝을 조심스럽게 쓸었다. 닦아 주려 했는데, 그 눈물이 윤비의 뺨을 타고 흘러내렸다.

"뭐가 이렇게 닮았어."

너랑 나랑…….

뱉지 못한 뒷말을 삼켰다. 윤비의 곁으로 다가간 성호가 그녀의 머리를 자신의 어깨 위에 가져다 놓았다.

"겨우 시동 껐는데, 다시 걸면 어쩌냐……. 이번엔 브레이크도 없어 보이는데. 난 어쩌냐……."

그러고는 심란함에 작은 한숨을 흘렸다.

＊　　＊　　＊

성호가 브랜드를 구상한 나이는 25살이었다. 패기, 재력, 사업적 감각이 뛰어난 그를 미리 알아본 외삼촌이, 그를 데려다가 사업 경영을 가르쳤다. 본래 명문대 경영학과를 조기 졸업한데다 뷔페와 외식업계 쪽의 다양한 아르바이트 경험으로 빠르게 습득했다. 그덕에 외갓집 도움을 받아 1년 만에 브랜드 창업을 했다. 그에게 브랜드는 어머니의 유산으로 지은 건물이자, 보란 듯이 아버지에게 내민 도전장이었다. 마케팅의 일환으로 일주일간 반값 행사를 했을 때 사람들이 끊이질 않았다. 넓은 웨딩홀 뷔페에서 1년간 근무해 바쁜 홀 상황에 어느 정도 적응이 된 성호가 아니었다면 중심을 못 잡을 정도였다.

반값 뷔페 3일째 되던 날, 마감을 두 시간 앞둔 때였다. 한 가족이 들어왔다. 낡고 오래된 의류들로 힘겹게 치장한 여자와, 밑창이 다 닳은 구두와 5년 전 사라진 브랜드의 외투를 걸친 남자, 그리고 그들의 아이인 듯한 맑은 얼굴의 여학생. 여자의 얼굴에선 웃음이 떠나지 않았고, 여학생의 시선은 가게 안을 한참이나 훑었다. 오로지 남자만 본전 뽑겠다는 듯이 열심히 먹을 뿐이었다. 당시 계산대에 서 있던 성호는 유난히 웃음 지으며 행복하게 식사하는 그 가족에게서 눈을 떼지 못했다. 맛있는 식사를, 맛있게 먹어 줘서 고마웠고 또 한편으로는 완성된 가족으로 있는 그들이 부럽기도 했다.

'맛있게 잘 먹었습니다.'

남자의 계산을 돕던 성호는 맑은 여학생의 목소리에 고개 들었다. 갸름한 얼굴에 날카로운 눈매와 달리 싱긋 웃자 눈이 초승달처럼 휘었다.

'맛있게 드셨다니까 감사합니다.'

'정말 맛있었어요. 행복한 시간이었어요.'

아무렇지 않게 던진 그 말이 왜 파장처럼 마음을 두드렸는지 모른다. 진심을 담아 행복하다고 말한 그 말에, 1년 간 힘겹게 보냈던 그 시간을 보상받는 듯했다. 목이 메여 대답하지 못한 성호는 그녀에게 싱긋 웃어 보이는 것으로 대답을 대신했다. 그 가족이 가게 문을 나서서 사라질 때까지 성호는 눈을 떼지 못했다. 나중에 보다 못한 우수가 아는 사람이냐고 물어 올 만큼.

아주 가끔씩 그 가족이 드문드문 떠올랐다. 늦은 밤 풀리지 않는 일을 마주했을 때, 위기를 맞이했을 때, 타산이 맞지 않아 한참이나 머리를 싸매야 했을 때.

'행복한 시간이었어요.'

누군가에게 행복한 시간이 될 수 있다는 그 말. 자신이 하고 있

는 일이 꽤 가치 있는 일임을 상기시켜 주는 그 말에 성호는 힘을
냈다.

그렇게 그 여학생을 희미하게 잊어 갈 즈음, 몇 개월 후 가게에
서 보았다. 처음 봤던 싱그러운 미소는 싹 지운 얼굴이었다. 조금
도 행복하지 않은 얼굴로 앉아 있는 그녀를 보며 성호는 가슴이 철
렁 내려앉았다. 음식이 한 가득 담긴 그 접시를 하염없이 노려보다
가 결국 한 입도 먹지 못한 채 나가 버리는 그녀를 성호는 맥없이
보내 주었다. 다음에 보게 된다면 꼭 한 번 묻고 싶었다. 무엇이 그
토록 그녀를 변하게 만든 것인지.

그리고 잠시 잊고 있었던 그 오래된 질문에 대한 대답을 성호는
6년 후, 브랜드 외부 창고에서 들었다.

'한 번 더 브랜드에 가자고 약속했었어요. 병원에선 더 이상 손
쓸 수 없다며 퇴원하라고 했었거든요. 퇴원하고 오는 길에 와서 밥
먹기로 했었어요. 근데…… . 그게…… . 그렇게 됐네요.'

행복하게 품고 있던 기억을 찾아 홀로 브랜드를 찾아왔던 거였
다. 맛있게 먹었던 음식을 쌓아 놓고 왜 자신만 혼자 먹어야 하나
하는 회의감과 다시 한 번 느껴지는 가족에 대한 상실감. 켜켜이
쌓여 가는 감정 그 틈으로 스미는 괴로움. 그 모든 것들을 그녀는
이길 자신이 없었던 거였다. 결국 먹지 못한 음식을 고스란히 둔
채 나간 그녀의 걸음이 얼마나 아팠는지 성호는 아주 조금은 이해
할 수 있었다. 그 또한 누군가를 상실해 보았고, 회의감도 느껴 보
았다.

"……너였구나."

그 고된 상처를 이기고 몇 해 만에 브랜드로 돌아온 여자. 성호
는 조수석에 잠들어 있는 윤비를 가만히 바라보았다. 오래된 기억
이라 잠시 잊고 있었는데.

기억을 되살려 보니 5년 전 이날에 반값 이벤트를 했었다. 그 기
억을 잊지 못해 윤비는 브랜드를 떠나지 못하고 있었던 거였다. 그
래서 혼자 술을 마셨을 거고.

상처는 흐려지지만 결국 지워지진 않는다. 그리고 살다 보면
우연히 마주친 흉터에 다시금 마음이 아파 오곤 한다. 마치 이날
처럼.

성호는 손을 들어 찡그리고 있는 그녀의 미간을 조심스레 문질
러 펴 주었다.

"……괜찮아."

성호의 말에 윤비의 미간이 거짓말처럼 스르륵 풀렸다. 따스함을
품은 성호의 눈가가 부드럽게 휘었다. 그는 그녀의 머리를 부드럽
게 쓰다듬으며 속삭였다.

"착하네."

❀   ❀   ❀

끔찍한 악몽을 꾸었던 듯하다. 그러다 어느 순간 마음이 편안하
게 가라앉아 숙면을 취했다. 심연에 끌려 들어갔다가 빠져나온 기

분. 윤비는 오랜만에 기분 좋게 눈을 떴다. 꽤 오래 잔 거 같은 데 차창으론 옅은 새벽 기운이 보였다. 윤비는 길게 기지개를 켜다가 팔에 닿는 이질감에 고개를 들었다. 회색 천장. 그리고 앞이 환한 통유리. 누운 게 아니라 앉은 자세. 자동차 안이라는 것을 발견한 윤비는 고개를 홱 돌렸다.

"잘 잤어?"

핸들에 얼굴을 묻고 앉은 진성호가, 그녀에게 웃으며 굿모닝 인사를 건네고 있었다.

"아……."

"소리 지르지 마."

"으음."

"입 다물고 지르지도 말고."

"나 왜 여기 있어요? 어제 어떻게 된 거예요? 창고에서 술을 마신 거까진 기억나는데? 혹시 저 브랜드 창고 앞에 쓰러져 있었어요? 바닥을 기진 않던가요? 혹시나 집인 줄 알고 탈의하지는? 아니면 같은 말 계속하진 않았어요?"

"주사가 다양하나 봐. 바닥도 기고, 탈의도 하고, 같은 말도 하고."

"아……."

윤비가 멋쩍은 듯 뒷머리를 긁적였다. 같은 말을 무한 반복하는 주사 외에 다른 주사는 없었다. 모두 귀동냥으로 들어 본 주사인데 걱정되어서 물었을 뿐이었다. 왜 사장 앞에선 술 취한 모습을 이렇게 자주 보여 주는지 모르겠다.

"몇 시예요?"

"여섯 시 반."

"으윽. 삼십 분 남았어요. 아버지 일어나기 전에 가 봐야 해요.
무슨 일인지는 우선 출근해서 들을게요."

몸을 돌려 차 문을 열던 윤비가 휘청하며 뒤로 넘어갔다. 유니폼
위에 걸쳐 입은 야상 잠바의 후드를 성호가 당기고 있었다. 여전히
핸들에 머리를 댄 채 성호가 중얼거리듯 말했다.

"추워. 문 닫아."

"가 봐야 해요."

"삼십 분 남았다며. 있다가 가. 할 말도 있어."

"심각한 이야기 아니면 나중에 해요."

"내 인생에 몇 안 되게 심각한 이야기야."

핸들에 머리를 파묻고서 나른한 목소리로 말하니 별로 믿음이
가지 않았다. 그러나 윤비는 꿋꿋하게 제 후드를 쥐고 있는 성호
때문에 어쩔 수 없이 차 문을 닫았다.

"무슨 이야기인데요? 육하원칙에 맞춰 간결하게 한 번에 해결하
세요. 혹시 저도 모르게 사고라도 쳤나요? 이번엔 기억 안 나는
데……."

"저번 회식 일은 기억났나 보지?"

핸들에서 상체를 떼어 내며 성호가 물었다. 뜨끔한 윤비가 시선
을 창밖으로 옮기며 고개를 가로저었다.

"아뇨. 제 수많은 주사 중 하나가 필름 끊기는 거라서요."

"그래?"

"심각한 이야기는 뭔데요? 혹시 제가 정직원 된 지 하루 만에 권고사직을 받거나……."

"내가 다짐을 번복하게 생겼어."

"……."

윤비가 눈을 가늘게 뜬 채 옆을 보았다. 이게 무슨 소리인가. 그러나 새벽빛에 젖은 성호의 무표정한 얼굴에선 어떤 뜻도 보이지 않았다. 고집스럽게 입을 다문 채 앞만 바라보던 성호가 입을 연 것은 주변이 좀 더 환해진 후였다.

"브랜드를 성공시킨다. 결혼하지 않는다. 아버지가 좋아할 일은 하지 않는다. 직원은 건드리지 않는다. 그게 내 다짐이야. 근데 이 다짐을 번복하려고."

"……결혼하세요?"

윤비가 심각한 표정으로 받아쳤다. 결혼. 자신이 선 봤던 남자가 결혼한다는 상상을 하니 기분이 이상했다. 그리고 아주 조금 이유 없이 불쾌해졌다.

"아니. 직원을 건드릴까 해."

"누구요?"

"눈치가 없는 거야? 없는 척하면서 도망치는 거야? 내가 이 새벽에 널 잡고 이런 이야기를 하고 있어. 그럼 내가 어느 직원을 말하는 걸까?"

허리를 곧게 세운 성호가 내리깐 눈으로 윤비를 바라보았다. 고양이처럼 날카롭게 뻗은 윤비의 눈매가 위에서 내려다보니 더 날카롭다. 그마저도 매력적인 건 이미 중증을 넘어 말기라는 소리다. 성호의 입술 끝이 올라갔다.

"저, 저, 저요?"

다급하게 되묻는 윤비도 어느 정도 눈치를 챘다. 직원을 건드리다. 남자가 여자를 건드리다. 그것이 무엇을 표현하는지 모를 만큼 윤비는 어리석지 않았다. 당황스런 눈초리로 사장을 보던 윤비가 제 옷매무새를 다듬으며 떨리는 목소리로 말했다.

"이게 사내 성추행……."

"하아."

어리석지 않은 김윤비는 지나치게 퇴폐적으로 생각하고 있었다. 낮게 한숨을 흘린 성호는 윤비의 한쪽 어깨를 잡아 쥐고서 자신 쪽으로 돌려 앉았다.

"나 안경 맞췄었어. 그것도 얼굴이 좀 더 가려지는 뿔테 안경으로. 그거 쓰니까 안경점 직원들이 좀 못생겼다고 하더라."

"……."

"입는 옷들도 중저가로 다 주문했어."

"……."

"못생기고, 안경 낀 평범한 중산층의 남자가 되려고. 그게 뭔지는 잘 모르겠지만 노력 중이야. 내가, 니가 존경해 마지않는다는 진성호가 니 이상형이 되고 싶어서 노력 중이라고."

그의 목소리가 차 안을 꽉 채웠다. 푸르스름한 새벽빛이 거두어지고 하얀 아침 햇살이 세상에 떨어지는 순간 그가 말했다. 니 이상형이 되고 싶어서 노력 중이라고. 느리게 눈을 깜빡이던 윤비는 진성호만 멍하게 바라보았다.

그러다 한참 만에 차에서 내려 성호의 차가 사라지는 걸 멍하게 바라보던 윤비는 뒤늦게 털썩 주저앉았다.

고백을 들었다. 생각지도 못한 상대에게, 생각지 못한 상황에서 급습당하듯 받은 고백.

머릿속이 멍하고 온몸에 힘이 쭉 빠진다. 너무 놀라서 모든 감각이 마비된 와중에,

……쿵, 쿵. 심장만 뛴다.

하필이면 이 녀석만. 윤비는 제 가슴을 꼭 쥔 채 눈을 내리깔았다.

❀　　❀　　❀

"언니, 흥얼거리는 그 노래 제목 뭐예요? 노래 좋네요."

"응. 당신에게 고백합니다."

쿵. 탈의실 너머 대화를 듣던 윤비가 고백이라는 단어에 가방을 놓쳤다.

"어머, 괜찮아? 윤비야?"

"예? 아……. 네. 뭐."

"오늘 왜 이렇게 멍해? 무슨 일 있었어? 일이 고되어서 그래? 언니랑 고기 먹으러 갈까?"

"고, 고, 고기요?"

"응. 고기. 너 좋아하는 고기. 그게 싫으면 고등어 찜?"

"아뇨. 당분간은 고 자로 시작되는 건 뭐든 먹고 싶지 않아요."

윤비는 고개를 설레설레 내저으며 탈의실에서 다급하게 빠져나왔다. 사장 때문에 당분간 좋아 죽는 고기도, 고등어 찜도, 하다못해 고사리도 못 먹을 것 같다. B구역으로 내려온 윤비는 간단히 구역 정비를 마친 후 손님맞이를 위해 앞에 서 있었다.

"윤비야."

멍하게 서 있던 윤비의 고개가 옆으로 돌아갔다. 언젠가부터 뿔테 안경을 쓰고 돌아다니는 우수였다. 그리고 그걸 의식하듯 한 번씩 추켜올리기도 했고. 그러나 윤비는 그의 뿔테 따윈 눈에 들어오지 않았다.

"안녕하세요. 오빠."

"오늘 좀 한가하지? 약속 잊지 마. 우리 퇴근하고 술……."

"오빠. 오빠는 사장님이랑 좀 친하죠?"

"응. 그런 편이지. 적어도 다른 사람들보다는 친하지."

"사장님…… 어때요?"

"어떤 면을 묻는 거야? 사장님에 대해서 줄줄 읊을 순 없잖아? 뭐가 궁금해?"

"성격이라든지, 아니면 남자로서……."

"성격은 말해 줄 수 있는데 남자로서 어쩐지 내가 말하긴 어렵지. 사장님을 남자로서 느끼는 부분은 여자들이 더 잘 알 테니까. 성격은 좀 칼 같고 냉정하고 지독한 워커홀릭. 그래도 보면 알겠지만 사장님 자기 식구들이나 직원들만큼은 애틋하게 챙겨. 표현을 안 할 뿐이지. 부모님이랑 의견 차이로 가출한 후에 석 달 동안 사장님 집에서 객식구로 산 적 있었는데 끝까지 먼저 나가라고 안 하더라. 오히려 학생 때 돈 없으면 서럽다고 차비도 주고 밥도 사 줬어. 그때는 사장님도 가게 오픈 전이라서 그다지 자금이 넉넉하지 않았거든. 그때 사장님 믿고 따르겠다고 생각했지. 하아……. 내가 널 잡고 무슨 이야기를 하는 거야? 하다 보니 다른 곳으로 이야기가 샜다. 이 정도면 설명돼?"

"……네."

사장님 욕이나 들을 수 있을까 해서 물었다. 그러나 욕은커녕 사장의 장점만 더욱 부각됐다. 사실 우수에게 성호의 욕을 들을 수 있을 리 없었다. 상대를 잘못 택했다. 윤비가 갑자기 몰려온 두통에 관자놀이를 꾹꾹 눌렀다. 오늘 새벽부터 내내 머리가 멍하게 이따금씩 어지러웠다. 그러다 누군가가 '고' 자만 꺼내도 심장이 뛰고, 사장의 얼굴이 불쑥불쑥 떠올랐다.

푸른 새벽빛에 물들어 있던 사장의 옆모습과, 핸들에 얼굴을 대고서 나른하게 자신을 쳐다보던 얼굴, 그리고 자신의 팔을 쥔 채 단호하게 말하던 성호의 하얀 얼굴까지도. 눈을 감아도 보이고, 눈을 떠도 진성호가 보인다.

윤비는 어지러운 심사가 섞인 한숨을 길게 뱉었다.

"그런데 그건 왜 묻는 거야? 혹시…… 너…… 사장님한테 관심 생겼니?"

조심스럽게 묻는 우수의 말에 윤비가 고개를 느릿하게 고개를 끄덕였다.

"네, 뭐. 그게 관심이라면 관심이라고 볼 수 있겠네요. 저는 냅킨이나 정리하렵니다. 나중에 봐요."

윤비는 꾸벅 인사를 한 후 B구역으로 들어섰다. 우수가 어떤 표정으로 굳어 있는지도 모른 채.

❋   ❋   ❋

10시 50분. 퇴근 후 가게 근처 단골 포장마차에서 조촐하게 술 한 잔 하기로 했던 몇몇 직원들은 난감한 표정으로 서로를 바라보았다. 그러고는 이내 짠 것처럼 한 곳을 흘깃댔다.

이리저리 치인 세월 따라 기스 난 붉은 테이블과 그다지 어울리지 않는 사내가 웃으며 앉아 있었다. 회식 말고는 직원 모임에 절대 참석하지 않던 사장이었다. 사장을 존경하고 따르긴 하나 사적인 자리에서 따로 만나 술잔을 기울일 만큼 친한 것도 아니었기에 다들 난감했다. 그중 가장 난감한 것은 어느새 사장의 옆자리에 앉아 있는 윤비였다. 오늘 직원들과 술 한 잔 나누면서 생각을 정리할 생각이었다. 그런데 보란 듯이 자신의 옆에 떡하니 앉아 있으니 죽을 맛이었다.

"사장님……. 허허. 사적인 자리에선 처음 뵙습니다."

무겁고 어색한 분위기를 깨고자 허훈이 넉살스런 웃음을 흘리며
성호에게 술잔을 내밀었다.

"직원과 소통하며 지내는 사장이 되고 싶어서요."

"충분하신데요. 뭐……. 허허."

그의 웃음이 어색하게 흩어졌다.

"한 잔 하시죠."

성호가 먼저 술병을 들었다. 다들 바쁘게 치켜든 소주잔에 가득
차도록 술을 부어 준 성호는 술병을 허훈에게 내밀었다.

"저도 한 잔 받을 수 있을까요?"

"아, 네. 그럼요. 아휴."

허훈은 과장되게 웃으며 성호의 빈 술잔에 술을 따라 부었다. 어
색하게 짠 소리가 오간 후 다들 빈 잔으로 술잔을 내려놓았다. 그
사이 삐리릭 우는 진동 소리에 휴대폰을 꺼낸 성호의 입술에 미소
가 걸렸다.

[형 대체 무슨 생각이야 ─우수]

빠르게 답문을 보낸 성호는 휴대폰을 주머니에 밀어 넣었다. 그
러고는 자신을 빤히 바라보는 직원들에게 미안하다는 사과를 건넸
다. 술자리가 이어지는 동안 허훈의 노력과 주변 사람들의 호응으
로 즐거운 분위기가 이어졌다. 다만 날 선 우수의 시선이 언뜻언뜻
성호를 향할 뿐이었다. 잠시 화장실을 간다며 자리를 뜬 우수는 휴

대폰에 찍힌 문자를 게슴츠레한 눈으로 바라보았다.

[올바르고 효율적인 작업 방법을 위한 생각.]

암호 같은 대답 중 눈에 걸리는 것은 '작업'이라는 단어였다.

진성호가 회사 밖에서 할 만한 작업이라……

공용 화장실에 들렀다가 돌아가던 우수는, 포장마차의 노르스름한 불빛 아래에서 웃고 있는 윤비를 보았다. 허훈의 장난이 재미있는지 입이 다물어질 줄을 모른다. 그런 윤비를 예쁘게 바라보던 우수의 눈매가 일순 굳었다.

모두가 허훈의 농담에 웃고 있는 와중에, 진성호의 눈길이 언뜻 윤비를 향했다 떨어졌다. 그러고는 성호의 입술 끝에 짙은 미소가 그려졌다.

어쩐지 섬뜩하고도 불길한 기분이 드는 겨울밤이었다.

✳ ✳ ✳

두 시간가량 이어지던 술자리는 내일 출근을 위해 파했다. 모두 자리를 훌훌 털고 일어나는 사이 계산을 마친 성호가 지갑을 자켓 안주머니에 넣으며 돌아왔다.

"아휴, 사장님이 사 주시는 겁니까?"

"제가 얻어먹을 순 없잖아요?"

"그렇죠. 그런 직급은 아니시죠."

편하게 던진 허훈의 말에 성호가 웃으며 돌아섰다. 자신을 빤히 보고 있는 직원들은 이미 둘씩 짝을 이루고 있었다. 영아와 허훈, 우수와 윤비.

"윤비 씨는 저랑 가죠. 집이 같은 방향이던데."

"······네?"

"아닙니다. 사장님. 저랑 윤비 씨랑 같은 방향······."

"정반대 방향 아닌가요?"

서둘러 끼어드는 우수의 말을 자른 성호가 웃으며 답했다. 그 말에 영아와 허훈의 시선이 우수를 향했다.

"그래. 우수야. 너랑 윤비랑 집 방향 전혀 다른데? 윤비는 저 방향이고, 넌 이 방향이잖아."

"사장님도 방향이 다르지 않습니까. 홀로 묵으시는 오피스텔 여기서 걸어서 5분 거리라고 알고 있는데요."

평소와 달리 진지한 표정으로 물어 오는 우수를 보며 성호가 비스듬히 고개를 기울였다. 무언가 눈치를 챈 눈치였다. 그러라고 던진 문자긴 했지만.

"본가에 갑니다, 오늘은."

"혀, 후우. 사장님이 본가에 가신다고요?"

"네. 그럼 안 됩니까?"

거짓말이다. 스물여섯 이후로 단 한 번도 스스로 본가에 들른 적 없는 그였다. 눈 한 번 깜빡이지 않고 거짓말을 하는 성호를 어이없다는 표정으로 바라보던 우수는, 영아에게 덥석 붙들렸다.

"가자. 우수야. 누나, 춥다! 그럼 사장님, 윤비 잘 부탁드려요!

저희는 가 볼게요."

"택시비는 내일 청구하세요. 저 때문에 술자리가 길어졌으니까요."

"아니에요! 뭐 그런 거까지요!"

영아는 손을 내젓고는 자꾸만 뒤돌아보는 우수를 챙겨 택시 정류소로 향했다. 셋이 사라진 걸 확인한 윤비가 몸을 돌려세워 성호를 마주 보았다.

"원하는 대로 둘만 남았네요. 왜 따라온 거예요?"

"집에 데려다 주려고."

"사장님이 저를요? 술 드셨잖아요."

"요샌 대리운전이라는 것도 있어. 택시도 있고."

언젠가 '너 재미있어' 라고 말하던 때처럼 성호는 여유로운 표정으로 싱긋 웃고 있었다.

"잠시 대화 좀 해요."

윤비는 포장마차 뒤편에 자리한 어둑한 공원으로 향했다. 자판기에 다녀온 윤비는 종이컵 두 개를 들고 있었다.

"자요."

윤비가 종이컵 하나를 내밀었다.

"대화 나누긴 좀 춥지 않아? 요즘 24시간 하는 카페 있잖아. 거기 들어가."

"안 돼요. 좀 추운 곳에서 이야기를 해야 제대로 된 대화가 될 거 같아요. 근데 그건 뭐예요?"

윤비가 벤치에 깔린 외투를 턱 끝으로 가리키며 물었다.

"여기 앉으라고."

"그 외투, 제 월급 3배 정도 될 거 같아요."

"3배보다 조금 더 비싸."

"그걸 깔고 앉을 만큼 담이 크질 못 해요. 그러니까 치워 주세요."

"여기 앉아. 벤치 얼음장이야. 여자는 따뜻한 곳에 앉아야 해."

윤비의 표정이 와락 구겨졌다. 언제부터 자신의 건강을 챙겼으며, 또 언제부터 자신을 여자라 칭하기 시작했나. 하루 새에 달라진 성호가 낯선 듯 윤비가 경계를 늦추지 않았다.

"앉아."

손목을 잡아당긴 성호의 힘에 끌려 윤비가 그의 곁에 앉았다. 윤비가 내민 종이컵에 입술을 가져다 댄 성호의 눈썹이 미미하게 구겨졌다.

"이거 뭐야?"

"코코아요. 커피 마시면 잠 못 자요. 내일 출근하려면 컨디션 맞춰야 하거든요."

"그래. 어차피 중요한 건 김윤비가 자판기에서 뽑아 온 음료가 아니라, 김윤비가 할 이야기니까."

성호가 덤덤히 말했다. 다리를 쭉 펴고 앉은 윤비가 물고 있던 아랫입술을 풀며 말을 꺼냈다.

"오늘 아침엔 정신이 없어서 제대로 이야기 못 했어요. 경황이 없어서 기억도 잘 안 나고요. 사장님이 절 좋아한다고 한 거 같은데 맞나요?"

"어. 좋아하는 거보다 더 좋아해."

"……"

"밤에 자다가 꿈에도 나와. 서류 위에도 둥둥 떠다니고."

허공 어딘가를 향해 있던 성호의 눈길이 윤비를 향했다. 그리고 두 시선이 마주했다. 윤비는 미소 짓고 있는 성호를 보며 진지하게 말했다.

"저, 장난치는 거 아니에요."

"그러는 나는 직원한테 고백할 만큼 시시한 사람으로 보여?"

"……진심이세요?"

"6년째 꿋꿋이 지켜온 다짐을 번복할 만큼."

윤비는 주홍빛 가로등 불빛이 담긴 성호의 또렷한 눈을 바라보다 시선을 돌렸다.

오랜 시간 고민하고 괴로워하다 하나의 답에 도달했을 때 서리는 빛. 그 빛이 그의 눈엔 있었다. 그 빛은 웬만한 일에 꺾이지 않는다.

"대화는 끝난 거 같은데 그만 일어나자."

심란한 마음에 말을 못 잇는 그녀를 알아챈 성호가 먼저 자리에서 일어났다. 뒤따라 윤비가 일어나며 외투를 챙겨 툭툭 털어 성호의 손에 쥐어 주었다.

"그런데 있죠. 사장님."

"왜."

"중산층 남자처럼 행동하려고 노력한다면서 외투는 왜 이렇게 비싼 거 입어요? 하다 말았어요?"

"아직 외투는 배달 안 왔어. 인터넷 주문했거든. 여느 평범한 남자답게."

"……아, 네."

세상 짐 다 짊어진 심란한 표정을 한 김윤비는 별의별 게 다 궁금하다.

픽 웃던 성호는 손을 들어 윤비의 머리를 쓰다듬어 주었다. 자그마한 머리가 움찔하는 게 느껴졌지만 아랑곳없이 성호는 더 오래오래 쓰다듬었다. 자신의 손길을 잊지 말라고. 그리고 최대한 빨리 이 손길에 길들여지라고.

5. 변화

대문을 열고 나오던 윤비는 뒷목을 주무르며 고개를 좌로 한 번, 우로 한 번 움직였다. 둔한 통증에 윤비의 얼굴이 찌푸려졌다. 어 젯밤 잠이 오지 않아 한참을 뒤척거리다가 이상한 자세로 잠든 게 문제였다. 그리고 그 자세 탓인지 꿈자리도 흉흉했다. 푸른빛의 셔 츠를 입은 사장이 늘 그렇듯 소매를 돌돌 만 채로 자신을 보며 싱 긋 웃었다. 그러고는 손을 들어 제 머리를 쓰다듬기 시작했다. 한 번, 두 번, 쓰다듬는 횟수가 많아질수록 윤비의 얼굴은 벌겋게 달 아올랐고 심장은 끝없이 요동쳤으며 발가락 끝이 찌릿찌릿해서 제 대로 서 있을 수조차 없었다. 이러다가 심장 마비로 죽겠다 싶을 즈음, 꿈에서 깨어났다. 윤비는 눈도 제대로 못 뜬 상태에서 거울 앞으로 달려갔다. 사장이 가열 차게 만진 탓에 머리카락이 다 빠진 건 아닌가 하는 깊은 의심과 함께 자신의 얼굴색을 확인하기 위해서였다. 하늘로 치솟은 짧은 머리카락과 하얀 제 얼굴을 보아하니 꿈이 확실한 모양이었다. 그러나 아직도 현실 감각이 돌아오지 않은 윤비는 두 손으로 제 뺨을 감쌌다. 꿈인 게 확실한데 이상하게 심장은 빨리 뛰어 댔다. 그리고 출근을 하는 지금까지 심장은 여전히 바쁘게 달려 댔다.

"사장이 손에 약을 발랐나……."

"아침부터 내 생각?"

"히익."

중얼거리며 나오던 윤비가 오른쪽에서 들리는 굵직한 목소리에 기겁하며 한 발자국 물러섰다. 그러자 꿈속의 모습과 똑같은 얼굴로 저를 향해 웃고 있는 사장이 보였다. 언뜻 코트 사이로 보이는 푸른빛의 셔츠도 비슷했다.

"혹시 밤중에 우리 집 들어오셨어요?"

"갑자기 무슨 소리야? 담 넘는 남자가 본인 스타일이야? 그렇게 해 줘?"

성호는 가볍게 웃고 있으나, 윤비가 그렇다 대답하면 당장 오늘 밤부터 담장을 넘을 기세였다. 윤비는 황급히 손을 가로저었다.

"아뇨. 됐어요. 그런데 이 시간에 여긴 웬일이세요?"

"출근 시키러."

"브랜드는 어쩌시고요?"

"내가 잠시 없다고 해서 망하지 않아."

"……."

아, 예. 어련하시려고요.

"자, 타."

성호가 은빛 갈치를 닮은, 라인이 잘 빠진 자동차의 조수석을 열어 주었다. 그러나 윤비는 차에 올라타기는커녕 떨떠름한 표정으로 차와 사장을 번갈아 보았다.

"버스 타고 갈 수 있어요."

"이 차 타고 갈 수도 있잖아. 타."

"이런 친절 불편해요. 제가 이러다가 사장님 거절하면 마음 없이 부려 먹은 꼴 되잖아요. 저는 그런 짓은 절대로……."

"더 떠들면 트렁크에 태울 거야."

말을 자르고 들어온 성호의 말에 윤비는 입을 꾹 다물었다. 정말로 더 떠들면 그는 트렁크 문을 열 것만 같았다. 그러나 윤비는 고집스럽게 사장을 노려볼 뿐 차에 올라타지 않았다. 사장 또한 포기할 생각 없다는 듯 차 문을 열고 서서 윤비만 쳐다보았다. 찬바람이 휘몰아쳤고, 언뜻언뜻 부는 바람에선 차의 온기가 묻어 나왔다.

"타. 여기까지 온 사람 성의 생각해서라도. 어차피 브랜드 들어가 봐야 해."

"저는…… 윽!"

윤비가 한 번 더 말하려던 찰나, 인내심이 끊어진 성호가 그녀의 손목을 잡아다가 자동차 안으로 밀어 넣었다. 그러고는 조수석 문을 보란 듯이 쾅 닫았다. 내려 버릴까 고민하던 윤비는 포기한 채 시트에 몸을 파묻었다. 자신이 내리면 사장은 다시 집어넣을 거고, 아마 이 악순환은 누구 하나 체력이 다 떨어져야 끝날 게 분명했다.

"문 열어 놨더니 춥잖아. 기껏 데워 왔더니."

성호가 인상을 팍 쓰며 핸들을 쥐었다.

"그러게 안 탄다니까요."

"일찍 탔으면 되잖아."

윤비는 낮은 한숨으로 대답을 대신했다. 자동차를 부드럽게 몰아 도로로 진입하는 동안 둘 사이엔 어떤 대화도 오가지 않았다. 고집스럽게 앞만 보던 윤비는 힐끔 성호를 보았다. 핸들을 쥔 성호의 모습은 종종 보았다. 그러나 이토록 긴장되고 어색한 순간은 처음이었다. 아마도 핸들에 기대앉아 자신을 붙잡던 그 모습 때문일 거다. 그리고 생각지 못한 그 고백도 포함해서. 다시 발가락이 꼼지락거려지고, 괜히 마른침만 삼키게 된다.

"훔쳐보지 말고 그냥 봐. 훔쳐보는 게 더 신경 쓰여."

시야도 넓으시지. 성호는 여전히 앞을 본 채였다. 오기가 생긴 윤비는 노골적으로 사장의 옆모습을 뚫어져라 바라보았다.

"이제 됐어요? 사장님?"

"성호 씨. 사적인 장소에선 성호 씨라고 불러. 아니면 오빠도 괜찮고."

"원래 이렇게 능글능글하세요?"

"아니. 능글능글한 척하는 건데?"

"왜요?"

"좋아하는 여자 앞에서 아무렇지 않게 능글능글하게 될 줄 알아? 노력해서 이 정도 유지하는 거지."

"그런데 별로 그렇게 보이진 않아요. 사장님은 저 별로 안 좋아하는 거 같아요. 이렇게 잘 연기하는 거 보면요. 사실 연기도 아니죠? 좋아하는 사람 옆에 있으면 막 떨리고 갑자기 얼굴도 붉어지고 발가락도 찌릿찌릿하잖아요. 어색하기도 하고 설레기도 하고. 뭐…… 사장님은 전혀 안 그래 보여요. 너무 당당해요. 거침없고요."

그래서 그의 마음이 의심스럽다. 그는 그녀가 아는 사랑에 빠진 사람들의 종류와 너무나도 달랐다. 적어도 조금이라도 조심스러워하는 기색이라도 있었다면 그의 마음을 믿어 보려고 노력이라도 했을 텐데.

성호는 핸들을 옆으로 돌리며 힐끔 윤비의 얼굴을 바라보았다. 그러고는 습관적으로 입술 끝에 미소를 달았다.

"좋아하는 마음이 당당해야지. 난 내 마음한테도, 너한테도 당당해."

"……"

"더 그러려고 노력하고. 확신 있으니까. 포기하려고도 해 보고, 도망도 쳐 봤는데 둘 다 안 되는 걸 알았거든."

성호의 옆모습을 대놓고 보던 윤비의 고개가 비스듬히 기울었다. 포기하려고도 해 보고, 도망도 쳐 봤다니? 언제? 윤비의 눈이 가늘어졌다.

그사이 성호의 자동차가 브랜드를 앞에 둔 구석에 멈춰 섰다. 그리고 그는 허리를 숙여 윤비의 코앞까지 얼굴을 가져갔다. 찔끔 놀란 윤비가 고개를 빼려 했지만, 성호가 도망칠 수 없게 그녀의 목뒤를 거머쥐었다.

성호의 숨결이 윤비의 입술에 와 닿았다. 순간 식었던 자동차 안의 공기가 한 번에 후끈해졌다. 윤비는 도망치기 위해 꼼지락거렸으나 조금도 움직일 수 없었다. 오히려 그 때문에 그와 그녀의 거리가 더 좁혀졌다. 그녀의 시야에 진성호만 가득 찼다. 그의 깊은 눈동자와, 반질반질한 높은 콧대, 길게 뻗은 입술까지도. 어느 것하나 튀는 것 없이 조화로운 얼굴이었다. 그런 그의 얼굴을 가까이서, 그것도 생각지 못하게 오랫동안 보게 되자 윤비는 입술도 달싹일 수 없었다. 달싹거리면 그녀는 자신의 입김이 성호의 입술 위에 닿을 것 같았다. 그러면 걷잡을 수 없이 부끄러워질 것만 같았고, 아까 전부터 소란스러운 제 심장이 야단법석일 것 같았다.

"나, 지금 너랑 있다는 것만으로 좋아서 미칠 거 같아."

그의 입술이 움직였다. 귀로 듣고 있음에도 가슴에 꽂히는 목소리로, 그는 자신을 의심하지 말라 그랬다. 윤비의 속눈썹이 파르르 떨리다 결국 아래로 향했다. 이상하게 더는 사장을 제대로 바라볼 수 없었다.

"그러니까 내 마음 의심하지 마."

그의 말을 듣는 순간, 윤비는 자신이 시선을 내리깔고 있음에 감사했다. 그를 마주하고 있었다면, 아마 흔들리는 제 눈을 다 보여 줘야 했을 테니까.

※　　※　　※

"형. 잠시 이야기 좀 해."

노크도 없이 불쑥 사장실 문을 열고 들어선 우수를 힐끗 본 성호는 탁상시계를 보았다. 오후 3시 40분이었다.

"오전 아홉 시는 진즉에 넘었고, 퇴근 시간까지도 한참 남았는데 말이 짧다."

"오전 아홉 시 전에 사장님은 출근 전이셨고, 퇴근까지 기다리다간 제가 죽을 거 같아서요. 사장님."

여전히 뿔테 안경을 끼고 있는 우수를 잠시 쳐다본 성호는 목도리를 풀며 답했다.

"그래. 그럼 말해."

"윤비 좋아해?"

"좋아하는 거보다 더 좋아해."

생각할 것도 없다는 듯 대답이 거침없다. 얼굴색 하나 변하지 않고 당당하게 말하는 성호를 보며 우수는 잠시 할 말을 잃은 표정으로 입술만 달싹거리다 닫았다.

"형…… . 어떻게…… ."

"어떻게 이럴 수 있냐고 묻고 싶은 거라면 접어. 그 질문은 내가 나한테 백 번도 넘게 했으니까."

목도리를 옷걸이에 걸친 성호는 서서 우수를 바라보았다. 모든 것을 알고 있고, 마치 이런 상황이 올 줄 미리 예상하고 있었던 사람처럼 성호는 덤덤했다.

"형은 내 마음 알고 있었지?"

우수가 날카롭게 물었다.

"뿔테 안경 끼고 왔을 때 알았지."

"그런데 시치미를 뚝 떼고 뒤통수를 쳐?"

"내가 어제 충분히 보여 준 거 같은데? 나, 이 여자한테 관심 있으니까 어떤 추측을 하든 맞을 거다. 그러니까 관심 있는 사람들은 미리 정리해라. 들었잖아? 난 너한테 니 자존심 지킬 시간과 기회를 충분히 준 거 같은데. 그걸로 부족했나? 김윤비라도 안아 들고 갔어야 제대로 알아챘을까?"

"형……?"

"그리고 난 이미 김윤비한테 고백도 다 했어."

"형!"

기어코 참지 못한 우수가 발끈해 소리쳤으나, 성호는 덤덤했다. 오히려 전보다 더 냉정한 표정으로 우수를 바라보았다. 그러고는 책상을 짚고 서서 차가운 목소리로 답했다.

"고백하고 싶으면 너도 해. 선택은 김윤비 몫이지. 너랑 내가 싸운다고 해서 해결날 일이 아니잖아."

"직원 안 건드린다며. 직원은 가족이고, 가족이랑 연애하는 건

근친이라서 싫다면서. 형이 옛날부터 다짐이라면서 누누이 말했던 거잖아! 근데! 왜!"

"나랑 김윤비가 피가 섞였어, 엄마가 같아, 아빠가 같아? 하다못해 친척도 다르고, 성도 다른데 무슨 가족이야— 가 내 오랜 고민의 답이야."

"하……. 형, 정말."

"기가 막히지? 이 기가 막힌 상황 결론 내는 데 꽤 힘들었어."

"형, 그때 했던 말 기억 안 나? 형 곁에 있는 사람은 외로워질 거라며. 그래서 결혼도 연애도 생각 없다며."

"그때는 그랬지. 김윤비라는 특이 종자를 만나기 전까지만 해도."

"……."

"우리 둘이 만난다면 누가 더 외로울 거 같아? 워커홀릭인 나일까, 워커홀릭 중에서 워커홀릭인 김윤비일까? 그래서 다시는 이 고민 하지 않으려고. 결론도 번복될 일 없을 거야. 그러니 마음 잘 정리해."

우수는 기가 막힌 표정으로 성호만 바라보았다. 이미 모든 변수와 상황을 정리한 사람처럼 말을 잇는 성호에게 더 이상 따져 물을 수 없었다. 어떤 말을 하든 진성호는 지금처럼 아무렇지 않은 얼굴로 당당하게 대답할 거다. 말로 진성호를 이길 수 없음을 파악한 우수는 울컥 치솟아오르는 것을 꾹 삼켰다.

"됐다. 당분간 내가 형이라고 부를 일 없을 거야."

차가운 눈빛으로 성호를 쏘아보던 우수가 돌아섰다.

"이번엔 니가 참아."

그러나 성호의 딱딱한 말에 마음을 다친 우수가 돌아서서 버럭 소리쳤다.

"뭘! 내가 왜 참아야 하는데! 형은 하고 싶은 대로 다 하면서 왜 나는 참아야 해!"

"혜주."

성호가 꺼낸 이름에 우수가 멈칫했다. 찌푸리고 있던 미간도 일순 풀렸고, 온몸에 바짝 들어가 있던 힘도 스르륵 풀렸다. 분위기가 싸하게 얼어붙었다. 굳어 버린 우수를 힐긋 바라보는 성호는 처음으로 그를 향해 질책의 눈빛을 보냈다.

8년 전, 성호를 좋아하던 혜주를 우수가 위로한답시고 계속 만나다가 1년간 사귀었었다. 그러다 결국 마음이 맞지 않아 헤어졌었는데, 그 일을 성호가 알 거라 생각하지 못 했다.

"형은 어차피 좋아하지 않았잖아……."

"호감은 있었어. 괜찮은 애였으니까. 그때는 연애할 만큼 여유 있었거든."

"……."

"그래도 너희 둘 사귈 때 축하해 준 건, 너한테 믿음이 있기 때문이었어. 적어도 혜주보단 니가 더 소중했으니까. 그런데 이번엔 아냐. 나한테 있는 건 다 동원해 볼 생각이다. 돈, 차, 그리고 김윤비가 좋아 죽는 브랜드까지도."

"......."

우수의 입이 천천히 벌어졌다. 적의. 덤덤한 성호의 표정과 목소리에 흘러나오는 것은 분명한 적의였다. 성호를 말없이 한참이나 바라보던 우수가 돌아서서 힘 풀린 다리로 사장실을 빠져나왔다. 잠시 닫힌 문을 바라보던 우수는 벽에 기대서서 깊은 한숨을 내쉬었다.

승산이 없다. 남은 결론은 하나뿐이었다.

우수는 다시 한 번 깊은 한숨을 내쉬었다.

❋　　　❋　　　❋

설날을 앞둔 즈음이면 브랜드에선 '사랑 나눔 이벤트'를 하곤 했다. 일주일 중 평균적으로 그나마 한가한 월요일 점심시간에 브랜드 전국 지점에서 인근 경로당, 고아원을 방문하여 후원금과 함께 식사를 제공하는 프로젝트였다. 윤비가 몸담고 있는 브랜드 지점에선 고아원을 방문하기로 했다. 윤비의 정식 출근 시간은 오후 4시지만 그날 하루만큼은 일찍 일어났다. 고아원에 방문해 뜻 깊은 일을 한다는 생각에 들뜬 아침과 달리 고아원으로 향하는 차에 몸을 실고 있는 윤비의 표정은 썩 밝지 않았다. 고아원 봉사 활동 인원은 윤비를 포함해 모두 6명이었다. 오전조 3명, 오후조 3명이 차출되어 정해진 수로, 그 수도 빠듯했다. 그럼 처음부터 직원을 싣고 갈 차를 넉넉하게 봉고차로 대여해야 하건만, 사장은 일반 승용

차로 대여했다. 다들 어쩔 줄 모르는 사이 사장은 난처하다는 표정으로 말했다.

'제가 렌트를 잘못한 모양이군요. 그럼 한 분만 제 차를 타고 가죠.'

턱을 쓸며 진지하게 말하던 사장을 보며 모두가 그럴 수밖에 없다고 고개를 주억거렸다. 윤비 또한 승용차에 넉넉하게 4명이 타고 성호의 차에 한 명이 더 타면 되겠다고 생각했다. 그렇게 안도하는 순간, 사장이 '김윤비 씨' 하고 불러 버린 것이었다. 사장을 존경하지만 30분이 넘는 운행 시간 동안 단둘이 함께 있을 것을 부담스러워한 직원들은 윤비의 등을 떠밀었다. 결국 윤비는 반항 한 번 못 해 보고 모두의 뜻에 맞춰 사장의 차에 올라타게 되었다.

"계획된 거죠?"

윤비의 심드렁한 물음에 반사적으로 성호의 입술이 위로 향했다. 눈매가 나른하게 아래로 처지는 것을 보며 윤비는 깨달았다. 저토록 예쁘게 웃어도 사람을 화나게 할 수 있구나. 윤비는 시선을 앞으로 고정시키며 딱딱하게 말했다.

"공과 사 구분해 주세요. 이러다가 직원들 사이에서 이상한 소문이라도 나면……."

"사장이 일방적으로 쫓아다니는 거라고 해."

산들바람처럼 가벼운 목소리였다.

"사장님!"

"틀린 말 아니잖아?"

"그러면 제 입장이 난처해져요. 사장님 입장 또한 썩 유쾌하진 않을 거예요."

"그 정도 고민 안 해 봤겠어? 내가 너라는 사람을 놓고 얼마나 다각도로 접근하고 분석했는데."

"그 결과가 고작 이거예요?"

"난 밀어붙이겠다는 결론이라도 냈어. 넌? 긍정도, 부정도 안 하고 있는 니 태도에 대한 결론은 뭔데?"

"……"

핵심을 쿡 찍는 성호의 말에 윤비는 입을 다물었다. 그의 말처럼 그녀는 긍정도 부정도 하지 않았다. 부정은 앞으로 브랜드에서 마주하기 껄끄러워질 것 같다는 것 때문에 하지 못했고, 긍정은 브랜드 내에서 비밀 연애할 자신이 없어서 하지 못하는 거라고 스스로에게 말하지만…… 그것이 정답이 아님을 그녀는 알고 있었다. 그의 고백을 들은 후로 이상하게도 거절하겠다는 생각을 해 본 적 없었다. 그 마음은 지금도 변하지 않았다. 다만 그녀는 확신하지 못할 뿐이었다. 여러 상황과 복잡한 상황에 맞물려 있는 그를 허락할 만한 확신이.

숨이 막혀 와 윤비는 창문을 내려 겨울바람을 쐬었다.

❀   ❀   ❀

성호의 차를 따라온 승용차 한 대가 그의 차 옆에 주차했다. 얼마 후 음식을 실은 트럭이 도착했다. 막 만들어 보온 통에 담아 온 음식들은 따끈따끈했다.

고아원에서 가장 큰 방 하나를 비워 뷔페처럼 음식을 깔고, 아이들이 다치지 않게끔 플라스틱 접시가 채워질 동안 윤비는 그럴싸한 분위기를 내기 위해 브랜드에서 가져온 몇 가지 소품을 고아원의 벽과 천장에 걸었다. 그리고 브랜드의 벽면을 찍은 큰 천을 고아원의 한 벽면에 걸자 제법 브랜드 분위기가 났다.

사장을 포함해 직원들은 유니폼을 정갈하게 갈아입었고, 고아원의 아이들을 손님처럼 정중히 대했다. 미래의 고객이고 브랜드의 음식을 먹는 사람들은 존중 받아야 한다는 것이 성호의 마인드였다.

선생님의 지도하에 줄지어 방으로 들어서던 아이들은 입을 쩍 벌리며 신이 난 표정이었다. 정중하고도 차분한 분위기를 감지한 아이들은 떠들긴 해도 몸싸움을 벌이거나 심한 장난을 치지는 않았다. 윤비는 테이블이 있는 좁은 방으로 가서 아이들이 쓰는 접시 중 더러운 접시를 깨끗한 것으로 바꿔 주는 일을 했다.

"맛있게 먹었어요?"

정중하되 따뜻한 목소리로, 윤비가 열 살 정도 되어 보이는 여자아이를 향해 물었다. 입가에 스파게티 붉은 소스를 가득 묻히고서 환하게 웃는 걸 보던 윤비의 얼굴에도 자연스럽게 웃음이 피어올랐다. 미리 준비해 둔 티슈로 여자아이의 양쪽 입을 닦아 주었다.

"언니."

다 쓴 티슈를 버리기 위해 일어서던 윤비는 자그마한 목소리에 걸음을 멈추었다. 그러고는 다시 무릎을 굽혀 여자아이의 시선에 맞추었다.

"네."

"브, 브, 브."

"브랜드?"

"아! 브랜드가 어디예요?"

"음. 여기서 30분 정도 떨어진 곳에 있는 뷔페예요. 아마 어른이 되면 자주 오게 될 거예요."

"아……."

대답은 하지만 여자아이는 가늠이 잘 되지 않는지 고개를 연신 갸웃거렸다. 그러고는 이내 풀 죽은 얼굴로 앙증맞은 입술을 쭉 내밀었다.

"왜? 기억 안 날까 봐요?"

윤비의 말에 여자아이는 작게 고개를 끄덕였다. 인지 능력이 생길 때부터 부모의 부재를 받아들인 아이들은 상실과 분실에 대한 공포가 있다고 했던가. 언젠가 들었던 말을 떠올린 윤비가 생긋 웃으며 말했다.

"약도, 그러니까 브랜드를 찾아올 수 있는 지도 그려 줄까요? 다음에 어른 돼서 찾아올 수 있게요?"

"네!"

한결 밝아진 목소리로 대답하는 여자아이를 보며 윤비가 싱긋 웃었다.

"저도요."

"저도요!"

윤비와 여자아이의 대화를 옆에서 가만히 듣고 있던 아이들 몇몇이 손을 번쩍번쩍 치켜들었다. 아이들이 자랄 때까지 브랜드가 계속 영업하고 있을지 의문이지만, 아이들은 그런 것에 대한 의문은 갖지 않았다. 단지 자신들이 찾을 수 없을까만 걱정했다. 지도만 있으면 그곳은 영원히 자리할 거라는 생각. 아이들에게 브랜드를 네버랜드로 만들어 주는 것도 나쁘진 않을 것 같았다.

조금 있다가 그려 주겠노라 이야기한 후 윤비는 무심코 넓은 방으로 시선을 옮기다 멈췄다. 성호는 신난 표정으로 음식을 퍼는 아이들을 웃으며 바라보고 있었다. 여자아이 중 하나가 겁 없이 성호를 향해 두 팔을 벌렸고, 거리낌 없이 성호는 아이를 안아 들었다.

아이를 좋아하는구나.

아이를 좋아하는 남자를 보면 설렌다는 누군가의 이야기를 이젠 조금은 이해할 수 있을 것 같았다. 아이를 안아 든 자세도, 눈빛도, 표정도 따스하다.

자신도 그에게 안기고 싶다.

저도 모르게 한 생각에 윤비는 얼어붙었다. 그 순간 성호와 눈이 마주쳤다. 꽤 먼 거리에서 성호는 윤비를 향해 웃어 주었다.

심장, 또 심장이 뛴다. 이제 심장은 주인이 누군지도 모른 채 쿵쿵 뛰어 댔다.

윤비는 괜히 이유 없이 마음이 아파 가쁜 숨을 뱉어야 했다.

❋   ❋   ❋

"실례합니다."

사무실 문을 드르륵 열고 윤비가 고개를 빼꼼 내밀었다.

"나밖에 없어."

들리는 목소리에 고개를 홱 돌리자 둥근 테이블에 다리를 꼬고 앉아 있는 성호가 보였다. 타인의 사무실인데도 불편하지 않은지 그의 태도와 표정은 여유 만만했다.

"나가려고?"

몸을 뒤로 빼던 윤비가 멈칫했다.

"나 피해? 그렇게 노골적이고 직접적이게?"

"안 피해요!"

그러나 윤비는 말과 달리 쭈뼛거리며 사무실 안으로 들어섰다. 그런 윤비를 보며 성호는 픽 웃었다. 김윤비 매뉴얼은 하나다. 자극시켜 오기를 발동시키는 것.

"관계자 분은요?"

"후원금 때문에 들렀더니 잠시 기다리라고 하시더니 사라지셨어. 넌 여기 왜 왔어?"

"약도 그리러 왔어요. 애들한테 우리 가게 있는 곳 알려 주고 싶어서요. 볼펜 써도 되죠?"

"어. 어차피 볼펜은 내 꺼야."

"잠시만 빌리겠습니다."

"여기서 볼펜 쓰고 가. 나갈 생각 하지 말고."

"안 나가요. 그렇게 노골적이고 직접적이게 도망 안 쳐요."

의자에 앉은 윤비가 A4 용지 위에 브랜드의 약도와 실내 구조를 천천히 그리기 시작했다. 대충 그리는 것처럼 빠른 손놀림이었지만 점점 볼만한 약도가 되어 갔다. 완성된 약도는 어디 내놔도 될 만큼 그럴싸했다.

"그림 좀 했나 봐?"

"브랜드 취직 결심 전까진 미술 전공이었어요."

"아, 그래? 몰랐던 사실이네."

성호의 무심한 대답을 끝으로 사무실 안이 조용해졌다. 문 너머에선 시끌벅적한 소리가 들려왔지만 이 불편한 침묵을 깨는 데는 전혀 도움이 되지 않았다. 윤비는 A4 용지를 쥔 채 복사기만 힐끔거렸다.

"무단으로 쓰면 예의가 아니겠죠?"

"어서 도망가고 싶어?"

속을 꿰뚫어 보듯 묻는 그의 말에 윤비가 찔끔했다. 아이를 안아 들고 있는 성호와 눈이 마주친 후로, 그가 그녀를 향해 웃어 준 후로…… 마음이 더 이상해졌다.

돌이켜 보면 얼마 전부터 자신은 이상했다. 이유 없이 심장이 쿵쿵거렸고, 괜히 사장을 향해 눈길이 따라붙었고, 출근 전이면 괜히 거울을 세 번이나 더 바라보았고, 안 하던 드라이도 하고, 사장이 데리러 왔을까 아닐까 고민하다 창문도 열어 보았다.

사내 연애인데다, 상대는 사장이라서 연애하기엔 벅찬 상대고, 자신은 연애에 관심도 없는 사람이었는데. 어쩌다 이렇게 되었을까.

"복사 세 장 한다고 해서 혼나진 않겠죠?"

더 오래 사장과 마주 앉아 있다간 제 속마음을 털어놓을 것 같아 윤비는 대답을 피하며 자리에서 일어났다. 복사기로 걸어가 자리에 맞춰 A4 용지를 놓았다.

"결론 내렸지?"

손이 움찔거려 겨우 맞춰 놓은 A4 용지 자리가 흐트러졌다.

"그게 뭔지 모르겠지만."

다 아는 것처럼 말해 놓고 모른단다. 윤비는 참고 있던 숨을 천천히 뱉어 냈다. 등 뒤에 꽂히는 목소리, 등 뒤에 닿는 시선. 그 어느 것 하나 불편하지 않은 게 없다. 그럼에도 그 시선이 떨어지는 것은 원치 않는 건 뭘까. 드르륵 의자 끄는 소리가 들렸다. 성호가 일어나서 사무실 밖으로 나가 버리는 건지, 아니면 자신에게 다가오는 걸까. 어떤 거든지 상관없다.

"사장님."

복사기 앞에 동상처럼 서 있던 윤비의 자그마한 부름에 성호의 걸음이 멈췄다. 겨우 A4 용지를 제 자리에 맞춰 놓고 윤비가 천천히 돌아섰다. 그는 사무실 중간에 우뚝 서 있었다. 자신에게 오려고 했던 것 같기도 하고, 나가려고 했던 것 같기도 했다. 대화 나누기엔 자리가 이상하지만, 지금 말해야 했다. 이 순간을 놓치면 영영 자신의 마음을 이야기하지 못 할 것 같았다.

"결론, 그거 이야기할게요. 더 담고 있다간 심장 마비 걸려서 죽어 버릴 거 같아요. 그렇게 죽는다고 해서 국과수에서 제 마음을 읽을 리 없을 거고. 그 전에 말할게요. 저 사장님 존경해요. 좋아하기도 한 거 같고요. 그런데 브랜드는 사랑해요. 제가 사장님을 브랜드 때문에 좋아하는 건지, 남자로 좋아하는 건지 아직 결론 내리지 못 했어요. 그래서 아직 대답 못 하고 있었던 거예요."

떨리면서도 의아스러웠고, 설레면서도 의문스러웠다. 자신이 사장에게 호감을 가지고 있는 것은 사장의 부재 때부터 진즉에 느꼈던 거였다. 다만 그를 향한 마음이 그가 '사장님'이라서인지 그가 '남자'라서인지 구분은 해야 했다.

멀찍이 떨어져 있던 성호의 고개가 비스듬히 기울었다.

"고작 그거 때문에 기다리게 했다고?"

"그럼 어떻게 해요? 다른 방법이 없는데."

저벅저벅 성호가 빠른 걸음으로 다가왔다. 그러고는 윤비의 앞에 바짝 붙어 섰다. 다리가 서로 맞물릴 만큼 가까운 거리에서, 성호는 픽 웃었다.

"그럼 확인해 봐야지. 브랜드 때문인지 아닌지."

다가오려는 성호를 피하려고 몸을 뒤로 젖히던 윤비는 뒤통수를 쿵 하고 박았다. 그러나 그 아픔을 느낄 새도 없었다. 입술을 가르고 들어오는 뜨겁고 말랑거리는 무언가가 윤비의 입안을 차츰차츰 잠식해 갔다. 부드럽고, 뜨겁고, 말랑거리고, 애틋하다. 혀끝이 스치자 허리에 힘이 바짝 실리면서 눈이 저절로 꾹 감겼다.

그 순간 윙— 하는 알 수 없는 소리와 함께 등 뒤에서 빛이 번쩍 뿜어져 나왔다.

아, 이게 키스라는 거구나.

설명할 수 없는 기이한 일과 기묘한 느낌.

윤비는 인정할 수밖에 없었다. 자신에게 이런 느낌을 줄 수 있는 건, 브랜드를 창립한 젊은 사장님이 아니라 자신의 심장을 뛰게 만드는 '진성호'라서 가능한 거라고.

※　　※　　※

첫 키스를 할 때 보통 듣게 된다는 종소리 대신 기계 소리를 들었을 때는 자신이 최첨단 시대를 살아가고 있기 때문이라 여겼다. 그러나 키스가 끝난 후 발치 아래에 낙엽처럼 수북이 쌓인 A4 용지를 보는 순간, 정확히 그 종이 안에 자신의 뒤통수가 복사되어 있다는 것을 안 순간 경악을 금치 못했다. 새 시대를 열듯 환하게 뿜어져 나오는 그 빛과 소리는 자신이 깔고 누운 복사기 때문이었다니. 바닥에 수북한 종이를 챙겨 든 사이 사무실 문이 벌컥 열렸다. 고아원의 원장님 등장에 그대로 모든 행동을 멈춘 윤비와 달리 성호는 능청스럽게 원장님을 맞이했다. 성호가 필요한 정보 때문에 급하게 복사기를 빌렸다는 거짓말을 능청스럽게 하는 동안 윤비는 어색하게 웃으며 연신 고개만 끄덕였다. 온화하게 웃던 원장님은 그녀가 손에 쥔 검은 A4용지를 보고 흠칫하긴 했으나 애써 표정을 고쳤다. 성호가 잠시 시간을 버는 사이 윤비는 발 빠르게 사무실을 빠져나왔다.

그리고 복사해야 할 약도 대신 제 뒤통수만 복사한 죄로, 윤비는 검은 A4용지 위에 약도를 일일이 그려서 아이들에게 나누어 주었다. 아이들이 자신의 뒤통수라는 것을 알아보면 어쩌나 조마조마한 눈초리로 살폈으나 다행히 아이들은 별로 개의치 않았다. 오히려 장난꾸러기 남자애는 약도 뒤에 외계인이라며 심오한 눈빛을 빛내며 모두에게 자랑했다. 그리고 그 소문은 크게 와전되어 브랜드에 요리사가 외계인이더라, 라는 말까지 나왔다. 이 모든 것이 그녀의 뒤통수로 비롯된 이야기였다.

봉사 활동이 끝난 후 윤비는 먼저 성호의 자동차에 올라탔다. 이미 직원들을 실은 승용차와 트럭은 출발했고, 성호만이 원장님에게 붙들려 대화 중이었다. 백미러로 원장님과 서서 이야기를 나누고 있는 성호를 흘깃 살폈다. 키도 훤칠하고 팔다리도 아쉬울 것 없이 쭉 뻗었다. 이마를 훤히 드러낸 짧은 머리카락과 그 아래에 자리한 반듯하고 단정한 외모까지. 저런 사람과 연애를 시작하다니.

브랜드에 근무하러 가기도 전에 지쳐서 윤비는 시트에 몸을 파묻은 채 창가에 머리를 기댔다. 그야말로 늘어진 오징어 자세로 앉아 있던 윤비는 달칵하고 문 열리는 소리에 움찔하며 두 다리를 슬며시 모았다.

"자?"

"아뇨."

"나, 안 봐?"

건너오는 성호의 목소리에 웃음기가 배여 있었다. 이 상황이 무척 즐거워 어쩔 줄 모르는 눈치였다.

"그냥…… 조용히 가죠, 우리."

연애 시작 전부터 입도장부터 쾅 찍은 이 상황이 민망하고 부끄러워 어쩔 줄 모르겠다는 말을 할 수가 없다. 그래서 윤비의 얼굴은 점점 차 문과 시트 사이의 그 어딘가를 향해 박혀 갔다. 이러다가 얼굴이 사라질 기세다.

"신기한 거 찾았는데."

"전혀 신기하지 않을 거 같아요."

"왜?"

"전 지금 사장님과 연애하기로 한 제가 더 신기해요."

"우리 연애하나?"

고개를 홱 돌린 윤비가 눈을 부릅뜬 채 자신의 사장을 바라보았다. 지금 이 사장이 어디서 발뺌인가. 뒤통수까지 복사해 가면서 가열 차게 입도장 찍은 건 언제고? 표정으로 따지고 들던 윤비의 표정이 확 구겨졌다. 사장이 보란 듯이 쫙 펼치고 있는 A4용지에 검게 그려진 저것. 분명 자신이 단 한 번도 제대로 본 적 없는 자신의 뒤통수였다. 윤비가 낚아채려고 손을 뻗었으나, 성호가 한발 빨리 종이를 옆으로 거둬들였다.

"내가 신기한 거 찾았댔지?"

"그걸…… 어떻게……?"

"소각장에 있던데?"

"허……."

소각장에 버려 둔 걸 굳이 찾아왔단다. 허망한 윤비의 표정과 달리 성호는 부드러운 미소를 지으며 외계인 같은 윤비의 뒤통수를 따뜻하게 바라보았다.

"액자에 보관해 두려고."

"안 돼요! 내놔요!"

윤비가 두 손을 힘껏 뻗었으나 소용없었다. 오히려 성호에게 자신의 두 손목을 내민 꼴이 되었다. 한 손으로 윤비의 양쪽 손목을 거머쥔 성호는 빙긋 웃었다. 그러고는 보란 듯이 A4용지를 살살 접어 자신의 자켓 안주머니에 밀어 넣었다.

"아까 하던 이야기나 해 볼까."

"뭐, 뭘요."

"우리 연애하나?"

알면서 뭘 묻나 싶었다. 그러나 성호의 눈이 가늘어지며 입술 끝이 위를 향해 뻗었다. 남자가 이렇게 섹시하게 웃는 건 반칙이다. 그러나 괜히 오기가 생겨 대답 대신 윤비는 입술을 꽉 깨물었다. 그 순간 휘청하며 윤비가 성호의 코앞까지 딸려 왔다. 성호가 조금만 더 당기면 코끝이 마주칠 정도였다. 내뱉던 숨을 참으며 애써 담담한 척 윤비가 물었다.

"왜, 왜 이래요?"

"아직 답을 못 내린 거 같아서. 한 번 더 해 보면 결론 나지 않겠어?"

"으윽."

"뭐, 답이 날 때까지 해도 좋고."

"……."

앞만 향해 달려가는 불도저. 직진 인생. 아마 그 별명은 눈앞의 이 남자를 위해서 지어진 것이 틀림없다. 성호가 천천히 그녀의 손목을 당겼다. 코끝이 마주쳤다. 조금 더 가까워지면 입술 끝이 스칠지도 모른다.

"해, 해요!"

"뭘. 키스를?"

알면서 모르는 척 시치미 뚝 떼고서 묻는다.

"아뇨! 연애요. 연애, 그거 해요."

성호의 고개가 비스듬히 기울었다. 그러고는 옅게 웃어 보였다.

"나중에 딴말하면 그때는 어떻게 될지 몰라."

"……알아요. 나도 물릴 생각 없어요. 연애해 봐요, 우리. 끝이 어떻게 되든 간에."

체념이 서려 있던 윤비의 표정에 단호함이 보이자 성호가 편안하게 어깨를 늘어뜨렸다. 성호의 미미한 변화를 윤비가 의아한 듯 바라보았다. 긴장하고 있었던 건가. 천하의 진성호가? 윤비가 의아하게 바라보던 사이 부드럽고 몰캉한 무언가가 입술을 꾹 찍었다. 프렌치 키스. 아이들 장난 같은 뽀뽀에도 윤비의 표정이 멍해졌다.

"해 보자, 연애."

숨소리가 윤비의 입술 끝을 툭툭 건든다. 이건 위험하다. 그의 자극도가 지나쳐서 자칫하다간 자신이 이성을 잃을 것 같았다. 아직은 그런 짐승녀의 모습을 보여 주고 싶지 않았다.

"대답했잖아요. 놔줘요."

"대답하면 놔주겠다고 이야기한 적 없는 거 같은데?"

"여기 고아원이고, 애들이 보고 있을지도 몰라요."

"후, 그건 그렇네."

성호가 윤비의 손목을 스르륵 풀었다. 그러나 빈손이 아쉬운지 주먹을 꽉 쥐던 손으로 핸들을 거머쥐었다. 자동차가 출발한 후에 윤비는 슬며시 성호가 잡아 쥐었던 제 손목을 감쌌다. 뜨겁다.

뜨겁고 더운 것은 질색인데 이상하게 이건 좋다.

윤비의 입술이 길게 늘어졌다.

＊　　＊　　＊

저녁 바쁜 타임을 마친 후 테이블을 재정리하다 물을 엎지른 윤비는 마침 지나가던 우수를 불렀다. 손님이 계실 때는 높여 부르는 것이 규칙이라 이름까지 붙여 '우수 씨'라고 불렀건만 우수는 돌아보지 않았다. 자신이 너무 작은 목소리로 불렀나 싶어 윤비가 한 번 더 크게 불렀다. 그제야 우수가 걸음을 멈춘 채 무심하게 자신을 바라보았다.

"우수 씨. 혹시 마른행주 소지 중이세요?"

"아뇨."

"그럼 혹시……."

티슈라도 있냐고 물어볼 참이었다. 그러나 우수는 대답과 동시에 쌩하니 찬바람을 일으키며 사라졌다. 자신이 무언가 실수한 것이 있나 가만 고민해 보았지만 별달리 없었다. 뿔테 안경을 쓰고 다닐 때는 싱글벙글 웃고 다녀서 조증에 걸렸나 싶었는데 안경 벗은 후론 냉정하기 그지없었다. 쓴 입맛을 다시며 윤비가 허리에 걸어 놓은 무전기를 빼 들었다.

"B구역에 고객님 보내지 마세요. 5분간 자리 비웁니다."

윤비의 말에 여기저기서 간략하게 '네' 라는 답이 돌아왔다. 2층 탈의실로 올라간 윤비는 축축하게 젖은 앞치마를 벗어 창가에 걸어 놓았다. 여분의 앞치마를 사물함에서 빼내어 둘렀다. 탈의실에서 나와 계단을 내려가려던 윤비는 전신 거울 앞에 멈춰 섰다. 앞치마의 착용을 꼼꼼히 살피던 윤비가 하던 행동을 멈추고는 거울에 비친 자신의 모습을 물끄러미 보았다.

그러다 무심히 진성호의 표정과 입술 촉감이 되살아나 등골에 자잘한 소름이 돋아났다. 허리부터 뒤통수까지 일직선으로 아찔한 느낌이 강타했다. 잠시 호흡을 고르던 윤비의 시선이 제 입술에 닿았다.

진성호는 이 입술에 키스를 한 건가.

주변을 살펴보던 윤비는 조용히 거울 앞에 다가섰다. 키스할 때 자신의 모습은 어떨까. 도무지 상상이 되질 않는다. 잠시 자신을 뚫어져라 바라보던 윤비는 눈을 스르륵 감았다. 그러고는 가느다랗게 실눈 뜬 채 입술을 내밀고서 천천히 거울로 다가갔다. 이런 표정과, 이런 입술 모양이었던 걸까. 입술에 차가운 거울이 닿았다.

사장님 입술은 따뜻하고, 부드럽기도 했고, 입술에 감겨 오기도 했다.

"거울이랑 뭐 해?"

아아. 그리고 그 입술의 주인은 저런 목소리를 가지고 있었다. 황홀경에 젖기도 전에 사태를 파악한 윤비가 지그시 입안의 살을 깨물었다. 하필, 이 꼴로, 이러고 있는 걸 들키다니.

"어제 닦은 거울인데."

"……."

"자는 척하지 말고 일어나."

"……."

"들어다가 사장실에 갖다 놓기 전에. 그 후에 일어나는 일들은 나도 책임 못 진다."

"……."

사장의 엄포에 머릿속으로 19금 상상의 나래를 펼치던 윤비가 슬그머니 눈을 뜨고서 거울에서 떨어졌다. 슬쩍 고개를 들어 보니 사장은 팔짱을 낀 채 황당하다는 표정을 가감 없이 드러내고 있었다.

"자아애가 엄청난가 봐."

턱짓으로 성호가 거울을 가리켰다.

"무슨 말씀이신지? 하하. 수고하세요!"

눈을 질끈 감은 윤비가 꾸벅 사장에게 인사를 하곤 1층으로 후다닥 뛰어 내려갔다. 잡을 틈 없이 사라져 윤비의 뒤만 멍하게 보던 성호는 픽 하니 웃었다. 그러고는 윤비가 서 있던 거울 앞에 섰다.

"얘랑 할 시간 있으면, 나랑 좀 하지."

한쪽 눈썹을 치켜 올린 채 작게 중얼거리던 성호가 허리를 숙여 거울을 찬찬히 훑었다. 반질반질 윤이 나는 거울에 김이 서렸다 사라진 무늬가 보였다. 그 아래에 찍힌 입술 자국을 살피던 성호의 입술 끝이 길게 늘어났다. 찾았다.

주변을 둘러보던 성호는 고개를 앞으로 숙였다. 윤비의 입술이 남은 그곳에 성호는 제 입술을 가져다 댔다. 차갑고 딱딱했다. 그리고 문득 자신이 뭐 하는 건가 하는 생각이 불쑥 들었다. 허리를 곧게 세운 성호가 제 입술 자국이 남은 거울을 바라보았다.

"나도 기분 별로야."

그러고는 거울에게 한마디 툭 던졌다.

"그래도 어떡하냐. 김윤비 입술은 나눠 주기 싫은데."

성호의 손끝이 제 입술 자국이 남은 곳을 엄지로 슥 밀어 닦아냈다.

　　　　✻　　　✻　　　✻

　거울과 키스한 후 윤비는 사장을 피하기 위해 안간힘을 다했다.
홀을 둘러보러 성호가 내려올 때 윤비는 B구역 구석에 숨어서 티
슈를 정리하는 척했다.

　"김윤비 씨."

　그리고 그런 그녀를 사장은 꼭 찾아냈다.

　"네. 사장님."

　"B구역 관리할 때 불편하거나 필요한 사항은 없어요?"

　평소와 다르게 성호의 입술 끝이 늘어져 있는 걸로 보이는 건 착
각일까. 거울과 강렬하게 키스하던 자신을 비웃는 건가. 아니면 자
신이 거울과 뽀뽀한 이유를 알아채서 웃는 건가. 쪽이 팔리다 못해
매진 상황이었다. 이미 넋을 놓은 윤비가 멍하게 답했다.

　"괜찮습니다. 사장님."

　"거울……."

　"윽."

　"필요하지 않아요? 손님이 찾는다거나, 뭐 그런 이유로."

　"……필요하지 않습니다."

　윤비가 어금니를 깨문 채 억지로 웃으며 답했다. 윤비의 표정에
성호가 입술이 더 길게 늘어졌다. 재미있다는 표정을 고스란히 드
러내고 있었다.

"그래요? 수고하세요."

멀어지는 사장의 뒷모습을 씹어 먹을 것처럼 노려보던 윤비는, 귀신처럼 알아채고 돌아보는 사장을 향해 활짝 웃어 보였다. 입술에 경련이 나고 눈가가 파르르 떨리는 그 미소를 보며 성호는 픽하니 웃었다.

그리고 얼마 후 윤비의 과한 억지 미소를 본 영아는 그녀의 이마를 짚으며 많이 아프냐고 물었다.

※　　※　　※

"수고하셨습니다."

"응. 윤비도 수고…… 응? 방금 윤비 목소리 아니었어?"

뒤로 돌아보던 영아가 방금 전까지 따라오던 윤비를 찾아 두리번거렸다. 그러나 굳게 닫힌 직원 출입구만 보일 뿐 윤비의 모습은 코빼기도 보이지 않았다. 영아를 따라 몇몇 사람들이 두리번거리며 윤비를 찾다가 연락하기 시작했다. 그러나 통화는 되지 않았다. 얼마 후 윤비에게서 [지갑을 놔두고 와서요. 먼저들 가세요]라는 짤막한 문자만 도착했다.

"별일 아니었네."

"다들 조심해서 가요."

"그래요. 안녕히 가세요."

모두들 인사를 나누며 뿔뿔이 흩어지는 소리를 듣고서야 출입구

문에 기대서 있던 성호가 몸을 일으켰다. 눈을 내리깐 채 싱긋 웃는 성호의 얼굴을 윤비가 뾰로통한 표정으로 노려보았다.

모두에게 수고했다며 인사를 하며 직원 출입구로 나가기가 무섭게 성호의 손에 끌려 가게 안으로 들어왔다. 절대로 기대선 문에서 비키지 않을 것 같아 하는 수 없이 모두에게 먼저 가라는 문자를 보낼 수밖에 없었다.

"이게 무슨 짓이에요. 놀랐잖아요. 심장 터지는 줄 알았네."

"그러는 너는? 내가 너 퇴근하는 거 못 봤으면 어쩔 뻔했어?"

"어쩌긴요. 전 지금 동료들과 퇴근하고 있었겠죠."

"나는?"

"사장님도 퇴근하시겠죠."

윤비의 당당한 말에 성호는 잠시 할 말을 잃었다. 다시 정신을 수습한 성호가 잊지 말라는 듯 힘주어 말했다.

"우리 연애 중이야."

"알아요."

"하아."

무덤덤한 윤비의 말에 성호가 깊은 한숨을 내쉬며 시선을 창가 쪽으로 돌렸다. 둔하고 무감할 거라곤 생각했지만 이렇게 심각할 줄이야. 10초간 얼굴을 보기 위해 1시간을 달려오는 미련한 짓은 하지 않더라도, 어느 정도 애틋함은 있을 거라 생각했는데 착각이었나 보다. 윤비의 무심한 얼굴은 애틋함은커녕 남의 퇴근길을 왜 방해하냐 되레 시위를 하고 있었다.

"따라와. 데이트하게."

"데……이트요?"

"그럼 내가 널 왜 붙잡았겠어. 이 시간에? 지구 평화와 인류의 번창을 위해 토론이라도 하자고 남겼을 거 같아? 그러니까 따라와."

성호는 윤비의 손목을 덥썩 쥐고는 홀로 향했다. 그가 끄는 대로 졸졸 따라가며 윤비는 그의 뒤통수를 힐끔 올려 보았다. 데이트. 25년간 살아온 김윤비 인생에 데이트는 연애만큼이나 낯선 단어였다. 그런데 이상하게 피실 웃음이 난다. 누가 가슴 언저리를 간질이는 것 같았다.

"앉아."

사장이 끌고 온 곳은 사장실이었다. 불이 다 꺼진 깜깜한 곳에서도 용케 의자를 찾아 윤비를 앉혔다. 그 순간 윤비가 심각한 목소리로 말했다.

"뭐 하는 짓이에요, 사장님."

"뭐가."

한 치 앞도 볼 수 없는 어둠에 성호가 주머니에서 휴대폰을 꺼내며 물었다.

"우리가 정식 연애하기 전에 키스부터 한 사이긴 하지만, 이건 너무 급하죠."

화를 억누르듯 꽉 막힌 목소리에, 성호는 휴대폰 액정 불빛을 비추었다. 가슴 앞을 엑스 자로 가로막은 두 손, 불빛을 날카롭게 노려보는 시선, 한껏 오므린 다리.

성호의 한쪽 입꼬리가 길게 늘어졌다.

생각보다 불순한 여자다.

"머릿속에 담긴 19금 영상 안 지워?"

"그럼, 설마, 25금?"

이 여자를 어째야 하나.

"채찍? 촛불?"

이제 정체를 알 수 없는 물건들이 점점 쏟아져 나오기 시작했다.

안 그래도 하얀 얼굴이 더 하얗게 질리는 것을 보며 성호는 휴대폰을 끄며 동시에 블라인드를 확 걷었다. 그 순간 블라인드 뒤에 감춰져 있던 야경이 환하게 드러났다. 시내의 외곽 지대에 자리한 브랜드는 야트막한 언덕을 끼고 있어서 2층임에도 다른 건물의 4층 정도 되는 높이였다. 그래서 도로의 불빛, 건너편 주택가의 불빛과 가로등 불빛이 어우러진 풍경은 제법 볼만했다.

"아……."

그러나 그 아름다운 풍경을 보고 있음에도 윤비의 표정은 하얗게 식어 갔다. 로맨스를 준비한 남자를 19금 영상의 변태로 오인했으니 어쩔 것인가. 야경을 담은 통유리에 비스듬히 기대선 성호가 그녀를 보면서 알 듯 말 듯한 미소를 짓고 있었다.

"실망시켜서 어쩌나. 늦지 않았다면 지금이라도 19금 한 번 찍어 봐?"

"네? 19금이라니요? 그게 뭐죠? 먹는 건가요?"

뻘쭘한 얼굴로 오리발부터 내밀고 보는 윤비를 보며 성호가 픽하니 웃었다. 불리하면 못 알아듣는 척하는 게 김윤비의 특징이자 매력이라면 매력이었다.

윤비가 앉아 있는 의자를 끌어다가 창가 가까이에 두고서 성호는 책상에 걸터앉았다. 그러고는 미리 준비해 둔 얼음통에서 맥주를 꺼내 윤비에게 내밀었다. 신이 난 표정으로 윤비가 받아 들었다.

"하나 묻자."

"네. 물으세요."

차가운 맥주에 윤비가 신난 목소리로 답했다. 그리고 그녀가 캔 맥주를 입에 막 가져다 댈 때였다.

"촛불이랑 채찍은 어디에 쓰는 거냐?"

"푸웁!"

"엄청난 분사력이네. 낮이었으면 무지개도 떴겠어."

"아……. 하아. 잠시만요."

윤비는 테이블에 놓인 티슈로 자신의 입과 유리의 군데군데를 닦아 냈다. 뒤통수에 진성호의 시선이 아프게 꽂혔지만 윤비는 못 느끼는 척 열심히 유리를 닦았다.

"그만 닦고 대답이나 하지?"

그런 윤비의 심중을 빠르게 꿰뚫어 본 성호였다. 눈을 질끈 감으며 윤비는 죽을상을 지었다. 거울부터 19금은 뭐고 또 촛불과 채찍은 왜 말한 건가. 아, 이 유리를 뚫고 나가고 싶다. 윤비가 소리 없이 탄식하는 사이 성호가 다시 한 번 무엇이냐고 물었다. 결국 윤비가 우물쭈물 대답했다.

"촛불은 밤을 밝히고 채찍은……. 그러니까 채찍은……."

대체 채찍은 어디에 쓰는 것인가. 다시 한 번 쪽이 매진됐다.

기다리다 지친 성호가 강제로 돌려세워 보니 윤비는 죽을상을 하고 있었다. 그런 그녀의 표정을 바라보던 성호가 아랫입술을 깨물었다.

이럴 때는 또 정신 못 차리게 귀엽네, 김윤비.

"묻는다고 또 대답하냐."

웃음기 섞인 목소리로 성호가 물었다.

"물으니까 대답해야죠."

성호의 긴 다리 사이에 갇힌 윤비가 자라처럼 목도리에 얼굴을 푹 파묻으며 중얼거렸다.

"대답은 잘하지. 추워?"

"아뇨."

"그럼 숨지 마."

얼굴을 가린 목도리가 마음에 들지 않아 성호가 당겨 내렸다. 환하게 드러난 윤비의 얼굴이 마음에 드는지 성호의 눈이 부드럽게 휘었다. 성호는 윤비의 등 뒤에서 깍지를 끼고서 그녀를 좀 더 끌어당겼다. 놀란 듯 윤비가 시선을 들어 성호를 바라보았다.

두 사람이 가까이에서 서로를 마주하는 순간, 짠 것처럼 대화가 끊겼다. 귀가 먹먹할 정도로 침묵이 차올랐다. 가로등 불빛만 스며

들어오는 사무실 안이 어색하면서도 누구도 말을 하지 않았다.

자신의 등을 감싸고 있는 성호의 손길, 달싹이는 성호의 입술, 자신을 흔들림 없이 바라보고 있는 시선. 입술에 닿을 듯 말 듯한 숨결까지도. 모든 감각이 살아나 성호라는 사람의 움직임에 예민하게 반응했다.

낯설고 이상한 기분에 휩싸여 덜컥 겁이 났지만 윤비는 성호에게서 눈을 떼지 못 했다.

"무슨 생각해?"

낮게 가라앉은 목소리가 은밀한 밀어를 이야기하듯 속삭였다. 윤비는 시선을 내리깔며 그의 목울대를 바라보았다. 무언가를 참아내듯 아래위로 움직이는 목울대의 움직임이 야했다. 목에서 어깨로 이어지는 선도, 계속해서 와 닿는 그의 입김까지도.

"사장님은요?"

윤비의 낮은 물음에 성호의 시선이 윤비의 눈으로 향했다. 그 시선을 느낀 건지 윤비도 느릿하게 성호의 눈을 바라보았다.

"한 번 더 반하다."

"한 번 더 반하다?"

"내가 반한 사람에게 다시 한 번 반하다, 라는 생각."

낮은 읊조림이 가슴 어귀를 간지럽혔다. 정신이 혼미해졌다. 연애라는 게 원래 이런 걸까. 기분이 자꾸만 이상하고 가만히 서 있기만 한데 숨이 차오르는 이런 거. 머릿속이 하얗게 비어 가고 감각은 오로지 성호와 맞닿은 곳으로만 향했다.

그 순간 성호의 입술이 윤비의 입술로 향했다. 멈칫하며 반사적으로 물러나려던 윤비는 등을 감싸고 있던 성호의 손길에 가로막혔다. 성호의 입술이 닿자 목덜미가 짜릿해졌다. 첫 키스보다 두 번째 키스가 더 짜릿할 줄이야.

어떤 소리도 파고들지 못하고, 어떤 방해도 허락하지 않는 세상으로 동떨어졌다.

그녀가 그의 움직임에 몰입한 순간, 입술 새로 찬 공기가 스며들었다. 느릿하게 눈을 뜨자 가쁜 숨을 내쉬고 있는 성호가 보였다. 당장이라도 돌변할 것 같은 눈빛을 억지로 숨기며 성호는 옅게 웃었다.

하마터면 어디 가요? 라고 물을 뻔한 윤비가 입술을 깨물었다. 더 이상 쪽을 팔았다간 마이너스다.

"오늘은 여기까지. 지금도 죽을 거 같거든."

"……."

"연애 첫날 19금은 무리잖아."

성호가 그녀의 등 뒤를 감싸고 있던 손길을 풀었다. 그 순간 아랫배에 와 닿는 무언가를 느낀 윤비가 민망한 표정으로 한발 물러섰다. 덩달아 민망해진 성호는 자신의 손으로 윤비의 짧은 머리를 부스스 흩어 놓았다.

조금 더 붙어 있으면 죽을 것 같았다. 꽤 금욕적인 삶을 살았고 성취욕 외엔 별다른 욕구도 없었기에 키스 정도엔 반응 없으리라 생각했는데. 자신도 한낱 남자에 불과했다. 이렇게 불 지필 만한 여성을 못 만났을 뿐이었다. 성호는 자신에게 닿았던 윤비의 입술의 감촉을 애써 지우며 힘겹게 시선을 창밖으로 돌렸다.

그렇게 두 사람은 말없이 맥주캔만 비웠다.

❋   ❋   ❋

"오늘 술 한 잔 하자."

남자 탈의실 문을 열고 나오던 우수가 앞을 가로막고 선 성호를 흘깃 보았다. 팔짱을 낀 채 고개를 비스듬히 꺾고 있는 폼이 작정한 듯했다. 그러나 우수는 시선을 다른 곳으로 돌리며 모르는 척 무심히 물었다.

"무슨 일이십니까, 사장님. 저 퇴근해야 합니다. 업무에 관한 내용이라면……."

"술 한 잔 하자고 한 거 같은데."

"업무상 내용이 아니라면……."

"풀 근무 뛸래, 술 한 잔 할래."

성호의 낮은 목소리에 우수의 미간이 접혔다. 성호는 실없는 소리를 할 사람이 아니기에 저 말도 진심일 게 분명했다. 이미 체력의 한계를 느끼고 있던 우수는 마지못해 고개를 끄덕여야 했다.

"따라와."

앞서 걷는 성호를 따라 우수가 느릿하게 걸음을 옮겼다. 성호를 따라 도착한 곳은 가게 인근에 있는 조용하고 깔끔한 술집이었다.

소주 한 병, 맥주 한 병, 간단한 건어물 안주거리를 주문한 성호는
그 후부터 아무 말 하지 않았다. 결국 침묵의 무게에 짓눌린 우수
가 먼저 퉁명스럽게 말문을 열었다.

"왜 아무 말 안 해?"

"무슨 말."

무슨 말을 해야 하냐는 표정으로 성호가 반문했다.

"뭐?"

"술 한 잔 하자고 했지. 이야기하자는 말은 안 한 거 같은데."

"순수하게 술 한 잔 하러 왔다고?"

"그럼?"

성호가 덤덤하게 답하며 우수 앞에 놓인 술잔에 술을 부었다. 우
수가 불편한 표정을 드러내며 성호를 바라보았다. 성호는 스스로
제 술잔에 술을 붓고는 그대로 들이켰다. 그러고는 인상을 팍 쓰며
건어물을 입에 물었다.

"나 아직 윤비에 대한 마음 접은 거 아니야."

"알아. 그러니 아직까지 니가 나를 이렇게 대하겠지."

대수롭지 않다는 듯 성호가 덤덤히 답했다.

"근데 내가 이렇게 화나는 건 형 때문이야. 형처럼 신중한 사람
이 갑자기 한눈에 반하진 않았을 거야. 아니, 한눈에 반했다고 하
더라도 지금처럼 불도저처럼 들이밀진 않았을 거야. 그것도 직원을
상대로. 분명 오래전부터 윤비한테 관심이 있었다는 소리인데…….
그동안 형은 나한테 내색 한 번 안 하고 숨겼어. 내가 뻔히 윤비한

테 관심 있는 걸 알면서도. 혜주 때도 형은 다 알고 있으면서 모르는 척 굴었어. 웃으면서 축하해 줬던 걸 생각하면 형이 무서워. 알아?"

속사포처럼 말을 쏟아 낸 우수는 곧장 소주잔을 한 번에 비워 냈다. 빈 잔에 한 잔 가득 술을 따라 다시 한 번 더 비워 냈다.

"미안하다."

성호의 생각지 못한 사과에 제 술잔에 소주를 채워 넣던 우수의 손이 멈칫했다.

"지금 해명해 봤자 변명일 거야. 내가 나를 제어할 수 있을 거라 과신했고, 제정신이 아니라 널 제대로 챙기지 못 했어. 형답지 못한 모습이었다. 미안하다. 혜주 일도, 윤비 일도."

끝장을 보리라 생각하며 빳빳하게 힘주었던 우수의 어깨가 축 늘어졌다. 성호는 생각보다 훨씬 쉽게 사과했다. 더 화낼 수도 없게.

그리고 그 사과를 받을 수밖에 없도록 성호의 표정은 진심을 다하고 있었다. 우수의 입술 새로 허탈한 한숨이 흘러나왔다.

"형은…… 사기꾼이야. 며칠 만에 찾아와서 말 한 방에 해결하려고 하다니."

"그래서 술도 사 주잖아."

"고작 이거?"

"그럼 2차는 바로 가던지. 룸살롱이나 도우미 나오는 곳은 안 돼. 여자 친구 있는 몸이라서."

본래 룸살롱 간판도 안 보는 사람이 성호였다. 그러면서도 능청스럽게 룸살롱을 언급하면서 윤비와 만나고 있음을 알리다니.

"기어코 만나는구나, 두 사람."

"이제야 만나는 거지."

"후우, 2차는 바로 가. 내가 형 지갑 탈탈 털 거니까. 각오해."

"기꺼이."

옅게 웃으며 성호가 고개를 까딱였다. 우수는 씁쓸한 입맛을 다시면서도 성호를 향해 웃어 주었다. 비록 김윤비를 가로채 간 성호 때문에 화가 나긴 했지만, 그 일로 성호를 놓을 순 없었다. 함께한 시간이 햇수로만 십 년이 되어 간다. 여자 하나 때문에 틀어질 사이였다면 진즉에 이렇게 가까워지지도 않았을 거다. 더욱이 성호가 아니더라도 자신이 윤비와 만날 일은 없을 듯했다. 여자 진성호인 김윤비가 자신에게 눈길조차 주지 않을 거라는 걸 우수 또한 눈치채고 있었다.

그러니까 결국은 김윤비는 제 사람이 아니었다. 처음부터.

그렇게나마 억지로 제 마음을 털어 내는 우수였다.

❀   ❀   ❀

2월 말답지 않게 천둥 번개를 동반한 폭우가 쏟아졌다. 하루 종일 이어진 기상 악화로 손님들의 발길이 뜸했다. 덕분에 생각지 못한 여유를 맞이한 윤비가 쉬엄쉬엄 식기구를 정리하고 있을 때였

다. 갑자기 느껴지는 무언의 기운. 설마 하며 고개 돌리자 2층 난
간에 그가 기대서 있었다. 눈이 마주치자 손을 살짝 들어 보이는
성호를 보며 윤비는 다급하게 주변을 둘러보았다. 다행히 주변 사
람들은 사장이 2층 난간에 서 있는 것을 발견하지 못한 듯했다. 가
슴을 쓸어내리며 윤비가 사장을 쳐다보다 휴대폰을 꺼냈다. 윤비가
휴대폰을 만지작거렸다.

[누가 보면 어쩌려고 그러시나요? 사장님!]

사장에게 문자를 전송한 후 윤비가 다시 식기구를 정리하려고
고개를 숙일 때였다. 옆구리에서 부르르 떨리는 진동에 윤비가 휴
대폰을 꺼내 들었다.

[근무 시간에 휴대폰 사용 금지일 텐데.]

윤비의 입이 쩍 벌어졌다. 잠시 멍하게 그 문자를 바라보던 윤비
가 빠르게 문자를 쳐서 전송하고는 주머니 안에 밀어 넣었다. 얼마
뒤 사장의 손에 쥐어진 휴대폰이 길게 진동했다.

[남자 친구한테 보낸 문자가 사장님한테 갔나 봐요. 죄송합니다. 근무
중 남자 친구랑 절대로 연락하지 않겠습니다.]

윤비의 문자에 성호의 눈이 부드럽게 휘었다. 톡 건들면 파르르
하는 게 재미있다. 애교 하나 없고 딱딱하기 그지없는 문자건만,
남자 친구라는 단어에서 눈이 떨어지질 않는다.

성호가 답장을 치려고 액정을 두드릴 때였다.

"누나!"

가게를 울리는 굵직한 목소리에 성호가 고개를 들었다. 거대한

덩치의 남자 고등학생이 목소리의 주인인 듯했다. 우산을 썼음에도 비를 쫄딱 맞았는지 온몸에서 빗방울이 뚝뚝 떨어지고 있었다. 그러나 기분을 거스르는 것은 매장을 더럽히는 빗방울이 아니라 그의 수줍은 표정이었다. 정확히 윤비를 향해 수줍은 표정을 짓고 있는 것.

"어서 오세요. 고객님. 자리 안내해 드리겠습니다."

동행인 친구와 함께 테이블에 앉은 둘은 윤비가 움직이는 데서 눈을 떼지 못했다. 성호는 매장을 훑어볼 겸 쉴 겸 해서 잠시 머물려고 했던 계획을 바꿨다. 저 두 남학생이 나가기 전까지 매장 보는 걸로.

여러 번 음식을 가져와 먹던 남학생은 이런저런 핑계로 윤비를 계속 불러 댔다. 귀찮을 만도 하건만 웃으면서 가는 윤비를 보며 성호는 미간을 찌푸렸다.

어쭈, 자신이 불러도 저렇게 웃지 않으면서.

남학생의 접시를 치워 주고 간간이 길게 대화하는 윤비를 보며 성호의 미간이 점점 찌푸려졌다. 딱 봐도 윤비에게 마음이 있어 보이는 거대한 덩치의 남학생이 슬슬 싫다. 성호가 1시간이 넘는 남학생의 식사 시간을 지켜보는 동안, 홀은 이미 비상사태였다. 사장이 인상을 찌푸린 채 1시간 넘게 매장을 보고 있는 유래 없는 사태에 직원들은 패닉 상태였다. 무전기로 여러 번 사장이 보고 있다는 신호가 흘렀고, 윤비는 그 때문에 더 친절한 자세로 자신을 부르는 남학생을 대하는 악순환이 무한 반복되었다.

"저기, 누나."

고등학생의 6번째 부름이었다. 눈앞의 고등학생은 단골손님으로 유난히 B구역을 고집했다. 그리고 단골손님 중 가장 자신을 많이 부르는 손님이기도 했다. 입가에서 경련이 일어나려 했지만 윤비는 상냥하게 웃으며 고객의 눈높이에 맞춰 허리를 굽혔다.

"네. 고객님."

"고객님이라고 하지 마요. 후후훗."

후후훗? 윤비는 잠시 거대한 덩치를 자랑하는 남학생을 멍한 표정으로 바라보았다. 문자에서나 볼 법한 저 웃음소리를 실제로 듣게 될 줄이야. 윤비의 패닉 상태를 모르는 남학생은 조심스럽게 그녀의 손에 쪽지 하나를 쥐어 주었다.

"제 마음이에요! 두근두근! 또 올게요!"

두근두근? 거대한 덩치와 어울리지 않게 쪼르르 달려가는 남학생의 뒷모습을 아련하게 바라보던 윤비는 쪽지를 바라보았다. 쪽지엔 여자 캐릭터 스티커가 붙어 있었다. 굳이 맡지 않아도 냄새가 난다. 오타쿠의 깊고도 그윽한 향기가. 윤비는 잠시 떨리는 손으로 쪽지를 펼쳤다.

누나. 놀랐죠? 헤헷. 저도 이런 쪽지를 쓰게 될 줄 몰랐어요. 그냥 친절한 매장 누나였는데 어느 순간 누나는 저의 에델만큼이나 중요한 사람이 되었어요. 이 마음을 전하지 않고는 브랜드에서 맘 편히 밥을 먹을 수 없을 것 같아 전해요. 후훗. 그럼 이만.

P.S. 아, 에델은 쪽지에 붙어 있는 여자 스티커의 이름이에요.

서비스 정신 과용이 부른 참사인가.

윤비는 초점 잃은 눈으로 남학생이 앉았던 테이블을 바라보았다. 10접시. 마음을 전하지 않고는 맘 편히 밥 먹을 수 없다고 한 녀석이 1시간 만에 10접시를 먹어 치우고 나가나.

"윤비야. 쉬러 가. 너 쉴 시간 넘었다."

영아가 윤비의 등 뒤로 다가오며 말했다.

"아······. 예."

"왜 이렇게 넋이 나가 있어? 무슨 일 있어?"

"아뇨. 그냥 몹쓸 냄새를 맡았어요."

"냄새?"

"네. 오타쿠······ 냄새라고. 여튼 그런 게 있어요. 그럼 부탁드려요."

윤비는 영아에게 손을 휘휘 젓고는 2층 계단으로 올라갔다. 오타쿠가 자신에게 고백했다. 오타쿠는 게임 캐릭터를 사랑하는 사람이 아니던가, 그럼 자신이 게임 캐릭터를 닮았다는 건가? 그러나 윤비는 양심상 그렇게 생각할 수 없었다. 자신은 팔등신도, 육감적인 몸매도, 긴 생머리도 아니었다. 게임 캐릭터만 보다 보니 이런 신선한 캐릭터에도 호감이 생기는 건가. 눈앞이 어질어질했다.

"뭐야, 방금."

무너진 정신을 수습하기도 전에, 검은 그림자를 드리우며 성호가

292

나타났다. 성호의 얼굴을 코앞에서 보자 윤비의 얼굴이 확 붉어졌다. 그를 보자, 사장실이 떠올랐고, 사장실을 떠올리자 얼마 전 그날이 떠올랐다. 키스를 할 때 닿았던 그의 물건이. 낯설고도 기묘하고, 무섭고 난감했던 그 상황.

윤비는 애써 표정을 굳히며 답했다.

"뭐가요?"

"방금 그 남자애한테 받은 거 뭐냐고."

"이게……. 그러니까……."

오덕의 마음 심층수? 오덕의 깊고도 순결한 마음에서 길어 낸 온천수? 뭐라 표현할 말이 없어서 입만 벙긋거리던 윤비는 이내 깊은 한숨을 내쉬었다.

"그냥…… 뭐……."

"고백 받았어?"

"그 비슷한 거요."

성호의 눈이 윤비의 손에 들려진 쪽지로 향했다. 성호의 눈에서 불꽃 튀는 것을 보지 못한 윤비는 난감한 표정으로 한숨을 내쉬었다. 오덕에게 고백 받았을 때 해야 할 현명한 대처법 따위를 고민해야 하는 날이 올 줄이야. 이런저런 생각으로 윤비의 머릿속이 복잡해졌다.

"그래서, 좋아?"

"……뭐, 뭐요?"

눈앞의 사장이 진지하고도 근사한 목소리로 방금 뭐라고 한 건

가. 윤비는 제 귀를 의심했다. 오덕에게 마음이 흔들리냐고 물은 건가.

"방금 개. 어린 거 빼곤 니 이상형이잖아. 중저가 브랜드를 든 얼굴 못생기고 안경 낀 남자."

"……."

윤비는 할 말을 잃은 표정으로 성호를 바라보았다. 비록 그녀의 이상형이 그렇긴 하지만 오덕은 아니었다. 게임 캐릭터를 상대로 질투할 순 없지 않는가. 잠시 입을 뻥긋거리던 윤비는 가까스로 말을 꺼냈다.

"아……. 뭐라 대답해야 할지 모르겠어요. 지금 좀 충격이라서요. 정신 수습되면 이야기해요. 그럼 전 들어가겠습니다."

인사를 마친 윤비가 잡을 새도 없이 여자 휴게실로 들어섰다. 윤비와 이야기를 하려 했으나 계단을 올라오는 직원의 목소리에 성호도 사장실로 걸음을 옮겼다. 사장실로 들어온 성호는 곧장 전화기를 들었다.

"나야."

―네. 사장님.

긴장한 우수의 목소리가 들렸다. 근무 중 개인 전화로 연락하는 건 처음 있는 일이었다. 그러나 성호는 그런 것도 신경 쓸 수 없었다.

"방금 나간 남자애 얼굴 기억해?"

―네? 아, 네. 교복 입고 있던 고객님이요?

"어. 기억해 뒀다가 앞으로 B구역 말고 D구역으로 보내."

—갑자기 왜······.

"그냥 그렇게 해. 나중에 설명할 테니까."

—네. 알겠습니다.

통화를 끝낸 성호는 블라인드를 걷었다. 오후의 짙은 빛이 쏟아지는 창가에 서서 성호는 스스로가 생각해도 어이없다는 듯 웃음을 흘렸다.

어리고, 못생기고, 볼품없는 남자애를 경계하는 날이 오다니.

많이 망가졌구나, 진성호.

눈을 내리깐 성호가 책상에 기대앉아 손을 둘렀다. 언젠가 김윤비를 안고 있었던 것처럼.

"너 때문이다, 김윤비."

꽉 움켜쥐면 연기처럼 사라질 것 같고, 보고만 있자니 애가 탄다. 사귀기 전보다 사귄 후가 더 불안한 이 마음을 알까. 그래서 조급한 마음에 이런 못난 모습만 보이게 되는 걸 짐작이나 할까. 어느 날 감당 안 될 만큼 마음이 커져 버린 자신만큼은 아니라도, 자신의 반의반만큼이라도 마음이 컸으면 하는 걸······ 알까.

오후의 햇살을 고스란히 받고 있던 성호가 눈을 스르륵 감았다.

이렇게 불안하고, 이유 없이 초조한데 그래도 보고 싶다, 김윤비.

❀　　❀　　❀

홀을 마감한 후 2층으로 올라오던 윤비는 성호의 손에 잡혀 사장실로 끌려 들어갔다. 문을 열려는 윤비와, 문에 기대서서 허락하지 않던 성호 사이에 작은 마찰에 생겼다. 사실 마찰이라고 보기도 어려운 것이 최대한 힘을 발휘해 버둥거리는 윤비의 두 손을 성호가 한 손으로 막아 내고 있었다. 언뜻 보기에 어른과 아이의 장난처럼 보였다.

"왜 이래요."

윤비가 작게 낮춘 목소리로 힘주어 물었다. 어쩔 줄 몰라 동동거리는 윤비를 재미있다는 눈으로 내려다보던 성호가 허리를 숙였다. 그러고는 윤비의 귓가에 작게 소곤댔다.

"벌주는 중."

"무슨 벌이요?"

"하루 종일 내 시선 피한 벌? 그리고 외간 남자한테 고백 받은 벌?"

화끈. 귓불부터 뒷목까지 훅 하고 열기가 밀려왔다. 벌겋게 달아오른 걸 숨기기 위해 윤비는 전보다 더 힘주어 사장을 밀어냈다.

"대체 그런 게……!"

"윤비야! 김윤비!"

"어? 윤비 어디 갔어?"

사장실 문 너머로 들리는 소리에 윤비의 행동이 일순 멈추었다. 눈을 크게 뜬 채 문을 투시할 것처럼 노려보던 윤비는 마른침만 꼴깍 삼켰다.

"얘는 요새 순간 이동 하는 거 같지 않아?"

"그러게요. 오빠. 그새 또 어디 간 걸까요?"

"들어가서 연락해 봐야겠다."

웅성거리던 목소리가 점점 멀어지더니 이내 사라졌다. 온 감각을 곤두세운 채 긴장하던 윤비는 깊은 숨을 내쉬었다.

"사장님, 공과 사 구별한다고 하지 않으셨어요?"

"11시 넘었어. 그러니까 '사'에 해당하겠지."

"하아."

말이나 못 하면 밉지나 않다. 윤비는 깊게 한숨을 내쉬며 팔짱을 꼈다.

"그럼 여자 친구 자격으로 물을게요. 이렇게 가둔 이유가 뭐예요?"

"말했잖아. 내 시선 피한 죄라고."

"진심이에요?"

황당한 표정으로 윤비가 물었다.

"어. 진심인데."

"하아. 그래요. 그러면 어떻게 해야 나갈 수 있는데요?"

"내가 비키고 싶게끔 만들어 봐. 애교든, 노래…… 그건 말고. 하여튼 뭐든지."

윤비는 문에 기대서 저를 보며 싱긋 웃는 사장을 물끄러미 바라보았다. 이 남자가 어딜 봐서 선 자리에서 냉기를 풍기던 그 남자란 말인가. 이렇게 장난기 많고 짓궂은데. 그래도 미워할 수 없다.

"눈 감아요."

"……."

"입술은 넣고요."

"키스 아닌가?"

"키스는 안 돼요."

"왜?"

"사장님은…… 위험하니까요."

윤비의 딱딱한 목소리에 성호가 픽 웃었다. 그러면서 언뜻 혀로 아랫입술을 핥는 성호의 모습에 윤비의 심장이 쿵쿵 뛰었다. 여기가 사장실만 아니었다면 윤비는 이성을 잃었을지도 모른다. 잠시 호흡을 가다듬던 윤비는 천천히 성호에게 다가갔다.

볼에 뽀뽀만 하는 거다.

속으로 주문을 외던 윤비는 눈을 질끈 감고서 성호의 볼을 향해 달려들었다. 그러나 뒷목을 움켜쥐는 손길이 느껴지는가 싶더니 어느새 등이 문에 닿아 있었다. 자리가 바뀌었다. 그리고 주도권도 뺏겼다.

"유치원 생일 잔치도 아니고 뽀뽀는 심하잖아?"

가벼운 성호의 웃음에도 윤비는 웃지 못 했다. 머리끝부터 발끝까지 불이 붙는 기분이다. 진성호라는 사람과 맞닿아 있는 몸 구석구석이 저리고 기분이 묘해진다. 그의 웃음도, 코앞까지 와 있는 그의 까만 눈동자도…… 견딜 수가 없다.

그가 이런 자신을 보고 있을 거라 생각하니 부끄러워서 참을 수가 없었다.

성호를 있는 힘껏 확 밀쳐 낸 윤비는 손등으로 제 얼굴을 반쯤 가렸다.

"장난…… 그만 하죠? 저, 퇴근 준비해야 해서요."

굳은 채 서 있는 성호에게 말한 윤비가 빠르게 사장실을 빠져나왔다. 훅, 훅. 꾹 참고 있던 숨이 거칠게 뿜어져 나왔다.

키스하지도 않았는데 이렇다니…….

위험한 건 진성호가 아니다. 바로 자신이었다.

✽   ✽   ✽

모두가 퇴근한 후 여자 탈의실에 홀로 남아 있던 윤비는 손에 쥔 휴대폰을 바라보았다. 수희에게 '남자 친구랑 관계를 가져 봤니?'라는 문자를 보낸 후 답장을 초조하게 기다리고 있었다. 얼마 후 딩동 하는 소리와 함께 답문이 도착했음을 알렸다.

[당연하지 ―수희]

"히익. 벌써? 사귄 지 얼마나 됐다고."

윤비가 눈을 커다랗게 뜬 채 휴대폰을 보며 중얼거렸다. 이제 고작 연애를 시작한 지 한 달 조금 넘어가는 수희가 벌써 관계를 가졌을 줄이야.

"미쳤네. 이게."

충격을 먹은 표정으로 휴대폰을 바라보던 윤비가 고개를 들어 멍하니 천장을 바라보았다. 어쩌면 원 나잇이라는 말이 떠도는 요즘에 빠른 게 아닐지도 모른다. 그리고 성인 남녀가 사랑해서 관계를 가진 것인데 자신이 미쳤네 말았네 운운하는 것도 우스운 일이었다.

"뭐……. 나라고 다를 건 없네."

그러나 돌이켜 보면 자신도 사귄 날 키스를 했고, 사무실에서 야릇한 분위기가 조성했었다. 그리고 방금 전 키스하지도 않았는데 가까이 있다는 이유로 온몸이 달아올랐다. 남자인 진성호도 저렇게 느긋한데, 자신이 이렇다니. 부끄럽고 민망했다.

앞으로 바쁜 근무 때문에 낮엔 변변찮은 데이트도 못 하는 데다 비밀 연애라서 티마저 못 내니 당연히 밤에 데이트를 하게 될 거다. 그럼 당연히 다음엔 피할 수 없이 검은 밤의 유혹을 받게 될 거다. 그때는 어떻게 해야 할까. 어쩌면 수희보다 더 빠를지도 몰랐다. 한 번만 더 진성호의 손이 닿으면 그를 쓰러트려 버릴 것 같았다. 윤비가 난감한 표정으로 입술만 꾹 깨물었다.

"연애가 일보다 더 힘들어."

윤비가 작게 중얼거리며 한숨을 내쉬었다. 자신도 확신할 수 없을 만큼 마음은 어중간한 태도를 취하고 있었다. 윤비가 갈팡질팡하는 사이, 딩동 소리와 함께 휴대폰 액정에 불이 들어왔다.

[갑자기 그건 왜? 야동 봐? ―수희]

"야동 같은 소리 한다."

윤비가 혀를 끌끌 차며 휴대폰을 껐다. 이십오 년간 살아오면서 호기심에 딱 한 번 본 후로 야동엔 손도 대지 않았다. 직접적이고 노골적인 화면은 묘한 설렘보다 짐승의 교미처럼 보여서 보기 힘겨웠다.

[야동은 무슨. 그냥 물어봤다. 쉬어.]

윤비는 간단히 답한 후 휴대폰을 주머니에 푹 쑤셔 넣었다. 가방을 어깨에 걸쳐 메고서 탈의실 문을 열던 윤비는 헉 소리를 내며 흠칫 몸을 떨었다.

"뭘 그렇게 놀라."

바지 주머니에 두 손을 푹 쑤셔 넣은 성호가 물었다.

"있을 줄 몰랐거든요. 여긴 왜 서 있으세요? 여자 탈의실인데요."

"거기서 니가 안 나오니까."

성호가 턱짓으로 탈의실을 가리켰다.

"기다리고 있었어요?"

"어."

"왜요?"

민망함을 무표정으로 감춘 윤비가 물었다. 그 질문에 성호의 표정이 미미하게 굳었으나, 시선을 창밖으로 돌린 윤비는 미처 발견하지 못했다. 다만 어두운 밤이 내렸고, 그때 그 날처럼 사장이 짐승으로 돌변하면 어쩌나 하는 고민뿐이었다. 언뜻 귀동냥으로 들은 말에 의하면 남자는 짐승이라서 흥분하면 가라앉히지 못한다던데. 물론 자신의 눈앞에 서 있는 사장은 그럴 것 같지 않았지만 모를 일이었다. 마음 정리도 하지 못했고, 결론도 내리지 못한 윤비는 난처함에 어쩔 줄 몰랐다.

그 순간 굳어 있던 표정을 누그러뜨리며 성호가 말했다.

"데이트하자."

"지금요? 혹시 사장실에서요?"

"다른 곳도 괜찮아."

그 다른 곳이 각종 숙박업소로 들린 것은 기분 탓일까.

"음, 그게……. 오늘은 제가 가서 해야 할 게 있어서요."

"뭔데?"

"외식업 쪽 잡지 EAT 아시죠? 그거 스크랩도 해야 하고, 빨래 널어놓은 것도 정리해야 해서요."

윤비가 어색하게 웃으며 말끝을 흐렸다. 윤비는 살면서 단 한 번도 주눅 들어 보거나 손발이 꼬이도록 어색해 본 적이 없었다. 그러나 지금 이 순간만큼은 정신 못 차리게 어색했다. 좋아하는 마음은 여전한데 사장과 마주 보는 것이 왜 이렇게 어색한 걸까. 윤비가 억지로 고개를 들어 사장을 보았으나, 그의 날카로운 눈을 마주한 순간 저도 모르게 고개 돌렸다.

"그럼 내일은?"

"아…… 내일도 조금."

성호의 무표정이 조금씩 굳어 갔다.

"그럼 언제 시간 돼?"

"……."

대답하기 전까지 비킬 의사가 전혀 없어 보이는 성호의 태도를 보며 윤비가 마른침을 삼켰다. 연애는 어렵고, 눈앞의 진성호는 더 어렵다. 윤비가 우물쭈물하며 아무 대답 못 하자 성호의 표정이 와락 찌푸려졌다.

"너, 나랑 뭐 하자는 거야?"

서늘한 목소리가 얼어붙은 실내를 갈랐다. 허공을 헤매던 윤비의 시선이 느릿하게 성호에게 닿았다. 냉정한 표정으로 성호는 팔짱을 낀 채 윤비를 내려다보았다.

"시간 없더라도 만들어야 하는 거 아닌가? 사귀는 사이인데?"

"그게…… 시간이 없어요."

"빨래 개빌 시간, 잡지 볼 시간은 있어도 데이트할 시간은 없으시다?"

"……."

"나 너랑 친구 아니야. 연인이야."

"……."

"함께 있고 싶어 해야 하고, 서로 옆에 있어도 아쉬워서 손잡고 싶어 하는 그런 거. 나처럼 이렇게까지 바뀌지 않더라도 얼굴 볼 정도의 시간은 내줘야지."

"……."

"됐다. 데이트까지 구걸하고 싶은 마음 없어. 퇴근해라."

성호가 찬바람을 일으키며 돌아섰다.

"아, 저기. 사장님!"

윤비가 다급히 외쳤지만, 성호는 뒤돌아보지 않았다. 오히려 그녀의 주춤거리는 부름에 더 화가 난 듯 성호는 전보다 빠른 속도로 멀어져 갔다.

이러려고 그런 게 아니었다. 감정도, 몸도, 마음도 정리가 안 될 만큼 무작정 달려가는 것만 같아서 잠시 쉬어 가려 했을 뿐이다. 이런 이야기를 하면 상처 받을까 봐 피하려고 했는데 오히려 더 상처를 주고 말았다.

홀로 덩그러니 남아 있던 윤비가 어깨를 축 늘어뜨렸다.

✳   ✳   ✳

버스 좌석에 앉자마자 조는 평소와 달리 윤비는 멍한 표정으로 창밖을 응시했다. 몸이 피곤한 것보다 마음이 피곤한 것이 더 힘들다. 잠도 오지 않고, 괴롭기만 하다. 돌아서던 성호의 뒷모습만 계속해서 곱씹다 내려야 할 정거장까지 놓칠 뻔했다. 버스에서 내리자마자 겨울 칼바람에 윤비가 몸을 웅크리며 후드를 덮어썼다. 야트막한 오르막길을 따라 걸어가다 휴대폰을 꺼냈다. 전화는커녕 문자도 한 통 오지 않았다. 분명 자신이 전화했다는 부재중 전화가 떴을 텐데.

화가 난 걸까. 기분이 상한 걸까.

다가오는 그가 싫은 것이 아니라 너무도 빨리 변하는 자신이 무서웠을 뿐인데. 함께 하는 시간이 너무도 달아서 결국 끝은 쓴맛만 남기는 건 아닐까 아주 잠깐 걱정했을 뿐인데. 이런 걱정이 사랑에 대한 예의가 아니라는 것을 연애 초보인 자신은 몰랐다.

주머니 깊게 쑤셔 놓은 휴대폰을 도로 꺼내 주소록을 뒤적였다. 우수라고 적힌 이름을 터치한 후 귀에 가져다 대자, 얼마간의 신호 끝에 잠긴 목소리가 들렸다.

—어. 윤비야.

"잤어요?"

—아, 오자마자 뻗었다. 무슨 일인데?

"미안해요. 하나 물어볼 게 있어서요."

—어. 말해.

"저기…… . 그게…… ."

호기롭게 전화를 걸었으나 어떻게 말문을 열어야 할지 막막했다. 잠시 머뭇거리는 윤비가 답답한지 성호가 조심스레 물었다.

—혹시 사장님 일?

"아…… . 네. 다른 건 아니고 사장님한테 뭐 여쭤 볼 게 있어서요. 그래서 그런데 사장님 집 주소 좀 알려 주실 수 있어요?"

말도 안 되는 변명이라는 걸 알면서도 윤비는 물어야 했다. 오늘 안에 성호와 생긴 이 엇갈림을 정리하지 못 하면 답답해서 죽어 버릴 것 같았다.

—나한테는 변명 안 해도 돼. 너랑 사장님 만나고 있는 거 알고 있으

니까.

터덜터덜 골목길을 걸어 올라가던 윤비가 멈춰 섰다. 저절로 웅크리고 있던 몸이 쫙 펴졌다. 놀란 목소리로 윤비가 소리쳤다.

"오빠가 안다고요?"

―어. 사실 나랑 사장님 호형호제하는 사이야. 문자로 형 주소 보내 놓을게. 그럼 무슨 일인지 모르겠지만 수고해라.

"감사⋯⋯."

대답을 끝마칠 새도 없이 통화가 끊어졌다. 윤비는 가로등 불빛 밑에 서서 발을 동동거리며 휴대폰을 들여다보았다. 1분도 채 되지 않아 딩동 하는 소리와 함께 문자가 도착했다. 곧장 골목길을 뛰어 내려간 윤비는 택시를 잡아탔다.

"아저씨! 이 주소로 가 주세요!"

윤비가 내미는 휴대폰을 엉겁결에 받아 든 택시 기사 아저씨가 내비게이션에 주소를 찍어 넣었다. 돌려받은 휴대폰을 주머니 안에 챙겨 넣은 윤비는 형형하게 빛나는 눈빛으로 창밖을 바라보았다.

진성호, 기다려라. 내가 간다.

❋　　❋　　❋

샤워 부스 문이 열리자 뿌연 수증기가 흘러나왔다. 수납장에 챙겨 놓은 하얀 타월로 하반신을 가린 성호가 욕실에서 나와 거실로 향했다. 젖은 머리를 툭툭 털며 휴대폰을 열어 본 성호의 눈썹이 찌푸려졌다.

부재중 전화 : 윤비 8통.

—지금 만나러 갑니다.

—사장님? 진성호 님? 성호 씨?

—고객님은 즉시 김윤비 콜 가능하십니다.

—정말 전화 안 받아요?

문자가 가지각색이다. 어이없는 표정으로 문자만 보고 있다가 삐리릭 울리는 벨소리에 인터폰으로 향했다. 버튼을 누르자 푸른 화면으로 김윤비의 얼굴이 떠올랐다. 잠시 놀라 흠칫한 성호가 인상을 찌푸리며 시간을 확인했다. 자정이 훌쩍 넘은 시간이다. 여길 어떻게 찾아왔는가 하는 궁금증보다 이 춥고 위험한 겨울밤 여기까지 왔다는 것이 화가 난 성호가 얼굴을 굳혔다.

"지금 몇 신데 거기 있어?"

—나, 추워요. 동사할 거 같아요.

"그러게 왜 여기……. 후, 일단 들어와."

더 떠들어 봐야 김윤비만 위험하다. 버튼을 눌러 대문을 오픈해 주자 인터폰 사이로 김윤비가 뛰어 올라오는 모습이 보였다. 현관문을 열어 놓은 후 대충 티셔츠와 바지를 챙겨 입고 나오자 때마침 윤비가 집 안으로 뛰어 들어왔다.

"으, 추워."

현관문까지 닫고 들어온 윤비는 정말로 추운지 발을 동동 굴렸다. 성호가 한 걸음 비켜 주자 윤비가 집 안으로 들어섰다. 잠시 서성거리는 윤비를 향해 턱짓으로 소파를 가리켰다. 그러곤 맞은편 1인용 소파에 앉아 윤비가 앉기를 기다렸다.

"지금 시간이 몇 신데 여길 와?"

"그러게 왜 전화를 안 받아요?"

"씻었어."

"30분이나요?"

"누가 속 썩여서 좀 오래 샤워했어. 샤워하면서 생각 정리하는 게 오랜 버릇이거든."

"아아."

윤비가 짧게 탄식하며 고개를 끄덕였다. 그러면서 윤비는 슬쩍 성호의 표정을 살폈다. 인상을 굳히고 있는 걸로 봐선 아직도 기분이 나아지지 않은 듯했다.

"왜 어울리지 않게 눈치를 봐?"

성호의 딱딱한 물음에 윤비가 풀이 죽은 표정으로 답했다.

"사장님이 화났으니까요."

"호칭."

"성호 씨가 화났으니까요."

단번에 호칭을 고치는 윤비를 보다 저도 모르게 습관처럼 웃음이 나오려 했지만 성호는 꾹 참았다. 귀엽다고 해서 대충 넘어갈 문제가 아니었다. 잡지에 밀리고, 빨래 개는 거에 밀린 자존심의 상처가 쉽게 회복되지 않았다. 마음을 다잡은 성호의 표정이 더 냉랭하게 변했다.

"사장님은 먼저 출발했잖아요."

무언가를 결심한 듯 꺼내는 윤비의 말에 성호의 눈이 가늘어졌다.

"무슨 소리야?"

툭 던지듯 묻는 성호의 질문에 윤비는 눈에 빛을 내며 답했다.

"나에게 사장님이 그저 사장님일 때도, 사장님은 저 좋아하셨다면서요. 그러니까 나보다 훨씬 오래전에 이 관계를 시작했다고요. 그래서 사장님 눈에는 내가 느려 보일 수도 있어요. 표현도 어색해서 못 하고, 다른 여자애들처럼 귀엽게 애교도 못 떨고, 쉽게 스킨십도 하지 못 해요. 지금 할 수 있는 건 사장님 보면서 웃는 것밖에 없어요. 그래도 나 놀라울 정도로 빨리 걷고 있어요. 오히려 너무 빨리 변해서 무서울 정도예요."

"……."

"그래도 사장님 좋아하는 마음이 달라지는 건 아니에요. 아직 좋아하는 마음을 능숙하게 표현하진 못하지만, 연애 세포 결여 인종이라 불리는 제가 밤에 소리도 지르고, 이불도 껴안아 보고, 사장님이랑 키스한 것 때문에 밤잠도 설쳐요. 가끔은 사장님이 꿈에 불쑥 나오기도 한다고요."

"……."

"그러니까 기다리는 게 힘든 거라는 건 아는데 조금만 기다려 줘요. 내가 변하는 나한테 적응할 시간을 조금만 달라고요."

생각지 못하게 연애를 시작하게 되었고, 어느 날 돌아보니 남자 하나가 자신의 마음에 서 있었다. 그리고 그 남자와 함께 하는 짧은 순간이 숨 막히게 좋아졌다. 평소보다 수배는 더 빠른 변화에 자신을 잃어버릴까 봐 두려웠다. 그래서 아주 잠깐 혼자 있을 시간을 필요로 했을 뿐이다.

성호의 눈빛이 따뜻하게 누그러졌다. 사위를 누르고 있던 침묵을 깨며 성호가 물었다.

"……얼마나?"

"그냥 조금만요."

"앞만 보고 사는 인생이라서 내 성격이 좀 급해. 그래서 오래 못 기다릴 거야."

"조금이면 돼요."

오물조물 말하는 입술이 귀엽다. 당당하게 말하지만 숨을 쉴 때마다 틈틈이 들리는 떨리는 목소리도 귀엽다. 브랜드를 위해서 한 몸 다 불사를 것 같이 굴던 억센 여자가 사랑 앞에서 양이 되어 버리는 것이 좋다. 어느 날 웃음을 입에 달고 살게 된 자신처럼, 이 여자가 변하는 것이 좋다.

성호는 1인용 소파에서 윤비의 옆자리로 옮겨 앉았다. 쭈뼛거리는 윤비의 머리를 쓰다듬으며 성호가 픽 웃었다. 평소와 같은 웃음 짓는 걸 보며 윤비는 안도했다.

"이렇게 예쁜 말 할 줄 알면서 속 썩인 거네?"

성호의 부드러운 목소리에 윤비가 생긋 웃었다.

"이런 예쁜 말 하려고 칼바람 속에서 얼마나 연습을 많이 했는데요."

날카롭게 뻗어 있던 눈매가 장난스럽게 휘어지며 윤비의 얼굴에 세 개의 초승달이 졌다.

"또 사람 정신 못 차리게 웃지?"

"내가 웃으면 그래요?"

"어. 니가 웃으면 그래요."

성호의 대꾸에 윤비가 다시금 활짝 미소 지었다. 윤비의 볼록한 눈두덩이 위로 성호의 촉촉한 입술이 닿았다. 동그란 콧망울에 닿은 입술이 윤비의 입술 위로 천천히 향했다.

"……기다려야 하나?"

윤비의 입술을 바로 앞에 둔 채 성호가 장난스럽게 물었다. 윤비의 입술이 길게 늘어졌다.

"기다리라고 하면 기다릴래요?"

"아니."

웃음을 머금은 성호의 입술이 윤비의 입술을 덮었다. 차가운 입술 끝을 빨아 당겨 데운 후 그 틈으로 가르고 들어갔다. 고른 치열을 위아래로 훑은 후 느릿하게 안으로 들어가자 말캉한 무엇과 마주쳤다. 저릿하고 아찔한 기분에 두 사람의 호흡이 가빠졌다. 간절하게, 또는 집요하게 서로가 서로에게 매달렸다.

온 신경이 한 곳으로 곤두서는 느낌, 스치는 느낌만으로도 강렬

한 자극이 되어 견딜 수 없을 즈음 성호가 떨어졌다. 입술 끝이 파르르 떨려 왔다. 코끝이 닿은 채 두 사람의 시선이 오갔다.

성호의 젖은 눈빛을 보는 순간 윤비는 가슴이 덜컥 내려앉았다. 억지로 참고 있으나 그가 뜻하는 바가 무엇인지 모르진 않았다. 윤비가 어떤 대답을 해야 할지 몰라 머뭇거리는 사이 성호가 옅게 웃으며 윤비의 볼을 아프지 않을 만큼 꼬집었다.

"니가 그러지 않아도 오늘은 참을 거야."

"미……."

미안하다, 라는 말을 꺼내려는 찰나 성호의 입술이 그녀의 입술에 닿았다 떨어졌다.

"그 말은 하지 말자."

"……."

"잠깐 베란다에서 바람 좀 쐬고 올게."

"갑자기 베란다요? 추울 텐데?"

"추운 게 나아. 죽을 것 같은 것보다는."

성호의 말이 마치고서야 윤비는 자신의 허벅지에 닿는 무언가를 느꼈다. 키스 전만 해도 느껴지지 않던 무언가의 느낌. 당황한 윤비가 눈을 이리저리 굴렸다. 여전히 이 느낌은 적응되질 않는다.

"아……."

"알겠지? 다녀올게."

윤비의 직접적인 반응에 성호가 옅게 웃었다.

"잠시만 갔다 올게."

"······네."

윤비의 대답을 듣고도 발길이 떨어지지 않는지 성호는 윤비의 얼굴 곳곳에 뽀뽀를 남긴 후 일어섰다. 일어나서 보니 소파에 눕다시피 해서 윤비의 옷이 헝클어져 있었다. 그 모습을 보자 괜히 눈앞이 아찔해져 성호는 고개를 홱 돌리며 베란다로 나섰다.

창문을 있는 힘껏 활짝 열어젖히자 찬바람이 불어쳤다. 짧은 머리카락을 헝클어뜨리고, 칼바람이 아프게 옷 사이를 찔러 왔지만 좀처럼 반응한 녀석이 가라앉지 않았다.

"후우."

깊게 들이마신 숨을 내뱉은 성호가 불안한 시선을 이리저리 옮겼다. 자신이 누군가를 이렇게 사랑하고, 또 누군가를 이토록 강렬하게 원하게 될 줄이야. 그 사실이 놀랍고, 기쁘면서도 이 순간만큼은 힘들었다.

"······너무 기다리게 하지 마라, 김윤비야. 정말 죽을 거 같다."

한숨과 같은 성호의 말이 칼바람에 갈가리 찢겨 사라졌다.

칼바람에 온몸이 서늘히 식은 성호가 다시 실내에 들어왔을 때 윤비는 소파에 기대 자고 있었다. 자신을 이렇게 달구어 놓고 정작 본인은 속 편히 자고 있는 게 억울해져 성큼성큼 다가가던 성호의 걸음이 뚝 멈췄다. 막상 코앞까지 오고 보니 깨울 수가 없다. 대신 무릎을 굽히고 앉아 윤비의 얼굴을 가까이서 바라보았다.

긴장을 다 푼 채 입을 반쯤 벌린 채 자고 있는 모습인데도 어여쁜 것은 분명 자신이 이상해진 것이겠지.

손을 뻗어 윤비의 손을 거머쥐었다. 스물다섯 살의 손답지 않게 거칠다. 비록 좋은 대우를 받는 직장이기는 하지만 브랜드도 엄연히 몸을 쓰는 육체노동이었다. 거기에 서비스 정신까지 겸해야 하는 정신노동도 포함되는 일이었다. 즐겁게 일한다고는 하나 손이 트고 머리 닿는 곳에 쓰러져 잠드는 것까진 어쩔 도리 없는 그런 일.

"하필이면 이런 일을……."

아주 잠시 그녀를 탓했지만 말을 끝까지 이을 수 없었다. 하필이면 이런 일을 사랑했기에 그녀는 자신에게로 왔다.

자신의 방에 들어가 핸드크림을 가져온 성호가 바닥에 주저앉아 그녀의 손에 발라 주었다. 손등, 손바닥, 손가락, 하물며 손톱까지도. 정성스럽게 펴 바른 후 잘 스며들라며 제 손을 비벼 그녀의 손을 감쌌다.

아무리 사랑하는 일이라 하여도 열정이 계속될 순 없다. 어느 순간 막다른 골목을 마주한 것처럼 막막하기도 하고, 불안한 시작을 맞이하기도 한다. 돌이켜 보면 그 순간마다 김윤비는 자신을 움직이게 하는 동력이 되었다.

뜨겁고도 위태로운 열정으로 가게를 오픈했을 때 고맙다고 말하며 간 때에도, 정상의 자리에서 권태로움을 느낄 때에도 '추억을 만들어 주는 일을 하고 있어서 행복하다'라고 말할 때에도.

서로가 서로를 인지하지 못한 순간까지 영향력을 미치는 사이.

지쳐 잠든 그녀를 안타깝게 바라보면서도, 이율배반적으로 이 순간이 행복했다. 성호는 옅게 웃으며 그녀의 얼굴을 하염없이 바라보았다.

욕정 대신 솟아난 애정이 '사랑한다' 라는 감정으로 귀결되는 밤이었다.

❋　　❋　　❋

윤비는 혼비백산한 얼굴로 후드를 덮어쓰며 오피스텔을 뛰어나왔다. 엘리베이터 버튼을 누른 후 울상이 되어 종종거리던 윤비는 휴대폰을 꺼내 들었다. 잠시 심호흡을 한 후 버튼을 꾹 누르자 액정이 떠올랐다.

오후 3시 24분.
부재중 전화 아버지 18통.

"시, 십팔?"

잠시 고의가 아닐까 싶은 18통의 부재중 전화였다. 그래도 28이 아닌 게 어딘가. 우선 놀란 속을 진정하며 윤비는 곧장 성호에게 전화를 걸었다. 3초도 되지 않아 수화기 너머로 '어' 라는 대답이 돌아왔다. 윤비가 엘리베이터로 올라타며 물었다.

"혼자 출근했어요?"

—어. 혼자 좀 쉬라고.

"어제 깨우셔야죠! 외박 하면 저 죽어요. 이게 마지막 유언을 남기는 전화일지도 몰라요."

윤비는 오만상을 다 하고 있다가 이내 결연한 표정으로 죽음을 이야기했다. 정말 근친 살해 확률 백 프로다. 온몸이 무기이자, 성미가 불같은 자신의 아버지는 자신을 반쪽 낼 거다. 비명 한 번 못 지르고 죽겠지. 이런저런 불안한 생각이 어느새 관 속에 파묻힌 자신의 모습에 닿을 즈음, 성호의 답이 돌아왔다.

―깨웠어. 니가 괜찮다고 침대까지 걸어가서 잤고.

"뭐라고요? 내가요?"

―응.

성호의 대답에 윤비가 입술을 깨물었다. 아무리 기억하려 해도 생각나지 않지만, 거짓말은 아닌 듯했다. 실제로 거실 소파에서 잠들어도 눈을 뜨면 침대였고, 수희의 자취방에서도 바닥에 잤는데 일어나 보니 침대에 누워 있었다. 무의식중에 침대로 걸어가는 제 버릇을 생각했을 때 가능성 있었다.

"어떡해요……. 우리 아빠 봐서 알잖아요. 나 한 근육에 한 성질 하오, 라고 얼굴에 안 적혀 있던가요?"

―적혀 있더라. 그래서 잠든 널 집에 데려다 주려고 했는데 건드릴 수가 없었어.

"아니, 왜요?"

―널 건드리면 뒷일을 책임질 수 없을 것 같아서.

"……."

이 남자 매번 덤덤하게 19금 수위 넘는 말을 한다. 불덩어리처럼 붉어진 얼굴을 감싸며 윤비는 흠흠 헛기침을 했다.

"하여튼, 우선 출근할게요."

ㅡ집에 가 봐야 하지 않아?

"집에 갔다간 머리 깎인 채로 방에 처박힐 거예요. 그리고 어느 순간 연락 끊기면 어디 섬에 있는 총각한테 팔려간 거라고 생각하면 돼요. 우선 출근할게요. 배터리 없어요. 상의는 가게에서 해요."

알았다는 성호의 대답을 들으며 휴대폰을 주머니에 쑤셔 넣은 윤비가 건물 밖으로 나왔다. 어젯밤 어두울 때는 몰랐는데 오피스텔 건물 앞에서도 브랜드 건물이 보였다. 걸어서 5분 정도밖에 되지 않았다. 늦겨울 거리를 걸으며 윤비는 머릿속을 정리했다.

우선 출근해서 수희와 말을 맞춘 후 아버지에게 전화를 한다. 물론 씨알도 먹혀들지 않겠지만 뭐든 해 보는 노력이 필요하다.

그러나 그 생각들은 브랜드에 들어가면서 모두 백지화되었다. 정확히는 쩔쩔매는 우수의 앞에 시위하듯 2층을 향해 떡 버티고 서 있는 남자를 보았을 때였다. 그 남자와 눈이 마주친 순간 윤비의 얼굴이 하얗게 질렸다. 2층으로 향하던 걸음을 황급히 돌려 윤비는 자신의 아버지를 불렀다. 그러면서도 아버지의 양손에 무기가 있나 없나를 빠르게 스캔했다.

"아버지!"

윤비를 보자마자 그나마 유지하고 있던 평정심이 흔들리는지 아버지가 이를 악물었다.

"너!"

버럭 소리치려다 매장 내 손님들이 의식되는지 아버지가 호흡을 골랐다. 대신 눈으로 레이저를 쏘며 윤비를 노려보았다.

"따라 나와."

아버지가 윤비의 손을 덥썩 붙들었다. 반사적으로 윤비의 몸이 뒤로 늘어졌다. 그 덕에 윤비의 꼴이 도축장으로 끌려가는 소처럼 되어 버렸다.

"아버지, 잠시만요. 우리 대화로 해결해요."

"시끄러. 거기 청년. 여기 사장한테 전해요. 내 딸 오늘부로 관 둔다고요."

"네? 네?"

당황한 우수가 되묻자 아버지가 눈을 부라렸다. 그 기세에 눌린 우수가 얼결에 '네, 네'라고 답했다. 매장 내에 있는 고객들 때문에 윤비는 크게 반항도 하지 못 한 채 끌려가야 했다. 건물에서 나오자 아버지 차가 보였다. 이제 몸이 반쪽 나느냐, 섬에 팔려 가느냐가 관건이라며 자포자기할 즈음, 아버지의 걸음이 멈췄다. 눈까지 감고서 겸허히 현실을 수용하려던 윤비도 덩달아 멈췄다.

"자네는……!"

"너무 늦게 와서 죄송합니다. 변명같이 들리시겠지만 가게에 방문하셨다는 소식을 방금 들었습니다."

아버지의 앞을 성호가 가로막고 있었다. 정중하게 허리 굽혀 인사를 한 성호가 비즈니스용 웃음을 띠고 있었다. 자신을 막은 성호가 못마땅하지만 막 대할 순 없는 터라 아버지는 한결 누그러진 말투로 말했다.

"흠. 그래. 마침 자네한테 물어볼 게 있었어. 어제 우리 딸이 외박했는데 그게 자네랑 관계가 있나? 자네랑 내 딸이 만나고 있다던데."

"네. 어젯밤 저희 집에 있었습니다."

아아, 저 남자가 주유소에 불 지르는구나.

"이, 이놈이!"

변명도 없이 깔끔한 이실직고에 윤비의 턱이 쑥 빠졌다. 저 남자의 등 뒤로 저승사자가 보이는 것은 기분 탓일까.

"지금 뭐 하는 짓이야! 그리고 뭐가 그렇게 당당해! 뭐? 어젯밤에 저희 집에 있어? 지금 그쪽 아버지 믿고 눈에 뵈는 게 없다 이건가? 다른 건 몰라도 내 딸 건드는 건 용서 못 해! 내가 우습고, 내 딸이 우스워?"

"미리 말씀드리지 못해서 죄송합니다만, 윤비 씨랑 저 좋은 감정으로 만나고 있습니다."

"그거야 그거고! 어디 성인 남녀가 혼인도 안 치르고 밤을 보내! 밤을 보내길! 내가 그렇게 우습냔 말이야!"

"그런데 생각하시는 그런 일은 없었습니다. 단지 피곤해서 잠든 윤비 씨를 제가 깨우지 못했습니다. 걱정하시는 일을 만들지 않기 위해서 참았습니다. 연락을 미리 못 드린 건 죄송합니다. 나와 산지가 오래돼서 제가 생각이 짧았습니다."

"뭐?"

상대방이 너무 고요하면 화내는 쪽에서도 힘 빠지는 법이었다.

"어떤 식으로 증명해야 할지 모르겠지만, 원하시는 방법이 있으시다면 증명하겠습니다."

거기다가 증명까지 하겠다고 하니 아버지의 표정이 한결 누그러졌다.

"우선 들어오시죠. 윤비 씨랑 식사하시고 가시죠."

"아니, 난 됐……."

"그냥 가시면 제가 섭섭합니다. 꼭 한 번 식사 대접하고 싶었습니다."

정중한 표정으로 브랜드 가게를 가리키는 성호를 아버지가 힐끗 보았다. 전국구 지점을 가지고 있을 만큼 큰 가게를 운영해서인지 성호에겐 은은한 카리스마가 느껴졌다. 성호도 성호지만, 그의 아버지 영향력을 무시할 수 없는 터라 아버지는 성호가 이끄는 대로 가게 안으로 들어섰다. 빠른 시간 내에 이성을 차린 아버지의 뒷모습을 윤비가 어이없다는 표정으로 바라보았다. 자신에겐 화를 내도 20분 넘게 내면서. 성호의 말에 금방 가게 안으로 들어가다니.

성호가 멍하게 서 있는 윤비를 향해 오라는 손짓을 해 보였다. 내키지 않지만 윤비는 두 사람을 뒤따랐다.

"단체 룸에 아버님 계셔. 가서 식사해."

손님과 직원들 눈이 닿지 않는 곳으로 윤비를 부른 성호가 조용히 말했다.

"거길 비웠다고요? 이 시간에요? 그리고 저 일해야 해요."

"그건 내가 알아서 할 테니까 들어가서 밥 먹어."

"다른 직원들 보기에 이상할 거예요."

"그것도 내가 책임질게."

"……."

마땅한 변명거리가 생각나지 않아 머리를 굴리는 윤비를 물끄러미 바라보던 성호가 물었다.

"아버님이랑 둘이 있는 게 어색해?"

핵심을 찌른 듯 윤비가 찔끔했다. 아니라고 부인하려던 윤비는 진중한 성호의 표정을 보다 한숨을 내쉬었다.

"거짓말 안 할게요. 불편해요. 서로 맞지도 않고요. 엄마 계셨을 때는 괜찮았는데…… 지금은 불편해요. 평행선 같아요. 서로 닿질 않아요. 노력하려고 해도 아버지 말 듣고 있으면 힘들어요. 그냥…… 그래요."

엄마가 돌아가신 후부터 금이 간 유리처럼 위태롭기만 한 사이였다. 서로의 공간에 갇혀서 각자의 말만 하며 싸웠다. 그렇게 시간이 켜켜이 쌓이자 싸우지 않고는 대화가 되지 않는 지경이 이르렀다. 어디서부터, 어떻게 손을 대야 할지 몰라 방치한 사이. 세상에서 가장 가깝고도 먼 사이가 되었다.

수많은 이야기를 그냥 그렇다고 대충 얼버무린 윤비가 시선을 떨구었다.

"알아. 나도 그런 사이가 하나 있어서."

성호의 덤덤한 말에 윤비가 고개를 번쩍 들었다. 모든 일을 완벽하게 소화할 것 같은 그인데, 이런 관계가 있다니. 그러나 성호는 그 관계에 대해 더 이상 깊게 말하지 않았다.

"그래도 니 이야기는 하고 와. 가서 들으시든 아니든 니 속마음을 말하고 오라고. 여태껏 아버님이랑 너랑 말하는 방식이 달랐을 수도 있고, 어쩌면 서로 마음은 숨기고 겉말만 했는지도 모르니까. 아버님이랑 너, 몇 년 만에 여기서 외식하는 거잖아."

성호의 말이 가슴을 푹 찔러 왔다. 몇 년 만의 외식. 엄마가 없는 둘만의 외식. 단체 룸 문을 연 성호가 그녀의 등을 떠밀었다. 드넓은 단체 룸에 아버지 혼자 달랑 앉아 있었다. 몇 해 전엔 브랜드 가게만큼이나 아버지가 커 보였는데, 이젠 단체 룸에 앉아 있는 모습이 작기만 했다. 운동해서 체격을 유지한다고 해도 세월이 주는 초라함까지는 숨길 수 없었다.

괜히 코끝이 찡해 와 윤비는 손끝으로 얼굴을 문질렀다.

"왜 계속 거기 서 있어? 다리 부러졌어? 어서 이리 와 앉아."

퉁명스럽게 말하는 아버지의 맞은 자리에 윤비가 앉았다.

"이 많은 음식을 어떻게 둘이서 먹으라고 준 건지, 원. 내 주니까 먹긴 한다마는 그렇다고 너 여기서 일하는 거 허락한 거 아냐. 보아하니 진성호랑 만난다는 명목하에 이 가게에서 계속 일할 생각인 모양인데, 안 된다. 그리고 진성호도 다시 생각해 봐. 결혼 전에 집으로 끌어들이는 남자 중에 좋은 녀석 못 봤다. 아무리 결혼이 급해도 그런 녀석한테는 시집 못 보내!"

아버지의 경고를 들으며 윤비는 테이블을 훑었다. 두 팔을 쫙 펼친 것보다 큰 테이블 위에 수많은 음식이 차려져 있었다. 김이 오르는 걸로 봐선 방금 전에 차려진 음식이었다. 간간이 몇 만 원짜리 고가 스테이크도 보였다. 언제 이걸 다 준비시킨 걸까. 아마도 계산 빠른 진성호라면 아버지가 가게에 왔다는 말을 듣자마자 주방에 오더를 내렸을 거다.

테이블 위에 차려진 수많은 음식들이 성호의 응원인 것만 같아서 윤비는 천천히 말문을 열었다.

"아버지. 제가 일하는 가게예요."

"알아. 누가 몰라?"

퉁명스럽게 답하며 아버지가 스테이크 한 점을 썰어 입에 넣었다.

"그리고 우리가 엄마랑 함께 처음으로 외식한 가게고요."

"……."

아주 오랜만에 윤비는 엄마 이야기를 꺼냈다. 처음으로 상처 주기 위해 꺼내는 말이 아니라 담담히 꺼내는 말이었다. 그러나 아버지의 얼굴은 딱딱하게 굳어 있었다. 언제부터였을까. 엄마라는 말만 들어도 서로 경계하게 된 것이. 마치 다치기 싫어서 몸을 웅크리는 사람처럼 아버지 또한 그렇게 변해 있었다. 윤비는 메인 목을 풀며 천천히 말을 이었다.

"엄마가 돌아가시고 오래 생각했어요. 우리 세 가족이 가장 아름답고 화려했던 때가 언제일까. 아무리 생각해도 여기밖에 없었어요. 처음엔 이 브랜드가 좋은 이유가 그 추억 때문이라고 생각했어요. 그런데 지금은 그냥 여기가 좋아요. 힘들어도 여기서 일하는 게 좋고, 나 때문에 즐겁게 식사하는 사람들이 좋아요. 그 누군가는 여기서 밥 먹은 게 좋은 추억이 될 수 있을 거니까요."

"……."

"우리 가족이 그랬던 것처럼."

윤비의 눈이 촉촉하게 젖어 갔다. 아버지를 여기서 마주하자 그날의 추억이 좀 더 선명하게 다가왔다.

"아버지는 제가 아버지를 싫어해서 반항하는 거라고 생각하시겠지만…… 아니, 사실 미워했어요. 너무 아끼고 모으는 아버지 때문에 숨 막혔어요. 아버지 때문에 원치 않게 아끼며 살아야 했던 엄마가 불쌍했고, 어떤 것도 누리지 못하고 죽은 엄마가 너무 가여워서…… 그래서……."

목이 멘 윤비가 입술을 깨물었다. 처음으로 보인 속내. 사랑하지만 미워한다고.

윤비의 고백에 아버지가 눈을 내리깔았다. 충격 받은 게 고스란히 드러났다. 뒤늦게 커다란 손에 어울리지 않은 자그마한 포크가 툭 떨어졌다. 잠시 묵직한 침묵이 흐른 뒤, 아버지가 말을 꺼냈다.

"나도 죽을 때까지 무작정 아끼려고 한 건 아니었어. 단지 너 좋은 곳에 시집보내고 너희 엄마한테 갚으려고 했어. 세상에서 제일 좋은 옷, 제일 좋은 음식, 제일 좋은 집에서 살게 해 주고 싶었어. 그렇게 빨리 갈 줄 알았더라면 나도 그러지 않았을 거다. 그래도 안다. 그게 내 탓이라는 걸."

울음을 참으려다 어깨가 떨리는 아버지의 모습을 윤비가 멍하게 바라보았다. 엄마가 돌아가신 후 처음이었다. 아버지의 우는 목소리를 듣는 것은.

"단지 나는……. 나는 너만큼은 가난하게 키우고 싶지 않아서……. 배고픈 너 이유식 사 줄 돈이 없어서…… 요구르트 한 병 사서 하루에 반병씩 먹이면서 키운 게 너무 가슴에 사무쳐서…… 너만큼은 잘 먹고 잘 입고 잘 살라고……. 세상에서 제일 귀한 여자로 만들고 싶어서 그래서……."

드문드문 말을 잇지 못한 아버지가 결국 말끝을 흐리며 고개를 푹 숙였다. 터져 나오는 울음을 억지로 참던 아버지는 결국 온몸으로 울음을 터트렸다. 멀리서도 떨어지는 게 보일 만큼 눈물은 굵고, 그 수는 많았다.

수많은 세월 참아 왔던 서러움과 미안함이 녹아내리는 것을 보며 윤비는 눈을 질끈 감았다.

엄마가 너무 불쌍하고 안타까워서 그 탓을 아버지에게 돌렸다. 아버지를 미워하는 힘으로 버텨 냈다. 그리고 간사하게 자신 또한 피해자라 오해하며 살았다.

실은 아버지에게 자신이 가해자이면서도.

아버지를 미워하며 엄마를 묻을 동안, 아버지는 제 가슴을 쥐어뜯으며 엄마를 묻었다. 피가 철철 흐르고 가슴이 아파도 자신의 탓이라 내색도 못한 아버지를 이제야 보았다. 그 미안함에 딸에게조차 다가오지 못 하고, 자꾸만 겉도는 외로운 아버지를 이제야 보았다. 그냥 말하기가 무안하고 민망해서 화를 내고, 화를 내야만 얼굴을 보여 주는 그 딸 얼굴을 보려고 더 화내야 했던 아버지.

"미안해요, 아버지."

아무리 생각해도 이 말뿐이다.

어떻게 표현해야 할지 몰라 화만 냈던 당신을, 돌아서서 혼자 울었을 당신을, 평생 함께할 배우자를 잃은 당신의 슬픔을 이제야 알아서…….

……정말 미안해요, 아버지.

❀   ❀   ❀

"가 보겠네."

윤비의 아버지는 건물 입구에 서서 머쓱한 표정으로 말을 건넸다. 자동차까지 따라 걸으며 성호가 물었다.

"윤비 씨 부를까요?"

"아냐. 됐어. 방금 전까지 봤는데 뭐하러 그러나. 오늘 고마웠어. 바쁜 시간일 텐데. 그럼 난 가 보겠네. 아! 그리고……."

뒤따라 걷던 성호가 고개 들었다.

"앞으로 절대 외박은 안 돼. 그렇게 알게."

윤비의 아버지가 엄한 얼굴로 그를 보며 엄포를 놓았다. 성호는 덤덤한 미소를 보이며 고개를 끄덕였다.

"네. 다시는 이런 일 없도록 주의하겠습니다."

"알겠어. 믿겠네. 언제 밥 한 번 먹으러 오고."

"네. 감사합니다."

정중하게 허리 굽혀 인사하는 성호를 흘깃 보던 윤비의 아버지는 돌아서서 흐뭇한 미소를 지으며 자동차에 올라탔다. 자신이 본 첫인상이 맞아떨어졌다. 정 없고 냉정해 보이지만 사려 깊고 진중한 태도를 보일 거라는 그 첫인상이.

멀어지는 자동차를 보고 서 있던 성호가 고개 들었다. 잿빛 하늘 위로 점점 눈발이 날리기 시작했다. 두 사람의 오랜 갈등은 해피엔딩을 맞아 행복하지만, 마음에 그늘이 졌다. 자신에게도 있는 오래된 갈등이 불현듯 떠올라 가슴을 따갑게 만들었다. 자신이 누군가를 충고할 자격은 되던가. 적어도 그들의 관계는 회생 가능해 보였다는 변명을 해 보지만 제3자의 눈에 자신과 자신의 아버지 또한 그런 것은 아닐까.

"무슨 생각을 그렇게 하세요?"

불쑥 끼어든 목소리에 성호가 상념을 멈추며 고개 숙였다. 한참 울었는지 눈코입이 모조리 탱탱 부어 있는 윤비를 보며 성호가 피식 웃었다.

"열심히 울었나 봐?"

"그런 건 모르는 척해 주지 그래요?"

"너무 적나라하게 보여서."

성호의 말에 윤비가 입술을 삐쭉거리며 손바닥으로 제 얼굴을 가렸다. 조금만 톡 건드려도 크게 반응하는 윤비가 재미있어서 자꾸만 없던 장난기가 생겨나려 했다. 그러나 더 건드렸다간 저 퉁퉁 부은 얼굴로 또 울 것 같아서 성호는 윤비의 뒤통수를 달래듯 쓰다듬어 주었다.

"얼굴 붓는 건 유전인가 봐?"

"왜요?"

손바닥 너머로 얼굴을 쓱 내밀며 윤비가 물었다.

"아버님 얼굴도 부으셨더라."

"⋯⋯."

"너보다 더 퉁퉁. 민망하신지 멋쩍게 웃으셨어."

"아⋯⋯. 그랬구나."

작게 중얼거리던 윤비가 어색한 표정으로 웃었다. 만감이 교차하는지 짧은 시간 얼굴 위로 수만 가지 표정이 지나갔다. 시선을 내리깐 채 윤비가 느릿하게 말을 꺼냈다.

"사실 부끄러워서 아버지 얼굴 제대로 못 봤어요. 분명 화해한 것 같은데 어색하고 민망해요."

"멀어졌던 관계가 갑자기 가까워지니 서먹서먹한 거지. 그건 시간이 해결해 줄 거야."

눈만 들어 올려 윤비가 마주 선 성호의 얼굴을 바라보았다. 그러고는 말없이 물끄러미 바라보기만 하자 성호가 눈을 가늘게 뜬 채 물었다.

"왜 그렇게 쳐다봐?"

"사장님, 정말 어른이네요."

"원래부터 어른이었어."

"겉만 어른인 게 아니라 속도 어른이라고요."

"……."

"난 참 어려웠거든요. 아버지와 내 관계가. 그런데 사장님은 너무 쉽게 해결책을 찾았고, 또 실제로 해결하게 해 줬어요. 진짜로 어른이었네요, 사장님."

키가 훤칠하게 큰 그가 더 커 보였다. 몇 백 년을 살았다는 나무처럼 거대하고 엄청나 보였다. 그의 그늘 아래 있다는 것이 행복하면서도, 그의 눈에 자신이 너무 어려 보이지 않을까 하는 미약한 두려움이 스치고 지났다.

"노력하고 있어. 너한테 어른으로 보이려고."

"……."

"날 존경한다는 그 마음 지켜 주고 싶어서 노력하고 있다고. 최선을 다해서. 이런 노력까지 하게 될 줄 몰랐는데, 이렇게까지 하게 되네."

뒷짐을 진 채 서 있는 그의 눈이 가늘어지며 동시에 입술 끝이 늘어났다. 하얀 얼굴에 가득한 그의 웃음을 바라보던 윤비는 가슴이 뭉클해졌다. 무작정 사랑한다는 마음 하나로 밀어붙이는 게 아니라, 자신의 존경하는 마음을 지켜 주기 위해서 노력한다는 남자. 사랑보다 더 큰 사랑이 부풀어 올랐다. 윤비는 손을 뻗어 처음으로 그의 손을 잡았다.

"가게 앞인데 이래도 괜찮아?"

장난스럽게 슬쩍 던지는 그의 말에 윤비가 화들짝 놀라 그의 손을 놓았다. 이곳이 가게 앞이라는 사실도 잊은 채 그의 손을 감싸 쥐었다. 자신에게서 브랜드 생각을 지워 내다니. 마성의 남자 같으니.

"먼저 들어가 보겠습니다, 사장님."

놀란 표정으로 꾸벅 인사를 하곤 후다닥 들어가는 윤비의 뒷모습을 보며 성호가 픽 웃었다.

"괜히 말해 줬네."

아쉬운지 윤비가 잡고 있던 제 손을 바라보며 성호가 작게 중얼거렸다. 그러고는 다시금 잿빛 하늘로 시선을 옮겼다.

어른.

그 말을 작게 곱씹던 성호의 눈빛이 깊어졌다.

정말로 어른이 되면 알게 된다. 어른이라는 게 없다는 것을. 단지 조금씩 성장하고, 다치고, 배워 가는 사람만이 있다는 것을.

그리고 언젠가 그녀도 알게 될 것이다. 어른이라 믿었던 자신이 한낱 사람에 불과하다는 것을. 다만 함께 깨닫길 바랄 뿐이다. 그 한낱 사람이 자신을 얼마나 지지하고 사랑하고 믿는지를.

6. 좋은 당신

"안녕하세요. 외식업계 잡지 EAT의 기자 홍채은이라고 합니다."

"브랜드 사장 진성호라고 합니다."

명함이 오갔다. 그리고 홍채은과 진성호 사이에 몇 번의 형식적인 인사가 오갔다. 윤비와 우수는 B구역의 기둥에 서서 그 모습을 물끄러미 바라보았다. EAT에서 8주년 기념 브랜드 특집 기사를 내기 위해 삼고초려했다는 것은 이전부터 알고 있었다. 홍채은 기자의 집념과 공세에 못 이긴 진성호가 사장실에서 단독 인터뷰까지 허용해 줬다는 소문은 가게 안에 공공연한 비밀이었다. 다만 윤비는 홍채은 기자가 진성호에게 사심 있다는 것은 미처 몰랐다. 방금 전 우수에게 듣고서야 안 비밀이었다. 기둥을 붙들고 선 윤비가 곁에 선 우수에게 조용히 물었다.

"오빠, 진짜예요?"

"그럼. 당연하지. 예전에 우리 가게 오픈할 때는 사장님도 늘 매장에 있었거든? 그때 직접적으로 연락처도 묻고, EAT에 대문짝만하게 기사 실어 줄 테니 밥 먹자고 조르기도 했었어. 내가 산증인이야. 직접 봤어."

"아아……."

우수의 말을 들으면서 윤비는 홍채은에게서 눈을 떼지 못 했다. 늘씬한 몸매, 허리까지 오는 긴 생머리, 갸름하고도 하얀 얼굴에, 오밀조밀 예쁘게 자리한 얼굴. 외식업계 잡지가 아니라 패션 잡지 기자라고 해도 믿을 만큼 화려한 여자였다. 위에서 아래로 쭉 내려보다 다시 아래에서 위로 쭉 훑어보던 와중에 눈이 마주쳤다. 왜 그렇게 자신을 빤히 쳐다보냐는 듯한 시선에 윤비는 습관처럼 서비스 웃음을 지으며 돌아섰다. 등 뒤로 두 사람이 걸어가는 발소리가 들렸다. 두 사람이 2층으로 올라간 것을 확인한 윤비가 불쑥 그를 불렀다.

"오빠."

"응?"

"사장님, 여자 많이 따랐죠?"

"그럼. 내가 아는 사이라서 이런 말 하는 게 아니라 학벌, 재력, 외모, 키, 직업까지. 어느 것 하나 부족한 게 없잖아? 아주 가지각색의 선 자리도 들어오고, 다양한 여자들의 대시가 이어졌지. 내가 형이었다면 카사노바로 살았을 거야. 저 사람이 이상한 거지."

그 모든 여자를 뿌리치고 자신을 선택하다니. 전생에 스님이었나, 아니면 수도승 DNA가 있는 건가. 잠시 고민하던 윤비는 두 팔을 활짝 펼쳤다.

"자, 오빠. 눈 크게 떠요. 그리고 날 똑바로 봐요. 내 매력을 찾아봐요! 그 모든 여자를 이긴 숨겨진 나의 매력을요."

"하아."

우수가 깊은 한숨을 내쉬었다. 그리고 긴 시간 말을 잇지 못하는 우수의 얼굴 위로 번민, 고통, 고뇌가 스쳐 지나갔다. 이윽고 그는 해탈한 표정을 지으며 윤비를 바라보았다.

"편안함?"

"5분 고민해서 나온 게 고작 그거예요?"

"나온 게 어디야."

"그럼 사장님은 친구 같은 여자를 좋아하나 봐요. 저처럼 편안하고, 편안하면서, 편안한 여자요. 하긴 아름다움보다 더 힘든 게 때론 편안함이죠."

윤비가 어깨를 으쓱거리며 자신의 짧은 머리카락을 넘겼다.

"아냐. 사장님 대학 다닐 때 2년간 친한 여자 친구가 있었어. 교제가 아니라 그냥 친한 친구. 그 친구한테서 고백 받았는데 일언지하에 거절했어. 그러고 보니 나도 미스터리다. 사장님의 취향이, 참 뭐랄까. 모호하다."

우수는 턱을 쓰다듬으며 윤비를 찬찬히 훑었다. 한때 자신이 윤비를 짝사랑하긴 했다. 실제로 윤비는 씩씩하고 누구에게나 호감 살 만한 인상과 성격을 가진 여자였다. 그러나 슈퍼모델급 여자를 뿌리치면서까지, 엄청난 재력과 학벌을 자랑하는 지성미를 가진 여자를 거절하면서까지 고를 만한 사람인가에 대해서는 고민해 볼 만했다.

"김윤비의 매력에 관하여, 라는 논문을 써 볼까?"

"아, 오빠도 진짜. 저는 테이블 정리하러 갈게요. 곧 저녁 시간이니 준비해야죠."

"그래. 수고해. 나도 계산대 1차 정산 해 봐야겠다."

우수가 계산대로 향한 후 윤비는 B구역으로 들어서려던 걸음을 멈춘 채 고개 들었다. 그러고는 작게 중얼거렸다.

"누구는 오타쿠한테 고백 받고, 누구는 저런 여자한테 고백을 줄 줄이 받다니."

❋   ❋   ❋

한 시간 후, 바쁜 저녁 시간을 앞둔 때였다. 계단 쪽에서 들리는 홍채은의 웃음소리에 윤비가 목을 쭉 내뺐다. 계단에서 내려온 두 사람은 곧장 문 쪽으로 향했다. 중간에 잠시 눈이 마주쳤으나 성호는 고개 돌려 버렸다. 윤비는 인상 찌푸려지려는 걸 억지로 참으며 신경을 곤두세웠다.

"인터뷰에 응해 주셔서 너무 감사합니다. 시간 나실 때 명함에 있는 연락처로 언제든지 연락 주세요."

"알겠습니다."

"좋은 시간 감사했습니다. 다음에 또 뵙죠."

좋은 시간? 함께 1시간 동안 무얼 했기에? 언제든지 연락해? 왜? 다음에는 왜 또 보는데?

끝없는 의문이 꼬리에 꼬리를 물고 이어졌다.

"윤비야, 너 오늘 설거지하는 날 아니야?"

불쑥 물어 오는 우수의 말에 윤비가 퍼뜩 고개를 치켜들었다.

"아, 맞다. 오빠, 저 후방에 들어갔다가 나올게요."

"그래. 들어가 봐."

30분의 여유 시간을 확인한 윤비가 뛰다시피 후방으로 들어갔다. 뜨거운 김이 솟아오르는 큰 싱크대에 포크가 한 가득 담겨 있었다. 정해 놓은 순서대로 일주일에 한 번씩 설거지해야 하는데 홍채은이라는 여자한테 정신이 팔려 잠시 깜빡했다. 윤비는 소매를 둘둘 걷어붙인 후 면장갑과 고무장갑을 순서대로 꼈다. 막 싱크대에 담긴 접시를 쥘 때였다.

"김윤비."

들리는 목소리에 윤비가 고개를 번쩍 들었다. 홍채은을 배웅하고 돌아온 성호가 그녀의 앞에 서 있었다. 윤비는 재빨리 다른 사람이 없는지 둘러보았다.

"너랑 나뿐이야. 대화 좀 할까?"

"죄송합니다만, 보시다시피 제가 좀 바빠서요."

"그래서 힘들다?"

"네."

윤비가 덤덤하게 답하고는 싱크대로 시선을 옮겼다. 단둘이 있는데도 딱딱한 어투로 말하는 윤비를 성호가 물끄러미 바라보았다.

"질투해?"

"질투라니요? 누가요? 제가요?"

윤비가 못 들을 말 들은 사람처럼 깜짝 놀란 표정으로 답했으나 어색했다. 성호는 팔짱을 낀 채 특유의 느긋한 표정으로 윤비를 내려 보았다. 그는 굳이 답하지 않았지만 '그렇다'는 뜻을 드러내고 있었다. 윤비는 고개를 살랑살랑 내저었다.

"아뇨. 질투 안 해요. 사장님도 아시겠지만 제가 워낙 매력이 출중해서요. 사장님도 쫓아다니게 만들 만큼."

질투한 자신의 마음을 숨기기 위해 윤비는 평소보다 허세 넘치는 태도로 답했다.

"그래서, 전혀, 안 해?"

그가 한 음절씩 끊어 물었다. 싱크대를 짚고 서서 자신을 빤히 보는 사장의 눈을 보자 갑자기 목이 말라 와 윤비는 마른침을 삼키면서도 도도한 표정을 유지하려 애썼다.

"네."

"한 시간 동안 여자랑 단둘이 있었는데?"

"네."

"그 여자가 나 좋다고 자주 따라다녔는데도?"

"……네."

대답의 기세가 한결 수그러들었다. 그러나 윤비는 목에 **빳빳하게** 힘을 주었다.

"사장님도 보셨잖아요. 저도 고백 많이 받아요. 고등학생부터 아들을 소개해 주겠다는 어르신들까지 다양한 연령대에서 시시각각 제의가 들어와요. 그런 제가, 사장님의 비즈니스를 질투할 리가 있겠어요?"

고무장갑을 낀 손이 살짝 오그라졌다. 집에 있는 다리미도 언뜻 떠올랐으나 윤비는 치켜든 고개를 숙이지 않았다.

"아, 그래? 그……."

성호가 말을 하려던 찰나 그의 주머니에서 벨소리가 흘러나왔다. 휴대폰을 귀에 가져다 댄 성호가 흘깃 윤비를 보며 말했다.

"네. 기자님."

—마음에 걸려서 전화 드렸어요. 그 부분 아무래도 비밀 같은데…….

후방이 조용해 휴대폰 너머의 목소리가 고스란히 들렸다. 비밀? 윤비의 귀가 쫑긋 섰다.

"상관없습니다."

—그럼 다행이구요. 오늘 감사했어요. 즐거운 시간이었습니다.

"그랬다니 다행입니다."

—네. 그럼 다음에 뵈어요.

"네."

한 시간 동안 인터뷰한다더니 헤어지자마자 전화를 나눌 만큼 돈독한 사이가 되어 있다. 이걸 어떻게 해석해야 하나. 윤비는 멍한 표정으로 성호를 바라보았다. 질투를 해야 할지, 화를 내야 할지, 모르는 척을 해야 할지 이럴 때는 알 수가 없다. 그리고 더 알 수 없는 건 보란 듯이 통화한 후 자신의 앞에 버티고 서 있는 진성호였다.

"왜 그렇게 서 있어요?"

"궁금한 거 없어?"

"없어요."

"그럼 화나는 건?"

"그것도 없어요."

"그래?"

"네."

홱 돌아선 윤비가 포크를 뜨거운 물에서 건져 수세미로 문질렀다. 그 후로 성호는 어떤 대답도 없었다. 자리에 서서 자신을 물끄러미 바라보기만 할 뿐이었다. 정적인 분위기가 숨 막히게 변할 즈음, 착 가라앉은 목소리가 들렸다.

"언제쯤이면 나 따라올래?"

포크를 헹구던 윤비가 고개 들어 그를 보았다. 벽에 기대서서 자신을 삐딱하게 바라보고 있던 성호의 표정엔 어느새 장난기가 싹 사라져 있었다.

"나라면 왜 전화 왔는지 궁금할 테고, 내 앞에서 이성의 전화를 당연히 받는 상대방한테 화가 날 텐데. 아직 날 따라오려면 멀었구나."

"……."

윤비가 할 말 잃은 표정으로 바라보자, 성호는 흐릿하게 웃었다. 성호는 평소답지 않게 다른 이성에게 친절하게 굴었고, 사적인 대화는 질색하면서도 전화까지 받아 주었다. 너무 덤덤한 표정으로 덤덤하게 사랑하는 김윤비가 조금은 흔들렸으면 해서. 이런 자신이 유치하지만 더 유치한 것은 질투하지 않는 윤비를 보면서 힘든 자신이었다. 그러나 역시 한발 느린 김윤비는 아무것도 모른다는 순진무구한 얼굴을 하고 있었다.

성호는 손을 들어 윤비의 머리를 쓰다듬었다.

이 머리는 언제쯤 자신에게 길들여질지.

"미안. 내가 급했다."

"아니요. 사장님. 그게……."

윤비는 서두를 꺼내고도 말을 채 잇지 못했다. 이 상황에서 무슨 말을 해야 할지 몰라 멍하게 바라보는 윤비를 보며 성호가 옅게 웃었다.

"됐어. 마음에 없는 말까지 할 필요는 없으니까. 일 봐."

돌아서서 멀어지는 성호의 모습을 윤비가 멍하게 바라보았다. 성호가 나간 문이 흔들리는 것을 보며 윤비가 마른 입술을 핥았다.

이게 아닌데…….

아쉬운 마음에 이게 아닌데, 라는 말만 입안에서 뱅뱅 돌았다.

＊　　＊　　＊

　일주일 만에 맞이한 휴일, 윤비는 아버지와 함께 식사를 했다. 눈빛만 마주쳐도 싸우던 평소와 달리 서먹서먹했지만 꽤 편안한 식사를 할 수 있었다. 아버지는 윤비에게 앞으로의 꿈이 무엇인지 진지하게 물었고, 윤비는 벅차오르는 가슴으로 자신의 포부를 밝혔다. 그리고 처음으로 아버지의 승낙을 받았다.

　'너의 인생이다. 여태껏 조바심을 느낀 내가 너를 너무 좌지우지하려 했던 것이 실수였다. 단지 나는 내가 죽고 나면 너 혼자 남아 외로울까 봐 그랬다. 너희 엄마처럼 어느 순간 죽을까 봐 무서웠거든. 결혼식장에 네 손 잡고 들어가고 싶었고, 네가 한 아이의 엄마가 되는 걸 보고 싶다는 내 욕심이 너무 과했어. 성인인 니가 결정하는 일을 지지할 수 있도록 노력해 보마.'

　밥 먹다 말고 윤비는 울컥하고 터진 울음 때문에 소처럼 밥 한 그릇을 수없이 되새김질하며 먹어야 했다.

　식사를 마친 후 친구들과 낚시를 하겠다며 아버지가 나간 뒤 윤비도 외출했다. 약속 장소로 향하자 이미 도착해 있던 수희는 곧장 그녀의 팔을 끌고서 카페 안으로 들어갔다.

　"어제 전화로 이야기하던 거 마저 해 봐!"

　사장과 교제 사실을 알고 있던 수희에게 윤비는 어젯밤 참지 못하고 연애 상담을 했다. 이런저런 일이 있음을 이야기하다가 수희의 배터리가 다 되는 바람에 통화가 끊겼다. 수희가 배터리를 갈아

끼우는 사이 잠시 머리를 대고 있던 윤비가 그대로 잠들면서 통화가 완전히 불가능하게 되었다. 그때부터 수희는 궁금했는지 윤비를 바라보는 두 눈동자가 초롱초롱 빛났다. 그러나 윤비는 그녀의 기대에 어긋나게 심드렁한 표정으로 대꾸했다.

"어제 말한 게 전부야. 그냥…… 사장님이 말하는 그 거리가 뭔지 모르겠어. 나는 좋아하는데, 뭘 자꾸 따라오라고 하는 건지."

윤비는 갑갑함에 못 견디겠다는 듯 잔을 들어 한 번에 비워 냈다. 그런 윤비를 보며 수희는 혀를 끌끌 찼다.

"무슨 아이스티를 원샷하냐. 그게 맥주냐?"

"답답해."

"후우, 멍충아. 연애 초보라지만 너는 너무 심하다. 사장님 많이 애타는 모양이네."

"나도 최선을 다하고 있어."

"사장님한테 사랑한다는 말 한 적 있어?"

"풉."

입안에 물고 있던 얼음이 발사됐다.

"아우, 드러워."

세모꼴로 눈을 치켜뜬 수희가 윤비를 흘겨보았다. 윤비는 제 팔을 벅벅 긁으며 인상을 확 찌푸렸다.

"니가 먼저 이상한 말 했잖아. 사랑한다니. 맨정신에? 누가? 내가?"

"그럼, 니가 하는 거 사랑 아니야? 사장님 사랑해서 만나는 거 아니야?"

"맞지. 맞긴 한데 그걸 뻔히 아는데 왜 굳이 말하냐고. 난 그런 말 못 해."

"얘 봐라. 남녀가 완전 바뀌었네. 알면서도 연인 간에 듣고 싶은 말이 사랑한다는 말이야. 왜? 그 사람의 마음에 내가 확실히 자리 잡고 있다는 걸 온 감각으로 느끼고 싶어 하거든. 적어도 난 그래."

"⋯⋯."

윤비의 표정이 멍하게 변했다. 당당한 태도로 조리 있게 말하자 수희의 말이 정답 같게 느껴졌다. 그러나 윤비는 고개를 설레설레 내저었다.

"못 해. 못 하겠어. 입 밖으로 안 나와. 그거 아니라 다른 걸로 표현하면 되잖아."

"어휴, 멍청이. 다른 걸로 대체되면 왜 이 세상에 연인들이 서로 사랑한다는 말을 주고받겠냐? 사장님도 고생한다. 너처럼 둔한 애 데리고 연애하시느라."

수희의 타박을 들으면서도 윤비는 끝내 고개를 가로저었다.

❋   ❋   ❋

남자 친구와 약속이 있는 수희 때문에 일찍 약속이 끝났다. 집으로 들어가기엔 황금 휴일이 아까워 거리를 걸으며 바람을 쐬던 윤비는 편의점으로 들어갔다. 3월 초지만 아직 바람이 차가워 따뜻한 음료라도 마실 생각이었다. 따뜻한 음료 코너에 자리한 두유를 뽑던 윤비는 픽 하고 웃었다. 지나가는 말로 두유 먹고 싶다는 말을 했다가 두유 한 박스가 집으로 배달된 일, 일주일 동안 내내 두유를 직원들에게 돌려서 브랜드가 두유 협찬 받는다는 루머까지 양산하게 된 일.

그는…… 이렇게까지 애쓰고 있었구나.

"두유에 문제 있나요?"

두유를 쥔 채 멍하게 서 있는 윤비를 보다 못한 편의점 직원이 조심스럽게 물었다.

"아뇨. 이거 계산해 주세요."

까지 않은 두유를 손에 쥔 채 돌아다니던 윤비의 발길이 시내 서점으로 향했다. 오늘쯤이면 3월 초 EAT 잡지가 발행되었을 거다. 어쩌면 열흘 전 했던 성호의 인터뷰도 실려 있을 수도 있다. 서점 문을 열고 들어간 윤비는 익숙하게 잡지 코너로 향했다.

'8주년 브랜드 사장 진성호와 단독 인터뷰!'

잡지 코너에서 단연 눈에 튀는 새빨간 문구가 보였다. 이미 꽤 많은 사람들이 사 갔는지 EAT 잡지만 움푹 패여 있어서 꺼내느라 윤비는 한참 낑낑대야 했다. 잡지를 스르륵 훑다 언뜻 보이는 브랜드라는 단어에 윤비의 손이 멈췄다. 역시나 성호의 사진은 단 한 장도 들어가 있지 않았다. 그럼에도 이렇게 대대적으로 인터뷰 기사가 실릴 수 있었던 건 놀라운 일이었다. 브랜드의 내부 사진과, 브랜드 간단한 이력, 초창기 브랜드의 사진부터 현재 브랜드의 사진, 그리고 인터뷰 기사가 적절하게 분배되어 있었다. 브랜드의 이력, 브랜드에 관한 성호의 생각과 외식업에 대한 성호의 가치관까지 잘 캐치되어 있는 기사였다. 그러나 이미 성호에게 수없이 물어서 알고 있는 윤비로서는 그다지 흥미가 당기지 않았다. 스르륵 읽으며 내려오던 시선이 잡지의 정중앙에 멈췄다.

Q. 브랜드 사장님에 대한 업계의 관심이 높다. 사장님에 대한 관심도도 높은데 사진 공개를 꺼려 한다는 데 이유가 있는가? 외모가 출중한 걸로 봐선 외모 콤플렉스가 있는 것 같지도 않은데.

A. 브랜드에 대한 관심은 감사하지만, 브랜드로 인해 사적인 공간까지 침해받는 것을 원치 않는다.

Q. 그러면 영영 볼 수 없는 건가?

A. 가능한 그러고 싶다.

Q. 지독한 워커홀릭으로 업계에서도 유명하다. 진성호를 보고 싶으면 브랜드 본점으로 가라, 라는 말이 있을 정도다. 이건 사적인 질문인데 연애는 언제 하는가?

A. 하고 있다. 아주 열심히.

윤비의 몸이 굳었다.

……하고 있다, 아주 열심히?

이 잡지는 브랜드 직원들도 한 번쯤 보게 될 거다. 그런데 이렇게 공개적으로 이야기하다니! 윤비가 하얗게 질린 얼굴로 나머지 기사를 다급하게 읽어 갔다.

Q. 의외다. 밝혀도 되는가?

A. 난 연예인이 아니다. 숨겨야 할 이유도 없고, 숨길 만큼 부끄러운 만남도 아니다. 내가 사랑하는 사람이고, 난 우리 만남에 당당하다.

Q. 연애 이야기가 나오면서부터 웃고 있다. 행복해 보인다. 우리가 알 만한 사람인가.

A. 지금은 두각을 드러내지 않지만 머지않아 업계에서 주목할 만한 사람이 될 거다. 그 사람의 미래를 믿어 의심치 않는다. 멋진 사람이다.

……내가 사랑하는 사람, 그 사람의 미래를 믿어 의심치 않는다. 멋진 사람.

그 구절을 윤비는 읽고, 읽고, 또 읽었다. 지면에 구멍이라도 될 것처럼 그 부분만 보던 윤비는 멍한 표정으로 잡지를 와락 끌어안았다. 이 잡지를 끌어안지 않고는 견딜 수 없을 것 같았다.

그녀와 그가 나누었던 비밀의 대화가 이거였나.

서점 직원의 제재가 있고서야 윤비는 EAT 잡지를 세 권 사서 결제했다. 잡지를 넣은 묵직한 가방이 아래로 축 늘어졌다. 그러나 윤비의 달뜬 걸음까진 막을 수 없었다. 빠르게 걷던 걸음이 조깅이 되고, 조깅이던 걸음이 어느새 달음박질이 되었다.

그냥 무작정 그가 보고 싶어졌다. 당장 이 마음을 말하지 않으면 죽을 것 같았다.

사랑한다는 사실을 온 감각으로 느끼고 싶어 하는 것이 사람의 심리라고 했던가. 돌이켜 보면 윤비는 사장의 마음과 진심을 궁금하게 여길 새가 없었다. 하루에 몇 번이나 그는 자신을 몰래 바라보았고, 시시때때로 연락해 주었으며, 퇴근 후엔 꼭 자신을 집까지 데려다 주었다. 그러고도 심심하면 전화 통화를 해서 시답잖은 이야기라도 꼭 해 주곤 했다. 아주 가끔 브랜드의 숨겨진 이야기들도 해 주며 윤비의 정신을 환기시켜 주기까지 했다. 받는 것에 익숙해져 그에게 줄 생각조차 않았다.

한마디. 그에겐 자신의 마음을 담은 한마디가 필요했던 거였다.

당신이 내 마음에 있어요, 라는 그 한마디가.

있는 힘껏 달려간 그녀는 브랜드 직원 출입구로 곧장 들어갔다. 바쁜 타임이라 윤비가 2층으로 올라가는 것을 누구도 알아채지 못했다. 주먹으로 사장실 문을 쿵쿵 두드리던 윤비는 '네.' 라는 짤막한 답을 듣고서 문을 벌컥 열어젖혔다. 무심한 표정으로 문을 흘끗 보던 성호가 고개를 숙이다 말고 다시 눈을 들어 올렸다.

"무슨 일이야."

예고 없던 윤비의 방문에 성호가 적잖이 놀란 표정으로 물었다. 그러나 턱 끝까지 차오른 숨 때문에 윤비는 제대로 대답할 수 없었다.

"오고 시어서여."

"뭐?"

옹알이 수준의 말에 성호가 의자에서 일어났다. 성호는 윤비를 사장실 안으로 끌어당기고는 문을 닫았다.

"무슨 일 있었어?"

"오고 시퍼어여."

"오고 싶었다고?"

"보고 싶어서요!"

숨을 고른 윤비가 버럭 소리쳐 고백했다. 싸한 분위기가 사장실에 차올랐다. 윤비는 아랫입술을 깨물었다. 조금 더 부드럽고, 낭만 있게, 쑥스러운 듯 다리도 꼰 채 말하고 싶었는데……. 쩍 벌리고 서서 전투적으로 고백하다니. 놀란 듯 성호가 굳은 채 그녀를 바라보고 있었다. 폭발할 것처럼 차오르던 감정이 순식간에 싹 가라앉았다. 그리고 자신의 마음을 전하려던 열정적이던 의지가 무안함으로 바뀌었다.

"아…… 그러니까. EAT 잡지가 나왔더라고요. 그걸 보다가…… 그러니까…… 사장님이 한 말을 보다가 감동 받아서, 그냥 무작정, 실례했습니다."

꾸벅 인사하곤 슬금슬금 뒷걸음질 치던 윤비가 어깨를 꽉 붙드는 흉흉한 손길에 멈칫했다. 그 손에 의해 윤비는 다시 돌려세워졌다. 업무 방해죄로 정색할 거라는 예상과 달리 성호는 미소를 짓고 있었다.

"뭐라고?"

"네? 뭐가요?"

윤비는 시치미를 떼며 되물었다. 성호는 야릇하게 웃으며 윤비를 향해 성큼 다가섰다. 그 때문에 윤비의 등이 문에 닿았다. 성호는 허리를 굽혀 윤비와 눈높이를 맞춘 채 다시 한 번 물었다.

"뭐라고? 다시 한 번 말해 봐."

숨이 섞인 목소리가 훅 밀려왔다. 별것 아닌데 왜 이렇게 야하게 느껴지는 걸까. 눈앞이 아찔해지는 자극에 윤비는 결국 이실직고했다.

"……보고…… 싶었다고요."

"그리고?"

"그리고…… 뭐, 뭐요."

"더 할 말 없냐고."

"아, 정말!"

고개를 요리조리 돌리며 성호의 시선을 피하다 못한 윤비가 그를 밀어냈다. 그러고는 참고 있던 숨을 훅 뱉어 냈다.

"왜? 갑자기 나타나서 일하던 사람 일어나게 한 게 누군데?"

성호의 얼굴엔 여전히 미소가 가득했다. 한눈에 봐도 행복해 보이는 그 표정에 윤비의 얼굴에도 스르륵 미소가 피어올랐다. 고작이 한마디에 이 남자가 이렇게나 즐거워하다니. 고맙고, 미안했다. 그저 '사랑한다' 그 한 마디로 때울 만한 게 아니었다. 잠시 고민하던 윤비는 결심한 듯 다부진 표정으로 말했다.

"이렇게 말고요. 노래…… 불러 줄게요! 달려오는 동안 불러 주고 싶은 노래가 있었어요."

"뭐?"

생뚱맞은 말에 성호의 고개가 옆으로 기울었다.

"우선 앉아 봐요. 사장님, 아니. 성호 씨는 내가 노래 부르는 거 좋아하잖아요. 큰맘 먹고 해 줄게요."

"그렇다고 한 적 없는데."

"내가 노래 부르면 재미있어서 좋다면서요. 우선 앉아 봐요."

언젠가 고깃집에서 했던 말을 기억하고 있던 모양이었다. 아니라고 부인하기도 전에 윤비의 기세에 떠밀려 성호는 의자에 자리 잡고 앉았다. 야릇하고 아슬아슬하게 잘 이어 오던 분위기가 전국 노래자랑으로 변하자 성호의 심기가 불편해졌다. 그러나 말릴 틈 없이 윤비는 목을 가다듬고는 사장실 문밖을 훑어보며 사람이 있는지 없는지 확인했다.

"시작할게요! 흠! 흠!"

"아니⋯⋯."

아무래도 말려야겠다는 생각에 성호가 손을 뻗을 때였다. 목을 가다듬은 윤비가 눈을 감은 채 천천히 노래를 시작했다.

"알고 있어요. 내가 얼마나 당신을 힘들게 했는지."

진지하게 노래를 시작하는 윤비를 보던 성호가 뻗은 손을 거둬들였다. 뮤지컬 배우 뺨치게 진지해서 말릴 수도 없었다.

"내가 많이 부족해서 당신을 기다리게만 했죠. 아껴 준다. 좋아한다. 사랑한다. 그 고백이 어색하고 부끄러워 한참이나 망설인 나를 이해해 줘요. 내 마음엔 당신만 가득하죠. 떨려서 말하지 못했죠. 믿어 줘요. 아껴 준다. 좋아한다. 사랑한다. 그 고백이 어색하고 부끄러워 한참이나 망설인 나를 이해해 줘요."

음정도 엉망, 박자도 엉망, 그나마 건질 만한 건 또박또박 발음하는 게 전부인 노래였다. 그럼에도 성호의 얼굴에선 미소가 떠나질 않았다.

눈 질끈 감고서 붉은 얼굴로 노래하는 그녀가, 사랑한다는 고백을 노래로 대신하는 그녀가, 거리를 좁히기 위해 서툰 걸음으로 걸어오는 그녀가 사랑스럽다. 기다림에 지친 자신의 투정을 넘겨주지 않아서 고맙다.

한 걸음, 두 걸음, 세 걸음 만에 성호가 그녀의 앞에 마주 섰다.

마주 쥔 그녀의 손을 감싼 채 성호는 그녀의 입술에 가벼운 입맞춤을 남겼다. 정직하게 부르던 노래를 멈춘 그녀가 천천히 눈을 떠서 성호를 바라보았다. 놀라는 기색 없이 담담한 눈빛으로 윤비는 성호를 가만히 바라보았다. 그러고는 낮은 목소리로 속삭였다.

"도착한 거 같죠?"

윤비의 덤덤한 고백에 성호의 입술이 길게 늘어졌다. 한 마디면 좁힐 수 있던 거리를 오랫동안 돌고 돌아 도착했다.

"그래. 도착했네."

"어쩌면 내가 사장님을 추월할지도 몰라요."

……이 속도로 사랑에 빠지다간.

"그래서 손잡고 있잖아. 앞으로 같은 속도로 걷자고."

"……"

웃음을 머금은 성호의 입술이 다시 윤비의 입술을 찾았다. 턱을 들어 그의 입술을 받아들이는 윤비의 입술에도 미소가 머물렀다.

✳　　✳　　✳

"이렇게 나와도 돼요?"

성호와 함께 거리를 걸으면서도 윤비는 브랜드 생각에 걱정이 앞섰다. 그도 그럴 것이 성호는 윤비의 노래에 감명 받았다며 우수를 불러 밑도 끝도 없이 하루 쉬겠다고 통보했다. 폭탄 맞은 표정으로 멍하게 서 있던 우수는 윤비와 성호를 번갈아 보더니 조용히 한 걸음 물러섰다. 그러고는 지나가는 성호를 향해 조용히 '이번한 번뿐입니다, 사장님.' 이라는 말을 덧붙였다. 우수의 허락이 떨어지긴 했지만 윤비는 불안했다.

"사장도 쉬어야지."

"사장님이면 이렇게 무작정 쉬어도 돼요?"

"사랑에 빠진 사장은 눈에 뵈는 게 없어. 그러니까 괜찮아."

성호는 윤비의 손을 힘주어 꼭 쥐며 답했다. 능글맞은 그의 대답에 윤비는 참지 못하고 웃음을 터트렸다. 브랜드를 더 걱정했다간 서늘한 진성호가 '브랜드야, 나야. 선택해'라고 물을 것만 같아 윤비는 성호의 손을 꼭 쥐었다. 그 질문은 윤비에게 '엄마가 좋아, 아빠가 좋아'라는 질문과 맞먹는 것이었다.

처음으로 대낮에 함께 거리를 걸었다. 늘 가게 안에서, 혹은 퇴근 후 늦은 밤 하는 데이트가 전부였기에 색달랐다. 환한 햇살 아래에 자리한 맞잡은 손을 보고 있자니 기분이 묘하기도 했다. 그리고 이 사람이 자신의 사람이라는 걸 깨닫자 가슴이 뜨겁기도 했다.

햇살도, 이 순간도, 맞잡은 손도 모두 다 신기했다.

"가고 싶은 곳 있어?"

거리를 둘러보던 성호가 물었다. 마땅한 곳이 없는지 표정이 별로 좋지 않았다. 윤비도 거리로 시선을 옮기며 고개를 가로저었다.

"아니요. 갈 곳은 많은데 마땅히 가고 싶은 곳은 없네요. 카페, 음식점을 갈 바엔 브랜드에 가서 밥을 먹겠어요. 술집은 이르고, 고기집도 이르고, 노래방이라도……."

"아니."

그가 단호하게 거절했다. 칼 같은 그의 거절이 못내 섭섭하긴 하지만, 윤비 또한 갈 곳이 없어 택한 거라 끌리지 않았다. 기껏 시간 내서 나왔더니 갈 곳이 이렇게 없다니.

"한 곳밖에 없네."

모든 연인들은 어디서 데이트를 즐기는 건가 고민하던 윤비는 성호의 말에 고개를 번쩍 들었다.

"우리 집."

"집……이요?"

"머릿속에 19금 영상은 지워. 그런 거 아니니까."

들켰다. 용한 사람.

거리에 우뚝 멈춰 선 윤비는 턱을 쑥 내뺀 채 경이로운 눈길로 성호를 올려 보았다. 그런 윤비를 보며 성호는 미소 지었다. 이런 즉각적이고 솔직한 김윤비의 반응이 좋다. 성호는 맞잡은 손을 끌어당겼다.

"집에 가자. 밥도 해 주고, 커피도 주고, 노래도 부르게 해 주고, 술도 줄 테니까."

"우와……. 거절할 수 없게 만드네요."

"여기서 가까워."

성호가 턱짓으로 가리키는 곳을 흘깃 본 윤비는 다시 성호로 시선을 옮겼다. 그에게 숨겨진 꼼수가 있는 건 아닐까 하는 의심을 품은 날카로운 시선이었다. 그러나 성호는 무표정한 얼굴로 되레 윤비를 관찰했다. 역전되어 성호의 시선을 받게 된 윤비는 무안함에 고개 돌리며 답했다.

"좋아요. 그럼 가요."

✳   ✳   ✳

성호의 집은 브랜드 근처의 오피스텔이었다. 사장실에서도 보이는 건물 중 하나였다. 건물 입구에서 비밀번호 입력 후 카드를 대자 삐 소리 나며 문의 잠금장치가 해제되었다. 윤비는 복잡한 보안 설정에 혀를 내둘렀다. 재력가답지 않게 검소하게 오피스텔 생활을 하나보다 했는데 그것도 아닌 모양이었다. 오피스텔은 바닥부터 천상까지 고급 인테리어를 자랑하고 있었다. 조심스럽게 성호의 뒤를 따라 엘리베이터에 올라탄 윤비는 거울을 바라보았다. 습관적으로 흐트러진 앞머리와 옷매무새를 살피던 윤비는 거울 속에 있는 성호와 눈이 마주쳤다. 그저 시선이 마주쳤을 뿐인데 행동이 멈췄으며, 짠 것처럼 둘 다 아무 말도 하지 않았다. 밀폐된 좁은 공간에선 시선 마주쳤을 뿐인데 등골이 짜릿해지다니. 무서운 증상이다.

도착했음을 알리는 소리가 들릴 때까지 둘은 서로에게서 눈을 떼지 못했다.

성호의 거주지는 오피스텔에서도 가장 전망 좋은 9층이었다. 실내는 두 사람이 써도 될 만큼 넓고 탁 트여 있었다. 방 한가운데 자리한 침대와, 침대만큼이나 크고 거대한 책상, 그 옆에 수많은 책이 빼곡히 꽂혀 있는 책장까지.

"커피 마실래?"

"네."

성호가 부엌으로 들어간 후, 집안을 슥 훑어보던 윤비는 커텐을 젖혀 건물 아래를 바라보았다. 탁 트인 전망을 보자 저절로 가슴속이 시원해졌다.

"사장님, 좋은 곳에서 사네요. 역시!"

"그래? 결혼해야겠다는 확신이 생겨?"

"뭐, 조금요. 그런데 아직 결혼 생각 없어요. 정확히는 결혼 생각해 본 적이 없어요."

"역시 솔직하네."

성호는 윤비를 보며 픽 웃었다.

"자."

성호가 잔을 내밀자 윤비가 받아 들며 슬쩍 눈치를 살폈다. 그런 윤비를 보며 성호가 물었다.

"왜?"

"섭섭해요?"

"뭐가?"

윤비가 앉아 있는 테이블에 마주 앉으며 성호가 모르는 척 되물었다.

"결혼 생각 없다고 해서요."

"그렇다고 하면 마음 바꿀래?"

"……."

예상대로 그럴 자신은 없는지 윤비는 대꾸하지 않았다. 성호가 픽 웃었다. 김윤비는 지독한 워커홀릭이다. 어쩌면 진성호보다 더 심한 워커홀릭이다. 그래서 서로가 서로의 일을 존중하며 만날 수 있는 거였다.

"괜히 미안해지네요."

"미안할 거 없어. 결혼 안 하고 평생 연애만 하면 되니까."

성호의 덤덤한 대꾸에 되레 윤비가 놀란 표정을 지었다.

"진심이에요?"

"특별히 아이를 가져야겠다는 생각은 해 본 적 없어. 너 닮은 딸이 있으면 좋겠다고는 생각해 본 적 있지만 무조건 내 아이가 있어야겠다는 생각 안 해. 그러니까 괜찮아. 부담 갖지 않아도."

커피 타는 그 짧은 시간에 자신의 생각을 정리한 듯했다. 찻잔을 손에 쥔 채 카페에 온 사람처럼 성호는 통유리로 된 창밖을 바라보고 있었다. 서른이 넘은 나이엔 모든 의사 결정이 확실해지는 걸까, 아니면 그의 특성인 걸까. 그의 무덤덤한 옆모습을 바라보던 윤비는 고마우면서도 이상하게 섭섭했다. 꼭 결혼을 않겠다고 한 건 아니었는데. 연애를 하니까 단순하던 자신의 감정도 점점 복잡하게 변하고 있었다.

"그래도 마음 바뀌면 말해. 언제든 헤어질 수 있는 커플보다야 법적으로 서로 도장 찍어 놓은 부부 관계가 더 좋잖아?"

성호는 여유롭게 웃으며 덧붙였다. 윤비는 고개를 끄덕였다. 커피를 다 마신 후 성호는 윤비의 컵까지 받아 들었다. 이윽고 솨아아— 하고 싱크대에서 물 쏟아지는 소리가 들렸다. 그 소리가 빗소리처럼 들려서 집 안 분위기가 한층 더 낭만적으로 변했다.

윤비는 설거지하는 성호의 뒷모습을 물끄러미 바라보았다. 훤칠한 키에 각이 진 넓은 어깨, 곧게 뻗은 다리까지. 괜히 두근거렸다. 집에 들어서자마자 짐승으로 돌변하면 어쩌나 하는 고민과 달리 성호는 평소와 다를 바 없었다. 묘한 눈길도, 애매한 터치도, 사람 설레게 하는 농담도 던지지 않았다. 아무 짓도 하지 않겠다는 약속을 지키려는 의지가 보여 진성호라는 사람에 대한 신뢰도가 한층 깊어졌다.

"뭐 해?"

그러다 눈이 마주쳤다.

"아무것도 아니에요. 흠흠."

붉어진 얼굴을 홱 돌리며 윤비가 대답했다. 수상한 윤비의 반응에도 성호는 굳이 캐묻지 않았다.

"책장 좀 구경해도 돼요?"

"해. 보고 싶은 책 빌려 가도 되고."

성호의 승낙이 떨어지자마자 윤비는 책이 가득 꽂혀 있는 책장으로 향했다. 한 벽면을 채운 책장에 꽂힌 책은 족히 천 권도 넘을 것 같았다.

"이 많은 책을 다 읽었어요?"

"어."

"바쁘잖아요."

"바쁘다고 해야 할 일은 미룰 순 없잖아."

윤비가 감탄한 눈빛으로 성호의 뒷모습을 바라보았다. 독서가 그에겐 해야 하는 일인가.

'장사하는 사람이라고 돈만 보고 있으면 안 돼. 요즘 같은 때는 지식인만큼은 아니더라도 그 흉내 정도 낼 수 있을 만큼 지식은 있어야지.'

언젠가 성호가 했던 그 말을 되새기다 윤비는 부끄러웠다. 외식업계 잡지 하나 보는 걸로 꽤 열심히 공부하고 있다 자만했었다. 정작 더 높은 위치에서 이렇게 많은 책을 읽는 사람이 있었는데.

윤비는 꼼꼼하게 성호의 책장을 훑었다. 그리고 그곳에서 가장 끌리는 제목의 책 한 권을 뽑았다.

"사장님 사랑에 관한 에세이도 읽어요?"

"처음 봤어. 남들도 이렇게 속 답답하게 짝사랑하나 싶어서."

"누구 짝사랑한 적 있어요?"

"모르는 척한다?"

그릇을 헹구다 말고 성호가 홱 돌아섰다. 윤비는 떨떠름하게 자신을 가리켰다.

"아, 저요?"

"네. 그쪽이요."

윤비가 픽 웃자 성호가 따라 웃으며 다시금 싱크대로 몸을 돌려 세웠다.

"이 책 빌려 갈게요."

"그래."

책을 가방 안에 챙겨 넣은 윤비는 성호의 뒷모습을 다시금 바라보았다. 마침 뒤돌아선 성호와 윤비의 시선이 마주쳤다.

"책 빌린다더니, 왜 날 보고 있어?"

"사장님."

"왜?"

"전 사장님이 자랑스러워요."

"왜?"

"독서를 많이 해서요."

윤비가 자랑스럽다는 표정을 가감 없이 드러내며 말했다. 성호는 마른 수건으로 젖은 손을 닦으며 윤비를 가만히 바라보았다.

"그게 다야? 칭찬이 짧다?"

"그리고 사랑스러워요. 솔직해서요."

수건을 내려놓다 말고 멈칫하던 성호가 천천히 고개 들었다.

노래 한 번 부르더니 이젠 애정 표현도 거침없이 한다. 그런데 언제 어디서 날아올지 모를 그 애정 표현이 기다려진다고 하면 이 여자는 믿으려나.

방을 가로질러 거칠게 걸어온 것과 다르게 성호는 윤비를 부드럽게 끌어안았다.

성호는 맞닿은 가슴에서 쿵쿵 울리는 박동을 느꼈다. 자신의 것인지 윤비의 것인지 어쩌면 둘 다의 것인지 모르겠지만 어떤 것도 상관없었다. 심장이 세차게 뛸 만큼 행복하고, 상대방의 심장도 세차게 뛸 만큼 행복하다는 것.

성호는 윤비를 힘주어 끌어안으며 생각했다.

사랑, 참 좋다.

✳   ✳   ✳

"잡지 봤어? 사장님 연애한다면서?"

"그러니까! 누구지? 사장님이 누구랑 연애할까?"

직원들 사이에서 뜨거운 감자는 단연 사장의 열애였다. 잡지에 당당히 밝힐 만큼의 연인이라면 결혼을 전제로 한 사이가 아니겠냐는 이야기와 함께, 곧 생길 고자설을 무마시키기 위한 그의 방어가 아니겠냐는 등 수많은 이야기가 오갔다.

"윤비야, 넌 어떻게 생각해? 사장님?"

꿀 먹은 벙어리마냥 입을 꾹 다물고 있는 윤비의 옆구리를 영아가 쿡쿡 찌르며 물었다.

"고자는 아니라고 생각합니다."

윤비는 정색한 채 대답했다.

"아니. 사장님 열애설 어떻게 생각하냐고. 사장님, 고자는 아니겠지. 당연히. 저 유전자가 대대손손 이어지지 않는다는 건 인류 비극이야."

"그냥, 뭐. 사장님도 연애할 수 있지 않을까요?"

"누굴까? 대체 누구랑 연애할까? 매일 브랜드 안에 있는데. 브랜드 사람이랑 연애하나?"

"글쎄요. 그럼 벌써 소문났겠죠?"

윤비는 뜨끔했으나 최대한의 힘을 발휘해 아무렇지 않은 척 연기했다.

"오후 공지 시작하겠습니다."

우수의 말에 직원들은 손을 모으고서 고개를 들었다. 윤비 또한 헐렁한 앞치마를 바짝 동여매며 우수 쪽을 보았다. 정확히는 우수의 뒤에 서서 자신을 흘깃 바라보곤 옅게 웃는 성호였지만.

"이번 매장에서 생겼던……."

―알고 있어요. 내가 얼마나 당신을 힘들게 했는지. 내가 많이 부족해서 당신을 기다리게만 했죠. 아껴 준다. 좋아한다. 사랑한다.

우수가 말문을 열자마자 겹치는 노랫소리에 직원들이 두리번거리며 서로를 바라보았다. 그중 윤비는 하얗게 질린 얼굴로 굳었다.

"실례합니다."

―그 고백이 어색하고 부끄러워 한참이나 망설인 나를 이해해 줘요.

불안한 음정, 또박또박한 발음, 노래 부를 생각하는 게 놀라울 만큼 답 없는 가창력을 뽐내는 저 노래는······.

윤비가 굳어 있는 사이, 직원들은 작게 수군댔다.

"이거 무슨 공사장 소음이냐."

"사장님 벨소리, 여자 친구가 불러 준 건가?"

"여자 친구는 무슨 생각이지? 이별 선물인가."

부정적인 여론을 고스란히 들으며 윤비는 말없이 전화 받고 있는 성호의 뒤통수만 노려보았다. 언제 녹음을 한 걸까. 어제저녁 파스타를 해 준 값으로 노래 불러 달라고 했을 때였나? 벨소리는 너무한 거 아닌가? 자신은 이럴 줄도 모른 채 숟가락을 쥐고서 평소보다 더 열심히 불렀더랬다. 조만간 시간 내서 저 휴대폰을 부숴야겠다.

윤비는 성호의 휴대폰을 노려보며 살의를 불태웠다.

"윤비야. 사장님 벨소리 듣다가 느낀 건데."

영아의 조심스런 목소리에 윤비가 움찔했다. 자신의 목소리인 것을 알아챘나 하는 불안한 마음에 윤비가 겁먹은 표정으로 바라보았다.

"넌 진짜 노래 잘 해."

"……."

"사장님 여자 친구 노래…… 진짜 기가 막히게 못 한다. 휴우."

고개를 설레설레 내젓는 영아를 보며 윤비는 피눈물을 삼켜야 했다.

✽   ✽   ✽

"벨소리 바꿔요, 당장."

한가한 시간 화장실을 간다는 핑계로 빠져나온 윤비가 곧장 휴대폰을 거머쥐고서 소리쳤다.

—싫은데.

그러나 소리친 보람 없이 돌아온 답변은 덤덤하기만 했다. 윤비는 머리를 쥐어뜯다시피 쓸어 넘기고는 화장실 거울 속의 자신을 노려보았다.

"찾아가서 휴대폰을 없애 버리기 전에 바꿔요. 지금 매장에서 뭐라는 줄 알아요? 사장님 이상하대요. 아픈 거 같대요. 저 공사장 소음 같은 걸 벨소리로 해 놓는 사람이 어딨냐고. 일을 너무 열심히 해서 청각이 아픈 거냐고. 별별 소리가 다 돌아요."

—괜찮아.

쿨하기도 하시지.

목에 핏대 세워 열변을 토해 놨더니 돌아오는 답변은 역시나 덤덤했다. 오히려 약간 웃음기까지 머금은 듯했다. 윤비는 내기를 할까, 아니면 다른 조건이라도 걸까 한참을 고민했으나 포기했다. 어떤 것도 진성호의 마음을 돌려세울 수 없을 것 같았다. 그는 자신의 노래 벨소리를 무척 좋아했다. 결국 통화를 끝낸 윤비는 3분 만에 30년 늙은 제 얼굴을 바라보다 돌아섰다.

매장으로 내려와 핸드 청결제로 손을 닦아 낸 윤비가 막 B구역에 설 때였다.

"김윤비라."

장대한 기골의 중년 남성이 자신의 이름표를 빤히 쳐다보고 있었다. 중절모를 쓰고 있는 남자의 얼굴이 익숙해 잠시 멈칫하던 윤비는 표정을 고쳐 잡았다.

"반갑습니다. 고객님. 맛있는 즐거움 브랜드입니다. 몇 분이서 오셨어요?"

맞이 인사를 건네며 윤비는 흘깃 계산대 쪽을 보았다. 예약 손님인지, 중요한 손님인지에 대해 이야기해 줘야 할 우수가 자리를 비운 상태였다.

"혼자 왔네만."

"안내해 드리겠습니다."

윤비가 앞서 걸어 자리를 안내했다. B구역 중 벽면 자리에 음식 코너가 가까운 명당 자리였다. 그러나 남자는 고개를 저었다.

"아니. 나는 저기에 앉고 싶은데."

남자의 손가락이 가리키는 곳은 음식 코너와 가장 멀면서 윤비와 가까운 자리였다. 의아하긴 했지만 윤비는 그곳으로 남자를 안

내했다.

"주문하시겠습니까?"

윤비는 메뉴판을 내밀면서 남자를 흘깃 보았다. 의자에 앉아 있는 남자는 기품에 넘쳐흘렀고, 눈빛 또한 진중했다. 남자는 메뉴판에는 시선 한 번 주지 않은 채 윤비를 빤히 바라보고 있었다. 윤비 또한 대답을 기다리며 남자의 얼굴을 빤히 바라보았다. 아무리 봐도 익숙했다. 어디선가 마주친 적이 있는 게 아닐까 싶을 만큼.

"자네는 애인이 있는가?"

남자가 불쑥 물어 왔다.

"네. 있습니다."

친숙한 느낌이 들어 윤비는 사적인 질문이라는 것도 잊은 채 대답했다.

"그래? 어떤 사람인가?"

"좋은 사람입니다. 따뜻하고요."

"결혼할 건가?"

"결혼 생각은 안 해 봤지만, 헤어질 생각도 없어요."

"그렇구만."

"뭐 하시는 겁니까."

두 사람의 대화가 얼음 덩어리 같은 목소리 때문에 뚝 끊겼다. 성호였다. 테이블을, 정확히는 남자를 냉정한 눈으로 성호가 노려보고 있었다. 윤비는 남자와 성호를 번갈아 보았다. 그리고는 곧 남자가 친숙했던 이유를 찾을 수 있었다. 두 사람이 닮았다.

"식사하러 왔지."

마치 성호가 나타날 걸 알았던 사람처럼 남자는 느긋하게 웃으며 대꾸했다. 뒤이어 우수가 성호의 뒤에 나타났다. 아마도 우수는 남자가 나타난 걸 성호에게 보고하러 사라졌던 모양이었다.

"직원이 참 마음에 드네. 싹싹해 보이고."

"나가시죠."

"내 돈 내고 식사하러 왔는데 내쫓다니? 오늘은 아버지가 아니라 손님 자격으로 왔다."

아버지, 라는 말에 윤비의 눈이 크게 벌어졌다. 아버지가 누누이 말하던 진 회장이 눈앞의 이 사람이라니. 더불어 그의 아버지라니. 윤비는 다시 한 번 성호와 남자의 얼굴을 번갈아 보았다. 닮았다. 너무 닮았다.

"그럼 식사하시고 가세요. 우수 씨, B구역 직원이랑 D구역 직원 구역 교체하세요."

남자의 눈을 똑바로 보며 성호가 우수에게 말했다. 그럴 줄 알았다는 듯 남자의 입술이 길게 벌어졌다.

"사장 권력을 이용하겠다 이거냐? 내가 너 그럴 줄 몰랐을 것 같아? 구역 별로 자리 하나씩 다 예약해 놨는데 어쩔 셈이냐? 설마 내가 왔다고 김윤비 양을 조퇴라도 시킬 생각이냐? 공과 사가 뚜렷하다고 하더니 다 헛말이구나."

남자의 웃음기 섞인 말에 성호의 얼굴이 와락 찌푸려졌다. 난생처음 보는 성호의 살벌한 표정이었다.

"뭐, 상관없다. 어차피 두 사람에게 한마디 하려고 온 거니까. 두 사람이 만난다지?"

남자의 말에 성호와 윤비의 시선이 마주쳤다.

"기한은 한 달이다. 그 내로 결혼 결정 안 내리면 헤어지고 선 봐라. 더 늦기 전에 결혼해. 자리 잡지 않고 어영부영 일하다가 늙어 죽을 계획이라면 이루지 못할 거다. 내 성격은 굳이 말 안 해도 알고 있겠지?"

가진 것을 다 퍼부어서라도 목적을 이루고야 마는 아버지의 성미를 성호는 너무도 잘 알고 있었다. 그래서 잔혹한 그의 피를 물려받은 자신이 싫었고, 그 자신을 빼닮은 자식이 나오는 것 또한 달갑지 않았다.

남자가 자리에서 일어나 중절모를 고쳐 썼다.

"식사하시고 가세요. 지불하신 가격만큼 서비스도 누리고 가시고요."

B구역을 가득 채우던 팽팽한 분위기를 가르는 목소리에 남자가 멈칫했다. 덩달아 우수와 성호의 시선이 윤비에게 닿았다. 성호의 질책하는 듯한 시선을 무시하며 윤비는 남자를 똑바로 바라보았다. 남자의 입술이 길게 늘어졌다. 눈이 접히는 모습을 보자 성호의 얼굴도 더욱 흡사했다.

"허, 분위기 파악을 못하는 거냐? 아니면 당돌한 거냐? 이 분위기에서 식사를 하고 가라?"

남자가 윤비를 내려 보며 물었다.

"이런 말이 실례인지 알지만 고객님께서 예약하신 테이블 수만 큼 다른 고객님들이 즐거운 식사 기회를 놓치셨습니다. 그러니 그 분들의 몫만큼 더 즐겁고 맛있게 식사하실 이유가 있다고 생각합니 다."

"김윤비 씨."

성호가 다급히 그녀를 불렀으나, 윤비는 단호한 표정을 지었다.

"제 구역의 고객님입니다."

"그래? 그럼 식사 한 번 해 보도록 하지."

남자가 다시 자리에 앉아 중절모를 벗었다. 지나가는 윤비를 잡 았으나, 윤비는 걱정 말라는 듯 생긋 웃으며 메뉴판을 챙겨 왔다. 눈을 질끈 감으며 성호가 2층으로 올라간 후, 중간에 서서 어쩔 줄 모르던 우수도 얼마 후 계산대로 돌아갔다.

"주문하시겠습니까?"

"여기에 뭐가 맛있나?"

"우선 A코스로 드셔도 괜찮습니다. 수프와 상큼한 에이드, 그리 고 브랜드에서 자체 개발한 소스로 요리된 안심 스테이크가 나옵니 다. 해산물과 소고기의 특별한 맛을 느끼실 수 있습니다."

윤비의 설명이 끝났음에도 남자는 윤비를 물끄러미 바라보았다. 의아한 듯 윤비의 눈이 커지자 남자는 메뉴판으로 시선을 돌리며 말했다.

"그래요. 그럼 이걸로 주도록 해요."

오더를 주방에 내린 후 윤비는 진 회장이 편하게 식사할 수 있도록 테이블 세팅을 도왔다. 그동안 진 회장이 시선이 꽤 오래 윤비에게 닿았으나, 윤비는 굳이 아는 척하지 않았다. 진 회장이 식사하는 동안 윤비는 B구역 테이블을 돌며 빈 접시를 회수했다. 테이블을 정리하고, 누군가의 식사를 돕고, 또 오더를 내리는 것이 전부인 단순한 노동임에도 윤비의 얼굴엔 피곤한 기미가 보이지 않았다.

모든 테이블을 치운 윤비는 잠이 짬이 나는 동안 진 회장을 보았다. 서 있을 때는 거대한 장골 때문에 알지 못했는데, 앉아 있으니 여느 노인과 다를 바 없었다. 허리를 곧게 세우고는 있으나 세월이 주는 쓸쓸함과 허전함까진 숨기지 못하는 그의 모습에서, 윤비는 누군가를 보았다.

대화의 방법을 몰라 무작정 화를 냈던 자신의 아버지, 시간의 흐름에 절대로 굴복하지 않을 것 같았으나 결국은 흰머리 무성한 모습을 하고 있는 자신의 아버지. 함께할 동반자를 잃고서 외로워하는 아버지.

자신이 섣부른 판단을 내리고 그보다 더 섣부른 행동을 했음을 알고 있었다. 그러나 아주 작은 가능성도 놓칠 수 없었다.

혹시나 자신과 자신의 아버지가 그러했듯이, 성호와 진 회장 또한 대화의 방법을 모르는 것은 아닐까. 너무나도 닮아서 대립할 수밖에 없던 것은 아니었을까.

"식사는 맛있게 하셨습니까?"

중절모를 챙겨 일어나는 진 회장을 보며 윤비는 다정하게 물었다. 진 회장은 빤히 윤비를 바라보다 느리게 고개를 끄덕였다.

"맛있게 먹었네."

"다행입니다. 맛있게 식사하셨다고 하시니 저도 행복합니다."

진심을 다해 환하게 웃는 윤비를 보며 진 회장의 표정이 누그러졌다.

"내가 밉지 않은가? 불쑥 나타나 한 달 내로 결혼 발표하지 않으면 헤어지라고 말했는데?"

"한 달 내로 결혼시키고 싶을 만큼 제가 마음에 드셨다고 생각했습니다."

윤비의 씩씩한 대답에 진 회장은 소리 내어 웃었다. 우렁찬 그 웃음소리에 사람들의 시선이 집중되었다.

"씩씩하고 재미있는 아가씨구만."

"그렇게 살려고 노력합니다."

"이러니 성호가 좋아하지."

윤비는 대답 대신 이가 드러날 만큼 환하게 웃었다.

"그래도 이렇게 나온대도 내 마음은 변하지 않을 거야. 한 달 내로 결혼 결정 내리지 않으면 두 사람 내가 가만두진 않을 거야."

언제 웃었냐는 듯 냉정한 표정을 짓는 진 회장을 보며 윤비의 웃음이 옅어졌다. 두 손을 다소곳하게 모은 채 윤비는 조심스럽게 진 회장을 불렀다.

"회장님. 저희 외롭지 않습니다."

"무슨……."

"사장님 외롭게 혼자 늙도록 만들지 않을 거고요. 저 보기보다 의리 있고, 또 사랑에 대한 예의는 아는 사람입니다. 제가 한 번 사랑한 사람 놓치지 않습니다. 그리고 사장님도, 아니 성호 씨도 저를 놓칠 만큼 아둔한 사람이 아니고요. 그러니까 걱정 마시고 편한 마음으로 바라봐 주세요. 저희…… 많이 사랑하니까요."

윤비는 아버지와 화해하면서 그 마음을 이해하게 되었다. 어린 나이인 자신에게 결혼을 강요했던 아버지는 실은 불안했던 거였다. 이 세상에서 자신이 사라지고 나면 딸아이는 홀로 덜렁 남겨질지도 모른다는 불안함. 그래서 자신의 아버지는 결혼을 강요했던 거였다. 자신이 사라져도 그 슬픔을 나눌 누군가가 생기길 바랐던 거였다.

그의 마음처럼, 진 회장의 마음 또한 그러리라 윤비는 짐작했다. 외롭지 않은 척, 그렇게 보이지 않으려고 무던히 노력하는 듯한 진 회장의 태도에서 그 마음이 보였다. 혹여 자신을 쏙 빼닮은 자신의 아들이 후에 홀로 남아 적적하게 늙어갈까 봐 조바심이 들었던 거였다. 그러나 이런 이야기를 하기엔 대화하는 방법을 잃었고, 거리는 더욱 멀어졌다. 그래서 그는 성급하고 강압적인 결정을 할 수밖에 없었다.

윤비를 한참 바라보던 진 회장은 중절모를 고쳐 쓰며 돌아섰다.

"당돌하구만."

질책하듯 던지는 그의 목소리를 들으면서도 윤비는 씩 웃었다. 돌아서는 진 회장의 입꼬리가 위를 향하는 것을 보았다.

"식사, 오랜만에 맛있게 했네. 다음에 봄세."

멀어지는 진 회장의 등을 보며 윤비는 허리 굽혀 꾸벅 인사했다.

"감사합니다. 다음에 또 오십시오!"

＊　　＊　　＊

진 회장이 건물 밖으로 나가자마자, 윤비는 곧장 사장실의 호출을 받았다. 사장실에 도착한 윤비는 날 선 표정으로 자신을 노려보고 있는 성호와 마주해야 했다. 처음 보는 등골이 송연한 눈빛에 윤비는 저도 모르게 마른침을 꼴깍 삼켰다.

"무슨 짓이야."

낮은 목소리가 그녀를 질책했다. 잠시 움찔한 윤비는 이내 침착한 표정으로 대꾸했다.

"손님 대접했습니다."

"니가 무슨 짓을 한 건지 알아?"

"잘못한 건 없다고 생각합니다."

"뭐?"

"식사하러 오신 고객님께 최대의 서비스로 보답하는 게 제 일입니다."

윤비의 대답이 끝나자마자 성호가 자리에서 일어나 책상을 쾅 소리 나게 내려쳤다. 침 삼키는 소리가 크게 들릴 만큼 내부가 침묵에 차올랐다.

"지금 이 상황이 장난처럼 보여? 그 사람이 그냥 손님이야? 밥 먹여 보내면 끝인 그런 손님이냐고."

"아니라는 거 알아요. 그래서 더 최선을 다했어요."

"최선? 하. 이제 더 골치 아픈 일이 생길 거야. 내 손에서 끝낼 수 있는 일을 너는 더 크게 벌였어."

"확신할 수 없지만 그 순간 제가 할 수 있는 최선의 선택을 한 거예요. 분명 사장님과 회장님이 놓친 무언가가 있을 거라고……."

"주제넘는 짓 하지 마. 내가 널 좋아하는 거랑 이 문제는 명백히 별개니까. 더 이상 이 일에 나서지 마. 더는 묵과 안 한다."

싸한 성호의 눈빛에 윤비는 벌렸던 입술을 다물었다. 경고였다. 자신의 문제에 더 이상 관여하거나 간섭하지 말라는 경고. 선을 긋는 그의 냉담한 말투에 윤비는 눈을 내리깔았다. 진 회장을 잡을 때부터 성호가 싫어할 거라는 건 알았다. 그래도 그의 냉담한 태도에 가슴이 싸해졌다.

"알겠어요."

더 나서는 건 성호의 말대로 주제넘은 짓이었다. 그들이 겪은 세월 동안 무슨 일이 있었는지 모른다.

"그렇지만 식사하러 오실 때는 대접할 거예요."

"김윤비!"

"사장님한텐 아버지일지 몰라도 저한텐 손님이에요. 저한테는 이유 없이 손님을 내쫓을 힘 없어요. 그럼 수고하세요."

윤비는 꾸벅 인사를 한 후 돌아서서 나왔다. 성호가 다시 한 번 그녀를 불렀으나, 돌아보지 않았다. 사장실을 나선 윤비는 참았던 숨을 훅 뱉어 냈다. 주제넘은 짓. 새삼스레 그 말이 다시 찾아와 그녀의 가슴을 찢어 놓았다.

잠시 지친 표정으로 바닥을 보던 윤비는 머리를 쓸어 올리며 1층으로 향했다. 홀에 내려온 순간 윤비는 묘하게 바뀐 매장 분위기를 느꼈다. 직원들이 모조리 자신을 쳐다보고 있었고, B구역에 서 있는 우수 또한 난처한 표정으로 그녀를 바라보고 있었다. 자신의 구역으로 내려온 윤비는 우수의 곁에 서서 물었다.

"분위기 왜 이래요?"

"윤비야. 미안해."

"뭐가요?"

뜬금없는 우수의 사과에 윤비가 눈을 동그랗게 뜨며 되물었다.

"마이크가 켜져 있었나 봐. 아까 나눈 대화들이……."

"설마……."

윤비의 조심스런 물음에 우수는 말없이 고개를 끄덕였다. 윤비는 깊은 한숨을 내쉬었다. 회장님이 계실 적에 세 사람이 나눈 대화가 생중계 되었단다. 직원들이 진성호의 숨겨진 애인이 자신이라는 것 또한 다 알아차리게 되었다.

"후방에 다녀올게요. 1분만요. 죄송합니다."

"아냐. 다녀와. 어차피 한가하다. 저녁 시간 전이라서."

우수의 대답에 윤비는 걸음을 후방으로 돌렸다. 걷는 걸음마다 사람들의 시선이 쫓아와 그녀의 등을 콕콕 찔렀다. 후방으로 들어

온 윤비는 사람이 없다는 것을 확인한 후 벽에 힘없이 기대섰다. 여러 생각이 뒤엉켜 마음이 무거워졌다.

"김윤비!"

그 순간 들려오는 목소리에 윤비가 퍼뜩 고개를 쳐들었다. 무서운 표정으로 후방 문을 열고 들어온 영아를 본 순간 윤비는 바짝 긴장했다.

"아, 언니."

"아, 언니? 니가 나한테 언니라는 말이 나와? 너 정말 사장님이랑 사귀어? 사장님이 좋아한다는 그 여자가 너냐고."

"아⋯⋯. 네."

잠시 머뭇거리던 윤비가 포기한 듯 순순히 이실직고했다. 영아의 입이 쩍 벌어졌다.

"뭐, 뭐, 뭐?"

영아가 말을 더듬었다.

"미안해요. 언니. 사실대로 말하기엔 조심스러웠어요."

"하, 야. 나. 우황청심환이라도 먹고 들어올 걸 그랬다. 며칠 동안 나랑 사장님 이야기 줄기차게 해 온 애가, 사장님 애인이 궁금하다고 했던 애가, 사실은 사장님 애인이었다니."

어쩔 줄 모르는 영아를 보며 윤비는 여태껏 그녀를 속였다는 사실에 미안해졌다.

"미안해요."

"됐어. 나중에 이야기하자. 나 지금 제정신이 아니니까."

윤비가 잡을 새도 없이 영아가 후방 문을 열고 나섰다. 홀로 덩그러니 후방에 놓여 있던 윤비는 깊은 한숨을 내쉬었다. 영아가 배신감을 느끼는 건 당연한 일이었고, 성호가 날카롭게 반응하는 것 또한 당연한 일이다. 다만 윤비는 바랄 뿐이었다. 자신이 최선이라 생각했던 결정이 옳은 것이었기를.

✽   ✽   ✽

뒤늦게 구역 정리를 마친 후 탈의실 문을 밀고 들어서던 윤비는 싸한 분위기를 느꼈다. 방금 전까지 탈의실 안이 시끄러웠는데 지금은 쥐 죽은 듯 조용했다. 자신의 이야기를 했나 보다, 라고 무심히 생각하며 윤비는 제 캐비닛으로 향했다. 열쇠를 꽂은 후 돌리려는 순간 캐비닛 뒤에서 누군가의 목소리가 날아들었다.

"진짜 재주도 좋아. 어떻게 사장님이랑 만나니? 나는 눈 한 번 마주치려고 해도 어렵던데."

"아우, 언니."

누군가가 그녀를 말리는 듯 제스처를 취했으나, 그것이 오히려 그녀를 더 불 지피게 만들었다.

"왜? 내가 틀린 말 했어? 방금 전까지 다들 그랬잖아? 사장님 꼬시다니. 능력도 좋다고. 얌전한 고양이가 부뚜막에 먼저 올라간다더니. 이제 인생 살기 편하겠다. 누구는."

다 들으라는 듯 혼잣말하는 여자를 누구도 말리지 않았다. 윤비

는 캐비닛을 열다 말고 조용히 다시 닫았다. 캐비닛 뒤편으로 돌아
간 윤비는 네 명의 얼굴을 죽 훑었다.

"방금 말씀하신 거 누구세요?"

"난데? 왜? 싸우기라도 하게?"

소연이 그녀를 보며 빈정거렸다. 여자 멤버 중 브랜드에서 근무
한 기간이 가장 긴 그녀는, 사장님을 가장 열정적으로 흠모했다.
그래서 사장님에게 애인이 있다는 걸 안 순간 못 견디게 파르르 떤
것이 그녀였다. 그래서 윤비는 한동안 그녀를 피해 다니기도 했었
다.

옷 갈아입다 말고 자신을 쳐다보는 두 사람을 지나쳐 윤비는 소
연의 앞에 섰다. 빈정거림과 비아냥으로 얼룩진 소연의 얼굴 앞에
윤비는 고개를 숙였다.

"죄송합니다."

당장이라도 손톱을 세워 달려들 것처럼 굴던 소연이 벙 찐 얼굴
로 윤비를 쳐다보았다. 주변 사람들 또한 경악한 얼굴로 윤비를 바
라보았다. 윤비는 미안한 표정으로 소연을 바라보았다.

"미리 말씀 못 드려서 죄송하고, 말단 직원이 사장님 애인 되어
서 불편하게 만든 점도 죄송합니다. 이런 식으로 알게 한 것도 죄
송하고요. 좀 더 현명하게 대처하지 못한 점 진심으로 죄송하게 생
각합니다. 언니뿐만 아니라 직원 모두에게 죄송합니다. 한 분 한
분에게 다 말씀드리고 양해를 구해야 하는데 저도 놀라서 이제야
말씀드리네요. 굳이 변명하자면 이제 막 시작한 사이라서 여기저기

말 뿌리고 다니긴 조심스러웠어요. 단지 그뿐이었지, 기만할 생각
은 없었어요."

사장님과 자신의 관계는 당당하나, 분명 일을 이렇게 만든 데에
는 자신의 과실도 있다고 윤비는 생각했다. 변명도, 비아냥도, 으스
대는 것도 없이 정말로 미안한 표정으로 사과하는 그녀를 보던 주
변 직원들은 멋쩍은 표정을 지었다. 싸움도 상대방이 대항해야 할
맛이 나는 거였다.

"대신 지금보다 더 열심히 일할게요. 봐주실 거죠?"

생긋 웃는 윤비의 얼굴을 보며 소연은 얼떨떨하게 답했다.

"아니, 뭐."

"음."

"옷 갈아입으세요. 오늘은 저 보기 불편하실 테니까 모레쯤 같이
야식해요."

다시 한 번 꾸벅 인사한 윤비가 남은 세 사람에게도 미안하다는
말을 한 후 자신의 캐비닛으로 돌아왔다. 윤비는 영아에게도 꾸벅
사과의 인사를 건넸다. 윤비의 생각지 못한 대처에 탈의실 안 분위
기가 더욱 미묘하게 변했다.

캐비닛 문을 열던 순간 윤비가 멈칫했다. 등 뒤를 쓰다듬는 촉감
이 느껴졌다. 왈칵 눈물이 날 것 같은 그 촉감에 윤비가 천천히 옆
을 돌아보았다.

'잘했어.'

영아는 소리없이 입만 뻥긋거렸다. 윤비는 찡해지는 코끝을 비비

며 씩 웃었다. 사과 한마디에 모두의 마음을 다시 살 수 있으리라는 생각은 하지 않았다. 다만 이렇게 누군가가 자신을 위로해 준다면, 다시금 자신에게 웃어 주는 사람이 있다면 그것으로 충분했다.

※　　※　　※

결국 퇴근할 때까지 윤비는 성호의 연락을 한 통도 받지 못했다. 그리고 오늘은 휴일이라 성호를 만나지 못 했다. 혹시나 연락이 올지도 모른다는 기대에 휴대폰을 쥐고 있었지만 한 통도 오지 않았다. 수희에게서도, 성호에게서도, 그 흔한 스팸문자조차도. 결국 밥 먹고, 자고, 밥 먹고, 자고를 반복하다 보니 어느새 새벽 2시를 넘어가고 있었다. 만지작거리던 휴대폰을 책상 위에 내려놓으며 윤비는 의자에 털썩 소리 나게 앉았다. 열애 사실이 밝혀지자마자 헤어지게 되는 건가 하는 어이없는 생각을 하다 윤비는 허탈한 웃음을 지었다. 절대 불가능한 일만은 아니라는 생각이 든 탓이었다.

의자 위에 축 늘어져 있던 윤비는 고개를 들어 천장을 바라보았다. 잠이라도 잤으면 좋겠는데 머릿속이 너무 말짱해졌다. 긴긴 밤 동안 무얼 하며 보내야 하나 고민하던 윤비는 우연히 책상 위에 놓여 있던 책을 발견했다.

'널 좋아할 때 발견한 책. 세 번은 더 읽은 거 같다.'

그의 말에 충동적으로 빌려 온 책이었다. 책 소개엔 서로가 서로를 짝사랑하는 두 사람의 이야기라 했다. 서로가 짝사랑하기에 할 수 있는 오해와, 사랑하기에 할 수밖에 없는 실수들에 대한 소설. 윤비는 그 문구에 끌려 책을 펼쳤다. 책은 두 사람이 나누는 대화로 이루어져 있었다. 이성적인 남자와 감성적인 여자의 대화였다.

—사랑하는 사람들이 흔히 하는 실수를 내가 했어. 당신의 모든 일에 내가 관여할 수 있다는 생각에 비롯한 실수. 아무리 사랑해도 100% 공유 같은 건 있을 수 없는 일인데 말이야. 2% 정도 당신의 사생활을 남겨 두지 못해서 미안해. 기다릴게. 사랑한다는 건 상대방이 말할 때까지 기다리는 인내심도 필요한 법이니까.

—아니. 그래도 돼. 사랑한다는 건 관여할 수 있는 자격을 부여하는 거니까.

—하지만 내 판단이 늘 옳을 순 없잖아. 내 멋대로 굴었어.

—옳지 않아도 돼. 조언이 필요한 거지, 정답이 필요한 건 아니니까.

마음이 따끔거려 윤비는 시선을 창밖으로 돌렸다. 사랑한다는 건 기다리는 인내심도 필요한 법이라는 문구가 그녀의 가슴을 콕콕 찔러 댔다. 자신은 기다리지 못했다. 오히려 속단하고 함부로 판단했다. 성호가 자신과 자신의 아버지 관계 개선에 도움을 주었듯, 자신 또한 성호에게 그런 고마운 사람이 되고 싶었다. 그러나 돌이켜 생각해 보면 너무 과했던 면도 있었다. 그가 말할 때까지 기다렸어야 했다. 그 후에 나서도 늦지 않았다. 상황 파악 없이 열정만 있는 행동은 안 하는 것보다 못하다. 뒤늦은 자기반성에 가슴이 아파 왔다.

잠시 멍하게 앉아 있던 윤비는 휴대폰을 들어 액정을 두드렸다. 이 문자를 썼다가 지우고, 저 문자를 썼다가 다시 지우고. 그렇게 한참을 반복하던 윤비는 천천히 액정을 두드렸다.

[사랑하는 사람들이 흔히 하는 실수를 내가 했네요. 지나친 간섭이었어요. 미안해요.]

자신은 이미 성호에게 자신의 이야기를 모두 했었다. 그러나 자신은 정작 성호의 이야기를 전혀 알지 못한다. 사전 정보 없이 나서는 것은 무례한 일이었다.

뒤늦게 깨달은 윤비가 얼굴을 쓸어내리는 사이 딩동 하는 알람이 울렸다.

[괜찮아. 너한테 그 자격을 부여한 건 나니까.]

문자를 보던 윤비는 다시 책으로 시선을 옮겼다.

그는, 정말로, 이 책을 열심히 읽은 모양이었다.

윤비의 손이 빠르게 액정을 두드렸다.

[내 판단이 늘 옳진 않잖아요.]

[옳지 않아도 돼. 조언이 필요한 거지, 정답이 필요한 건 아니니까.]

기다렸다는 듯이 돌아오는 성호의 문자에 윤비의 눈이 초승달처럼 휘었다. 자신들은 서로 멀어지는 거나 다투는 게 아니었다. 서로의 거리를 조정하며 관계를 재정립시키는 소설 속 주인공들처럼 자신들도 그러하다는 것을 깨닫자 마음이 한결 놓였다.

윤비가 답장을 고민하는 사이, 딩동 하는 소리와 함께 문자가 도착했다.

[집 앞이야. 잠시 얼굴 보자.]

잠시 고민하던 윤비는 안방에서 아버지가 주무시는 것을 확인하곤 알겠다는 답장을 보냈다. 옷을 갈아입고 슬그머니 밖으로 나온 윤비는 집 앞에 주차되어 있는 성호의 차로 달려갔다. 조수석에 앉자 핸들에 머리를 대고 있는 성호가 보였다. 옅게 웃고 있는 성호의 얼굴을 보곤 윤비가 환하게 웃었다.

"내 연락 기다렸어요?"

"24시간 기다려."

"먼저 하지 그랬어요?"

"하려는데 문자가 도착했어."

"……아직 화 많이 났어요?"

윤비가 슬그머니 성호의 눈치를 살피며 물었다. 그러자 성호의 한쪽 입꼬리가 스륵 올라갔다.

"일 저질러 놓고 그건 걱정되나 보지?"

"뭐, 그렇죠."

윤비는 넙죽 그의 말을 받아들였다. 그런 윤비를 보던 성호가 차창으로 시선을 옮겼다. 잠시 차 안이 조용해졌다.

"나와 그 사람은, 아버님과 네 관계랑은 달라."

"……."

"나는 아직 그 사람이 용서가 안 돼. 하고 싶은 마음도 없고."

갑작스런 말에 윤비의 시선이 조용히 성호에게 닿았다. 머릿속을 가득 채운 수많은 생각 때문에 성호는 이미 지쳐 보였다.

"다른 사람에게 늘 착한 사람, 번듯한 기업인인 사람이 가족에게 유난히 모질었던 거, 이제 와 브랜드를 협박해 가며 아버지인 척 나서려는 거, 결혼을 강요한 거 이해가 안 돼. 이제 와 착한 척해도 받아들여지지가 않아. 그래서 죽기 전에 후회하더라도 그쪽을 택했어, 나는."

후회하더라도 용서하지 않겠다는 그의 말을 들으며 윤비는 마음이 먹먹했다. 자신에게 속내를 다 털어놓으라며, 대화하는 방법을 몰랐을 뿐이라는 충고까지 했던 그였다. 이미 모든 답을 알면서도 그는 실행할 수 없을 만큼 마음의 벽이 높았다.

처음으로 언뜻 보여 준 상처. 사랑하고, 사랑받아야 할 가족이 때때론 유리 파편처럼 가슴에 아프게 와 꽂힌다는 것을 윤비는 누구보다 잘 알고 있었다.

정말이지 닮았다. 자신과 이 사람은.

윤비는 손을 뻗어 성호의 뺨을 쓸었다.

"안 되는 거면 노력하지 마요. 내가 할 테니까. 성호 씨가 후회하지 않을 만큼 내가 노력할게요."

"……아냐. 니가 이럴 필요 없어."

"내가 하고 싶어서 하는 일이에요. 사장님한테 돌려줄 게 이것밖에 없어요. 사실 알게 모르게 사장님한테 많은 걸 배우고 받았거든요. 그러니까 거절하지 마세요."

두 번의 거절은 받아들이지 않겠다는 듯 단호한 윤비의 말에 성호의 눈이 부드럽게 휘었다.

"내가 안목은 있지?"

성호의 힘 빠진 장난에 윤비가 씩 웃었다. 대답 대신 성호의 입술에 가볍게 입을 맞췄다. 그 뽀뽀에 성호의 눈이 가늘어졌다.

"위로야?"

"아뇨. 제 마음인데요."

"그렇게 가벼워서 되겠어?"

"전 질보다 양이라서요. 오늘 한 열 번 해 드릴게요. 까짓껏!"

힘차게 웃는 윤비의 입술에 성호가 입술을 가져다 댔다. 장난스럽게 오가던 뽀뽀가 어느새 깊은 키스가 되었다. 성호의 손길이 윤비의 목뒤를 감쌌고, 그는 더 윤비에게 깊게 파고들었다. 한참 후 불안정한 호흡을 뱉으며 성호가 윤비에게서 떨어졌다. 심장은 터질 것처럼 뛰고, 온몸이 예민하게 달아올랐지만 성호는 억지로 시선을 창밖으로 돌렸다. 당장 김윤비 손끝이라도 닿으면 미쳐 버릴 것 같았다.

"후, 들어가 봐."

"사장님?"

숨이 섞인 목소리가 위험하다. 성호가 눈을 질끈 감았다.

"어서 가. 나, 지금 정말 위험한 상태니까."

"저…… 사장님한테 돌려줄 책 있어요."

"놓고 가."

383

"직접 책장에 꽂고 싶은데요."

윤비의 대답에 성호가 굳은 얼굴로 그녀를 바라보았다.

"지금 그게 내 귀에 어떤 뜻으로 들리는지 알아? 장난할 상태 아니야. 나 정말……."

"왜 사장님만 위험한 상태라고 생각하세요? 제가 위험할 꺼라곤 생각 안 해 보셨어요?"

윤비의 눈이 살짝 접혔다. 동시에 윤비의 손이 성호의 옷자락을 끌어당겨 입을 맞췄다. 윤비의 키스에 잠시 굳어 있던 성호는 웃으며 눈을 감았다.

역시 김윤비는 위험한 여자다.

❋   ❋   ❋

창밖으로 푸르게 동이 터 오는 시각, 선잠 자던 윤비는 느릿하게 눈을 떴다. 익숙한 하얀 천장 대신 옅은 푸른빛의 높은 천장이 보였다. 성호에게서 나는 향이 가득한 집이었다. 윤비는 자신을 꼭 끌어안은 채 모로 누워 있는 성호를 가만히 바라보았다.

그에겐 충동적인 결정처럼 보였겠지만, 윤비는 아주 오래전부터 각오했던 일이었다. 단지 참으려 노력하는 그의 모습이 사랑스러워서 오랫동안 보고 싶은 마음에 이날까지 왔지만. 윤비는 손으로 성호의 머리카락을 쓸어 넘겼다. 부드러운 머리카락이 손등을 스치는 느낌이 기분 좋았다. 나체에 감겨 있는 하얀 이불이 스치는 기분도, 자신을 안고 있는 묵직한 팔의 느낌도, 그리고 일정한 그의 호흡까지도.

조금만 움직여도 불에 덴 듯 아래가 아파 왔지만 견딜 만했다. 그는 자신을 아프지 않게 하기 위해 최선을 다했다. 그리고 쾌락과 미묘한 고통 속을 오가는 와중에도 그는 제 눈을 똑바로 바라보며 사랑한다 고백도 해 주었다. 그의 눈빛과 그의 목소리가 아니었다면 그 아픔을 견디지 못할 뻔했다.

윤비는 성호의 팔을 조심스럽게 치운 후 몸을 일으켰다. 몸이 반쪽 나는 것처럼 아파 왔지만 이를 꾹 깨물며 참았다. 조금 더 그의 곁에 머물면서 여운을 느끼고 싶었지만 이젠 집으로 향할 시간이었다. 1시간 후면 아버지가 일어나 방문을 두드릴 시각이었다. 침대 아래로 여기저기 떨어져 있는 옷가지들을 조심스럽게 주워 입은 윤비는 잠들어 있는 성호의 얼굴을 빤히 바라보았다. 그러고는 작은 목소리로 속삭였다.

"사랑해."

자신과 꼭 닮은 눈앞의 사람을.

때때로 자신과 많이 다른 눈앞의 사람을.

미소 짓던 윤비는 가방을 들고서 자리에서 일어났다. 곤히 잠들어 있는 사람을 깨울 수 없어 조용히 나가려던 윤비는 책장 앞에서 멈춰 섰다. 가방에서 책을 꺼내 본래 있던 자리에 꽂아 넣었다.

새벽빛이 고여 환하게 빛나는 책 제목을 가만히 바라보았다.

너에게 나를 주다

'조금 외롭고, 조금 어설프고, 조금 아픈 너에게 나를 주다.' 라는 책 속 문장처럼, 조금 외롭고 조금 어설프고 조금 아팠던 김윤비에게 진성호가 자신을 내어 주었다.

그리고 진성호에게 김윤비의 전부를 주었다.

"너에게 모든 것을 줄 수 있어 행복하다."

수많은 갈등과 견해의 차이를 넘어 서로에게 담담히 고백하던 주인공들의 마지막 말을 윤비는 작게 중얼거려 보았다. 이젠 그 말을 이해할 수 있다.

윤비는 잠든 성호를 바라보며 따뜻한 미소를 지어 보였다.

-The end

에필로그

"하나, 하면 내려가고 둘, 하면 올라옵니다. 실시! 하나!"

윤비의 살얼음 같은 목소리에 성호의 팔이 굽었다. 동시에 성호의 등에 올라타고 있던 윤비의 몸이 바닥과 가까워졌다.

"둘."

윤비의 불호령에 성호의 팔이 곧게 펴졌다. 그러나 버티는 것도 힘든지 파르르 떨렸다. 그것을 온몸으로 느끼면서도 윤비는 못 본 척하며 몇 번의 구호를 더 외쳤다. 이러지 않고는 화가 풀리지 않을 것 같았다. 그러나 몇 번이나 더 구호를 외쳐도 마음의 응어리는 풀리지 않았다. 기어코 윤비는 둥글게 만 주먹으로 성호의 어깨와 등을 마구 가격했다.

"내가 못살아! 조심하라고 했잖아! 이게 뭐야! 어쩔 거야!"

일정한 주기에 맞춰 하던 생리가 세 달이 지나도록 기미가 보이지 않았다. 불안한 마음으로 임신 테스트기를 사용한 윤비는 기함했다. 선명한 두 줄. 임신이라는 문구를 보면서 손을 덜덜 떨었다. 곧장 산부인과로 가서 테스트한 결과 임신이라는 확진이 떨어졌다. 신혼집으로 돌아간 윤비는 소파에 앉자마자 성호를 호출했고, 이 사태가 벌어졌다.

등에서 내려온 윤비는 뱃속 아이 때문에 방방 뛰지도 못하고 성호만 벌건 눈으로 노려보았다.

"고의지?"

"아니."

"정확히 오빠가 세 달 전부터 나 닮은 아기 갖고 싶다고 그랬어, 안 그랬어?"

"그랬지만 고의는 아니야."

자리에서 일어난 성호가 팔이 아픈지 인상을 찌푸리며 답했다. 성호의 대답에 눈을 잠시 감고 있던 윤비는 기분이 풀리지 않는지 미간을 구겼다.

"그럼 대체 일이 왜 이렇게 된 거야. 하아."

"그렇게 싫어?"

싸늘한 성호의 물음에 윤비가 눈을 치켜떴다.

"뭐?"

"아기 생긴 거 그렇게 싫으냐고."

다시 한 번 묻는 성호의 표정이 살벌했다. 계획에 없던 임신이라지만 이렇게 길길이 날뛰면서 어쩔 줄 몰라 할 거라곤 생각지도 못했다. 마냥 행복하진 않더라도 조금은 기뻐할 줄 알았는데. 그녀가 자신들의 아이를 장애물 정도로만 여기는 것 같아 성호는 오히려 불쾌했다.

"장난쳐? 누가 아기 생긴 게 싫대! 그간 삼 개월간 내가 받은 스트레스, 내가 먹은 음식들이 모조리 애한테 갔을 거 아냐! 내가 이럴 줄 알았으면 지극하게 모셨지! 그리고 오빠를 마음껏 부려 먹을 수 있는 열 달 중에 두 달이나 날려 먹었어. 이 극심한 손해는 또 어쩔 거야."

"지금 소리 지르는 게 태아한테는 더 안 좋은 거 같은데?"

성호의 일침에 윤비는 입을 꾹 다물었다. 그러고는 납작한 제 배를 살살 문지르며 중얼거렸다.

"아가야, 귀 막아. 오늘만큼은 조절 못한 너희 아빠를 이 엄마가 좀 혼내야겠다."

너희 아빠. 이 엄마.

그 단어를 듣던 성호의 입술 끝이 위를 향했다. 난감한 척, 곤란한 척은 혼자 다 해 놓고 이미 자신이 엄마라는 점을 받아들인 모양이었다.

"애 앞에서 벌써부터 망신 주지 말고 화 풀어. 애가 귀 막고 있는 게 스트레스겠다."

"후우."

성호의 말에 윤비는 깊은 한숨을 내쉬었다. 그렇긴 했다. 당장

팔도 안 생긴 아기가 무슨 수로 귀를 막을 것이며, 화를 내 봤자 자신만 스트레스를 더 받을 게 분명했다. 윤비는 쓰린 속을 달래며 다시 한 번 긴 한숨을 내쉬었다. 그런 윤비를 보며 성호는 엷게 웃었다.

"조절 실패한 값으로 부려 먹어. 그리고 이번 달 말로 임신 휴가 쓰고."

브랜드 근무 환경은 정신적 스트레스가 높은 육체노동이라서 임산부에게 좋지 않았다. 그 때문에 성호는 미리 그 점에 대한 직원 불만을 해결하고자 출산 휴가와 별개로 임신 휴가를 주었다. 휴가 신청은 본인이 원할 때 할 수 있으며 임신 휴가 때는 급여의 40%가 지급되며 한 가구당 두 자녀까지만 가능했다.

"그래야겠지?"

힘없이 묻는 윤비를 보며 성호가 가볍게 고개를 끄덕였다. 윤비가 어깨를 축 늘어뜨린 채 풀 죽은 표정으로 바닥을 내려다보았다. 누구보다 활동적이고 뛰는 것을 좋아하긴 하지만, 임신한 채로 스트레스를 받아 가며 근무할 수 없었다. 더욱이 자신이 하겠다고 하더라도 눈앞의 철옹성 같은 남자가 허락해 줄 리 없었다. 사장 위치를 남용해 내일 당장 자신의 임신 휴가를 내릴 거다.

브랜드 입사한 지 2년 반 만에 정직원에서 두 단계 승급했다. 조금만 더 근무하면 직급이 한 단계 높아질 수도 있었다. 그렇게 만 5년을 채워 우수처럼 매장 관리직 하는 것이 그녀의 꿈이었다. 그런데 이젠 그 꿈을 잠시 보류해야 한다.

윤비의 어깨가 더욱더 아래로 축 늘어졌다. 서 있는 것조차 지친다는 표정으로 서 있는 윤비를 성호가 품으로 끌어당겼다. 힘없이 딸려 와 제 품에 폭 안기는 윤비를 보자 성호의 마음도 편치 않았다. 누구보다, 어떨 때는 자신보다 더 브랜드를 사랑하는 윤비였다. 가정을 위해 잠시 꿈을 보류해야 하는 그녀의 마음을 헤아리니 마음이 불편했다.

"여덟 달 동안 원하는 대로 부려 먹어."

성호의 말에 윤비는 그의 품에서 떨어지며 작게 말했다.

"……딸기."

"뭐?"

"부려 먹으라며. 딸기 사 줘. 어서."

"딸기가 먹고 싶은 거야?"

"당연하지. 먹고 싶어. 그러니까 사 줘."

슬픈 표정도 잠시, 어느새 두 눈을 초롱초롱 빛내며 윤비는 딸기를 외쳤다. 성호는 조용히 창밖을 바라보았다. 눈이 뒤섞인 칼바람이 불어치고 있었다. 12월 엄동설한에 딸기를 구하러 가야 하다니. 누가 봐도 골탕 먹이는 게 확실했다.

그러나 납작한 배를 잡고서 생긋 웃는 윤비를 본 성호는 조용히 외투를 챙겨 들었다.

어쩐지 앞으로의 8달이 산고와 맞먹을 것 같았다.

✻　　✻　　✻

성호가 나간 후, 윤비는 거실 소파에 드러누워 천장을 바라보았다.

"아, 내가 엄마라니."

갑작스레 생긴 일이 얼떨떨하면서도 기분이 묘했다. 잠시 누워서 쉬던 윤비는 테이블에 놓인 휴대폰을 쥐었다. 아빠에게 전화를 건 윤비는 목을 가다듬었다.

—어! 웬일이냐! 딸!

세월이 흐르면서 아버지와 윤비는 돈독해졌다. 저절로 아버지의 폭력성은 눈 녹듯 사라졌고, 예전처럼 딸바보였던 아버지의 모습으로 돌아갔다.

"아버지."

—오냐.

"축하해요. 할아버지 되셨어요."

—아냐. 나 아직 검은 머리 성성해. 왜 이래?

"아뇨. 늙어 보인다는 말이 아니라……. 임신했어요."

윤비의 덤덤한 말에 수화기 너머가 잠시 고요했다. 이어 '으아니! 내가 할아버지라니!' 라는 외침이 터져 나왔다. 쩌렁쩌렁 울리는 목소리에 윤비가 휴대폰을 잠시 멀찍이 떨어트려 놓았다.

"좋아서 소리 지르는 거 맞죠?"

—당연하지! 이 녀석아! 진 서방은 알아?

"알죠. 당연히. 그래서 딸기 심부름 시켰어요."

─허허. 너희 엄마도 너 갖고서 딸기 사 달라고 내보내더니. 엄마랑 하는 짓이 똑같구나.

"그 엄마에 그 딸이죠."

윤비는 말을 하며 씁쓸하게 웃었다. 엄마가 살아 있었다면 얼마나 기뻐했을까 하는 생각에 잠시 목이 메었다. 아버지 또한 마찬가지인지 잠시 동안 서로 아무 말도 하지 않았다.

─오늘 일 마치자마자 들르마! 먹고 싶은 거 생기면 바로 전화하거라!

"네. 아버지!"

─그리고 일 못한다고 속상해하지 말고. 자식 생기는 것도 복이고, 자식 키우는 것도 엄청난 복이야.

"네. 알았어요."

통화를 끊은 후 윤비는 휴대폰을 보며 씩 웃었다. 역시 일을 못하게 되어서 속상해하는 걸 알아주는 건 아버지밖에 없었다. 거기다가 할아버지가 되어서 좋아하는 걸 보니 최고의 효도를 한 게 아닌가 싶었다. 목을 흠흠 가다듬은 윤비는 자세를 바르게 한 후 남은 한 곳에 전화를 걸었다.

성호와 자신의 결혼을 한 달 내로 할 것을 종용하다가, 결국은 1년으로 유예시켜 준 진 회장님. 갑자기 웬 변덕이냐는 날 선 성호의 물음에 진 회장은 '내가 윤비를 놓치기 싫어서 그런다.' 라고 답했다. 성호는 여전히 진 회장을 보면 날을 세웠으나 윤비의 회유와 갖은 설득 덕에 한 달에 한 번씩 들러 저녁을 꼬박꼬박 챙겨 먹곤 했다.

"아버님!"

—오냐.

윤비의 쾌활한 목소리 뒤로 진 회장의 진중한 목소리가 답했다.

"할아버지 되신 거 축하드립니다!"

—혹시 임신했느냐?

"네!"

윤비가 당차게 답했다. 그러자 수화기 너머로 알 수 없는 신음 소리가 들렸다. 달갑지 않은 반응에 윤비가 고개를 갸웃거리며 휴대폰을 보았다.

—어제 내가 복숭이를 한 가득 땄는데, 그 꿈이 네 태몽이었구나!

"어……? 태몽 꾸셨어요?"

—내 지금 가마. 가서 이야기하자꾸나.

"어? 아버님! 지금 말고 저녁에 오시겠어요? 아버지도 저녁에 오신댔거든요."

—사돈이?

"네! 그이도 그때 있을 거예요. 다 같이 저녁 식사 해요! 물론 제가 밥하는 건 아니고요. 시켜 먹어요."

애교스럽게 할 말 다 하는 윤비의 모습에 진 회장이 껄껄 웃음을 터트렸다.

—오냐. 나도 며느리 부려 먹을 생각 없다. 시켜 먹자꾸나. 먹고 싶은 거 있으면 말해라. 내가 비서 시켜다가 한 아름 가져다주마.

사납고 얼음 같던 진 회장도 윤비 앞에선 녹아내렸다. 이어 재잘재잘 더 떠드는 윤비의 말에 진 회장은 몇 번이고 즐거운 웃음을 터트렸다. 통화가 끝난 후 윤비는 납작한 배를 슬슬 문질렀다.

"넌 태어나자마자 복덩이야. 양쪽 할아버지들이 너 태어나기도 전에 잘해 주려고 난리다. 아마 너 태어나면 할아버지들끼리 경쟁 붙지 싶다."

말을 하며 윤비는 씩 웃었다. 아마 좀 더 사랑받기 위해 할아버지들의 물질 공세가 거세질 거다. 진 회장이면 한 수 접고 가던 자신의 아버지마저도. 그리고 자신의 말에 꿈뻑 죽는 진 회장은 아마 더 잘해 줄 거다.

생각만으로도 즐거운 듯 윤비가 키득거리며 웃었다.

❀   ❀   ❀

잠깐 걸었는데도 어느새 어깨와 머리에 눈이 쌓였다. 눈을 툭툭 털어 내며 집 안으로 들어서던 성호가 조용한 집 안 분위기를 느끼며 걸음을 멈췄다. 문 열리는 소리가 들리자마자 얼굴을 보여야 할 윤비가 보이지 않는 것도 낯설었다. 잠시 거실을 둘러보던 성호는 안방 문을 밀고 들어갔다. 책상에 펼쳐 놓은 노트 위에서 잠든 윤비를 보던 성호가 허탈한 웃음을 흘렸다. 두 시간을 뱅뱅 돌며 여기저기 수소문한 끝에 평소 거래하는 과일상에서 딸기를 구할 수 있었다. 혹여나 언제 어떻게 딸기 심부름을 시킬지 몰라 과일상에 있는 딸기 10팩을 모조리 구매했다. 그런데 정작 딸기를 주문한 여자는 자신이 고생할 동안 싹 까먹고 잠들어 있다니. 그러나 성호는 화가 나기는커녕 웃음이 났다. 허리를 굽히고 있어도 납작한 배 안에 자신과 윤비의 아이가 있다는 것이 신기했다. 그저 바라보는 것으로 부족해 성호는 무릎을 접고 앉아 윤비의 배를 쓰다듬었다. 여전히 믿기지가 않고 얼떨떨했다.

어느 밤에 어디서 떨어져 내린 걸까.

성호는 들고 있던 딸기를 책상 위에 놓은 후 윤비를 안아 들어 침대에 조심스럽게 눕혔다. 잠시 뒤척거리던 윤비는 편한 자세를 잡고서 깊게 잠들었다. 성호는 딸기를 챙기다 그녀가 깔고 누워 있던 노트를 발견했다.

산부인과 명이 박혀 있는 표지엔 태교 일기라고 적혀 있었다. 그 아래에 악필로 [김윤비와 김윤비&진성호 2세]라는 글씨가 휘갈겨져 있었다. 표지를 한 장 넘기자 오늘 날짜가 적힌 곳에 초음파 사진이 붙어 있었다. 어디가 어딘지 분간할 수 없을 만큼 까만 배경에 흰 점만이 점점이 있는 사진이었다. 뚫어져라 바라보던 성호는 아마 이곳 어디쯤이 김윤비와 진성호 2세일 거라며 짐작할 뿐이었다. 그러다 성호는 옆 페이지에 적힌 악필을 보았다.

김윤비&진성호 2세 보인다.

"풉."

웃음이 터져 나온 성호는 급하게 주먹으로 입가를 가리고서 잠든 윤비를 살폈다. 그러나 윤비는 자신의 웃음소리를 전혀 못 들은 듯했다. 여전히 사지를 쫙 벌린 채 누구보다 편한 자세로 누워 있었다.

곤란한 척은 혼자 다 하더니 이미 태교일기를 쓸 만큼 적응한 모양이었다.

성호는 다시 페이지로 시선을 옮겼다.

음. 아직 팔다리도 생기지 않은 너에게 무슨 말을 해야 할지 감이 잡히지 않는다. 혹시 아까 엄마가 하는 말 들었니? 네가 생겨서 기쁘지 않은 것이 아니라, 너를 너무 예고 없이 만나게 한 너희 아빠가 야속했을 뿐이니 삐졌다면 화 풀어라. 모든 일에 철두철미하면서 가장 철두철미해야 할 일을 이렇게 만들다니. 그렇지만 너희 아빠를 탓할 일만은 아니겠지. 숨 막히게 섹시한 엄마의 탓이 아닐까 잠깐 반성을 해 본다.

"큭."

성호의 입에서 다시 한 번 웃음이 터져 나왔다. 숨 막히게 섹시한 엄마의 탓. 정말로 이 여자는 이걸 태어날 아이에게 보여 줄 생각인 걸까.

웃음을 참을 수 없을 것 같아 성호는 딸기와 태교일기를 챙겨 거실로 빠져나왔다. 딸기를 대충 식탁 위에 올려놓은 후 소파에 앉은 성호는 태교 일기 첫 장을 다시 펼쳤다.

아니다. 이실직고할게. 사실 아직 잠깐 엄마가 세웠던 계획이 엉망진창이 된 것 같아 난감하기도 했다. 하지만 화가 나거나 속상하진 않았어. 놀라서 엄마가 잠시 정신을 잃었다고 생각하자.

엄마는 지금 네가 있는 배를 꼭 잡고 있다. 혹시나 네가 속을까 걱정도 되고, 답답하진 않을까 걱정도 되어서.

이 엄마는 옛날부터 태교일기 첫 장에 엄마의 첫 키스 이야기를 해주고 싶었단다. 물론 이 일기는 네가 키스의 의미와 행위에 대해 파악을 마친 후에 건네줄 거야. 그때면 아마 15살 이상이 되어야겠지?

엄마의 첫 키스는 현대적인 기계 소리와 화려한 불빛으로 기억된단다. 너희 때도 그런 소문이 돌지 모르겠지만 키스를 하면 종이 울린다는 말이 있잖니? 엄마가 첫 키스 할 때 윙하는 기계 소리와 푸른 빛의 환한 조명이 감은 눈 위에서 팟 하고 터졌지. 그때 엄마는 너희 아빠가 운명이라 생각했단다. 그런데 알고 보니 복사기 빛과 소리더라. 엄마 뒤통수가 복사되는 소리였어. 생에 첫 키스이자 처음으로 뒤통수를 복사한 일이었지. 물론 그 뒤통수가 복사된 종이는 볼 생각 말아라. 엄마는 엄마 뒤통수에 외계인이 살고 있는지 몰랐어. 아주 그냥…… 후우. 이쯤 하자. 농담인 거 알지? 정말로 엄마 뒤통수에 외계인이 사는 건 아닌지 뒤져 보면 곤란하단다.

엄마는 그 키스 후에 너희 아빠와 어쩌면 운명일지도 모른다고 어렴풋이 생각했단다. 왜 그랬는지는 모르겠지만 종이를 한 움큼 들고 사목신 밖을 나서는데 피실피실 웃음이 나고 심장이 뛰고 발이 붕붕 뜨는 거 있지? 그때 앉았어.

엄마가 이 이야기를 왜 하나면 엄마가 너희 아빠가 운명이라 느꼈던 그 순간의 감정이 지금 이 순간 되살아났다는 거야. 너를 만났다고 생각하니 웃음이 나고, 심장이 뛰면서, 발이 붕붕 뜬단다. 그러니 엄마, 아빠, 그리고 너는 운명이라는 거지.

혹여 많은 시간이 흘러 네가 엄마, 아빠에게 실망하게 되더라도 우리가 이렇게 만나게 된 것이 운명이라는 것만은 잊지 않았으면 한다. 처음으로 말하는구나. 사랑한다.

—널 갖게 되어 세상에서 가장 행복한 엄마가

한 페이지를 다 읽었음에도 성호의 시선이 벗어나지 못했다. 일기가 끝난 것이 아쉬워 한참이나 들고 있던 태교일기를 들고서 안방으로 들어갔다. 본래 있던 자리에 일기를 놓아 둔 후 성호는 침대에 걸터앉아 윤비를 바라보았다.

결혼한 지 1년 반이 흘렀다. 24시간 중 잠자는 시간을 빼놓고 대부분의 시간을 한 공간에서 보내는 부부가 되었다. 그럼에도 이렇게 무방비하게 잠들어 있는 김윤비의 모습은 치명적이었다. 성호는 손을 뻗어 그녀의 머리칼을 조심스럽게 쓸어 넘겼다. 그 손길은 뺨을 타고 내려와 턱 끝에 닿았다. 이어 입술, 다시 뺨으로 손길이 그녀의 얼굴을 매만졌다.

임신은 확실히 남자보다 여자에게 더 부담 되는 일이었다. 놀라고 당황스러웠던 감정을 빨리 추슬러 줘서 고맙고, 누구보다 멋진 엄마가 될 준비를 해 줘서 고마울 뿐이었다.

성호가 그녀의 손등에 입술을 가져다 댔다. 그녀가 깰 동안 있어 주고 싶었지만 급하게 나오느라 사장실을 정리하지 못한 것이 생각나 성호는 자리에서 일어났다. 대신 포스트잇에 간단히 메모를 남겨 침대 헤드에 붙여 두었다. 곧바로 돌아올 테지만 혹여나 자신이 없을 틈에 일어나게 된다면 외로워하지 말라고.

딸기는 냉장고에, 내 마음은 여기에. 곧 돌아올게.

　　　　—널 만나게 되어 세상에서 가장 행복한 남자가.

도
향

사랑, 그 설렘에 취하고 향기에 물들다.

ㄷ
향

사랑, 그 설렘에 취하고 향기에 물들다.